MINGUOWUXIAXIAOSHUO
DIANCANGWENKU

民国武侠小说典藏文库

朱贞木卷

虎啸龙吟

（第一部）

朱贞木 著

中国文史出版社

朱贞木和他的武侠小说（代序）

上世纪三十年代至五十年代初是大陆武侠小说创作的一个黄金时期，名家辈出，佳作潮涌，领军人物就是学术界称为“北派五大家”的还珠楼主、白羽、王度庐、郑证因和朱贞木。朱贞木虽然敬陪末座，但他拥有一个响亮的头衔——“新派武侠小说之祖”！

朱贞木（1895—1955），中国现代武侠小说家、画家、篆刻家。本名朱桢元，字式颛，浙江绍兴人，出身官宦人家。自幼在家读私塾，喜爱诗赋和绘画，更喜爱文学。在绍兴读完中学后，考入浙江大学文学系，毕业后曾在上海求职并从事创作。1928 年经友人介绍，进入天津电话南局（位于今天津市和平区烟台道）做文书工作，后升任文书主任。1934 年将妻女接来天津，并定居于此。

1937 年“卢沟桥事变”爆发，华北沦陷，日本侵略军占领天津，朱贞木因家庭原因继续留在电话局。天津报界名宿吴云心先生曾回忆说，朱贞木因此在抗战胜利后被解职，曾在天津小白楼开过餐馆。此事属于误传。其实，朱贞木为人清高而自尊，不愿在日控电话局中长期做忍气吞声的工作，遂于 1940 年自动离职，在家闲居，以绘画、篆刻自娱，偶尔也写点散文和诗。此时有出版社登门邀请他写武侠小说，于是他将 1934 年起在《天津平报》上连载的处女作《铁板铜琵录》续成长篇，易名《虎啸龙吟》出版，结果销路很好，于是他又陆续写下了《龙冈豹隐记》《蛮窟风云》《罗刹夫人》《飞天神龙》等十余部作品。

1949 年后，朱贞木尝试按照新的文艺观念进行创作，写了一些独幕话剧，而正在创作的武侠小说由于政策原因半途中辍。1955 年冬，朱贞木因哮喘病与心脏病并发，在天津市总医院去世，享年六十岁。

朱贞木在天津电话局供职期间，与还珠楼主李寿民同事。还珠楼主哲嗣李观鼎先生对笔者说，幼时在北京家中见到过来访的朱贞木，身材瘦削，双目有神。他记得父亲和朱贞木一聊就是一整天，说到激动处，互用手指比画，显见两人关系相当好。

朱贞木的武侠小说创作大约始于1934年8月，他在《天津平报》上开始连载处女作《铁板铜琵录》。张赣生先生认为是因见还珠楼主在《天风报》发表《蜀山剑侠传》一举成名，朱氏见猎心喜而作，以两人密切关系而论，确有此种可能。《铁板铜琵录》究竟连载多久、是否连载完毕暂时无法得知，或许有两年之久。大约在1936年9月，《天津平报》上又开始连载朱贞木的另一部武侠小说《马鹞子传》。“卢沟桥事变”爆发后，《天津平报》不肯附逆，自动停刊，该书也就停止连载。

1940年10月天津大昌书局结集出版《铁板铜琵录》第一集，并自第二集起改名《虎啸龙吟》，并一直沿用至今。1942年11月，天津合作出版社出版了《龙冈豹隐记》，该书的前面部分就是只连载年余的《马鹞子传》，可谓是在续写该书。不过《龙冈豹隐记》也并未写完，据作者自叙写到第五集就搁笔了，也没有提到原因，不过笔者所见现存最后一部是第六集。后来在书商和读者的要求下，朱贞木以该书未完结的后半部分加上手头已有资料，写成一部故事完整的《蛮窟风云》并出版。另外，1943年9月的《369画报》中提到他还有一部小说《碧血青林》，却一直未见出版，但是1949年前后出版的《闯王外传》序言中提及本书原名《碧血青磷》，或许就是此书。

抗战胜利后至五十年代初这段时间，武侠小说的出版迎来一个短暂的新高潮，朱贞木的小说出版了不少，如流传极广的《罗刹夫人》、《飞天神龙》《艳魔岛》《炼魂谷》三部曲、《龙冈女侠》、《七杀碑》、《塔儿冈》、《闯王外传》、《郁金香》等，是日据沦陷期间的几倍，其中既有武侠小说，也有社会小说，还有历史小说，仅见之于广告未曾见诸出版的小说尚有数种。

根据手头搜集到的原刊本和相关资料，剔除同书异名者，从1934

年至1951年，各种体裁的朱贞木小说一共出版了十九种，仅见广告未见出版者四种，具体内容可参阅本作品集后所附《朱贞木小说年表》。另外有一部《翼王传》乃是上海著名越剧编剧苏雪庵所作，他借朱贞木之名出版，朱贞木为此还写了一篇不短的序言。

朱贞木小说之所以受到读者欢迎，张赣生、叶洪生、徐斯年等专家学者对此早有精彩论述，笔者不打算再抄一遍，只根据个人的阅读体验，谈一谈朱贞木小说的特色。

看小说本身是一件轻松愉快的事，古人雪夜闭门读禁书，乃是读书人特有的一乐，其实用今天的话来说，就是消遣，武侠小说尤其适合做这样的消遣，而好看的故事则是消遣的核心。

朱贞木的小说构思精妙，叙述生动，引人入胜。如《蛮窟风云》，从沐天澜误饮金鳝血意外昏迷不醒开始，引出瞽目阎罗救人收徒、金翅鹏的出场以及被龙土司纳入麾下，而跟着红孩儿的出场，解释了瞽目阎罗的来历以及与飞天狐结怨的经过，又为后文狮王、飞天狐侵入沐王府，瞽目阎罗舍身血战等高潮部分做了铺垫。又如《庶人剑》，陕西山村中，一对拳师夫妇失踪多年突然归来，教徒自娱晚景。他们意外收了一个来历不明的上门徒弟，不久就遇到多年前的仇敌上门寻仇，老拳师怀疑这个徒弟，结果误中圈套，幸亏这个徒弟忠心为师门，救下了老拳师父子，而仇敌五虎旗之来，则源自老拳师夫妇二人当年离家，与师兄弟一起走镖，技震江湖时期。朱贞木以倒叙的笔法娓娓道来，他在平实流畅的叙事中，营造出一种氛围，创造出一种情趣。故事本身环环相扣，紧凑严密，令读者不知不觉陷入其中，欲罢不能。他的名作《七杀碑》，二十多年前笔者真是一口气从头读到尾的。邓友梅先生在《闲居琐记》中，记录了著名作家赵树理先生指着《七杀碑》对他说的话："……写法上有本事，识字的老百姓爱读，不识字的爱听。学学他们笔下的功夫……"由此可见朱贞木讲故事的水平有多高了。

若要把故事讲得"识字的老百姓爱读"，只有凭语言的功力了。朱贞木接受过私塾和学堂两种正式和非正式的长期教育，其学历在武侠小说作者中大概是绝无仅有的。他的青少年时代又是在富庶的浙江绍兴度过的，他肯定接触过当时的鸳鸯蝴蝶派小说、新文学书籍以及翻译的西方小说作品。他的武侠小说处女作《铁板铜琵录》遵守中国章回小说的传统，采用对仗的回目，在描绘风景时更是不自觉地经常使用赋体，轻松自如，毫不佶屈聱牙，可见其古典文学素养深厚。自第二部《龙冈豹隐记》开始，包括之后的所有作品，他却都摒弃传统章回，章节名称全部采用“血战”“李紫霄与小虎儿”“金翅鹏拆字起风波”等名词、词组或短句，长短不拘，新鲜灵活。这一革新更为二十世纪五十年代以降大部分香港、台湾武侠作家写作的滥觞。他在武侠小说中有时还使用当时流行的新名词如“观念”“计划”“意识”等，然而用得自然爽利，反映出了一些语言跟随时代而来的变化。

严家炎先生在《金庸小说论稿》中说：“在小说语言上，金庸吸取新文学的某些长处，却又力避不少新文学作品语言的‘恶性欧化’之弊。他扎根于本土传统文学中，较多承继了宋元以来传统白话文乃至浅近文言的特点，形成了一个新鲜活泼、干净利索、富有表现力、相当优美而又亲切自然的语言宝库。”这些评价用在朱贞木——金庸的浙江同乡前辈身上，同样十分贴切。

追求自由恋爱是“五四”以来各种文学体裁的共同主题，武侠小说自然没有落后于这股时代潮流。在《蛮窟风云》《罗刹夫人》《飞天神龙》等朱贞木小说中，主要男女人物积极主动地寻找、追求自己的爱情，尤其是女性人物，一反全凭媒妁之言的传统，大胆示爱对方，甚至还有私奔、野合的情节。朱贞木有时还通过小说人物之口，表达他对于“情”字的解读，可以说，所有这一切都间接反映了五四运动之后反封建传统、反道学的社会流行风气。其实，在朱贞木前后期的很多武侠作品中，女性主角的地位已经大大提高，也出现不少以女性为主人公的作品，如顾明道《荒江女侠》、王度庐《卧虎藏龙》等，即使在还珠楼主的《蜀山剑侠传》中，女剑仙、女剑客也扮演了主要角色。只是多数作家虽然突出了女性的自主与独立，突出她们的纵横江湖，但在描写男女爱情上着墨不多、不细致，而在这个方面，朱贞木就显得比较突出。

他把恋爱中男女的哭、笑、逗、闹等言语和肢体动作描写得栩栩如生，淋漓尽致，而对于堕入情网中男女间的对话，更是绘声绘色，就连男女之间的武功切磋，有时也“写得花枝招展，脉脉含情”，表现了有情男女之间那种若隐若现、欲拒还迎的情致与趣味。有时他则用热辣辣的语言展现女性对于爱的向往，比如《罗刹夫人》中的罗刹夫人，《七杀碑》中的三姑娘、毛红萼，《飞天神龙》中的李三姑等等，这一特点被后起的香港、台湾武侠名家如金庸、卧龙生、诸葛青云、司马翎等人继承并发扬光大，同时穷追男主人公的侠女达数人之多，叶洪生先生称之为“数女倒追男”模式。相比之下，以“侠情”特色名传后世的王度庐，笔下恋爱男女的表现反而显得含蓄、收敛和传统。

至于男主人公的表现，除了在房梁上刻下“英雄肝胆，儿女心肠”的杨展，多数没有女性角色那么生动而有活力，《罗刹夫人》中的沐天澜竟然一副小男人的娇样儿，喜欢拜倒在两位罗刹姐姐的石榴裙下，仿佛有些《红楼梦》中贾宝玉的某些味道。

说来有趣，被划入鸳鸯蝴蝶派的顾明道笔下没有这样娘娘腔的男主角，王度庐笔下有些优柔寡断的李慕白也仍是男子汉一个，其他如更早的平江不肖生、赵焕亭和同期的白羽、郑证因等人都不弹此调，因此武侠小说中“娇男型”男主人公大概可以算得上是朱贞木的首创了。

对于爱情的结局，虽然同时期的王度庐偏重悲剧，但朱贞木还是和大多数武侠作家一样，选择了喜剧。大团圆的喜剧结尾对读者的感染力自然不如悲剧来得深刻，但在剧烈变动的时世中，对于经常听说和目睹人间惨事而无能为力的一般读者来说，也多少算得上一点安慰，多少能保留一点对美好事物的向往与期待，多少能暂时得到些许快乐与心情的放松！

小说作者迎合一般读者的需要，本是无可厚非的，而朱贞木这么做，却并不是“为稻粱谋”的需要。1943 年 9 月出版的《369 画报》第 23 卷第 1 期刊登了《天津武侠小说作家朱贞木》一文，作者毅弘在文中写道：“朱贞木先生并不指着卖文吃饭，他不过是闲着没事，作一点解闷而已，在写武侠小说的作家中，朱贞木先生是一位杰出人才，独树一帜，另辟蹊径，所以将来的成功，殊不可限量。”

可见，朱贞木写武侠小说虽是为了解闷和消遣，却也不肯胡乱涂抹，而是要有真正的消遣价值！

他在处女作《铁板铜琵录》的序言中感慨小说的出版有量而乏质，原因则是社会不景气，认真作品没有销路，大家都要有口饭吃，于是就“卑之无甚高论”了。他又写道：“在下这篇东西，本来用语体记述了许多故老传闻、私乘秘记的异闻逸事，借以遣闷罢了。后来因为这许多异闻逸事确系同一时代的掌故，也没有人注意过，而且看见小说界的作品，风起云涌，好像作小说容易到万分，眨眨眼就出了数万言，不觉眼热心痒起来，重新把它整理一下，变成一篇不长不短、不新不旧的小说，究竟有没有违背时代的潮流，同那个小说界的金科玉律，也只好不去管他，俺行俺素了。”

朱贞木显然十分清楚小说的真正要求是什么，客观环境所限，走消遣的路子罢了。即便如此，他也并不是向壁虚构，胡乱编些故事应付读者，而是有所依据的。他这样认真地选择和使用材料，显然是有成绩的，他的第二部作品《龙冈豹隐记》序言中是这样说的：“前以旧作《虎啸龙吟》说部，灾及枣梨，颇承读者赞许，实深惭汗，且有致函下走：以前书仅只六集，微嫌短促，希望撰述续集为言。……稗官野史，无关宏旨，酒后茶余，聊资消遣。下走亦以撰述说部为消遣。以下走消遣之笔墨，转供读者之消遣，消遣之途不一，消遣之理相同。然真能达到读者消遣目的与否，则须视内容之故事是否新颖，文字之组织是否通畅为衡。以各种说部风起云涌之今日，而欲求一有消遣真价值之作，亦非易易。”

待到数年后的《罗刹夫人》出版时，他对武侠小说创作题材已经有了比较全面的认识和思考，他在该书附白中指出，武侠小说有两弊，一是过于神奇，流于荒诞不经；一是耽于江湖争斗，一味江湖仇杀。他希望《罗刹夫人》一书可以为读者换换口味。他也的确做到了，该书影响范围之大、时间之长是他根本想不到的。

朱贞木虽然屡屡强调自己写小说只是消遣，但他身处一个战乱频仍的大时代，又从家乡绍兴北迁天津，个人际遇的变化、人生的起伏都会多多少少在作品中有所流露。他的小说题材不少出自明末清初的笔记，为何选择在那样一个动荡的、变乱的时代发生的故事和人物，背后的含义是不言自明的。在《龙冈豹隐记》等书中，轻松和趣味之外，作者自身感受的某种无奈时有体现——身处乱世的人们，无论高人愚氓，何处可以求得安定的生活！

随着1949年1月天津的解放，这种对于时势的困惑与无奈就消失了。朱贞木在这年7月出版的《七杀碑》第二集结尾处写道："烽烟未戢，南北邮阻，渴盼解放，当再振笔。""解放"二字表明了他当时的政治态度，也表明了他对于新时代的期盼。于是，在全国解放后，朱贞木主动学习新的文艺理论，尽力掌握新的文艺观点，并尝试运用在新的武侠小说和历史小说创作中。《铁汉》就是他的一次努力：一个侠士挺身而出，牺牲自己，意欲拯救无辜百姓，免遭官军的蹂躏。在《庶人剑》的序言中，朱贞木已经认识到了个人英雄主义的狭隘与局限，认识到人民的力量的可贵，他写道："'老百姓的剑'是用钢铁一般的意志铸就的，无形的，锋利得无可比喻的，而演出的方式，不是斗鸡式的，是集合大众的意志，运用脑力体力，推动整个社会机构，而与障碍前进的恶势力做斗争的……"

可惜类似这样的努力并没有进一步开花结果，《庶人剑》刚刚写了三集就停刊了，预告的不少新作如《酒侠鲁颠》等似乎都未曾出版。自1951年6月起，所有武侠小说都不准出版。1956年文化部又颁布严肃处理反动、淫秽、荒诞图书的命令，并配发查禁图书目录，朱贞木的所有作品竟都赫然在列。其实，类似朱贞木这样努力学习、尝试运用新文艺观点创作武侠小说的还有还珠楼主、郑证因等武侠作家，他们的所有作品也一样榜上有名，一同被禁。此后三十年间，朱贞木的小说彻底消失，连朱贞木这个人也寂寂无闻至今。

朱贞木的武侠小说基本写成喜剧结局，可是他自己的写作生涯却以近乎悲剧收场，令人唏嘘不已。

上个世纪八十年代改革开放以后，武侠小说又重新出现在图书市场上，而且颇有声势，名家名作纷纷重现江湖，朱贞木的作品也出版了几种。时至今日，如《罗刹夫人》《七杀碑》等几部知名作品也再版过多次，只是因为出版人对于武侠小说仅仅停留在商业层面的认识上，因此版本混乱，存在这样那样的错误，影响了对朱贞木作品的研究。

中国文史出版社不惮花费巨大人力、物力、财力，出版“民国武侠小说典藏文库”系列丛书，为后世留下宝贵的研究资料，还中国武侠小说史上的知名作家一种本来面目，可谓功德无量！笔者作为该文库“朱贞木卷”原刊本提供者、编校者，于武侠小说资料的搜集与整理略有心得，承蒙社方信任，略谈一些关于朱贞木生平及其作品的粗浅看法，谬误不免，聊充序言耳！

顾　臻

2016 年 10 月 26 日于琴雨箫风斋

2020 年 11 月 16 日修订

目　录

第二集

第三集

弁　言

从前有一位酷嗜小说的朋友，问俺中国古今几部出类拔萃的说部，究竟哪一部最精彩、最名贵。俺说单独批评的很多，但没有听到有人把它总检讨一下，选出一部冠军杰作来的，只有金圣叹评注的几种小说，曾经分出第一才子、第二才子等名目，这是狭义的，也是毫无意识的。俺的见解，凭个人的主观，把古今来各种说部名著，选出一部冠军来，依然是毫无意识的，因为真有价值的几部小说，它的时代，它的背景，各个不同，而且它能够吸收多少读者的信仰，取得永久的地位，自然它有一种特殊的能力，这种能力，就是它的遣词立意，迥异凡流，绝非东拉西扯，杂凑篇幅，确确实实一字一句，都从心血中淘滤出了，所以真真杰作，无论何种体裁，一人有一人的本来面目，一部有一部的特殊精彩，是无从分出轩轾来的，而且仁智各见，也没有分出轩轾的必要。小说如是，非小说的文学作品也如是。

话虽如此，可是俺的心目中，对于中国小说界，似乎有一个理想的“开山祖师”，这位祖师的作品，影响小说界最深，似乎中国发现稗官野史以来，总逃不出他老人家的掌握，此人非别，就是文学界里历史最深、地位最坚固的“龙门司马迁”，他的不朽作品，就是人人知道的一部《史记》。倘然你把这部名著，从头至尾，平心静气地咀嚼一下，必定可以看到，写热恋是真热恋，写豪侠是真豪侠，写枭雄、名将、政客、酷吏、术士，以至一切一切，无不穷形极相，活跃纸上。假使你以读小说的兴趣，来读这部作品，一定可以使你异常满意。而且读过这部作品以后，再来看几部说部杰作，总觉暗淡无光。所以俺说“龙门”

是小说界的开山祖师，这部《史记》，可以说一句是“说部之母”。

俺把这部神圣的《史记》与稗官野史相提并论，在一般文学界普通心理上，似乎有点荒乎其唐，可是在下又要请你把这部《史记》的结构、作者的环境，来研究一下，要知道这部鸿篇巨制，无非以文为戏，发泄作者一肚皮抑郁牢骚，其实其中描写的地方，何尝不铺张粉饰，与事实未必尽然？这段意思，并非在下随便瞎扯，古人说过的很多，所以与稗官野史相提并论，毫不足怪的。

话又说回来，稗官野史的本身价值，何尝低落？倘然言之有物，可歌可泣，何尝不是至情至文，何尝不可以辅导政教？只恨俺们后人不长进，被人讥为诲盗诲淫，只可让这位“开山祖师”独出风头了。

到了现在这个年头，俺们中国的小说界，尤其弄得哭不得，笑不得，可是出版之速，篇幅之富，真有倚马万言的气概，着实可吓倒古人。但是量的方面如此，质的方面如何呢，那就不敢赞一辞了。这种现象不是小说家单独的问题，这是受了社会不景气的影响。假使小说界用古人立言不朽的态度，精心结撰起来，头一个书店老板，害怕得要关门大吉，这样一来，如何换得粗茶淡饭，所以“卑之无甚高论”的一句话，倒是现在小说界的金科玉律。在下这篇东西，本来用语体记述了许多故老传闻、私乘秘记的异闻逸事，借以遣闷罢了，后来因为这许多异闻逸事确系同一时代的掌故，也没有人注意过，而且看见小说界的作品，风起云涌，好像作小说容易到万分，眨眨眼就出了缅缅数万言，不觉眼热心痒起来，重新把它整理一下，变成一篇不长不短、不新不旧的小说，究竟有没有违背时代的潮流，同那个小说界的金科玉律，也只好不去管他，俺行俺素了。

闲话且住，待在下拿起了铁板，整顿好铜琵，把几个轰轰烈烈的草莽英雄、一桩桩可歌可泣的稀罕故事，从头演说起来，与诸位醒酒闷吧！

第一集

第一回

剑气腾霄，山农话旧
彗星扫野，学士思亲

古人说，北方风气刚劲，所以燕赵多悲歌慷慨之士。这话诚然不错，但是山川钟毓，何地无才，也不能一概而论。就举在下的故乡，号称人物文秀的浙江来说，从古到今，所谓武健豪侠一流的人物，着实出了不少。

时代久远，见于记载的，且不必浪费笔墨，人云亦云。俺说的是清代咸丰年间的时候，正值太平天国纵横之际，战争连年，人物蔚起，也不知造就了多少俊杰，也不知埋没了几许英雄。恰恰这时节，浙江绍兴府诸暨县，出了一个包立身，居然就凭一个乡僻农夫，把太平天国一支精锐军队，杀得七零八落，因此震动一时，甚至深居九重的咸丰皇帝，也肃然起敬，颁赐了一件不痛不痒的黄马褂，你道奇不奇？

这一桩故事，已经散见于各家笔记，可是记载得未见十分确实，现在姑且不提。

单说包立身震动一时的时候，距诸暨大约百余里路，有一个山阴县属的小小村落，叫作剑灶，却也出了一个肝胆磊落的草莽英雄。原来这剑灶村，四面峰峦环抱，景物清幽，也是山阴道上名胜的一小部分。古老相传，当年吴越争霸时代的越国，即在此地铸成干将、莫邪两把千古闻名的宝剑。到现在，村南的金鸡山，村北的玉虬山，上面尚有两座剑灶的遗址，所以这个地方，叫作剑灶。那金鸡、玉虬两座山，遥遥对峙，中间相距约有十余里远。后人又把玉虬山那一面的村落，叫作上灶，金鸡山这一面的村落，叫作下灶。下灶近水，直达县城，上灶重山叠岭，可以通到平水、诸暨等处。

在洪杨以前，下灶村内也有百余户人家，大半是农夫樵子，也有几个打猎为生，倒是风俗淳朴，别有桃源。但是这几百户土墙茅舍中，偏有一个姓吴的书香世第、缙绅人家。这家房子，门墙高峻，背山面水，正在村口。凡从山阴城内到下灶去的，不论水道、旱道，都要经过这吴家门口，地形上宛然是全村锁钥，并且因为是村中独无仅有的一个巨宅，又是缙绅门第，所以村中一举一动，也唯这吴家马首是瞻。作者与这吴家谊属姻戚，曾经看过他们的家谱，知道自明末避乱于此，历世科甲连绵，文风不绝。

嘉道年间，有一位吴桢，字干侯，从两榜出身，历任云南，繁剧各州县。那时云南各府，土匪猖獗异常，偏又到处高山密箐，民情凶悍，差不多林深山险的地方，都有啸聚的剧盗，且地属边疆，奇风异俗，号称难治。亏得这位吴干侯虽然是一个七品县官，才具着实开展，他所到的地方，抚缉得宜，颇有政声，上方也十分器重，不到几年，就保升临安府知府，这时他正四十九岁。膝下一男一女，男名壮猷，字蕴之，年十七，已青一衿；女名娟娟，少兄二岁，待字闺中。因为云南遥遥万里，不便挈眷，就命兄妹二人仍在家中侍奉母亲，专心攻读，任上只带了一名收房婢女，同几个贴身亲随。

升任临安府这一年的秋天，恰值浙江乡试，接到壮猷平安家报，知道壮猷中了举人，而且高中在十名以前。信内还说，来年初夏是他老人家的五十大寿，母亲的意思，定要挈带兄妹，到云南来奉觞祝寿，定于来年正月底动身，到云南省的时候，请他派人去接。

干侯接到这封家信，颇为高兴，想到自己的官运尚算一帆风顺，儿子未到弱冠，已经一举成名，将来成就或在自己之上，正在捋须微笑，神驰家乡的当时，忽然觉得冰凉挺硬的一件东西，在嘴唇皮上碰了一碰，回头一看，原来他这位丫头收房的姨太太，早已经移动莲步，在身旁侍候。

她看见老爷手里拿着一封信，望空出神，以为又是一件紧要公事，所以如此费神地思索，顺手就拿起了桌上的水烟袋，装好烟，点好纸媒，把长长的烟嘴向老爷的嘴上一送，助助他的精神。

果然，干侯体会到这位姨太太的意思，就随意呼呼地吸了几口，笑着向她说，这是家里来的信，壮儿中了第八名举人，也算亏他的了。

姨太太道："哟，原来少爷高中了，这是天大的喜事，应该向老爷叩喜才是。"说罢，连忙把水烟袋轻轻一放，先恭恭敬敬地向干侯福了一福，就要叩下头去。

干侯一摆手，说道："且慢，这是祖宗的庇荫。少时，中堂预备香烛，待俺叩谢祖先后再说，但是将来你要多伺候一个人了。"

姨太太听了这句话，宛似丈二和尚摸不着头脑，愣愣地说道："好好的，叫俺伺候谁呢?"

干侯知道她误会到别的地方去，暗暗地好笑，就举着桌上的信，对她说道："信上说，明年太太率领着孩子们，要到这儿来替俺做寿，太太到了此地，岂不是又要你多伺候一个人了?"

姨太太喜形于色地说道："哟，原来如此，这太好了！本来这上房内，每逢老爷到外边去的时候，除了几个老妈子，只剩俺冷清清孤鬼似的一个人。有时候逢到文武官员喜庆应酬，俺年纪轻，也摸不着头路，有了太太做主，万事都有脊骨柱儿，多么好呀！少爷小姐一家子都聚在一块儿，又多热闹呢!"

干侯听她天真烂漫地说了一大串，一面暗暗点头，知道他这位姨太太貌虽中姿，心地倒还光明纯洁，绝不是斗妆争艳、捻酸吃醋的那流人物，于是慢慢地对她说道："俺本来对于许多家眷，盘踞衙门之内，是不大赞成的。因为家眷一多，难免引朋招戚，无意中就许招摇惹事。何况家乡到此，万里迢迢。可是现在情形不同，最要紧的是壮儿青年中举，难免不意气飞扬，目无难事，不如在俺身边，可以随时督饬，不致荒废学业。明年出来，万里长途也可增长些许见识，所以这回太太率领儿女出来，俺倒是很赞成的。"

这位实坯坯的姨太太，听了她老爷的一番大道理，也是似解非解，只有唯唯称是。

干侯就顺手抽毫拂笺，写了一封回复家中的信，信内无非应许他们出来，叮嘱沿途小心的一番话。这位姨太太站在旁边，又送了几口水烟，斟了一杯香茗，就闲得无事可做，忽然灵机一动，摆动她的百褶湘裙，行如流水地出了屋子。

半晌，干侯刚刚将信皮写好，听得堂屋外边许多脚步声响。一个老妈子进来说，请老爷到姨太太房里更衣，堂前香灯已经预备好了，还有内宅几个听差的爷们儿，都预备着站班叩喜呢。这个消息立刻震动全衙，上自钱刑两幕，下至三班六房，都按班进来道喜，后来同城的文武官僚也都知道了，纷纷道贺，自有一番应酬热闹，这且搁下不提。

且说干侯的故乡下灶村内，有一天，吴宅门口挂灯结彩，热闹非凡，门口河埠停了几只五道篷、三支橹、全身彩油的座船，同几只脚划小船（绍兴船大半画着五彩花卉人物，另有一种脚划船，手足并用，快如奔马）。门内老少男女，进进出出，络绎不绝，原来干侯的儿子壮猷中了举人，拜了座师，吃了鹿鸣宴以后，从省城回到家中，一时远近亲友都来道贺。

壮猷的母亲陈氏系出名门，原是个贤母，见了儿子中举回来，虽然梦里都笑得合不拢嘴，可是当着儿子的面，也着实勉励一番，而且希望他格外上进，抡元及第，与干侯的意思，可算得异床同梦。

话虽如此，还是择了这一天黄道吉日，安排筵席，祭祖敬神，顺便邀集远近亲友，同几个村中上年的父老，开阁飞觞，为儿子举行开贺的盛典。门口河埠停的几只大小船只，就是众亲友乘坐来的。还有本村的人们，都知道吴府少爷中了举人，今天开贺，无不扶老携幼，到吴家门口，东一张西一望的，来趁热闹。有几个年轻力壮的，早已自告奋勇，进门来充个临时当差，既可油油嘴，事后还可得个喜贺封。

这时厅上、厅下都已坐席，壮猷毕恭毕敬地挨席依次斟了一巡酒，道了谢，然后回到几位长辈的席上，坐在主位陪着。其余的席上，就请族中几个平辈陪坐。至于内房女眷们的席上，自然是陈氏同她的女儿娟娟分头应酬。好在这位娟娟小姐，虽然小小年纪，可是姿容端丽，应对从容，来的一班女眷们，没有不喜欢她的。最奇怪的是这位小姐，虽然生长深闺，不及乃兄饱学，但是智慧天生，料事明决，宛如老吏断狱，有时壮猷还得甘拜下风，所以一班亲友女眷们，都戏称她女诸葛。你看她在这钗光鬓影之中，莲舌微舒，莺声嘤嘤，而且巧语解颐，周旋中节，惹得各席女眷们又怜又爱，满室生春。

在这上下喜气洋洋、内外觥筹交错的当口，就只忙坏了一个人。

这个人清早起来，水米不沾就奔上奔下，布置一切，等到客人到齐，他又指挥一班临时当差，各处张罗。这时内外开席，格外足不停趾地忙得不亦乐乎，百忙里还要顾到大门口闲杂人等混进来，来一个顺手牵羊，这个人就是吴家的一个得力长工，他姓高，人人都叫他高司务，年纪也不过二十有余，三十不足。因为他戆直异常，做事得力，吴家上下没有一个不赞赏的，尤其是壮猷兄妹二人，时常说他生有异禀，绝非久于贫贱之人，所以壮猷格外顾恤他，当他一家人看待。

原来，这个高司务到吴家做长工的来历与众不同，趁这时吴家内外欢宴的当口，不妨表明一番。

这个高司务原是本村的人，因为他母亲早已亡逝，从小就跟他父亲打猎为生，后来父亲故去，家中只剩他一个人。这时候，他已年近二十，生得容貌魁梧，膂力过人，就携着父亲遗下的打猎家伙，每天清早独自出去，到周围百里内的山林中，猎点獾鹿雉兔之类，向各处兜卖度日。本村吴家也是他的老主顾，有时候还弄个活跳跳的松鼠、咯咯叫的草虫，送与吴家少爷小姐玩玩，所以壮猷兄妹从小就认识他。

有一天，村中的人们看他早晨拿了猎叉、猎枪出去，从此就不见他回来，都以为他遇到毒蛇猛兽，遭了不测，派人四下山里去找他，也不见一点踪迹，只可代他把他的一间破房子关锁起来，好在屋内别无长物，无须特别照顾。可是他这一去不返，弄得满村疑神疑鬼，议论纷纷，连壮猷兄妹两个小心眼儿，也怙惙了几天，后来日子一久，也把他淡忘了。

直到七八年后，正值壮猷入泮那一年冬天，连日大雪纷飞，满山遍野的雪积得一尺多高，官路上静荡荡的，绝无人迹。

忽然有一天，关锁了七八年的破屋子的隔壁，有个邻居老头儿一早起来，打扫门前雪路，一眼看见破屋门口倚了一支茶碗口粗细、撑大船用的毛竹竿，有一丈多长。这个老头儿看到这支撑船竹竿，心想左右邻居用的都是划桨小船，这是谁搁在这儿的呢？

正犯怙惙，猛然间，呀的一声，破屋的门打了开来，把这老头儿吓了一大跳，再一细看，从又矮又烂的破门里，躬着身，钻出一个又高又大的汉子来，头顶盘着一条漆黑大辫，身上穿着簇新粗蓝布棉袄裤，脚上套着一双爬山虎，手中拿着一个破畚箕，装着满满的灰土，大踏步出门来，随手往墙角雪堆里一倾，一回身，看见隔壁门口站着一个老头儿扶着扫帚，满面诧异地望着他。

他立刻把破畚箕向破门内轻轻一抛，走过去向着老者叫道："大伯伯，你还认得俺么？俺就是打猎的高某呀。"

这老头儿瞪着眼，颤巍巍地走近一步，向大汉看了又看，忽然回头大叫道："这可了不得！七八年不见的高家侄子回来了，你们快出来呀！"

这一嚷不要紧，立刻从两边破门破户里，挤出了许多男女老少，奔过来把这大汉和老头儿两个人包围起来，你一言俺一语的，喧扰不清。

这时大汉趁势就向众人作了一个罗圈揖，朗朗地说道："高某在七八年前进山打猎，逢着一个父亲的老友，当天带俺到外省去做事，因为去得匆忙，来不及回来同诸乡亲告别，承请乡亲不以为意，反替俺照顾这间破房子，心里实在感激得说不出来，只有在这里谢谢诸位了。"说着，又向众人打了一躬。

这时候，就有几个他父亲生前的老友，同几个他小时候做伴的近邻，走进来问长问短。他就邀着他们到他的破屋里边来，众人就跟着他到了屋子里边，把这屋子挤得水泄不通，门口兀自塞满了人。

众人看他屋里已打扫得干干净净，一张破床上放了一个没有打开的铺盖卷儿，和一个大包裹、一把雨伞，从前打猎的家伙一件也没有了。就有人问他，这七八年在外边做些什么事？

他说："无非做点小买卖，有时帮人做短工，混了几个年头，也没有什么出息。现在回到家乡，也不愿出外去，也不愿再打猎，情愿在近处替人家做个长工，混碗饭吃就得。今天从官道上走回来，天还没有亮，又是大雪的冷天，所以不敢惊动乡亲，先把这屋打扫打扫，不想头一个就看见这位老伯伯了。"

这时，头一个见到他的老头儿，因为人多语杂问不上话，此时也跟了进来，好容易得了说话机会，就紧接着他的话，颤巍巍地指着门口倚着的长竹竿，向他说道："你走回来，怎么还扛着这支撑船的长竹竿？"

他听了这话，似乎一愣，然后笑了一笑，含糊地对他说道："这是一个撑船的朋友，暂时寄在俺这儿的。"

从这一天起，他时常买点酒肉到他父母坟前去祭奠，就把祭奠的酒肉，请左右邻居一同来吃。有时候村里有用力气的事，他没有不争先帮忙的，而且他的力气也大得异常，往往七八百斤的石头，两三人扛不动，他一人扛，轻如无物，而且人还和气非凡，所以村中的人们，没有一个不说他好的。可是，他来的这一天，村中沸沸扬扬，传说了一桩不可思议的怪事。

因为这一天，城内有一个人，大清早来到下灶，办一桩要紧的事，出了县城，船也舍不得雇，就从官道上踏着一尺多厚的雪，一脚高一脚低地走了去。这时东方呈现鱼肚白色，映着一片漫漫的雪地，倒也四面朗澈，比平时格外的明亮，可是这般长的官道，也只有他一人踽踽独行。

他走着走着，出城不到两里路，忽然向前一看，诧异得几乎叫出声来！原来他走的这条雪路上，一路都有两个并着的脚印，起先他并不注意，以为也许有人比他起得更早，走在前头，后来一路走过，都是一样的脚尖印，没有一个印着足跟的。最奇怪的是，头一个脚尖印到第二个脚尖印，相隔足足有五六丈远。一路过去，都是一个样子，用尺来量，也没有这么准，再一直往前看，也是一式无二。他一面走，一面想，天底下哪有用脚尖并着走路的人？也没有这么长的腿，一步就有五六丈远，就算他纵跳如飞，从来也没有听过能跳得这么远的，而且要一步不停地接连跳过去，一样的尺寸，一样地脚尖并着，一直跳了好几里路不改样子，无论多大能耐，也是办不到的。他越想越奇怪，奇怪得有点害怕起来，不敢往前走，深怕这个怪物在前面等着他。幸而回头一看，路上渐渐有人走过来，他就指点着奇怪的脚尖印，向后面走近来的人，连比带说地叫人来看。

绍兴的人们本来迷信很深，略微有一点奇怪的事，每每附会到神鬼上去，何况是有凭有据、亲眼目睹的事情。经这个人连比带说地说了一番，有的说是开路神走过的，也有的说是僵尸跳过的。这时候天已大亮，两头路上走的人，络绎不绝，早已把一路洁净的雪地踏得稀烂，要查考这个怪脚印的来踪去迹，也无从查考，而且这般迷信，大家只管疑神疑鬼、罚咒，也没有打这个主意。一忽儿，这个怪事传到下灶，又经看见的人添油加醋地一说，格外神乎其神，弄得一村的人沸沸扬扬，议论这桩怪事。但是这个怪脚印，究竟怎么一回事呢？作者也要卖一个关子，打一个闷葫芦，留待后文交代。

现在且说打猎的高某回来不到几天，恰值吴壮猷中了秀才，壮猷的母亲也一样敬神祭祖，不过没有像现在中举的热闹罢了。这时吴家正缺少一个长工，本村的人就把高某荐了进去。壮猷一看他，长得伟岸雄壮，声若洪钟，虽然仍旧农家装束，但与从前打猎时候的形状，迥然不同。试了几天工以后，见他举止沉着，勤奋异常，非常合意，尤其是这位娟娟小姐，引证柳庄麻衣的相术，说他虎头燕颔，干城之相，这样一来，上上下下格外另眼相待。直到壮猷中举开贺，已经在吴家过了两个年头，日子一久，吴家知他诚实可靠，一切粗细的事务，推心置腹地交他经营。这位高司务简直像吴家的总管一样，所以壮猷中举开贺的一天，他忙得不亦乐乎。

这一天，席散送客，已经日落西山，有几个路远的亲眷，吴家殷情款留，重新细酌谈心。恰巧这几天是月到中秋分外明的时节，一轮皓月早已涌上庭梧。壮猷豪兴勃发，就这几位留宿的亲戚们，移席到厅旁一座三面开窗的小楼上，来一个举杯邀明月。

这座楼三面都开着窗户，正对着金鸡、玉虬两座山峰，所以楼窗口挂着一块匾，叫作对山楼，平日为壮猷静读之所，琳琅四壁，雅洁无尘。高司务早已指挥下人们，在窗前一张红木八仙桌，布置好时馐佳果，壮猷就同这班亲戚们上楼来，揖让就座，洗盏更酌起来。

这时，首座有一位壮猷的长亲，道貌岸然地说道："室雅何须大，像蕴之这样俊雅不群，方不负此雅室。"

又有一位须发苍白的老先生，先重重地叹了一口气，然后说道："现在城内的富家子弟把书房装饰得精致绝伦的很多，可是缥缃万轴，也无非是表面的装饰品，还不是终日斗鸡走马，何尝到那精致的书房内，静静地用一回功呢？要像俺们这位老侄台下帷刻苦，真可算得凤毛麟角了。到底皇天不负苦心人，所以这次秋试一举成名，将来蟾宫折桂，衣锦荣归，也必定稳稳地捏在掌中的了。"

这样你一言，俺一语，转弯抹角地，把壮猷恭维得不知所云。

壮猷正想谦逊几句，忽然，坐在隔壁的一位，结着曲蚓小辫、穿着二蓝茧绸夹袍子的一个冬烘先生，抢着说道："读书人到了三考得中，才算有了交代，但是谈何容易？一要祖宗积德，二要自己用功，最要紧的，还需风水好。俺们绍兴文风之盛，全在山明水秀上。当年上辈传下来说，倘然城内龙山上面的魁星阁上发现红光，照彻全城，这年必定出个状元。倘然这儿的金鸡、玉虬两座山上，发现两道白光，直上霄汉，这年必定有个将星出现。原来红光就是山川发越的文气，白光就是剑灶内的剑气，这是应验不爽的。今年魁星阁上的红光，听说城内已经有人在半夜里看见过一次，或者就应验在俺们蕴之老弟身上，也未可知。"

经这位一说，格外把壮猷窘得如芒在背，幸而首座上道貌岸然的这一位，老气横秋地来了一句"齐东野语，姑妄听之"，总算为壮猷顺了一顺气。可是隔壁座上这位曲蚓小辫，原是个风水先生，研究堪舆之学，颇为有名，自以为这一番话大有道理，对于首座这一句断语，大不服气，还觉得有点暗含着说他恭维不得体，越想越不是味儿，正想引经据典，来一番辩证的话，忽然墙外一阵喧哗，好像有无数村男村女在门口嚷闹一般。

这阵喧哗过去，又听得窗下有一个人，长叹一声，似乎还听得他说了一句："彗星扫野，剑气腾霄，正是俺辈一显身手的时候了。"

壮猷听得，似乎是高司务的声音，就立起身到窗口俯身一看，看见梧桐树下有一个长长的身影，背着手正在来回踱步。

壮猷朝下问道："是高司务吗？"

这个人听得楼窗口有人问他，仰着头说道："少爷，要添酒吗？少爷看到这颗怪星了吗？"

壮猷抬头一看，一轮皓月之外，星光万点，与平常一样，何尝有什么怪星？正想再问楼下，忽听背后有人唤着他的号，连声说道："蕴之，蕴之，在这儿，在这儿，怪呀，怪呀！"

他回头一看，席上一个人都不剩，满聚在那一面的窗口，各个仰着头望着。他走过去探身一看，果然西南天角上有一颗大得异常、赤有火苗的怪星，在天上闪闪发光。而且细看起来，光芒分射，支支可数，宛如扫帚一样，其中另有独出的一支，光芒形同箭杆，远看去，射出来的光芒，足有四五尺长。

此时一轮明月，偶然被一块浮云遮盖，这颗怪星越显得光夺日月，仿佛半天里悬了一具极大的红灯，把满天的无数小星弄得暗淡无光。这时楼上的一班亲戚，又颠头簸脑地各抒怪论起来。壮猷也不去理他们，兀自倚着窗槛，望空出神，心想，这种彗星就是古人所说"搀抢"，又叫"孛星"。照历代的史实，发现这种彗星，绝非吉兆！现在西南各省，正在闹天地会、哥老会，朝廷的官吏又腐败不堪，恐怕不久就要大乱。想起父亲宦游万里，还没有接到平安复信，心里顿时忐忑不安起来。

正在痴痴驰想的当口，忽然觉得后面有人把他衣襟一扯，回头一看，高司务已立在他身边，低低说道："时候不早，少爷同诸位亲戚老爷们，早点安息吧。"

壮猷回身，皱着眉向几位亲戚说道："这颗彗星果然来得奇怪，恐非国家之福，父亲远在云南，实在放心不下。"

众人看见壮猷记挂父亲，满面愁容，也就无心畅饮，草草终席。壮猷陪着他们下楼，请他们分头在客房安息，自己就到后面向母亲、妹妹说明就里。哪知陈氏同娟娟及一班留住的女眷们，也因为看到这颗怪星，想起云南的丈夫，又想起翌年同儿女到云南，不觉眉头都起了个老疙瘩。壮猷看见母亲愁闷，不敢再说什么，反说父亲见识比俺们自然高得多，好在不久就有回信来，父亲一定有指示俺们的话，何必因为这颗星，就无缘无故地担忧呢？

正在娓娓解说的时候，一个老妈子进来说："高司务请少爷出去说句话。"

壮猷想，今天事多，高司务或者有请示的地方，就立起身来，对娟娟道："时候不早，妹妹请母亲同几位亲眷们，早点安息吧，俺出去料理料理，也要睡了。"说罢，走了出来，见高司务立在院子里等着他，就向高司务说道："你忙碌了一整天，也早点安息吧，有事留着明天再办不好吗？"

高司务微笑着轻轻说道："少爷体谅俺，可是有一位客人不肯体谅，要俺伺候他呢。"

壮猷听了一愣，说道："前面客人不是都已安睡了吗？"

高司务接着说道："不是这几位客人，这个人也许还没有来呢。"

这样一说，壮猷越摸不着头脑。高司务又轻轻地说道："少爷可以睡了，房内不要点灯，俺就在少爷房门口坐着，倘然外边有点奇怪响动，千万不要出来，也不要高声叫唤。"

壮猷虽然听得离奇莫测，知道他素来诚实，今天他这一番话，必定有他的用意，可是说得太突兀，不能不问个水落石出才安心，于是一面向外边厅屋房里走，一面问高司务道："你此刻说的话，俺一点不明白，究竟怎么一回事呢？"

高司务说道："到了少爷卧房里再说。"

第二回

游戏出风尘，韫椟藏珠，何妨厮养
恢奇共樽酒，筠帘梧院，小驻豪踪

原来壮猷卧室，就在厅旁对山楼底下的一间屋子里。这座小楼，本来只有两楼两底，楼上作为书室，两间打通，较为宽敞，楼下分内外两间，壮猷将内室作为寝室，外间空着，略微布置一点古玩字画，恰也幽雅非凡。

这时壮猷在前，高司务在后跟着，业已走到门口。高司务抢先一步，打起湘帘，让壮猷进去，然后跟着到了屋内，看到里间、外间都点着红烛，高司务先将古铜烛台上面的烛花剪去了一些，屋内顿时光明。壮猷就向琴台前面的椅子上一坐，抱着膝，静等高司务说明就里。

这时一轮明月依然，照彻大地，满院子梧影参差，好像浸在水里一般。

高司务且不说话，先走到窗口，抬头向四面一望，然后掩上窗门，走到壮猷面前，站着说道："从前俺在外省混了几年，对于江湖上的门槛略微知道一点。今天厅上款待众亲友的时间，大门口挤满了人，俺偶然一眼看见人丛中，有一个摇串铃、背药箱的过路郎中（南方大夫叫郎中），生得獐头鼠目，两只骨碌碌的贼眼，向厅上瞧个不住。

"俺以为这个过路郎中，虽然有点道路不正，偶然息息脚，瞧瞧热闹，也是有的。后来俺出去招待众亲友船上的船夫吃饭，这个过路郎中仍旧在门口左近，向一个本村人打听咱们家里人口多少、做什么官，俺就留了意，知道这类走江湖的郎中，大半同线上朋友有来往的。俺们虽

不是真真富厚之家，可是在这个村子里，总是独一无二的大家，何况老爷在外做官，谁不知道？容易被这班人窥觑，也许这个过路郎中是来探道的。

“那时心里虽然这样想，究竟也没十分把握，可是终放不下这颗心，等到太阳落山的时候，俺又到咱们屋外看了一遍，果然被俺寻到一点证据。就在这个对山楼墙外，不高不低地画了一个很小的白粉三角形，角尖朝上。这处墙外本来是僻静的地方，墙内恰巧一株梧桐树的枝条伸出墙外，从墙上进来，既可蔽身又可垫脚，原是最好不过，而且他们留下的记号，也有许多讲究。

“他们的黑话，画记号叫作订货。一方面晚上可以认清进来的地方，一方面倘然同道路过看见记号，就知道已经有人订货，可以不必再进来，免得伤了同道和气。至于他们的记号，一路有一路的样式，也记不清许多，不过这个三角形尖朝上的记号，知道是他们里边资格较深、有点能耐，能够独来独往的一种标志，次一点的，角尖朝下，最下等的，随便画个圆圈形，那就是撬门挖壁洞的劣等货。今天这个贼人，虽然有点能耐，俺自问还克得住他，绝不叫他动咱们家里一草一木去。少爷用不着担惊，尽管照常安睡好了。”

壮猷听了他这一番话，真是闻所未闻。倘然高司务所料非虚，也许此刻贼人就在墙外，想到这儿，觉得毛骨悚然，窗外梧桐叶被风略略刮动，院子里月光花影略略参差，都疑心到贼人上去。

高司务看他变貌变色的神色，知道他是个文弱书生，年纪又很轻，没有经过风浪，就安慰他道：“贼人来的时候，差不多都在子时左右，此刻还早呢。横竖您一点不用担惊，交给俺办，绝没有错，您安睡吧。”

三番五次催他睡，壮猷坐在椅上总不动身，沉思了半晌，向着高司务说道：“你虽身高力大，贼人也许带有利器，又许不止一个，趁这个时候，咱们把人都叫起来，暗暗地埋伏起来，把他捉住送官究办，不很好吗？”

高司务听得连连摇手道：“俺的少爷，千万不要大惊小怪。贼人是要偷点值钱东西，不是来要命的，再说为一个毛贼弄得大动干戈，也犯不着。万一不来，岂不是一个大笑话。”

他虽然这样说，可是壮猷满不听题，依然东张张，西望望，弄得草木皆兵。

这样耗了许多时候，高司务看他这份稚气，懊悔不该预先对他说出来，这样子两个人耗着，反要误事。眉头一皱，计上心来，向壮猷道：“少爷，外边有钱串子存着吗？”

壮猷道：“怎么没有？里间床下就有二十几贯钱存着。”（昔时都使用铜钱，南方一千钱为一贯，用麻绳串成。）边说边往里屋走去，指着床下叫他去看，说道：“这几十贯钱，原是今天开销剩下的，你说这个，是什么意思呢？”

高司务笑道：“就用这个钱同贼人开个小玩笑，可以打发他走路，下次不敢再到俺们村子来纠缠。”说罢，就俯身把床下二十几贯钱，一齐擦在身上，走到外间，又都堆在一张琴台桌上，又把古铜烛台的残烛，取下来，换上一支整的点着，布置已毕，走到窗口开窗一探头，又随手把窗虚掩上，回身看见壮猷立在里屋门口，痴痴地望着他。

高司务走过去，悄悄地说道：“此刻快近三更，那个话儿也许快到来，您既不愿睡觉，在暗地里悄没声儿瞧着，取个乐儿，倒也不错。”

这时壮猷虽不知道他葫芦里卖的甚药，可也料到几分，知道他不是无理取闹的一种举动，反倒沉住气，随他摆布，决意看他一个究竟。

两个人沉默许久，壮猷忽然想起了另外一桩事，正向着高司务开口要问，猛听得院子里嗒的一声，仿佛墙外掷了一颗小石子进来，高司务向着他连连摇手，一迈步，跨进里间，一口先把烛光吹灭，然后拉着壮猷坐在床边，附耳轻轻说道：“那话儿来了，你悄悄地坐着，不要动，回头俺叫您出来，您就出来。”说毕，就觉得他飘身而出。

此时壮猷侧耳一听，内外静寂如墟墓一般，只有外间桌上烛光，透一点进来。默坐了半晌，又听得庭心嗒的一声，一声过去，梧桐树上的叶子也像被风吹得簌簌作响，响了一阵，又岑寂起来。许久许久，似乎窗口有微微响声，再听又没有动静了。

忽然，外间射进来烛影微微地晃了几晃，就听得高司务在院子里轻轻向一个人说道："见面有份，拿不了许多，分一半好吗？"

似乎另外有一个人叽喳了几句，听不真切。

又听得高司务说道："你说的行话，俺全不懂。咱们这么办，这个钱不是你的，也不是俺的，咱们现在请这个钱的主人出来，替咱们分一分，你道好吗？"说毕，不等那个人开口，便又轻叫道："少爷，客人来了，你出来吧。"

壮猷在里边听得暗暗好笑，想到外间暗地里，看一看贼人的形状，听得高司务叫他出去，知道有他保镖，出去不妨事，当即立起身来，走到外边一看，有一扇窗户已经敞着，院子里的风飕飕地吹进来，把琴桌上的烛光，吹得四面摇摆，顺眼一看桌上堆的钱串，似乎短了十几串，走到窗口借着月光向庭心一望，只见高司务一只手拉着一个短小精悍、通身黑衣的人，远看去，好像很亲热地并立着谈话一般。

此时壮猷在窗口一探，高司务就对他道："请您把门开了，到院子会一会这位佳客。"

壮猷一笑，就把中间的门一开，立在台阶上，仔细打量那个贼人，看他黑帕包头，穿着一套紧身利落、上下排扣的黑色衣裤，腰间挂着一个皮囊，左右肩上，分搭着几贯钱串，衬着一张瘦骨脸，活像社庙里泥塑的小鬼一样。此刻一只膀子被高司务执着，一声不哼，好像咬紧牙关、极力忍着痛的样子，但是头上的汗，被月光反映着，显出来颗颗晶莹可数。

原来贼人的膀子被高司务握住，好像束了几道铁箍，愈收愈紧，痛彻心脾。此时高司务知道他受够了，猛地一松手，那贼人身不由己地倒退了好几步，腿上一用劲，才稳住身子，那只膀子兀自动弹不得，只能瞪着双耗子眼，向着高司务一跺脚，说道："好，今天算俺栽了，走的不算好汉，由你们摆布吧。"

高司务冲着贼人走近一步，冷笑一声，说道："朋友，这儿不是充硬汉、要骨头的地方，倘然要得罪你的话，你想走也不成，可是话说回来，咱们平日无怨无仇，何苦凭空与你过不去？今天你栽了一个小小筋斗，只怪你自己眼光不透，耳根不清。你要知道，这吴家是书香门第，清白人家，虽然有人在外做官，依然两袖清风，绝不是贪官豪富，藏着许多珍宝。倘然是江湖上响当当的角色，绝不愿意进来的，偏你冒冒失失闯了进来，又不开眼，看见这几十贯钱，暗地里就扮了一个鬼脸，两只眼笑得没有缝，那时俺就在那屋子里，你虽然看不见俺，俺却看见你这副鬼脸，想到你墙外画的三角形，看你这份穷形极相，你真有点不配。”

这一番话，说得贼人呆若木鸡，连台基上立的壮猷也听得呆了。

这时高司务又开了口，冲着贼人说道：“常言道，贼无空回，你既进来，咱们也不好意思叫你空手出去，现在咱们这么办。”一边说，一边进了屋内，迅速地把琴桌上的钱如数扛在两肩上出来，又把贼人肩上的钱也拿过来，加在自己肩上，反指着钱对贼人说道：“这二十几贯钱，大约有百来斤重……”一言未毕，他冲着靠外边的墙，走近一步，身形略矮，两膊微振，一个“旱地拔葱”就扛着钱上了墙头，也不转身，一眨眼，又一尘不惊地跳落当地，微笑着对贼人说道：“你照这个样子，扛着钱纵出去，这二十几串钱如数奉送。倘若不能，你瞧，这儿也有两串钱，略表微意，可是从此以后，不准你到这个村子来。”说毕，把肩上的钱都撂在地上，两手一叉，静看贼人怎么办。

贼人肚里明白，今天碰到了行家，虽然自己单身跳得过墙，但是要扛着百来斤重的钱串，就万难跳得上去，这所谓艺高一着，缚手缚脚，到此地步，没的说，立刻老着面皮，走过来向高司务连连打恭，说道：“老师傅，真有你的，早知道老师傅在这儿，俺吃了豹子胆也不敢进来冲犯您老人家！现在请您恕俺初犯，高高手儿，放俺出去吧，永远不忘您的恩德。至于老师傅赏俺的钱，万不敢领的。”

这一番话，倒也说得婉转动听，果然这位高司务点了一点头，说一声：“去吧。”

不想这道赦旨出口，立在台阶上的壮猷突然说了一声“且慢”，这一声不但把贼人吓一跳，连高司务也自愕然，原来高司务对着贼人露了一手能耐，又把贼人连训带损地说了一番，壮猷立在台阶上默默无言地听着，心想：“高司务原来有这样的惊人本领，平时深藏若拙，不肯依恃本领去胡作非为，情愿低首下心地为人仆役，这种克己功夫就是向宿儒饱学一类的人去找，也很难遇见的。”

壮猷这样一想，把高司务这个人，从心坎里佩服得五体投地，觉得自己默默地站着，真有点自惭形秽，恨不能也走过去，侃侃地发挥一阵，可是搜遍肚肠，竟想不出一句适当的话，只好依旧作个壁上观，等高司务对贼人说了一声“去吧”，不料这一声“去吧”，倒把他的文机触动，而且连带动了他书呆子的主意，就突然地说了一声且慢，然后慢条斯理地踱了几步，对高司务说道：“你对他说，俺还有几句话对他说呢。”

贼人何等机警，早已看见台阶上立着一个文绉绉的雏儿，一定是这家小主人，此时不等高司务开口，赶快走到壮猷面前，屈腿打了一千，说道：“求少爷开开恩，放俺出去吧。”

壮猷摇着手说道：“不是这个意思，俺想劝你几句，因为你也是父母十月怀胎生下来的，你也有一点小能耐，何必干这个没出息的勾当？你看做贼的人们，哪一个有好结果？就是做一点小买卖，一样也可以安身立足。从今天起，俺劝你回头是岸，改过前非。现在俺把这地上堆的二十几贯钱，如数送你，做个小买卖的资本，你就拿去吧。”

这贼人听得心花怒放，心想今天逢凶化吉，依然没有白来，偷偷地看了一看高司务的颜色，看他对着壮猷不住地点头，似乎不至于阻拦，就立刻冲着壮猷，趴在地上叩了几个响头，口里还说“谢谢少爷的成全”，立起来又冲着高司务叩下头去。

高司务微笑着说道：“不用谢俺，记住少爷的话，不要口是心非，就算你自己的运气，但是你这许多钱怎么拿呢？”

贼人一听，顿时一呆，心里想：“对呀！一齐扛在肩上，不要说跳过这座墙，就是一步步走，也要出点大汗，难道俺还叫人家开了大门，把俺送出去不成？”

这时把这个贼人难住了，弄得他哭丧着脸，不知如何是好。

高司务冷笑了一声，说道：“没出息的东西，下次不要再来现眼，此番老子好人做到底。走，老子代你扛出去吧。”

这一来，贼人又千谢万谢，正在这个当口，忽然半空中猛然一声巨喝："且慢！"

这一声，宛如晴天里起个霹雳，连高司务也吃了一惊，喝声未毕，从梧桐树上，一阵风地跳下一个怪汉来。不料这个怪汉跳下来与贼人一照面，把贼人吓得屁滚尿流，钱也顾不得要，拼命地往墙上一纵，攀住墙头，连爬带滚翻落墙外，逃得无影无踪。

怪汉一看贼人跑掉，哈哈大笑道："权且寄下这颗狗头。"一挺脖子，向着高司务说道："六弟真是忠厚人，这种小丑便应一剑了却，何必同他废话。"

此时高司务业已认清是谁，立刻满面堆笑地说道："俺道是谁，原来是二师兄，做梦也想不到师兄在深夜光降。此地不是谈话之所，请里面坐，容小弟拜见。"回头一看壮猷，踪影全无。

你道壮猷如何忽然不见，原来他干了二十几贯钱的义举，正在得意扬扬的时候，猛然半空里又有人大喝一声"且慢"，这一声不知是人是怪，几乎把他魂都吓掉，接着一个怪汉飞一般从树上飘下来，一看这怪汉，满颊虬髯，满头乱发，在这须发虬结当中，隐着一双大目，炯如严电，闪闪逼人，身上又穿着一件硕大无朋的破衫，把前襟掖在束腰汗巾里面，露出一双毛腿，赤足套着一双破靴，这个怪相活像戏上嫁妹的钟馗一般。

壮猷自出娘胎，何曾见过这种人物，吓得他一步一步地往后倒退，退到门口，一溜烟进去不敢出来，此时听得这怪汉是高司务的师兄，心里略安，等到他们弟兄携手进来，便壮着胆迎出来，借着灯光仔细一看，见这怪汉虽然一身落拓不羁的样子，可是广颡隆准、阔口丰颐，加以两道浓眉底下衬着一双开合有神的虎目，着实威武异常。

这时怪汉进门，也看见屋中立着一个丰神隽逸的少年，未及开口，高司务抢着对怪汉说道："这位是此地小主人，今天正是中举开贺的日子。"又对壮猷道："这是俺的二师兄，虽然外表生得粗鲁，倒是满腹经纶，也曾中过进士，也曾做过县官，因为……"

话到半截，那怪汉一声怪笑，声若洪钟地说道："这种鸟事，提他作甚！今天既然这位中举开贺，俺算一个不速之客，拿点酒来，作个长夜之饮，倒也痛快。”

高司务知道他这位师兄脾气古怪，嗜酒如命，连声说道：“有，有，待小弟去掇拾前来。”

说毕，就迈步出门，忽又回身进来，对壮猷道：“这位师兄不比俺一肚子草料，或者同少爷谈得上来。”又笑对怪汉道：“有一桩事要请师兄原谅，谈话时请压点声儿，因为那边住着几位贺客，免得他们闻声惊怪，纠缠不清。”

那怪汉略一点头，说道：“俺理会得。”

高司务方才匆匆自去收寻酒肴。

屋内壮猷同怪汉略事寒暄，各问姓氏，方知这怪汉姓甘，湖南人氏，江湖上因他时常使酒骂座，都叫他甘疯子，他就以此自号，把真名真号隐没不用。壮猷听得高司务说他中过进士，猛然记起父亲中进士那一年的同年录上，确有一位姓甘的湖南人，而且还记得小的时候，常听说姓甘的许多异事，与这座上怪汉的举动，暗暗吻合，于是话里套话问到怪汉科第的年月，证明的确是父亲的同年，这一来，立刻矮了一辈，重新以晚辈礼见过，改口称呼年伯。

哪知这位年伯满不理会，一会儿诙谐百出，一会儿据史引经，词锋汩汩，口沫四喷，弄得壮猷插不上嘴，只有唯唯称是的份儿。

这当口，高司务已侧着身进来，左胁下挟了一坛状元红，右手托着一大盘菜，先把一坛酒轻轻放在当地，然后把盘内果肴杯箸，一一拿出来，摆在桌上。甘疯子一看他面前放着一大坛酒，立刻浓眉一扬，咧着大嘴立起身来，把破袖一卷，伸出一只巨灵般的大掌，按着酒坛的泥封，只一拍一旋，就把尺高的泥团取下来，又把几层箬封一揭，突的一阵清醇的酒香，直冲上来。

甘疯子脖子一仰，腰板一挺，冲着高司务一竖大拇指，纵声大笑，道：“好酒，好兄弟，这才是愚兄的知己。”

高司务指着外边，连连地向他摇手。甘疯子把脖子一缩，用手一掩自己的阔嘴，一回身，又蹲在坛边，嗅个不住，猛地两手把酒坛轻轻一举，大嘴凑着坛口，接连咽咽几声，重又慢慢放下，咬嘴吮舌地直起腰来，颠头簸脑地说道："好酒，好酒！真不虚此行！"一眼看见桌上杯箸肴果，已是星罗棋布地摆满了一桌，就向壮猷一拱手说道："来，来，来！老夫不拘小节，主人亦非俗士，毋负美酒，快来痛饮。"

壮猷此时被这位年伯略一熏陶，也知道对待这种狂客，无须拘谨，可有一节，高司务与自己分属主仆，这位年伯与他却是同门，这个局面又怎么办呢？低头一想，恍然里钻出一个大悟来，立刻走到高司务面前，恭恭敬敬地兜头一揖，弄得这位高司务不知所措，说道："少爷，这是什么意思？"

壮猷很郑重地说道："高先生身怀绝艺，深自隐晦，委屈在舍下好几年，晚辈今天才明白，已经惭愧万分！何况又是年伯的同门，从今天起，赶快改了称呼，免得折杀晚辈；而且晚辈还有一桩心事，此时暂且不提，将来禀明双亲，再同两位前辈慢慢商量。"说毕，又是深深一躬。

此时高司务弄得不知如何是好，那甘疯子从旁微微一笑道："在世俗眼光中，自然有此一番拘泥。倘从咱们这种人讲，风尘游戏，富贵浮云，偶为主仆，何关大体？现在这位老弟台既然诚意拳拳，倒也不辜负他一番好意，彼此暂且脱略形迹，六弟也无须固执。来，来，来，浮文扫除，吃酒是正经。"

于是彼此就座，开怀畅饮起来。席间壮猷不免问长问短，高司务就把自己以前的行踪，同这位甘疯子的来历，一五一十地说了出来。（这一席话，便令作者秃了笔，从此也就是本书的正文，直到本书结尾，才能回过笔头，点明高司务隐身厮养的原因，和甘疯子来到吴家的线索。）

原来那一年，高司务清早扛着猎枪猎叉出门的这一天，正是深秋天气，宜于打猎时节。

他先到近村山内，溜达了一回，因为没有猎到值价点的野物，他又翻山越岭走了好几十里路，在人迹稀少的山头，又猎了几只文雉、野兔，一齐挂在叉上，觉得有点饥饿，就在山腰一条溪涧旁边，挑一块磨盘大石，放下家伙，坐下来，从腰里掏出干粮，随意吃了一顿，又顺手掬着碧清的溪水，喝了几口，润一润喉咙，这样休息了顿饭时候，抬头一看，日已近午，便立起身预备回去。

忽然一眼瞥见几十步开外，那一边溪头的松树底下，有一只长身细腿、大逾山羊的麂，身子靠着树，不住地来回擦痒，一忽儿，双耳一竖，跑到溪边，伸着长长的颈，喝那溪水。

高司务一看，喜出望外，因为这几百里山内，像虎豹一般的猛兽从来少有，最贵重的野兽就是这种麂，味既鲜美，皮毛也称上品，不过麂性机警，而且细长的腿奔越如飞，猎取颇不容易。

这时高司务赶快一伏身，摸着猎枪，再向怀里掏火绳（昔时猎枪，内装火药铅子，外引药线，用火绳燃发。后来改用铜帽子代替，皆光绪前民间旧物也），不料空无所有，四面一找，原来俯身淘水的时候，掉在溪内了。猎枪没有火绳，等于废物，只好夹在胁下，捡起那支猎叉，把叉上的野物转掖在腰里，鹭伏鹤行地向前走了几步，把身子隐在溪旁枯草里边，微微抬头向对岸一看，哪知这样一耽延，那只麂已不在溪边喝水，又回到溪头松树底下，啃地上的草去了。

幸而这条窄窄的溪，一跃可过，距麂所在，也不过三四丈远。高司务又悄悄地向前走近几步，右手举起猎叉，觑得准确，把叉使劲一掷，轻轻喊声“着!”满以为这一叉必中无疑。

哪知叉去得快，麂的腿更快。因为雪亮的钢叉头，从日光底下遥掷过去，一路银光闪闪，早把那只麂惊得弩箭离弦一般飞跑开去，跑得老远，还立定回头探看。恰巧那只钢叉，不偏不倚钉在那株松树身上，余势犹猛，叉柄颤动，又把它吓得连奔带蹿，跑上山头。

高司务一击不中，恨得把牙一咬，挟着枪，一纵过溪，顺手把钉在树上的叉拔下来，追上山顶，四面一望，哪有麂的踪影？痴立半晌，正想回转，忽听得对面山坳内一阵锣响，四面环抱的山冈，空谷传声，都是当当之声，好像有千百个人鸣锣一样。锣声响处，从对面山坳转出一群人来，头一个人手提着一面小锣，肩上扛着一块木牌，后面跟着十几个人，也像猎户装束，最后还有许多村男村女一路喧嚷着跟着走，心想这是干什么的，不觉信步往山下走去，想过去看个明白。

可是从这边走到那边，虽只一箭之遥，因中间隔着高高低低的山田，只可迂回着兜过去。

等到他走到对山，那群人已经转过山脚，走入松林里一个土地庙内去了，远望过去，似乎庙内挤满了人，那块木牌却插在庙门口的地上。

高司务紧走几步，赶到庙前，先不进去，走近木牌一看，牌上贴着一张纸，写满了字，似乎字上还有朱砂画的符。他原不识字，看得莫名其妙，正想迈步进门，不料门内正有一人低着头匆匆出来，几乎撞个满怀。他连忙闪到旁边，一看是个老头儿，穿一件长与膝齐、满身泥垢的黑布马褂，束着一条不红不黑的腰巾，头上斜罩着一顶破烂的羽缨帽，一条花白小辫曲曲地搭在前面，原来是这儿平水镇的张地保，免不得叫他一声："张老爹，你好呀！"

那张地保抬头一看，用手一指说道："咦，原来是你，你倒是个机灵鬼，居然被你赶上了。也罢，看在你爹面上，换个别人，这宗巧事儿俺还不高兴抬举他呢！俺也不稀罕你谢俺，就把你腰里挂的雉、兔拿过来，与俺下酒吧。"

高司务知道他是出名的张捣鬼，以为他说的一番话，信口开河，便笑着道："老爹休得取笑，巧事满天飞，也挨不着俺。此刻俺在对山赶失了一只麂，听见锣响，望见老爹扛着这块牌，所以赶过来看个究竟，真个老爹今天穿得这么整齐，又有什么公事吗？"

张地保笑着点了一点头，说道："原来你真不知道，这也难怪，但是你来得真巧，也算你的巧运。来，来，来，门口不是谈话之所。"就拉着高司务远走几步，到了一株大松底下，一齐坐在松根上。

那张地保指着插在地上的木牌道："这块木牌上贴的是县里发下的告示，因为宁波、绍兴两府交界的地方，有一座四明山，凡两府各州县的大山小峰，都是这座山的分支。你想这座山多大多高，不料今年夏天，四明山下出了一次蛟，把近山的宝幢县里的田庐牲口漂没了许多，不是这当口，咱们绍兴河水也涨了一涨么，也是受了四明山出蛟的影响，山洪暴发，直注下来的缘故。这还不算，前几天，宁波府的官厅绅士们，往四明山踏勘出蛟地方的蛟穴，顺便到各处有古迹好风景的山头游玩，不料无意中看见有一处山地上，骨嘟嘟地往上直冒水泡，冒得有一尺多高。看见的官绅里边有一个德高望重的大绅士，一看地上冒的水泡，吓得直跳起来，问他为何如此？他说不得了，冒水泡的地下，必定还有蛟龙潜藏，倘然天上一动雷雨，也许就要出来。这样一说，上自官府，下至老百姓，尤其是近山几个村镇，想到上次出蛟可怕，都吓得走投无路，几个无知村夫农妇，甚至跑到山上冒水泡的地方朝夜焚香叩祷，请蛟龙不要出来，也有朝天许愿，希望天爷爷不要动雷降雨。

“这时宁波的几个主要的官职，也知道事关重大，邀集缙绅会商了几次，后来由那位德高望重的大绅士出个主意，雇了许多民夫，从发水泡的地方掘下去，一面指挥营兵端着洋枪，圈住掘口四面，倘然发现潜蛟，预备一阵洋枪，把它轰死。这个主意虽然不差，但是那个发水泡的地方，掘到十丈多深，还没有蛟龙的影子，非但没有影子，而且这班兵民在这座山内又纷纷发现了许多冒水泡的地方，这个情形报告上去，弄得这位大绅士目瞪口呆，一点没有了主意。

“官府一看情形不对，倘然水泡冒一处就有一个潜蛟，将来这许多冒水泡的地方都发动起来，这还得了？百姓遭殃事小，牵动前程事大，就急急地把这桩事奏上去，请省里指示。并因四明山地跨宁、绍两府，又知会了绍兴府。哪知省里下来的批文，无非模棱两可的官样文章，依然没有切实办法。那位首创掘土搜蛟的大绅士，觉得掘土无效，面上有点挂不住，又搜罗古籍，引经据典地上了个条陈，条陈上有‘潜蛟所在，地面寸草不生，泥土松浮，容易分别。因蛟性亢毒异常的缘故，何妨悬赏募集两府壮年猎户，到四明山周围仔细搜查，必收威效’等语。最妙的是地冒水泡的一节，条陈内绝口不提，好像没有这回事一样。

“可笑这般官府，连个主意都没，一看有地方绅士出主意，乐得顺水推舟，既可敷衍地方上的百姓，又可在上峰面前得一个办事认真的奖励，即使将来办得不善，这原是地方绅士的主意，怨不得官厅，于是雷厉风行地会同绍兴府，通饬各县、各处张贴告示。告示上的大意就是‘募集两府所属壮年猎户三千名，到四明山搜掘蛟窟。倘能搜出潜蛟所在，因而消灭巨患者，赏银三百两，奖给两府游猎免捐执照一纸。数人或数十人共同掘得者，赏银公摊，另外各给本乡免捐猎照一纸。入山搜查期内，由当地官府指定住所，发给干粮’云云，这个告示各处一贴，立刻轰动两府。”

张地保说到此处，在下要代他补充几句，因为“出蛟”这个名词，虽然由来已久，可是北方很少听过，也许有不明白“出蛟”是怎么一回事的。原来“出蛟”这一桩事，虽有点神秘，但是载在典籍，古往今来南方的人们屡见不鲜，确非齐东野语。据说蛟形似龙非龙，能大能小，全身好像鳄鱼，遍身铁鳞，又像穿山甲，最奇怪天地间本来没有蛟种，是由雄雉和雌蟒交合，才生出这个怪物来的。

雉蟒交合的时候，必定是疾风暴雨、雷电交作的一天。交合时，五彩纷华的锦雉张着双翅，蹲在树上，两只眼睛像斗鸡似的注定了蟒。那蟒的全身盘在树上，昂着头，吐着芯，两只怪眼也注定了雉。这样四眼交射，许久，许久，锦雉突然飞下树来，朝蟒乱跳乱舞，喔喔狂啼，那蟒一看锦雉飞下来，也立刻游身下来，在地上盘成一个大圈，把锦雉圈在中间，仍然昂着头，对着雉咯咯狂鸣，活像此唱彼和，载歌载舞一般。这时蟒身愈圈愈紧，最后把斑斓夺目的蟒身，盘成一个大锦堆，只剩一个蟒头，同锦雉贴身并着，依然四眼交射，而且那蟒的血盆大嘴，吐着伸缩不定火苗似的芯舌，好像一口要把锦雉吞下去的样子。那只锦雉满不理会，只奋翅一跳，跳上蟒头，这时远看去，蟒头上像加了一顶富丽堂皇的宝冕。这样子又许久，许久，这幕活剧才算结束，雉蟒各自狂叫一声，分头飞散。

那时地上就遗下一大摊蟒雉混合的精液，这精液渐渐渗入土内，自然地凝结成一个坚卵。每逢雷电风雨交作一次，这个卵就往土内钻深一尺，长大一倍。三年以后，入土当然很深，卵体当然很大，这时卵内就渐渐变成蛟形了，而且卵的周围，必定变成巨潭大壑，不过地面上依然看不出来。到了这个时候，卵内的蛟就破卵而出，在地下深潭巨壑内潜藏修养，等到相当时期，正值雷电风雨的时候，那蛟立刻夹着地中深潭巨壑的积水，天崩地陷一声巨震，破土而出，半云半雾的瞬息飞行千里，蹿入大海，而且出蛟的当口，左近一带山峰，同时涌出几百道飞泉，如银河倒泻一般，东溃西决，直往下流，好像特意助长潜蛟的威势一样，所以出蛟的时节，往往一霎时田庐漂没，变为泽国，但是蛟归大海以后，也很迅速地风定水退，恢复原状，只有潜蛟出来的地方，必定变成面积极大的千丈深坑，就是用一个重量炸弹，也没这样的伟大力量。你想奇怪不奇怪，可怕不可怕！

话虽如是，也有预防的法子。倘然冬天大雪的时候，在山内看到圆圆的一块地方，一点没有积雪，或者将将下过大雨，这块土面比别处特别干燥得快，掘下去必定可以掘出蛟卵。这个蛟卵，无论已经长得如何大小，一经掘出，就与寻常鸡卵一样，毫无危险。至于有蛟卵的地面，为什么积不下雪，存不了水，因为蛟体确系纯阳之体，异常亢热，因之蛟卵上面地土，也起了特别变化。

从前南边地方官视雪地搜蛟为一种例行公事，到前清洪杨以后，因出蛟的年份很少，也就不大理会，渐渐废止。其实古时“秋狝冬狩”的“狩”字，就有雪地搜蛟的工作包括在内。这样看起来，“出蛟”的一桩事确有来历，并非妄谈，不过这位张地保虽然说得头头是道，对于出蛟、搜蛟的来历，做梦也不会了解的。

第三回

古刹惊泥丸，非鬼非魔，尸居余气
深山搜蛟卵，疑真疑假，别有会心

当时，张地保对高司务说明了木牌上告示的来由，就接着说：“现在各处猎户都想得这笔赏银，托人情，走门户，去报名上册。不是猎户，也想冒充猎户，弄得拥挤不堪。幸而宁波人都是做买卖的多，当猎户的很少，否则不要说三千名额，就是三万名额，也轮不到俺们绍兴人，可是招募的限期快到，上灶、下灶、平水三处猎户，报名的有五六十个人，经承办的绅董挑选一下，把老的、小的、病的剔出去，只剩得十九名。

因为想凑成二十名，又命俺敲着锣，各村兜了一个圈子，果然跟着俺来报名的很多，但是本地绅董都认识他们是种田的，不准他们。可是本县限定今天晚上将四乡招募猎夫送到城内点名，而且要当晚押赴宁波，你看庙内坐着好几个本村绅董，陪着县里委员正办着公事呢。你年纪轻轻，又是个道地猎户，报名上去，正好凑足二十名额，你说来得巧不巧？倘然这个巧劲儿，凑上巧运，一路巧到底，到了四明山就许搜着蛟卵，得着赏钱，那时你就算一跤跌到云端里去。”

说到这儿，他哈哈一笑，伸手向高司务背上一拍：“喂，老高！到了那时节，恐怕把俺张伯伯一番抬举的功劳，也带到云端里去，被风吹得无影无踪了，俺的话对不对？你说……你说……”

高司务正想接口答话，忽然庙门口跑出一个官差模样的人，立在门口高声叫道：“委员老爷传地保问话。”

那张地保连忙站起来，应道："嗻……嗻……"

高司务也立了起来。

一看门口立着叫唤的官差已转身进去，张地保对他说道："你此刻就同俺进去，见了绅董、委员老爷们儿，须要跪下叩头，俺叫你说什么，你就说什么；不叫你说，不要多开口。知道么?"

一面说，一面把自己身上掸了掸土，掖了掖衣襟，又扶正了帽子，拉着高司务匆匆向庙门口走去。

这时高司务心里真有点迷迷糊糊起来，身不由己地捡起了猎叉、猎枪，跟着他走。

还未进门，张地保又对高司务说道："你扛着这长长的家伙，拽着累累赘赘的野物可不成，俺代你携着吧。"

高司务就都交他拿着，然后跟着进了庙门。张地保先把他手里拿着的家伙野物，一齐交与看门的庙祝，然后轻轻地对高司务道："跟俺走，看俺眼色行事。"于是一先一后走了进去。

高司务抬头一看，小小天井里挤满了人，个个直着两只眼，朝庙堂里面看个不住，顺着他眼光一看，庙堂口坐着几个穿马褂袍子的人，中间摆着一张白木裂缝矮桌，桌上摞着几本账簿，同一副笔砚。那张地保先叫高司务在天井站住，自己走近矮桌，把帽子一摘，双手一垂，朝中间坐的一个黄胖脸、两撇短胡的人说了几句。

只听见中间坐的人说了一句"叫他来"，张地保转身向高司务一招手，高司务愣头愣脑地走了上去，一眼也不敢往上看，就撅着屁股趴在地下，像老母鸡啄米似的，叩了一阵响头，爬起来，低着头，同那张地保并站着。

那黄胖脸的人开口问他姓什么，叫什么名字，多大岁数?

高司务答道："小的姓高，没有名字，人人都叫俺阿高，阿高就算小的名字，今年十九岁。"

那黄胖脸的人和旁边坐的几个人说道："这个人似乎还老实，也健壮，就把他补上吧。"

那几个人欠了一欠身，齐声说道："很好，很好。"

这时张地保把高司务衣襟一拉，向他耳边轻轻说道："委员老爷已经把你补上了，还不赶快叩头谢谢委员老爷，同几位绅董老爷们儿。"

高司务又糊糊涂涂地叩了一阵头。

此时，那黄胖脸的委员提起笔来，上了名册，就立起身向众绅董拱拱手说道："名额已定，兄弟立刻要回县销差。"又回头对张地保说道："这二十名猎户，着你立刻押送到县，不得延误。"说毕，昂头向外就走。

几个县差把桌上名册夹在胁下，也匆匆地跟在后头，那班绅董自然恭送如仪，这且不提。

那高司务知道立刻就要同这班猎户一齐到县，拉着张地保说道："张伯伯，俺要回家一趟，关好门户，告别邻居，才可安心出门，您让俺回去一趟吧！"说罢就要拔步出门。

急得地保用手一拦，说道："俺的大爷，你倒看得稀松平常，可是你也听见，要立刻把你们送县，今晚就要动身到宁波。你想这儿到你们下灶，少说也有三十多里路，来回就六七十里，你看太阳已经在山脚，两膀生翅也来不及。再说，想回家的不只你一个人，你看天井立着十九位，哪一个没有家呢？俺的大爷，你算可怜俺，让俺老骨头少一顿板子，你算积了大德哩。"

高司务被他说得没有法子，四面一看，也没有一个下灶人同认识的人，可以捎个信去，一想一间破屋子，谁也扛不了去，用不着挂虑，倘然搜到了蛟卵，得着赏银，就算平地一声雷，破屋子也可换新屋子，想到这儿也就一声不响，只说了一句，请他得便到下灶代托邻居照着门户。那张地保点头答应，又寻着庙祝，把猎枪、猎叉还了高司务，可是几只山鸡、野兔就一声不哼地笑纳了。

从此，高司务同这班猎户由张地保率领上县，当夜从水道望宁波进发。

那下灶村就从这天不见了高司务，偏偏那张地保销差回来，不多几日一病不起。平水镇的人又都不认识高司务，而且因为下灶住户不多，搜蛟的公文也没有行到，所以下灶的人们始终不知道他的去向，直到七八年后他回来那一天，对邻居说的一番话，依然是有心说谎。

其实，那时他同众猎户到了宁波以后，由当地官府会同绅董，指定四明山相近几处庙宇，将这班猎户分队安顿，供给食宿，一队有一个人监督着。高司务这一队有一百个人，就住在宝幢的铁佛寺内。

这铁佛寺为宁波大丛林之一，与阿育王寺、玲珑寺、天寿寺、天童寺、雾峰寺等齐名，自明朝敕建，到那时已经四五百年。虽然香火衰落，屋宇破损，不及阿育王寺、天童寺之名震遐迩，可是气象庄严，尚有旧时规模，寺内大小房屋也有二百多间，安顿百把个猎户，绰绰有余。寺内几十名和尚，知道这班猎户募来收蛟，倒也不敢慢待，送茶换水，很是殷勤。

高司务到了寺内，听官绅吩咐下来，叫他们明天清早入山，开始搜蛟的工作，当天无事可做，就同这班同伴们，三五一群地到寺内各处游玩。

原来他们住宿的地方，在大殿背后另外一个大院子，中间殿上塑着鱼篮观音，周围散着几十间屋子。从前香火鼎盛的时节，这几十间房子也是僧人禅定之所，后来僧侣渐渐星散，现剩的几十个僧人，都住在方丈左近，就把这几十间破屋空了起来。有几间屋内，还放了几口棺材，也许人家寄厝在这儿的，可是这所院落冷落多年，人迹罕至，又存着不祥之具，很有点阴气森森。

这班年壮气盛的猎户满不在意，一哄而出，转到前殿，顿觉巍峨高峻，气象万千，中间三尊铁铸大佛，法身寻丈，宝相庄严。殿上两人合抱的大柱上，蟠着两条金龙，张牙舞爪，就像活的一般。这班猎户原为发财而来，自然见佛就拜，一窝蜂跪在拜垫上面，各自喃喃地祝祷起来。高司务未能免俗，也随着大众参拜一番，立起身，又到些什么罗汉堂、药王殿、弥陀阁各处分头游玩。因为这个铁佛寺面积广大，建筑曲折，百把个猎户走来走去，就分散开来。

高司务一个人信步所至，不觉走到一幽静所在，满地铺着鹅卵石，砌成各种花纹。中间一条青石甬道，甬道尽处，挡着一堵红墙，中间露出一个葫芦形门洞，门洞边贴着一张写字的红纸条，进洞一看，迎面堆着一座玲珑剔透的假山，转过假山，露出很精致轩敞的三间高厦，一色冰梅纹雕花窗户。窗外走廊内，排列着一盆盆的各色菊花，一阵阵幽芳清馥，远远地送到鼻管里来。廊外台阶下面，种着两行凤尾竹，随风起伏，好像向客迎揖一般。

高司务心想，这地方与别处不同，也许是方丈住的屋子，但是静悄悄的，怎么没人影呢？且进去看看再说，就慢慢地从两行翠竹影里走上台阶，一看右首花窗敞着，走近窗口，瞧见屋内靠墙满是书架，层层叠叠装着整套的书。中间一只树根雕的安乐椅上，坐着一个不衫不履的人，面朝着里，看不出面貌，手内举着一本书，赤着脚，高高地搁在一张铁梨圆桌上面，桌上也乱堆着许多书。

这人一面看书，一面伸着指头，挖脚叉缝的泥垢，有时把挖脚的指头，送到鼻管一闻，又伸到脚缝内，一个个轮着挖个不住。

高司务看得一乐，咧着嘴几乎笑出声来，不料门牙上忽然一阵剧痛，好像猎枪放出来的铁砂弹弹了一下一样，用手一摸，从牙根上摸下一颗很小的泥丸来，泥丸上面还隐隐地粘着牙血。正在惊异的当口，猛地鼻上又是一下，一伸手，从鼻尖上又取下一个小泥丸，带着一股特别的奇臭，直钻鼻管，拈在手中，恶心的气味兀自不断地发散出来。

此时高司务闻到这种气味，明白这个泥丸一定是屋内看书人脚缝内的东西，想到这儿，几乎把肚内隔夜饭都呕出来，赶忙拈着泥丸向地下一掷，恨不得一脚跳进去，揪他出来，揍他一顿，但是亲眼看他面朝着里，一动也没动，怎么凭空不偏不倚地会弹到面上来？而且一颗小小脚泥丸，来的力量竟像猎枪放出来的铁砂弹一样，这不是奇怪的事么？再看屋内那个人，依然一声不响，一面看书，一面挖脚。

这时高司务吃了两下哑巴亏，虽然想不出所以然来，心内兀自气愤不过！心想无论如何，这两颗脚泥是他身上的东西，没有第二个挖脚的人，不向他理论，向谁理论？越想越对，就冲喉而出，向屋内喊了一声："喂，先生，你是读书人，为什么凭空欺侮外乡人？把这个龌龊东西向俺面上乱掷，你出来，咱们评评道理。"

那屋内的人哈哈大笑一声，抛书而起，隔着窗双目一张，仿佛一道电火似的，直射到高司务面上。高司务一看这个人约莫二十几岁，面如冠玉，神采飞扬，尤其是两道剑眉，一双凤目，格外来得威棱四射，不可逼视。

这个人一看高司务虽然装束粗鲁，倒也生得虎头燕颔，与众不同，也自暗暗点头，笑着对高司务说道："你且进来，俺与你谈谈。"

高司务生长山村，天赋淳厚憨直的性格，被这人神威一照，温语相接，就发作不起来，身不由己地走进屋内。那人又指着对面椅子，叫他坐下谈话，自己仍然赤着足，坐在看书的原椅上。

但是高司务知道这个人器宇非凡，说不定是本地的绅董，屁股在椅子沾了一沾，又立起身来。那人好像知道他心理似的，笑着立起来，伸出一只手向高司务肩上一按，说道："你只管坐着，俺不是那种人。"

高司务这样子雄壮身材，经他单手一按，不由自主地直坐下去，暗暗吃惊，心想看他不过一个文弱书生，有这样大的力气，怪不得那话儿像铁砂一般。

那人回到自己椅上，又微微地笑道："俺这个地方没有人进来的，因为俺嘱咐过本寺方丈，而且门口还贴着闲人莫进的纸条。你既闯了进来，咱们也算有缘，不过起初没有看清楚是你，有点游戏举动，请你不要见怪。你不是来掘蛟发财的吗？俺可以帮你毫不费力地寻一个大大的蛟卵，向官厅领赏去，这样一来，你定可以不恨俺了吧？"说罢，一只手支着下颔，眼光注定了高司务，等他回答。

高司务毫不思索，急急地说道："请你恕俺，你墙上满写了字，俺也一样进来，因为俺是不认识字的。可是你说的卵，且搁着回头再说，俺现在心里有一事，非请你告诉俺不可。俺在窗外立着的时候，牙上、鼻上中了两次脚泥弹，倘然此刻你自己不承认，俺真不敢咬定是你干的。因为俺看你头也不回，手也不举，怎么像有背后眼似的，准准地弹到俺面上呢？最奇怪的，凭这一点点脚泥就把俺门牙弹出血来，到现在俺这颗门牙还有点活动呢。"

那个人听他说到这儿，突地立起身来，拉着高司务的手狠狠一摇，说道："好，不识字的人才有天真，尤其你这种不识字的人。你问俺的话也很有点意思，俺倒很愿交你这个朋友。你要知道这个缘故，俺此刻对你说，你也不会明白，将来倘然你有缘的话，你非但能够明白其中的道理，也许你自己也能赶得上，慢慢地往后瞧吧。可是俺说帮你掘到蛟卵的话，也是真话，此刻时候不早，俺另外有点事，不便和你细说。倘然你能信俺，晚上三更以后，等你的同伴睡熟，悄悄地一个人上俺这儿来，再和你细谈。”

高司务此刻知道这人不是常人，油然生出一种敬畏之心来，立起身，连声答应，就趁势告辞走出来，那人居然送他到走廊台阶上面。

高司务忽然回转身来说道：“俺真荒唐，说了半天，俺还不知您贵姓呀。”

那人笑了一笑道：“没有关系，俺姓王，是本地人，回头再谈吧。”

高司务重新转身走出来，将要走到葫芦式门洞口，又听得那人在台阶上喊道：“回来，回来。”遂又转身回过去，问道：“您还有事吗?”

那人仰着头想了一想道：“你们不是住在大殿后面一所大院子里么?那所院子空了多年，已成凶宅，恰恰今天日辰很是不吉，你们虽然人多气壮，总以小心为是。你记住俺的话，到了三更就上这儿来，保你平安无事，你去吧。”

高司务走了出来，一边走一边想，这个人何等英雄气概，可是此刻说的什么凶宅哩，日辰不吉哩，不成了婆婆妈妈么?也就半信半疑，不以为意，只记住三更以后，定来赴约。

一路走来，不觉已到大殿。因日已西沉，大殿四角黑暗暗的，越显得深邃莫测，只中间悬着的琉璃灯，发出淡淡的一圈黄光。穿过大殿，回到那所院子，这班猎户都已游毕回来，喧喧嚷嚷地站了一院子人，各屋子地上平铺着预备他们睡觉的草席，也有三五一群坐在草席上聊天的，他也进去坐在一块儿瞎谈起来，只不说出遇到姓王的一段事。

一忽儿，有人提一大筐馒头进来分给众人，各人止住话大嚼起来。监督他们的几个人，这时分头向各屋内通知，晚上不给灯火，免生危险，叫他们早点睡觉，明天一早进山，说毕自去。

此时天已大黑，一钩凉月，几点星光，屋内依稀看见几个人影，这样子也就无法谈话，渐渐地静寂起来，渐渐地鼾声四起，只有高司务躺在草席上，思潮起落，静待三更。这时偌大一个寺内，万籁无声，只有远处的更柝、各屋的鼾声，互相和答，这样子沉静了许久。

高司务默数更柝，还只二更，不觉呵欠连连，两眼合缝。正在蒙眬当口，忽听得近处咔嚓一声，猛一疏神，两眼睁了开来，侧耳一听，依然寂寂无闻。觉得有点内急，暗地摸索着立起来，借着外边透进来一点星月微光，看到地上横七竖八躺着的人，睡得像死去一样。从人身上慢慢地跨出去。

到了户外立在院子中间抬头一看，浮云遮月，凉风砭肌，似有雨意，正想走到院角撩衣小便，猛听得背后又是“咔嚓”“咔嚓”两声，不觉吃了一惊，回头一看，似乎这个声音就在对面屋里发出来的，壮着胆子细细一望，那屋同别间房屋一样没有门户，大约年久失修，门臼脱落的缘故，再向屋内一瞧，黑洞洞的看不清楚。忽然想到白天看见有一间屋内搁着几具棺材，似乎就是这一间，这样一想，他机灵灵打了一个寒噤，把一泡尿都吓回去了，心想白天王先生说这院子是凶宅，也许真有点道理，此刻大约快到三更，不如离开此地，早去赴约为是。正要拔步就走，禁不住再向对屋一瞧，啊呀！俺的妈！这一瞧不要紧，几乎魂灵吓出了窍。

你知道他看见了什么？原来他一眼瞧见对屋门外，笔直地立着一个怪东西。看不清身上什么样子，只看见这个怪东西，头上的长发一根根像刺猬般地立着，面上深深的眼眶内，藏着两点碧荧荧的怪眼珠，正一瞬不瞬地瞧着他。幸而高司务自幼翻山越岭，力壮胆粗，虽然受吓不轻，一时慌乱动不了步，幸而那怪物也纹风不动地直立着。

他勉强镇定心神，四面看清了出路，猛然一个转身，拔腿飞逃，头也不回，直往大殿奔去。由后殿奔到前殿，抬头一看，叫声苦不知高低，原来前殿又高又大的八扇殿门，关得密不通风，一时心慌意乱，难以拔关而出，急得他像苍蝇掐了头似的，四面乱撞。哪知怪物一双青荧荧的怪目，已从殿后直射出来，而且张着鸟爪般的怪手，直着腿，乱蹦乱跳地追踪前来，眼看离身不远，吓得他冷汗直流。

一想殿门难开，来路又被怪物挡住，回头一看，佛座面前摆列着一横一竖的几张经桌，立刻退到桌旁，一步一步地往后退避。哪知怪物一步不肯放松，循着桌沿，直跳过来，他只得回头就跑。这样一前一后，愈追愈急，绕着几张桌面，不知盘旋了多少次，从这桌跳到那桌，又穿过别桌，好像走八阵图一样，追得他神疲骨软，气喘如牛！幸而那怪物一味直着腿乱跳，在桌缝里面，逢到拐弯转角的地方，终不如人跑得便捷，一时不致被怪物擒住。

最奇怪，有时高司务逃得距离远一点，暂时立住换口气的时节，那怪物也立时定住不追，一迈步，怪物也同时跳上前来，紧逃紧追，慢逃慢追，不逃不追，竟像存心逗他玩的一样，可是那怪物无论追与不追，两只怪眼睛始终一瞬不瞬地盯住了他。有时两只怪爪触到桌面，立时几个窟窿，看得真欲心胆俱裂！心想万一被他追上，立刻死路一条，赶紧想一脱险方法才好，但是离后院已远，叫唤起来，绝难有人听见，只有设法逃出大殿，逃到王先生那儿，或者他有法子制住这个怪物。此时知道自己不动，怪物也不会动，故意立在远远的桌头，与怪物对立着，一面用目留神怪物举动，一面肚里不住打主意。

忽然望到怪物背后殿角里架着一面大鼓，鼓后还有一个大圆洞，洞里面似乎是一间配殿，与大殿相通，极目望去，里边黑黯黯地上印着一块长方形的月光。猜想那长方影儿，定是一重开着的门，所以月光进来，这重门既然与大殿门并着，当然也通殿外的空地。起初只想开大殿门逃命，想不到旁边配殿还有门开着，立时心头一松，得着一计，故意迈动几步，引那怪物追他。

果然他一动腿，怪物就追。这次不循桌逃避了，一直望那配殿飞奔过去。到亮处一看，果然开着门，直通殿外游廊，记得白天走尽游廊，就是通到王先生那边鹅卵石径。这一喜非同小可，立刻纵出门去，向游廊直跑。哪知他不逃还好，这一逃几乎丧了性命！因为在大殿内有许多长桌挡住，那怪物无法狂追，等到高司务变计，逃出侧门，那怪物竟如磁石吸针一般，飞追出来，追到游廊，直通无阻，乱跳乱蹦，竟也迅速非凡，接连几跳，就离高司务身后不远。

他回头一看，那怪物巉牙豁露，钢爪怒张，愈显得狰狞可怖，喊声“不好”，拼命向前飞逃。刚刚逃尽游廊，踏上鹅卵石径，业已望见葫芦式门洞，忽觉身后嘘气咻咻，一股奇冷尖风直刺脑后，一回头，那怪物已经离身不过数尺，张牙舞爪，直扑上来。这一惊非同小可，“啊呀”一声还未出口，不料脚底下被石苔一滑，两脚一软，望前直跌出去，连惊带吓，躺在地上晕了过去，等到苏醒过来，他觉得肚上有一件东西压在上面，以为已入怪物之手，猛地睁眼一看，满眼红光闪耀，一时看不真切，再一定神细瞧，哪里还有怪物？自己卧在一张精致的榻上，榻前立着那个王先生，哈着腰，右手拿一支烛台迎面照着，左掌按着他肚子上不住地摩擦，不觉啊呀一声，说道：“怎么俺会睡在这儿，不是做梦么？”说罢就想坐起来。

那王先生把烛台向榻前几上一放，向他摇着手道：“你此刻原神未复，且不要动，你经过的事俺都明白，回头再说。”说毕，那只按在肚上的手，格外摩擦得快起来。

高司务觉得他的掌上发出一股热气，直达丹田，荡肠回气，舒适异常，肚内立刻咕噜噜响起来，而且掌内透出的热气愈来愈盛，奇热非凡，立刻遍身大汗如淋，一阵大汗过后，就觉得全身融和舒畅，精神陡长起来。

这时王先生笑着点了点头，停止按摩，仰起身对他说道：“现在寒邪不致内陷，没有什么关系了。”

高司务不懂什么叫寒邪内陷，只觉得遍体舒适，毫无痛苦，两手一撑，一偏腿走下床来，向王先生说道：“俺被怪物追紧，一跤跌倒，自知必死！现在到了这儿，想必是您从怪物手里救回来的，这番救命之恩，叫俺如何报答？”说罢，趴在地下，鼓咚咚地叩起响头来。

王先生两手一扶，把他捧了起来，纳在一把椅子上，自己也坐在对面椅上，笑着说道：“你吃了一番大惊吓，虽然俺救你出险，其中尚有别情，也许你听得反要恨俺呢！老实对你说，俺明知那个怪物三更时分必定出来的，故意叫你等到三更以后，上俺这儿来，料得你一定会逢到那怪物，但是俺们没有海样深仇，为什么故意让你蹈这个不测之险呢？

因为俺们白天见面，俺很爱惜你这个人，可惜你质美而未学，就如一块含钢的铁，蕴玉的璞，不经过陶冶琢磨，是显不出来纯钢美玉的。俺存了这个心思，特意叫你遇到怪物，试试你的胆量定力如何，其实你与怪物在大殿追逐的时候，俺就蹲在佛座前监视着那怪物，等到你变计逃出侧门，俺暗暗地赞美，知道你临危不乱，很有胆力，足见俺双目不盲。

“后来怪物飞追出来，俺就蹑在怪物后面，等到怪物追近，你一脚滑倒，俺就一个箭步，赶到怪物前面，转身飞起一腿，把它踢跌回去好几丈远。那怪物原是非鬼非怪的一种僵尸，一跌倒地下，就泯然无知，依然是具硬尸。俺恐怕明天有人发现尸首，弄得阖寺不安，就撒上一点化骨丹，把这具尸骨化成一摊臭水，然后把你抱回来，运用内功的丹田真气，渡到你的身内，把你治醒过来。不过你虽然受了一场虚惊，倒也积了一桩功德。倘然没有你把怪物引了出来，那班睡得像死去的猎户，早已遭了毒手，不用说都睡得人事不知，没有抵抗能力，就是清醒白醒，有几斤笨力的壮夫，也斗不过这个怪物，你在大殿上也看到那怪物的两爪，触处洞穿，多么厉害，岂不都是死数！”

高司务听他说出这番话来，如梦初醒，心想那怪物已够厉害，不料这个白面书生竟比怪物还要厉害万倍，难道是神仙不成？听他口吻，对俺很有成全意思，俺不要错过机会才好，但是自己是个目不识丁的粗人，他肯收留俺么？

正在心口相商、欲言又止的当口，王先生一看他的面上神色，早已肚内雪亮，笑着说道：“俺今天这一番做作，原为成全你起见。俺们师兄弟五人自离师门以后，都抱济世度人的宗旨，倘有质地品性完全无缺的人才，没有不乐于玉成的。但是到处物色，姿质好的还容易收罗，要质品兼备的实在少有。今天看到你，用言语一探，就知道你倒合俺们物色的资格，不过俺们虽然到处收罗，并非收作自己的徒弟，都是代师收徒。物色到一个人才以后，得到本人同意，即须送到老师那儿亲自再考查一下，然后方能正式入门墙。倘然你愿意跟俺们学艺学道，明天俺们三师兄定来看俺，俺可以托他把你送到老师那儿，但不知你家中父母能否应许你呢?”

高司务一听，乐得心花怒放，比搜着蛟卵，得到赏银，还高兴十倍，心想在这样神仙一般的王先生手下做名当差，也是福气，何况还有本事可学呢，立刻答道：“俺父母早已亡过，连兄弟姐妹都没有，一无牵挂，您说怎么办怎么好。”

王先生点着头说道：“这倒真合适，但是你明天入山搜蛟卵这一桩事怎么办呢？”

高司务毅然答道：“这是小事一段！既然立志跟您学本事，赏钱有何用处？何况未必掘得到蛟卵呢？明天向管事的人托故辞掉就是了。”

王先生笑着说道：“你以为白天俺对你说，帮你毫不费力寻着蛟卵的一句话，也是因为要诱你三更上这儿来，故意这样子说的么？其实这句话倒是确确实实的，不过其中尚有许多作用，俺现在把其中实情一说，你就明白了。你以为这一次四明山上劳师动众地搜蛟卵，真有这许多蛟卵吗？俺可以肯定地说，把整个四明山翻过来，也找不出半个蛟卵影子来。”

高司务听得浑似丈二和尚摸不着头脑，呆着脸说道：“咦？这可把俺糊涂死了，照您这样一说，怎么还说毫不费力寻着蛟卵一句话确确实实的呢？”

王先生笑了一笑道：“你不要心急，俺不是说过其中尚有作用么？你知道这桩事的内幕吗？倘然拆穿西洋景，真可以笑掉了牙！”

高司务急急地问道：“这又是什么意思呢？”

王先生冷笑一声道：“这就是劣绅巧宦的怪现状，你既然应募而来，当然也知道此事发动的原因。其实平地冒出水泡，原是山上水脉和地质变化的关系，像山东济南府的趵突泉，就是这个样子，一年到头不断地冒出尺多高的水泡。倘然下有潜蛟，济南府早变了大海了。要说出蛟的事，隔了好几年也许偶然发现一次，上次这儿真个出蛟，已属稀有。不料这班糊涂官绅见风当雨，偶然看到山上平地冒出水泡，愣说下有潜蛟，空掘了一次还不甘心，再要大动干戈地来一次。你看将来东掘一个窟窿，西掘一个坑穴，四明山算倒了十足的霉，这班猎夫算上了十足的大当。俺真看得气不过，决意和这班糊涂官绅开个玩笑，弄点玄虚，真个叫这班猎夫掘出几个蛟卵来，献上去领赏，免得这班穷苦猎户，费时失业地白跑一趟。”

高司务说道：“既然山上没有蛟卵，如何变得出来呢？”

王先生笑道：“倘然变不出蛟卵，何必说一大堆废话？到天明时候自然有人送来，不过其中你也要帮一帮忙，帮俺们把蛟卵暗暗地运上山去，投入掘的坑内，假装着掘出来的样子。可是蛟卵发现以后，这班蠢猎户必定当活宝似的争夺起来，这一节倒不好办。”

高司务说道：“这个俺有办法，俺已决意随您学艺，要这赏银何用？假装着掘出来以后，俺就向当众宣布，蛟卵虽然是俺掘出来的，俺情愿分文不要，请求官府照告示上办法，不论宁波的猎户、绍兴的猎户，凡名册上有名的，大家利益均沾，一律公摊。这一来，大约不至于争夺了。”

王先生点着头说道：“很好，照你这种见地，真不像目不识丁的人说出来的，将来前途不可限量。现在已快天亮，俺们三师兄不久就到，你就在此随意休息一会儿，俺一夜未睡，也要静坐调息一回。”说罢，他就坐在椅上，双腿一盘，两目下垂，挺着腰，坐得纹风不动。

高司务不敢再惊动他，独自溜了出来，立在走廊台阶上一看，只觉满院金风飒飒，玉露霏霏，除去天上挂着疏疏的几颗寒星，阶下随风摇摆的几枝凤尾竹，略可辨认，其余四方漆黑，夜色沉沉，想到今天因祸得福，幸遇奇人，正是意想不到的事，不觉踌躇满志，畅快异常，但是一夜未曾交睫，又受了一番吓惊，谈了许多话，此时心神一定，渐渐地呵欠连连，两眼重得抬不起来，不知不觉地向阶上一坐，靠着廊柱，抱着膝，打起困盹来了。

第四回

何地无才，一笑锡佳名，便成羽翼
且喜有胆，三更驱怪物，小试陶熔

不晓得经过多少时候，忽然一阵凉风，把竹梢含着的晓露，吹下来洒了他一面，骤然脸上一凉，惊醒过来。高司务睁眼一看，天已大明，东方一轮红日已经照到身上，大殿上木鱼声，远处鸡鸣声，叱犊声，声声入耳，屋内也似有人同王先生说话，赶忙腰板一挺，欲立起身来，不料头皮一阵剧痛，一个后坐，把屁股蹾得上下相应，似乎后边有人拉住辫子一样。

他回头一看，立时把他吓得目瞪口呆，也不知哪一个促狭鬼，乘他靠着廊柱打盹的时候，把他一条乌龙似的发辫，塞在廊柱石础底下，急得他拉着自己的辫子，蹲着身拼命往外拔，活似蜻蜓撼石柱似的，空自出了一身汗，哪里拔得动分毫？心想这样一抱粗的廊柱，要拔起来，再把俺的辫子塞进去，非有千斤之力如何办得到？一定又是王先生捣的鬼，情不自禁地急喊起来。

喊声未绝，王先生同一衣冠楚楚、生得瘦小枯干、满面精悍之色的汉子走了出来。

王先生一看他的身子同廊柱粘住，蹲着身抬不起头来，双眉一皱，笑着说道："这定是三师兄使的促狭。"一边说，一边走近廊柱，一弯腰，双手抱住廊柱石础，像鲁智深倒拔垂杨一般，微微往上一起，升起半寸光景，用脚把辫子拨离了柱础，又慢慢地一放，这样子把廊柱一起一放，居然上面连一点尘屑都没有掉下来。

那瘦汉子在旁边说了一声："好！想不到老五进步如此神速，甚是可喜。"

这时，高司务直起腰来，长长地吁了一口气，一听这瘦汉说话，吃了一惊，心想看不出这一身没有四两肉的人，说起话来，竟像在耳边敲钟一般。听王先生的口气，这事定是他干的，真不信骨瘦如柴的人，有这样大的神力！

正在胡想的当口，王先生指着瘦汉子说道："这位是俺的三师兄，不知道的很少，本事比俺大得多哩，提起他的名头，不要说是天下水旱两路英雄，个个闻名威服，就是住在江浙两省的普通人民，提起他来，不知道的很少。此刻无暇对你细说，将来自会知道。"

那瘦汉子笑嘻嘻地走过来，拉着高司务说道："对不起得很，俺进来的时候，黑暗暗的看不清，以为你是偷东西的贼，所以顺便把你的辫子拴住了，后来见了俺们老五，才知道你是老五新交的朋友，正想出来解释一番，你就喊起来了。"

高司务口里只能说不妨事，心里想着："这倒好，使了促狭，还当俺是贼，横竖今天俺吃尽了哑巴亏。不吃苦中苦，怎为人上人？随他们怎么摆布，反正俺腻住你们非学到能耐不可。"

王先生说道："时候不早，闲话免提。"一边说一边向怀内拿出一个比鸡蛋大了十倍的巨卵来，卵上全是花斑，向高司务说道："此刻时候不早，那边猎户快要出发，你把这个巨卵藏在身边，随着他们上山，照昨晚所说行事。今天晚上仍旧上俺这儿来，再办你的正事。"说罢，将卵交到他手里，催他快去。

高司务想问几句话，听得后院人声嘈杂，知道就要出发，只得把卵藏在怀内，匆匆地出来，走到鹅卵石径，想到昨晚的事，心中还有余悸，低头一看，果然几条青石上面，尚有一摊似血非血的黑色水渍，隐隐闻着余臭，无暇细看，急急奔到殿后。

满院子挤满了人，有几个一路做伴来的猎户，正在四处找他，一看他进来，问他一早起来，怎么人影却不见了，高司务推说去寻出恭地方，所以耽搁许多时候，人家以为所说是真，也不疑心。

他走到搁棺材的屋中，偷眼一看，果然有一口棺材，上面棺盖已倾在一边，这班走来走去的猎户也不留意，高司务也假装没有看见，回到自己屋内，把带来的打猎家伙束在一起。

这时，督队的人扛着许多掘土的家伙，每人分了几件，又给了一袋干粮，就带着他们全队出发。这班人都扛着猎叉、猎枪同掘土的铁铲，虽然没有行列，一路浩浩荡荡地过去，也像行军一样。

一出寺门，街上男女老少像看赛会似的立满了人，还有好事的人高声呼喊着："谁的运气大，谁掘出蛟卵，领得银子白花花，回家讨老婆。"像歌谣似的喊着。这班猎户都是年轻喜事的，也用着俏皮话回答。一路喧喧嚷嚷，到了四明山下，就四面分头进山，由督队的人照官绅指定的地点，乱掘起来，一面又分拨了一队，去掘冒水泡的地方。

且不提这班猎户发疯地满山乱掘，却说这天晚上，铁佛寺内王先生一人正在灯下看书，忽然高司务笑嘻嘻地走进来，连呼奇怪。

王先生笑道："事情办妥了吗？有什么奇怪呢？"

高司务答道："事情倒已办妥，不过别队里真个掘出了蛟卵来，而且不止一个，连俺这个假的，一共发现了十二个。俺恐怕俺这个假的同他们真的一比，看出蹊跷来，怀着鬼胎跑过去一看，谁知大小形式一毫无二，俺才心上一块石头落了地。他们对俺说，每逢发现蛟卵之先，必定天上有一道白光射入坑内，白光一闪以后，坑底就露出蛟卵，个个都是如此，问俺掘出来的时候是不是一个样子，俺只可以说同他们一样。

"山上发现蛟卵以后，阖城官绅商民像潮水一般涌上山来，满山都是人头。这班官绅把十二个蛟卵一齐取去，当宝贝似的藏起来，不准商民来看，听说还要送到省里去。可是赏银的事，听说那班官绅没有提起，这班猎户恐怕得不到赏银，像发疯似的喧闹了一阵，经官府带来的亲兵四面一弹压，也就乖乖的了。俺因为已经对同伴声明不要赏银，也就不放在心上，先悄悄地回来了。现在俺知道，带上山去的蛟卵也是真的，大约你们到别处山上掘来的。"

王先生听他说到此处，坐在椅子上，笑得打跌，说道："老实对你说吧，被发现的十二个蛟卵都是假的，都是俺同那位三师兄弄的玄虚。

这种巨卵是俺们大师兄朋友在海外带回来的鸵鸟卵，蛟卵究竟是什么样子，谁也没有瞧见过。何况这班利欲熏心的官绅，唯恐铺扬一番，掘不出蛟卵影子，夸不了功，说不响嘴。一闻头一天就掘出了十二个，乐得梦里都撕着嘴笑，哪有工夫辨别真假。就算他们有几个精明的认得是鸵鸟卵，一想上司借此报功，还敢放个屁吗？甚至还疑惑这班官绅自己弄的玄虚呢！”

高司务此时才明白这其中有许多曲折，又问道：“但是他们发现时，天上有一道白光射下来，这是怎么一回事呢？”

王先生笑道：“哪里是天上射下来的光！你们到了山上，俺同俺三师兄早已在山上恭候你们了。你们分队发掘，俺同师兄每人分藏了几个鸵鸟卵，也就分开各行各事。每逢一队猎户掘得差不多的时候，俺就在不远的一株最高松树上面，掏出一个鸵鸟卵，远远掷到掘深的坑内。卵的底子本是白的，从好几丈高的松树上，又从阳光下投射过去，在他们看来，好像天上下来一道白光似的。但是没有内功的人，掷起来不能像俺们掷得那样快如闪电，也容易看出来的。俺掷了一个，又到别处如法炮制，俺三师兄也照俺一样的办法，所以都说一样有白光一道，其实拆穿西洋镜，有什么奇怪的呢？”

高司务到此方算彻底明白，正要开口说话，忽然灯影一晃，面前现出一个人来，仔细一看，原来就是早上使促狭的瘦汉子。

他笑嘻嘻对王先生说道：“可笑这班糊涂官绅，得了十二个宝贝蛟卵，立刻停止搜掘，又恐怕这班猎户人多滋事，把三百两银按名分摊，即日遣散。另外每人给了一块银奖牌，说是有了这块奖牌，在本乡打猎，官府不致干涉，算代替从前告示所说的免捐执照，不过银牌上刻着一年以后无效，这班猎户总算没有白来一趟。”忽然指着高司务说道：“你真个不要赏银吗？”

高司务笑着一摇头，王先生接着说道：“师兄不要轻量天下士，倘然俺们师父肯造就他，将来必不在你俺之下。他昨晚遇到不测之险，居然能够镇定心神，也是常人所办不到的，而且居心仁厚，事事肯吃亏，亦是载福之道。”

那瘦汉子听王先生这样一说，回头把高司务细细打量，不住点头，问王先生道：“师弟说的不测之祸，怎么一回事呢?”

王先生就把昨晚他遇着僵尸的事，说了一遍。

瘦汉子道：“这种事俺们遇着不以为奇，他能如此应付，确也很不容易。闯荡江湖这多年，遇到稀奇凶险的事不知多少，可是僵尸一类的东西，俺真还没有见过，可惜昨晚迟到一步，否则倒可以开开眼了，但不知这类僵尸，究竟是鬼是怪呢?”

王先生说道：“讲到僵尸，不是鬼，也不是怪，古人说的尸居余气，倒用得好。倘然年衰病死的尸体，绝变不了僵尸。生前强壮、不得善终的人，偶然感受着一种特别的地气，天然地把尸体变作一种不腐不烂的质料，又逐年逐月地受着日精月华、风吹电触，渐渐地就变成僵尸。倘然没有冲着活人气味，还不至跳出棺材来。

“前几天夜深的时候，俺因侦察俺们的事，游行殿上，纵到那边院子的屋上，就听棺材里边有异样声响，知道快要变成僵尸，一想这院子终年不住人，一时也不会出来作怪，也就不在心上。昨天这班猎户进去一住，就料到被这许多浓厚人气一冲，晚上必定出来，恐怕这班猎夫遭害，就乘机一举两用，叫他引出来，除掉这个不伦不类的东西。

“其实这种东西，虽然能跳能攫，力大无穷，只要一脚把他踢倒，他就无能为力，依然是一具泯然无知的尸首，因为跌倒以后，全身一受地气，即与人气隔绝，还复本来。所以僵尸的僵字，就是仆倒的意思，僵尸两字明明说跌倒仍变为尸，古人造字都含有深意的。”

那瘦汉子听了这番话，跷着大拇指说道：“嘿，老五真是博学多能，怪不得师父说你的功夫，一半是从书上得来的。老二虽也装了一肚皮的书，可是俺只看他口不离酒，不像你一天到晚在书堆里过日子。当真说起书来，你的家传法宝，究竟有没有一点线索呢?”

王先生一听他问到这句话，赶快把手一摇，轻轻说道：“隔墙有耳，回头再谈。”

话声未毕，窗外巨雷似的一声大喝：“看箭!”

那瘦汉子正背窗坐着，微微觉到脑后有风，也不回头，微一侧身，随手向后一撩，撩住一支五寸长的无翎钢箭，箭杆上还卷着一张信纸。瘦汉把箭往王先生面前一放，一转身，像燕子一般从敞着的窗洞飞了出去。

王先生一看出事，把面前桌上的钢箭向怀内一塞，身子一起，也跟踪飞出窗外。

此时事出意外，只把屋内坐着的高司务，看得呆若木鸡，也不是惊也不是吓，心想好好地坐着讲话，怎么凭空地窗外有人一喝，就进来了一支箭，他们两人又像长了翅膀似的飞了出去，这是怎么一回事？生平非但没有看见会飞的人，听也没听见过，这种人的能耐实在大得骇人，正在想得出神，那二人已从房门口缓缓地跨进来，举止从容，好像没有这回事一样。

王先生笑着对高司务说道："又叫你遇上一桩事，这事与你无关，你也无须过问。现在先把你的事办妥再说，因为明天俺也要离开此地了。"说到此处，突然面色一正，很诚挚地说道："俺们遵照老师傅的训条，处处行侠仗义，济世救人，都根据仁义两个字去做。俺们学的能耐，因为要济世救人才去学的。倘然口是心非，等到学全能耐，立变心肠，反过来去为非作恶，到了那个时候，俺们戒律极严，非但老师傅立刻追取性命，就是俺们同门也不容他逍遥法外。你倘然进了师门，俺是你的介绍人，不能不预先告诉你，免得以后你生后悔。"

这一番词严义正的话，听得毛骨悚然，高司务真也福至心灵，听他说完，立刻肃然起立，昂然说道："俺是个目不识丁的人，不会说话，只晓得一心一意做去，您老往后瞧吧。"

王先生说道："好！丈夫一言为定。"又回头对瘦汉说道："俺们师父四海为家，并无定处，真要找他却非容易。幸而前几天，四师兄龙湫僧从雁荡山来信，说是接到师父谕言，明年春初在他那里会面。现在已是秋末，没有几个月工夫就可以会着他老人家，俺想备一封信，明天叫他动身，直到雁荡山灵岩寺投四师兄。那儿寺大僧众，可以长期寄身，顺便托四师兄指点他入门功夫，师兄你看这个办法何如？"

瘦汉说道："现在你俺身上有事羁身，也只好如此办理。"说罢，从腰里掏出一面三寸长的尖角小旗来，很慎重地交与高司务，说道："你把这面旗好好带在身边，到了雁荡，见了俺们老四龙湫僧交给他，他自然明白这面旗的用意。"

高司务接过来一看，一面紫红绫制的小旗，中间丝线绣出一条白龙，龙身上印着一颗图章，也不敢问旗的用意，且自收藏怀内。

这时，王先生就在桌上写起信来，忽然停笔问高司务道："俺听你同伴叫你阿高，这个名字实在不雅，另外还有名字没有呢?"

高司务答道："从来没有名字，这个高字还是俺的姓呢，就请您赏俺一个名字吧。"

那瘦汉抢着说道："这桩事俺倒在行，因为俺的部下投效来的时候，都要注册。有的只有江湖绰号没有名字；有的连绰号都没有，俺就代他们瞎起几个名字，写在册上，但是他的名字，倒不便随意乱造。"忽然把桌子一拍，说道："有了！何妨纪念搜蛟的一桩事，用潜蛟两字，作为名字呢？老五你看怎样?"

王先生笑着说道："潜蛟两字，又雄壮，又响亮，切人切事，确是最好不过。"

高司务也觉得这个名字很有意思，就立起来向瘦汉道谢。

作者从此也把高司务三字取消，称他高潜蛟了。

王先生就把高潜蛟三字写入信内，写明介绍求师学艺的意思，写毕，交他同那面旗一块儿藏入贴身衣袋，又把从宁波过台州、到温州、进雁荡的水陆路程，详细地叮嘱一番，又拿出了三十两纹银，叫他作为路费。

诸事办妥，叫他就在这间屋内床上睡觉，说道："明天起来，也许俺们早已出门，只管独自动身，到明年春初，俺们自会到雁荡去找你。"说毕，连连催他上床安睡。

高潜蛟一想，屋内三人，只有一床，如何能够先睡？就笑着说道："俺在地下睡惯，你们两位上床安息吧。"

王先生笑着说道："俺们练功夫的人，盘膝静坐的时候多，俺到这儿来了多日，还没有在床上睡过一次呢。你毋庸客气，昨天打熬一夜，明天一早又要长行，尽管安睡好了，俺们还要谈话呢。”说罢两人走到对面屋里去了，高潜蛟也就老实不客气地上床安睡。

（在下写至此处，要交代几句话，本小说原是集纳许多异闻逸事，作成长篇小说，倘然平铺直叙，有何兴趣？必须用虚、实、映、伏，像抽蕉剥茧似的，一层层抽剥下去。虽然千头万绪，但是，愈往后看，愈紧张，愈复杂，一层层互有联络，一步步交代清楚。譬如本回所说，以高潜蛟为主，王先生、瘦汉子是宾，王先生、瘦汉子两人姓名来历，同突然而来的钢箭、小尖角旗，等等，都非无因而至，将来自有逐步表明、一线贯通的地方。想到读者急于明白下文的心情，所以在此交代几句，交代既毕，请看下文。）

高潜蛟次日一早起来，到屋外一瞧，那王先生同瘦汉子早已不在，想必有事出去。昨天既然交代明白可以不用管他，就把自己身上略一整理，带好了信旗、银两，拔步出门。经过大殿，一听后院寂无人声，料得猎户都已遣散，想起自己的打猎家伙还在后院搁着，或被别处猎户顺手牵羊，早已拿去，转念此后不做此种营生，携着远行，反觉累赘，也就弃而不顾，走出寺门，先在附近小饭店内略事盥洗，饱餐一顿，然后按着王先生所说的路程，晓行夜宿，按站走去。

按说从宁波到雁荡，仍在本省境内，也没多远路程，不过那时候交通不便，从海过去，由宁波象山港，坐海船可以直达台州湾上岸，再由黄岩赴雁荡，较为近便。那王先生嘱咐高潜蛟的路程，却是旱道，从宝幢到云居山，翻过苏木岭，达宁海县，出宁海西门，一路经过梁王山、天台山、文笔峰、榧树岭，下岭走临海县、黄岩县，出黄岩南门，达八奥，算到了温州地界，再翻过百丈岭、牛头岗，登盘山岭，就看到雁荡山了。

这样走法，一路山峦起伏，忽险忽夷，比海道费事得多了。王先生故意叫他走旱道，也许特意使他跋涉长途，增长阅历，也许别有深意。可是高潜蛟是个实心实眼的人，也不理会路远路近，只晓得遵照所嘱，按部就班地走去，好在他从小翻山越岭惯的，倒也不觉得困难。

一天走到一处，峰峦密峙，万木竞秀，仰望烟云缭绕，碍日摩天。

从山脚一片松林里边，寻出一条逶迤山道，盘旋曲折，直入云中。此时一轮红日，斜照松林，枝枝松针上，发出异样光彩。有几处山坡怪石的旁边，几株杈丫丹枫，被落日一照，格外红得鲜艳夺目。

高潜蛟贪看山色，立在山脚下，好像舍不得走上山去，可是好景不长，落日渐渐西沉，山景也瞬息万变，一霎时阴霾之色笼罩林谷，一条羊肠仄径，此时也凄迷不辨，一想不好，这样峻险高山，定有毒蛇猛兽，日落以后，万难上山，只好就近找一宿处，明日再作道理，回头一看，一片荒畴，极目无际，只有东北角上一片疏林里面，一缕炊烟袅袅上升，急忙拔足奔去。

渐走渐近，露出一堵红墙，那缕炊烟就在红墙里面升上来的，走进疏林一看，才知这堵红墙还离疏林有一箭之遥。穿出疏林，果然不远一座破庙豁然呈现，庙后土阜隆起，种着几百枝刺天修竹，看不出庙后是否尚有人家。

他急急地走到庙前，只剩一扇庙门关着，向里一望，阒无人声，跨进庙门，走上大殿一看，不觉暗暗称奇。原来殿上几尊佛像，虽然破烂得连五官都分不出来，但是四周打扫得干干净净，中间地上还铺着一张大芦席，席上摆着两副杯箸，而且殿后刀杓乱响，一阵阵烹炙，冲到前殿来。

正想从殿后探看究竟，忽然人声嘈杂，绕出一群短衣窄袖、满脸横肉的人来，一眼看见殿上有一个乡农装束的人，也想望殿后进去，走在头里一个人，立刻凶睛一凸，大喝一声："站住！你这样鬼鬼祟祟地乱闯，想干些什么？快快老实说来，免得皮肉受苦！"

高潜蛟一看这个情形，也看不透这班人是干什么的，赔着笑脸说道："俺因为天晚，不能过山，四面没有宿店，寻到这儿，想求当家的方便方便。"

那为首的人又问道："听你口音，不是此地人，你从哪儿来的？快说！"

高潜蛟就老实说从宁波来的，不料此话出口，那群人立刻四面围住，齐声说道：“此人路道不对，定是奸细，赶快捆住他，等当家到来，再行发落。”

此话一出，不待分辩，一齐饿虎扑羊似的扑上前来。

高潜蛟虽然极力撑拒，无奈双拳难敌四手，立刻被他们擒倒地上，捆得结结实实。把他身上一搜，搜出一封信、一面旗，同用剩的二十几两银子来。这班人把搜出来的尖角旗仔细一看，不约而同地啊哟一声，立时都变貌变色地窃窃私语起来，有几个朝着地下捆着的高潜蛟喝道：“你是太湖王的什么人？他的令旗怎么在你手中，赶快实说！”

正在呼喝的当口，忽然庙门外一阵銮铃声响，这班人一窝蜂迎了出去，一忽儿簇拥着一僧一俗，走上殿来。

高潜蛟偷眼一看，那僧人广颡丰颐，浓眉深目，一张噀血红面，衬着满颊的虬髯，头上漆黑似的长发，分披肩上，束着一道紫金额箍，身穿百衲僧袍，足踏细编草履，拄着一条粗逾儿臂的龙头禅杖，大踏步走上殿来。后面一个彪形大汉，一身劲装，背着一对虎头双钩，提着一个长方布包，步趋如风地跟着进来。

那僧人进来以后，双目电闪似的一扫，看见地上捆着一个魁梧汉子，回头问彪形大汉道：“这是何人？”

那大汉厉声对这班人说道：“俺出去迎接师父，一忽儿的工夫，怎么进来此人？”

那班人就将高潜蛟进来情形，说了一遍，又把搜出来的东西一齐呈了上去。

彪形大汉先把一面尖角旗拿在手上，反复一看，哈哈大笑起来，对那僧人说道：“师父，你看这面旗就是太湖王威震江南的令旗，人人都道太湖王武功了得，手下都是出类拔萃的角色，今天看起来，才知有名无实。师父，您想，把这紧要的令旗，交与这种脓包出来办事，可见他手下都是酒囊饭袋。”

那僧人也不答言，把旗拿过来一看，又向地上捆着的人打量一番，昂着头思索一回，对那大汉说道：“你把那封信拿来俺瞧。”

大汉双手一递，僧人接过一看，外面没有封口，抽出信纸细细一瞧道：“哟，原来如此，俺原看此人像个初出茅庐的雏儿，一点绿林气味也没，料得个中有别情，果真不出所料，原来是王元超代他师父游一瓢收的徒弟。怪不得俺看此人有点面熟，那天晚上俺在铁佛寺搜到秘籍以后，特意发箭示警，就看见他同太湖王和王元超坐在房内。照信内意思，这人与令旗无关。照理说，大可不必为难他，不过那晚太湖王仗着他一柄白虹剑，帮着王元超苦苦追逼，倘然换了一个人，一定跌翻在他们手里，此恨难消，将来定要与他决个雌雄。

“此人连他们的来历也许还没有明白，宰了他也是个糊涂鬼，犯不上与他计较。把这封信同几两银子仍旧还他，表示俺们恩仇分明，不杀无辜，可是这面旗须扣下来。俺知道太湖王现在极力扩充羽党，野心极大，平日联络南五省水旱各路好汉，号召自己部下，都用这面旗做符信。他自己不能到场，派人持着这旗前去代表，就如自己到场一样，虽然小小一面旗，倒也不能小看它。

“这次凭空把这面关系重大的号旗，会交与这个初次相识、无拳无勇的人，倒猜不透他什么意思。至于信内所说的龙湫僧，也是厉害人物，叫此人送令箭与他，定有作用在内，倒要暗地侦察一番。现在俺们已把秘籍到手，此地不便久留，饱餐一顿，赶快上山。这人毫无能耐，也不怕他掀风作浪，还他银、信，轰出去便了。”说毕把禅杖一倚，向席上盘膝一坐，连催拿酒菜来。

此时这班人先在芦席上面点起几支大烛，又从殿后搬出酒菜来。那大汉先不吃酒，走到高潜蛟身边，把一封信、一包银两往地下一掷，指挥众人解去绳索，指着高潜蛟厉声说道：“俺师父法外开恩，俺也不屑与你计较，权且记下你这颗狗头，叫你说与王元超那班人知道，叫他们不要目空一切，须知天外有天，人外有人，有一天叫他们识得俺赤城山寨主虎头双钩的厉害！”说毕，又大喝一声，“滚出去！”

他这样自吹自擂，倒也神气十足，可怜这位高潜蛟原是个安分山民，何曾见过这种阵仗？此刻绳索虽解，兀自四肢麻木，动弹不得，半晌，才能勉强挣扎起来，先把地下银、信收在怀内，然后扶墙摸壁，一步一颠地走出庙去。幸而这班余党川流不息地送酒送菜，顾不得再来啰唆，否则几两银子也是难保。出得庙来，已是冥色四合，不辨山野，偏偏这夜又是星月无光，路径都难辨认，一想此地前不靠村，后不靠店，又是这样黑夜，虽然逃出鬼门关，依然寸步难行，如何是好？一时弄得六神无主，像瞎子一般，手足并用，乱撞乱摸地向前走去。

这样狼狈不堪地走到半里路，幸而眼前景物渐渐清楚起来。原来他从庙内烛光底下出来，又是心魂不定的时候，格外满眼漆黑，不辨东西，此时心神略定，眼光聚拢，近身路径略可辨得出来。四面一看，确是白天经过的道路，记得白天走过的时候，四五里以外才有宿店，没有别法，只有耐心走回去，寻到有人家的地方，才可歇脚。

这样又走了几里路，向前远望过去，似乎看到几颗忽明忽灭的灯光，料得离人家不远，脚步加紧，往前直行。

忽然看见对面路上似乎有两点黑影，像箭也似的直射过来，未待细看，眼前骤然一黑，一阵风似的有人擦肩而过，急急回头一看，哪里还有人影？

不觉毛骨悚然，格外走得飞快，一边走，一边向前细看，红光闪闪的地方果然看清有几间茅屋盖在路侧，料得定是宿店，正在喜出望外，忽听后面远远有人叫唤："前面走的是高潜蛟吗？"

他心想，此地怎会有人知道俺的新名字，不要又是庙内的这班人吧，吓得不敢答应，低头飞跑。不料离背后不远，又听得叫唤道："你是绍兴阿高么？"

这一声似乎口音很熟，不禁停步，问道："是谁？"

话方出口，面前已停立了两个人，他仔细一看，认出两人就是铁佛寺内的王先生、瘦汉子，立时好像小孩见了亲娘一般，紧紧拉着王先生的手，顿觉有千言万语一齐涌上喉咙，不知先说哪一句才好，瞪着眼，开着口，半晌才迸出一句话来："啊哟，王先生，你们两位怎么也会到此？俺几乎不能与二位见面了。"

那瘦汉说道："看你神情，定生了事故，此地不是谈话之所，一同回到那边宿店再说吧。"

三人就向前面几间茅屋走去。

走到茅屋一看，官道两旁盖着几间黄土墙、竹篱门、屋顶盖着茅草的矮房，门口还挑着烂布招子，算是宿店的标志。瘦汉抢先一叩门，一个满头白发的瘪嘴老太婆把门一开，手里拿着点火篾片，颤巍巍地向三人一照，立刻满脸皱纹笑得层叠起来，向三人说道："俺说黑夜难以过岭，二位客官不信，现在果然折回来了，怎么还多了一位呢？快请进来吧。"

三人也不答言，低头走进屋内。高潜蛟一看这所小小茅屋，中间隔着竹编的半截篱笆，也有一扇小门，分出内外两间。外间地上点着一盏瓦油灯，灯光如豆，照见就地铺着几张草席，此外一无余物，里间似乎还有一具泥灶。

王先生对那老太婆说道："俺们路上碰到这位朋友，折回来谈几句话，也许在此寄宿一夜，你也不必张罗，只代俺们烧点水，灯上添点油就是。"

那老太婆连声答应，自去摸索不提。

他们三人就在草席上坐下来，先问高潜蛟别后情形，今天怎么黑夜反走回来，神色又这样慌张？他就将由宁波一路走来，今天走到此地，也不知是何地名，因为天色已晚不能上山，回头在破庙里碰着一僧一俗，扣住小旗，轰出门来的情形，一五一十说了一番，又把自称赤城山寨主大吹大擂的话，也说了个一字不遗。

那瘦汉同王先生听毕，同声哈哈大笑起来，瘦汉笑着说道："果然不出所料，那贼秃跑上这条道来。令旗失掉，虽然要紧，好在赤城山离此不远，明天就直捣贼巢，会一会这个大言不惭的赤城山寨主，看他有多大能耐！听高兄所说，那贼秃既是他的师父，定在一处，未必即回老巢，趁此当面向他索回秘籍同这面令旗。倘然牙缝里迸出半个不字，叫他再尝尝俺白虹剑的厉害。"

王先生道："此刻贼秃同那班无知草寇，也许还在破庙逗留，俺们何妨追上前去，夺回令旗秘籍，省得明天再费一番手脚。"

瘦汉道："话虽不错，但是你不听到高兄说过，把他轰出来的时候，贼秃急于上山吗？俺们这样一耽搁，他们早已回到贼巢去了。俺想，秃贼以为俺们定照他飞箭留柬的字上所说，使俺们老远地追到老巢，扑一个空。万不料俺们觑破奸计，追上这条道来，更不料鬼使神差的高兄会碰到俺们，说明一切，而且贼秃明明已从搜出的信上，知道高兄是俺们的人，居然毫不为难，放他出来，从表面看，仿佛大仁大义，其实正是他诡计多端哩。"

第五回

风雨聚萍踪，矮屋寒灯团客影
烟霞留芳躅，灵猿毒蟒窟蛮乡

“他这次盗得秘籍，原是身不由己被人所差，不敢不来，可是心里未尝不怀鬼胎，恐怕俺们苦苦追踪难逃公道。尤其是害怕俺们师父出来干预，所以一手金蝉脱壳，暂避风头，再暗地到他主人那儿去献功。无意中在破庙内逢到高兄，知道他一无所知，不怕识破行藏，又明白将来也是师父的门下，恐怕怨仇固结，自己生命危险，乐得做个顺水人情，所以把高兄轻轻释放。

“至于把俺令旗扣住的意思，俺也看得他十分透彻，无非一味利欲熏心，想在他主人面前大夸海口，非但秘籍手到擒来，连太湖王的重要令旗，也如探囊取物。这样一演丑表功，自然博得他主人格外垂青，敬为上宾，而且借此压倒同侪，为所欲为，俺料得绝没有错。现在既已明白贼秃所在，不怕他飞上天去！今天权在此地安宿一宵，明天俺们探明路径，暗暗上山，偷进寨内，先把令旗秘籍设法取到手内，然后再与这贼秃明战交锋，五弟你看这个办法如何?”

王元超听他说得滔滔不绝，一边听，一边早已默默筹划，等他说完就答道：“师兄说的主意很好，不过明天到了贼巢，还要察看情形，随机应变，再定进取。说起这贼秃，确是一贯禅师嫡派徒孙，武术也有几成功候，在他们外家派内，也是响当当的角色，可惜居心龌龊，专喜结纳权要，谋财渔色。此番偷窃秘籍，师兄说他身不由己，一点不错，明天夺还令旗秘籍以后，也不必取他性命，惩戒一番便了。

“倒是他的主人，确是个十恶不赦的魔头，武术比这个贼秃高明得多。现在党羽四布，与河南天地会几个首脑暗通声气，居心很是叵测，时时想到江浙两省伸张势力，因为水路有三师兄威振太湖，领导群英，陆路有二师兄常常随地监视，不能明目张胆地大做，有时偷偷摸摸做几票买卖，偏偏冤家路狭，被俺们二师兄无意撞见。你想这班狂徒怎经得起二师兄随意一挥，自然个个都是死数，所以怕也怕得够样，恨也恨得切骨！这次居然敢派人到老家来偷窃秘籍，其中必定另有别谋。

“此事怪俺一时大意，没有料到他就是先祖师单思南的后人，更没有料到他也想得这册秘籍，同时派人来偷，略一疏忽，被这个贼秃得手。明天夺回以后，俺倒要拜访拜访这位通家之好的单将军，究竟怎样一个三头六臂的人物，顺便打听他偷去秘籍，是否别有打算。”

瘦汉听到此处，用手一拍，说道：“对，明天事完，俺也同你去跑一趟。俺们与他有点乡谊的渊源，他既然学得一身好功夫，这样胡作非为，实在污辱先德。俺们看在祖先世谊面上，倘能三言两语，使他幡然悔悟，纠正前非，也是一桩好事。即使他忠言逆耳，将来万一俺们遇上了事，行使除暴安良的侠义天职，与他兵刃相见，那时也怨不得俺们心狠手辣了。”

王先生道：“小弟此番想去看他，原暗含着这个主意，不过俺总想感化他，放下屠刀，立地成佛，想到彼此先辈一番深厚渊源，真不愿以兵刃相见。”说着，不觉长叹一声。

此时高潜蛟坐在对面草席上，呆着脸听他们两个人滔滔不绝地说话，自己插不下嘴去，而且他们说的只能听出一点大概，究竟其中怎么一个原委，还是莫名其妙，不过其中有几句话，同破庙红面僧人所说印证起来，知道瘦汉就是威名远播的太湖王，王先生就是王元超，其余的话都是浮光掠影，自己一点摸不着门路。

他们越说得兴高采烈，自己听得心里越闷得慌，喉咙里越痒得厉害，屡次想要张口说话，无奈他们两人说得无止无休，几番话到口头，又憋下肚去，此时听得谈锋略缓，正想插下嘴去，偏偏那位瘪嘴老太婆，在里间烧好了水，颤巍巍地一手提着一把缺嘴茶壶，一手拿着三只黄沙粗碗，送了进来。他连忙先立起来，接过茶壶茶碗，蹲在他们两人面前斟了两碗。两人略一欠身，就端起茶碗，送在嘴边。

那王先生把碗一放，立起来，掏出一点碎银，交与老太婆道："这点小意思你且收下，自管安睡，俺们明天一早动身，你也不用招呼俺们了。"

那老太婆千恩万谢地回到里间去了。

忽然一阵狂风，吹得茅屋簌簌作响，一忽儿又滴滴答答地下起雨来，愈下愈大，门外茅檐雨流，像瀑布一般淌下来，屋内墙角也渗进水来。三人一看墙上挂下来的雨水，流到地上，像长蛇一般蜿蜒四布，渐渐浸到草席边来，三人同时眉头一皱，知道今夜无法安睡，只好把几张草席移到中间干燥的地方连在一起，三人仍旧坐下促膝谈心。

这时高潜蛟因为肚内有着许多话，想探问清楚，把白天辛苦也忘掉了，趁着这个当口，一坐下来，就开口向王元超（此时高潜蛟已知两人名号，作者也就改换名称）说道："俺是个山乡笨汉，承蒙两位看得起俺，介绍师门学艺，心里这份感激，说也说不上来。自从那天亲见飞箭射进窗来，料得事情叵测，可是不敢乱问。今天听到凶僧说的一番话，同现在两位所谈的事情，似乎都有关系，尤其是这面重要的令旗，今天在俺身上失落，又悔又急，叫俺怎么对得住两位？俺情愿豁出这条性命去，明天跟你两位上山，去寻到那班狗强盗与他们拼命，就是被他们一刀杀死，俺也甘心。不过两位此刻所说的话，似乎其中曲折很多，可否告诉俺一点前因后果，不要真个被那凶僧说着，死后也是个糊涂鬼。"

太湖王听他憨头憨脑地说出这番话来，笑得前仰后合，推着王元超笑道："看不出这样老实人也会使巧着儿，因为自己心头结了一个大疙瘩，才转弯抹角地逼着俺们说与他听。"一面说，一面笑指着高潜蛟，问他是不是这个主意？说罢兀自大笑不止。

这一问一笑只笑得高潜蛟一张紫膛色面孔霎时红得像吃醉了酒，连耳根、脖子都觉得热烘烘起来。

王元超看他窘得可以，止笑说道："高兄急于打听俺们的底细，也是情理之常，他说的这个主意虽然是个笨打算，足见他见义勇为。"

太湖王此时脸色一整，对高潜蛟说道："俺是说着玩的，老实对你说，你可放一百个心。倘然俺们连这种草寇都制不住，还配称陆地神仙游一瓢的门徒吗？现在闲话免提，俺对你说一说俺们身世的大概，目前事情的经过，你就可以彻底明白了。"于是叠着指头说出一番话来。

未开口，先提起茶壶，端了一碗茶呷了几口，然后慢慢地说道："提起俺们两人家世，先要略提俺们这一派武术的传统关系。俺们这一派的祖师爷，就是人人知道的张三丰真人。这位师祖从达摩禅师所传少林拳术里面，融会贯通，再进一步，发明唯一的内家拳术。这种拳术，到了炉火纯青的时候，真可以超凡入圣，不老长生。

"前面宁波府有两位祖师爷嫡传弟子，一位姓张名松溪，一位姓单名思南，两公大名赫赫，为一代内家的宗匠。张公遨游天下，门人很是不少，唯独这位单公思南，把全副本领只传与本乡王公征南一人。你知道这位王公是谁？就是俺们元超弟的先世。

"那时王公青出于蓝，武功绝代。敝族前辈有一位明代大儒余姚黄梨洲先生，特地为王公作了一篇传，把王公一生之事迹，说得言简意赅，非常确实。因为梨洲先生有一位哲嗣，讳百家，就是王公征南的得意弟子，所以传内说得格外透彻。

"当年王公传授弟子们内家绝艺，就在宝幢铁佛寺内。百家公的文才、家学渊源无须说得，自从余姚负笈寻师，到了铁佛寺列入王公门墙，宿慧天成，不到几年，武功也是得窥堂奥，晚年著了一册《内家拳法》，颇为精彩。敝族世传武艺，就从这本书上推究出来，凡余姚姓黄的子孙，家家有一本《内家拳法》的抄本。那本原书装潢得富丽堂皇，谨藏家祠，视为传家之宝。

"俺有一次特地商请族中几位长辈，陪到敝族祠堂，把那册细细拜观了一次，到现在还记得书内百家公题的几句跋语。大意说在铁佛寺习艺时候，知道王公殚精竭虑撰有一册《内家秘籍》。这册秘籍分形下、形上两编，形下编，提的都是练习内家拳术步骤秘诀，从入手功夫直到大成为止，都有详细图解，精密注释；形上编讲的功夫是从内家功夫大成以后，再进一步，守神握固，练婴葆元，种种长生不老之术。可是与虚无缥缈的道书绝对不同，都是见解精到、脚踏实地的功夫。倘有福慧双修的志士，悟透形上一编，准可到通天彻地、出神入化的地步，就是仅仅得到形下编的武功，也可横行天下，所以这部书名贵异常。

“那时王公恐怕所传非人，贻害后世，著成以后，暗地秘藏起来，在铁佛寺早夕相依的门徒也不知藏在何处，只有百家公听到王公自己说过书内一点大概，还对他说，门徒中资质较优、可望深造者，只他一人，但是他应该继述父志，从儒术上做功夫，不必在这上面分神，只好留待后世，付与有缘的人了，言下似乎有点惋惜之意。那时百家公几番拜求抄录副本，王公一味微笑不答。因为这个原因，百家公把自己学艺的心得，和王公平日的结论，自己著了那册《内家拳法》，以上这番意思，是百家公题跋上的言语。

“后来俺们祖先传下来还有一段神话，同此事相关。俺幼年时节，常听到上辈说，百家公在世时对子侄辈闲谈，讲到张三丰祖师爷在武当山得道成仙，神通广大，到现在依然啸傲人世，游戏人间。凡有学内家拳的人，功夫到炉火纯青的时候，生平德行无亏，祖师爷自会现身出来，指点仙家秘授。

“当年王公征南在铁佛寺著成内家秘籍，原想传与百家公，不料有一天晚上，王公正在灯下校勘秘籍，忽然屋内一阵清风，面前现出一个清癯老道，仔细一看，与房内供着的祖师画像，很有几分相似，不过面前的老道另有一种潇洒出尘之概，画上万万不及，灵机一动，心知祖师爷仙驾降临，赶快离座俯伏在地，口称恭聆祖师爷训论。

“究竟那祖师爷训论了一些什么，因王公绝口不对人说，无人能够知道，可是从祖师爷仙降以后，那册内家秘籍就深藏起来了。到底百家公是王公得意弟子，师徒谈话，无意中把那晚的事，流露了一些大概，就是那册秘籍已经祖师爷在书面画了几道符篆，由祖师爷亲手藏在这铁佛寺内，将来有缘的人自会巧遇，无缘的人绝难找到。

“百家公听到这番话，已知道秘籍藏在寺内，换了浅薄的人，一定仗着武功，蹿房越脊，满寺寻找。但是百家公大儒之后，学养何等深湛，岂肯做这种偷偷摸摸的事，也就听其自然。不过百家公希望黄氏子孙，都学点内家初步功夫，可以强壮身体，卫村保家，所以著了这本《内家拳法》留传后代。这段故事，是敝族上辈传下来的话，虽然说得有点神妙不测，但是同百家公的题跋互相印证起来，那册《内家秘籍》藏在铁佛寺内，是确有其事的了。

“后来敝族这段故事，渐渐传播开来，人人都知道铁佛寺藏着一册宝书，而且经人各处传说，愈说得仙家妙用，光怪离奇。各省各县有不少武功了得的人想得这册奇书，不远千里地来到铁佛寺，暗地搜寻。说也奇怪，翻转了铁佛寺也找不出一点踪影来。后来敝族与别姓发生械斗，受了奇耻大辱，俺发愤离家，踏遍天涯，寻师学艺。蒙俺师父一瓢道人收录门墙，携入天台传授绝艺。不到几年，元超师弟也蒙师父挈引入山，同门学艺，彼此朝夕相处，互问家世，才知老五是王公征南的后裔，彼此还是通家之好。

“说到那册《内家秘籍》，俺们老五也常常惦记着这册先人遗著，不过他的祖上倒并无传说。因为宁波、余姚原是邻境，也是从敝族传说过去的。俺们两人因乡谊与众不同，比别个师兄弟格外莫逆，而且彼此相约，将来学艺成就，头一桩事，两人同到铁佛寺寻找那册秘籍。两人因这桩事，还对天立有宏愿，倘然寻得到手，绝不深藏自秘，非但俺们自己几个师兄弟可以共同研究，将来俺们内家同道，有人品出众、志愿深造者，都可以公开观摩。俺们这种志愿，原有很深的作用在内，将来你到师父那儿，自然会渐渐了解。”

太湖王说到此处，王元超接口说道：“闲着无事，以后的事，俺来说与他听吧。”

高潜蛟正听得全神贯注，津津有味，忽然话头中断，急得他摸耳搔腮，也没有听清楚王元超接口的话，情不自禁地说道：“以后怎么样呢?”

王元超和太湖王两人，看他这份呆头呆脑的神气，不约而同扑哧一声笑了出来。这一笑，笑得他摸不着门路，只瞪着一双眼，直勾勾地朝他们两人瞧。

王元超知道他心地朴实，听得出神，微笑着对他说道：“以后的事俺来说与你听吧。俺们两人在天台山同师学艺的时候，这位三师兄因为武术素有根底，从师又比俺早几年，所以学艺先成，艺成以后就差他下山办理要事。这样一来，俺们两人只有暂时分手，从前相约同到铁佛寺寻找秘籍一桩事，事实上也只有变通办理，将来等到俺学艺成就时再说。至于师父差他下山去办的那事，关系颇为重要。

“原来浙江同江苏交界地方，有一个极大的湖，面积约有三万六千顷，就是中国五湖之一的太湖。汊港繁歧，波涛壮阔，湖滨七十二峰，峰峰秀拔，高插入空，身入其中，处处层岩叠翠，峭壁云封。论到地形，山回水抱，形势天成，恰恰合着“深山大泽实产龙蛇”的一句古话。所以历代太湖内，都有绿林豪侠潜踪其间。到了清初，那班明朝的忠臣烈士，视太湖为隐迹待时之所，把太湖几百里内几万渔户山农，隐以兵法部勒，遇到满清贪官劣绅路过太湖境内，也时常做几票无本买卖，为购买军火、修缮碉堡的经费。这样惨淡经营，倒也规模略备，大有可观。江浙两省的官兵爱钱惜命，假作痴聋，居然相安无事。

“后来太湖内几个为首志士相继去世，后继无人，渐渐规模不整。这班小头目各自为政，弄得七零八落，声名狼藉，直到那年，三师兄奉命下山的时节，已被几个外来巨盗，率领一班狐群狗党，闯进太湖，鹊巢鸠占起来。为首的一个铁臂神鳌，姓常名杰，武功颇也了得，尤其水上功夫得过名人传授，不过长得凶猛异常，性如烈火，几天不吃生人心肝，就觉得遍身皮肤燥裂。自从这铁臂神鳌占据太湖以后，沿湖几个州县，就没有了安静的日子，不是人口被掠，就是富户被抢。

“俺们师父看不过去，又可惜从前太湖几个志士一番心血，生生被这个凶徒糟得一塌糊涂，所以呼俺三师兄前去把他除掉。除掉以后，趁势把旧有基业整理一番，遂叫三师兄就在那儿约束部众，联络各处英雄好汉，以备将来大用。师父这番主意当然大有深意，暗含着也要试验三师兄功夫才智能否胜任，特地叫他一人前往，不叫别位师兄从旁帮助。那时俺功夫甚浅，看不出这位三师兄功夫达到何种境界，看他单身独探虎穴，心里总觉忐忑不宁。那时大师兄、二师兄都不在身边，只有四师兄龙湫僧同俺们二人朝夕盘桓。

“三师兄向师父告别的前几天，师父从云房里拿出一个扁形木盒出来，揭开盒盖，里面蟠着斑驳的一条蟒皮精制的腰带，蟒鳞紫光闪闪，异常夺目，带头附着形似剑镦剑镡一类的东西，遍体镂着精致的花纹。师父右手执着带头，随手一抖，真像蟒蛇一般，蜿蜒出来，又用左手拾起带尾，两手向空一弹，忽然嗡的一声，眼前雪也似的一亮。一看师父右手执着一柄铮光耀目的奇形长剑，笔直地平伸着，左手的蟒皮带委蜕在地，原来这条蟒带当剑匣用的。说到那柄长剑，是师父壮年时候，别出心裁，自剑柄到剑锋，遍体用缅甸精钢，千锤百炼而成，剑身一指宽，七尺长，非但斩金截铁，锋铓不卷，而且刚柔互用，伸屈自如，套上蟒皮围在腰间，就同腰带一般。

“据说这条蟒皮剑匣，也是一件稀罕东西，与寻常蟒皮不同，系用千年毒蟒皮炼制而成，坚韧异常，刀剑不透，不过歹毒非凡，内家功夫没有练到出神入化的人，绝难使用这种兵器。那时俺们师父手执着那柄长剑，笔直地平伸着，初次一看，真不信这样刚劲的剑，可以围了腰，当腰带使用。不料师父左手略一抖弄，那条蟒皮也立刻挺得笔直，与宝剑一样平伸着。这样不奇，不知师父怎么一来，并伸着的一柄长剑，一条蟒皮，各自回卷过来，一忽儿，又退卷过去，恢复原状，后来此伸彼缩，此缩彼伸，竟像活的一般。

“那时候俺还似解非解，想不出其中奥妙，偷眼一看三师兄、四师兄在旁看得不住点头，似已领悟其中道理，正想启口探问，师父两手向后一缩，长剑蟒皮同时直卷过来，像钟表里面的发条一样，蟠成两盘，随手搁在桌上，回首对俺们说道：‘这两件东面还是俺亲手制成的。那时俺在滇黔交界万山丛中，采觅几种宝贵药材，偶然看见两条身长十余丈的千年毒蟒，争吃一只金钱花豹，斗得飞石拔木，天昏地暗。最有趣的是，两条毒蟒昂头掉尾，夭矫盘旋，居然浑身解数，有声有色。只可怜山上无数大小猴子，抱着头满山乱窜，有的躲在怪石丛里边，互相紧抱，拥成一团；有的拼命爬在寻丈大树上，听得毒蟒一声怪叫，吓得掉下地来，脑浆迸裂；还有离毒蟒略近的几棵树上，躲着几只猿猴，正在抱紧枝梢，瑟瑟乱抖的时候，偶然被两条毒蟒昂首看到，随意张口一吸，树上几只猿猴，像弩箭离弦似的投入血盆蟒口。此时两条毒蟒仿佛知道山上还有许多可口美味，何必为这一花豹自相苦斗？各自怪叫一声，把腰一拱，头颈挺起丈余长，吐着火苗似的芯舌，四面狼顾，寻找猴群。

"'这番情景，俺立在对面山腰内，看得非常清楚。本想等它们自己斗得精疲力尽，再去除掉它们，免得多费手脚，此时一看两条毒蟒自己解斗，各自寻找猴群，知道再不过去，这班千百个猿猴，定无噍类！俺从来不带兵刃，就随手折了两枝青竹梢，运了一股罡气，先自满布全身，免得沾染毒气，预备停当，两脚一点，从松上面踏着枝梢，飞纵过去，接连几纵，已到对山，离毒蟒不远，先轻轻地立停在毒蟒背后一个山坡上面，一看有一条毒蟒已经转到山后，只剩一蟒兀自昂着头，向树林上面四处寻找。

"'俺正想下手，不料那条毒蟒似已通灵，已知有人立在它的背后，突然震天价响一声怪叫，把头向地一伏，腰向后一拱，倒退了好几丈路，头也不回，就竖起粗逾担桶的尾巴，向俺立的所在，呼呼带风横扫过来。这一招来得迅速非凡，倒也歹毒。俺等蟒尾临近，身形一矮，从蟒尾底下斜纵出去好几丈远，未待立定，一个鹞子翻身，两脚略一点地，挺着两枝竹梢，觑定蟒腰直刺过去。自问这两枝竹梢，到了俺的手上，不亚于两柄利剑，满以为这样刺去，毒蟒虽然不死，也得两个透明窟窿。哪知刺到蟒腰，全身光华闪闪的鳞甲，竟比钢板还坚，比犀革还厚，非但刺不进去，反被它腰眼一鼓，把俺震得倒退回来。一想不好，赶快借反震的劲，身子往后一仰，足跟用力，又倒纵出去好几丈远，立定一看，蟒用尾扫不着俺，也趁势掉过头，飞立起来，似乎蓄势相待，只把两只怪眼睒睒如火注定了俺立的所在，张开大口，怪吼连连，毒沫飞溢，似乎恨不得把俺像吞猴子般地一口吞下肚去。

"'俺知道毒蟒坚鳞护体，伤它不动，正想设法智取。忽然山后那一条毒蟒也自怪叫起来，与前山的蟒互相应和。怪声未绝，俺一眼看到山顶上两只灯笼般的蟒眼，金光闪闪的盘旋下来。此时俺才明白先头那条毒蟒，故意停住不进，连连怪叫，原来它也知道今天逢到冤家对头，自己克不下，叫唤山后同伴，一同来攻。一想两蟒左右夹攻，确也不易应付，四面一看，近身一大片地方，略小的树木，都被两蟒相斗时，连滚带扫，尽根飞拔，只剩得猿猴逃命的几株参天古柏、凌霄长松，巍然挺峙。离身数丈开外，就有一株虬枝四攫、半枯半茂的千年古柏，树身十人都抱不过来，一望树顶，直接苍穹，不觉得了一个主意。

"'不等山顶毒蟒游身下来，就从立的地方，倒执竹梢，双足一垫，两膊一振，一个燕子钻云，斜刺里飞上那枝古柏，又穿枝移干，向上接连几纵，纵到离地将近十余丈，立在一枝弩出的铁干上面，稳住脚根，向下一看，那两条毒蟒已会在一处，像双龙出水一般，一齐昂着头直奔过来。奔近树身，同时向上伸长项颈，足有五丈长，向俺立的地方张着大口，一起一落，喷出几口毒雾，一种腥秽气味，委实难闻。俺立把手上青竹梢分出一枝，折成几段，先捡了两段，窥准一条毒蟒的血盆大口，用足劲，像发连珠镖似的发了出去。

"'那蟒正张着口喷出一阵阵的毒雾，这两支竹镖，一先一后直贯喉中，霎时一股腥血，从毒雾中直射过来。那蟒似已不大好受，大嘴一合，头颈向后一缩，退了好几丈，顿时全身在地上乱翻乱滚起来。树下还有一条毒蟒，似乎知道同伴受伤，一声狂吼，长尾向树身一扫，紧紧绕树数匝，从半树里伸出长项，把一颗大蟒头，向俺立的所在直钻上来。

"'这一来相距已近，也颇凶险。俺赶忙把左一枝竹梢插向腰后，余剩几段竹节两手分拿，左右齐发，直取毒蟒双眼。竹镖出手，两足一点，一个黄莺织柳势，斜刺里飞上几丈外一株大松树上稳定身形，回头一看，那条蟠在古柏上的毒蟒，像发狂一般，头尾乱摇乱摆，这样粗大的树也被它摇摆得枝叶乱颤，呼呼有声。再细看那蟒，两只怪眼业已生生瞎掉，眼孔里一缕缕血花，箭也似的飞溅出来，一忽儿连声狂吼，从树上直泻下来。

"'不料地上那条毒蟒，这时翻滚了一阵，也自几声惨叫，同时向那株柏树狂蹿过去。两蟒一上一下，碰个正着，来势都非常凶猛，一碰以后一阵翻滚，登时纠结一团。那条瞎蟒看不见是它同伴，张开巉牙大口，向那条蟒乱啃乱咬。那条蟒眼未瞎，究是蠢物，又加喉咙内中了几支竹镖，受了内伤，急怒攻心，正值红得两眼出火，也不管是敌是友，就同瞎蟒互相狠斗起来。

“‘这一阵拼命大斗，比起初互争金钱花豹的时候，大不相同，只斗得山摇地动，走石飞沙，几株粗逾十围的参天松柏，被蟒尾一扫，树皮枝叶，漫天飞舞。俺立的一株松树，偶然两蟒翻滚过来，一碰一振，振得松顶上躲着的猿猴，像落果似的纷纷掉下来。俺就双手一伸一缩四面去接，那几只猴子真也乖巧，待俺向半空一接，就像小孩似的，拉襟钻怀，死命抓住。那时俺一手接一个，一忽儿全身挂满了无数猴子，饶是如此，远一点的接不过来，摔下地去，立时成了个肉饼，身上的猴子，只看得吱吱惨叫。

“‘俺望下一看，两条毒蟒愈斗愈凶，愈咬愈紧，首尾相连，纠结成一个其大无比的蟒团，满山滚来滚去。蟒身灿烂夺目的鳞甲，映着昏黄的日光，闪闪地发出奇丽光彩，照眼生辉，倒是生平未见的奇观。倘然用花团锦簇一句俗语，来形容那时的光景，实在恰当不过，因为世上花团锦簇里面的凶险，也不亚于这两条毒蟒哩！后来那两条毒蟒滚来滚去，从前山直滚到后山去，在松树上看不见那两蟒的情形，就带着身上猴子轻轻飞身下来，一到地上，猴子纷纷跳下，跪在俺面前，突突乱拜。

“‘俺正在奇怪这山内的猴子怎么这样灵活，一念未已，突然猿啼四起，一霎时，躲在草中的、钻在石缝的无数大大小小的猴子，一齐迸跳出来，奔拢身边，高高低低跪了一地，口中不住地吱吱惨叫，都伸着手向后山乱指，又指指几处树下跌成肉饼的猴尸，格外惨叫得厉害。俺明白这班猴子的意思，无非叫俺到后山，为它们除掉那两条毒蟒，俺朝这班猴子微一点头，算表示应许它们的要求，又把手一挥，从猴群里面跨了出来，大步向后山走去，边走边想，那两条毒蟒一条两眼已瞎，一条喉咙受伤，凶焰已减去不少，可是这样粗笨的东西，遍身鳞甲又如此坚韧，立时要把它弄死，真也费事！回头一看，那班猴子一个不见，想又四处躲避起来。

“‘俺一人独自拐过山脚，抬头一看，后山全是十余丈长形形色色的嶙峋怪石，像雨后春笋般，一处处参差不齐地朝天矗立，与前山松柏交枝、丛莽密菁的景象，大不相同。那两条毒蟒，兀自绞成一团，在怪石林内，骨碌碌乱滚。俺身子一起，飞上一枝最高的松皮石笋顶上，朝下一看，此时两条毒蟒似已渐渐斗得精疲力尽，又加后山地形陡峭，势如建瓴，两蟒虽依然虬结一团，但也身不由己地朝山下滚去。再一看山下与对山并不相连，从山腰起就截然如削，变成一座千仞峭壁，极目望到峭壁底下，竟是深杳莫测，只听得水势澎湃，山谷回音就如万马奔腾一般。

“‘这时绞成一团的两条毒蟒，从上滚下，停留不住，就从山腰峭壁上面直滚下去。俺从森立的石笋上面，纵下地来走近峭壁，再仔细一看峭壁底下，哪有两蟒踪影，似乎涧底奔流冲激声中，夹着几声惨叫，以后也就绝无声响，料涧底也是森立的尖锐怪石，两蟒身躯笨重，从这么高的地方掉下去，必定无幸，但是尚不放心，一看对山相隔不过十余丈路，似乎有一条羊肠仄径，直通涧底，若从这边山腰迂回过去，山径曲折，少说也有十几里路，不如平纵过去，省却迂折。

“‘思想定当，俺正要撩衣飞渡，忽然前山一群猿猴，又从山顶蜂拥而来。这一次不像头次吱吱惨叫，似乎都欣舞欢跃，一霎时钻出笋缝，跑近身边，伸出前爪向东乱指。有几只较大的猴子，还牵住俺的袍角，似乎是领导俺走的意思。俺明白这猴子已通人性，叫俺向东定有用意，姑且跟着走去，看个究竟。此时千百只猴子，簇拥着一个不僧不俗的人，在那千仞峭壁之上，安步而行，也是一个千古奇观。

“‘这样走到百步开外，两山松林夹峙，涛声盈耳，远望一线银瀑，迎面高岩中飞空而下，流入涧底，与怪石冲激，宛如雷轰足底，倒也雄奇奥险，豁人心目。察看这个地方与对山距离颇近，恰巧对面一座危崖，陡然突出，崖畔一株巨干奇松，枝枝倒挂，像乌龙探爪似的，横卧过来。这边也有一棵侧出苍松，孤悬空际，同对崖的松枝干交搭，合为一体，而且朱藤绕体，翠带飘风，远看真像龙飞凤舞一般。

“‘这时俺身前身后千百只猴子，一窝蜂争向两株交搭的松树上跑去，一个个攀萝踏干，钻枝觅缝，从松树上渡到对崖，有几个又跑过来，拉俺衣襟指向松树。俺此时明白，它们领到此地原来为此。可是人身庞大，从密密交叉的松枝钻去岂不费事？就对跑过来的猴子略一颔首，猛然把拉住俺衣襟的两只猴子，一手一只夹在肋下，身形一纵，微一跺脚，一个孤鹤横空势，飞向对崖，脚踏实地以后，先把肋下两猴轻轻放下，那两猴吓得蹲在地上，兀自抱着头，闭着眼，半晌动弹不得。

“‘崖上一大群猴子看俺飞渡过来，又一齐拥到身边，围成一个栲栳大圈，居然学着僧人，一齐向俺合掌膜拜。不懂猴语无法交言，只得由他，且自四面打量下涧路径，猛一抬头，看见对面平滑如镜的峭壁上，深深地镌着一行行的字。每个字足有碗口大小，最后署款地方，还有密密的几行小字，远看过去，一路龙飞凤舞的大草，刻得圆劲苍润，气势不断，笔法字态，似乎还有点面熟，急忙飞步冲出猴围，赶到崖边仔细一看，原来刻着几首诗，还有几行跋语，诗曰：

大错铸成可奈何，芒鞋踏破旧山河。
老僧惯作沾泥絮，又向人间走一过。
百丈飞泉淬剑锋，十年面壁伴孤踪。
今宵任尔化龙去，莫负深山百炼熔。

“‘膻腥世界，莽和尚担不了，看不惯，且自结庐无人处，与千百袁公参无上禅。崖下有涧，蕴缅甸精铁无量，多事老僧，一腔热血，顿从心头百沸而起。取其半，约千斤，设炉置冶，取精用宏。迨崖上红鹃十度花落，跃冶而出者八剑，叩之一一做龙吟，斫石试坚如腐解。袁公群起做胡旋舞以贺。余愀然，不知风尘中尚有几个肝胆男儿，能佩余剑否？越日，少林不空禅师间关至，告余少林遇奇祸，将成罗刹道场，促余赴急难，任护法，言未已，壁间八剑隐隐长啸，遂投袂起。袁公群起遮留，泪随啼下，余亦黯然。爰蹑峭壁间，以指勒石，成诗二章，并次数语以志别。

“明臣百拙指书于莽歇崖壁。’”

第六回

卓锡驻云窝，匣剑化龙，丹炉护兽
结庐在仙境，珠泉喷雪，松壑听涛

“‘俺看完以后，高兴非常，看到这几行字，就仿佛天涯遇故人一般。原来这位石上署款的百拙上人，就是俺的老友，深得少林一指禅师绝艺。这种为少林顶门功夫，就是坚如铁石，经他一指点处，立即洞穿，你想那座千仞峭壁上写的一路大草，气势连绵，到底不懈，比巧匠用斧钻刻凿，还要爽利几分，可想他的指上何等功夫！而且在下临无地的峭壁中间，随意挥指，非有绝顶功夫，也是办不到的，但是俺佩服他的地方，倒并不在此。

“‘因为这位上人虽然悟澈真如，脱却尘纲，对于故国之思，非常浓厚，时时物色英雄，抱恢复明室之想。试读峭壁上的诗意，就可想见其胸襟抱负，俺们两人结识，也在这个上头。

“‘那时俺痴立崖畔，对着故人手迹，惘然遐想，不忍舍去。哪知身后，东跳西跃的千百只猿猴霎时也肃静无哗，不禁回头一看，原来鸦雀无声地跪了一地，而且一个个合掌当胸，瞪着一双金睛圆眼，直注峭壁，嘴上还不住地牵动，似乎喃喃地默祷一般。

“‘俺看了这番情景，明白这群猴子与百拙上人同处多年，已受感化，粗具人类性灵，只差横骨未化，不能人言罢了。此时俺看百拙上人手迹，群猴也触动灵机，感念上人功德，所以一齐跪地默祷。俺当时对那一群猴子说明，俺是上人朋友，叫它们在前领路，下崖探看两蟒，免得再生后患。那群猴子真也灵敏，居然领会俺言语，一跳起来，争先朝

崖后松林里面奔去。

“‘俺跟着走进松林一看，密层层都是参天长松，五六丈以上，松针密布，不见天日，只一片绿沉沉的颜色，映得须眉俱碧，一阵阵松涛怒吼，犹如上空有龙争虎斗一般。走不到二三里路，穿出松林，豁然开朗。原来在松林里面直走，并不觉得步步升高，此时四面一看，已到了一条长岭脊上，岭上反而濯濯不毛，变成一条坦道。岭下左右尽是松林，都在脚底，松梢随风俯仰，活像波涛起伏，一片绿海。东面那座高岩，巍然在望，中间一条银瀑，映着西山夕照，闪闪有光，直往松海。远望过去，距离飞瀑大约还有好几里路，而且看清楚对面两蟒相斗的那座山，也是一条长岭，同这面的岭都是高岩的分支。岭脉蜿蜒，好像二龙出水，并驾齐驱。中间千仞峭壁，下面瀑布奔泻，天然地画为鸿沟，这种自然的创造，奇巧伟大，真不可思议。

“‘俺只管独立欣赏，那群猴子此时跑上岭脊并不翻过岭去，就从岭脊上直向高岩跑去。人言顽皮不过猴子，果然不错，此时猴子回头看俺又自痴立，贪看风景，故意四爪并用，连跳带纵，快如疾箭，一路飞跑，飞行功夫差一点的，真还跟不上。俺一时高兴，一声长啸，接着用踏雪无痕的功夫，从一群猴头上像蜻蜓点水一般，接连几点已越猴群，趁势飞纵到岭下松林顶上，隐入松涛里面。偷眼一看那群飞跑的猴子，兀自埋头直奔，毫不觉得俺已从它们头上接脚飞过。

“‘俺故意隐在松涛里面，骤然长啸，引得那群猴子停住腿，四面乱找，不知俺已在松涛底下，隐身飞行到一里外，突然长身出来，仍旧纵到岭脊上面，又自一声长啸，只引逗得那群猴子欢舞蹦跳，拔腿飞追过来。这样几程追赶，一霎时走尽长岭。步入高岩一望，岩上尽是嵯峨怪石，岩腰瀑布中间架着一条飞梁，梁上直达岩顶，层层都是镜面峭壁，壁上凿着莽歇山三个擘窠大字。石梁上下尽是玲珑剔透、大小不等的山洞，洞口高高低低立满了无数猿猴，个个伸着头望着瀑布下流，嘈七杂杂地呼噪着，一见俺现身岩口，立时东藏西躲地乌乱起来。

“‘俺知道它们突遇生人，有点害怕，且不过去，等到后边那群猴子追到，挥手表意，先叫它们去通知同伴不要害怕。那群猴子果然跳跃前去，分头向各洞吱吱乱叫了一阵，一忽儿大小洞口钻出无数猴子，像蚂蚁一般簇拥出来，一齐向俺跪下膜拜，望过去，岩上岩下不下十余万只猴子。忽然一眼看到石梁上面，跪着与众不同的两个巨猿，长发披肩，形如狒狒，一身金毛灿烂，光华夺目，待俺徐步过去，那两只巨猿首先立起身来，从石梁上面飞奔下来，矫捷如风，一霎时到了面前，细看两猿，一般金睛靛面，长臂高身，形状非常凶猛，腰下居然还围着一块豹皮。一到面前，又双双俯伏在地，口中咿咿呀呀还学着一句半句的人言。俺知道这一对巨猿定是群猴之首，比别个猴子格外通灵，听它人言半吐，时有百拙两字的声音，想必百拙上人对这两猿特别垂青，所以学会了一句半句的人言，而且学着云南边界瑶人的样子，围着一块豹皮，暗想到百拙上人已坐化，倘然被这两猿知道，不知如何嗥哭叫跳，还是不说为是。此地灵岩奇境，同这两只巨猿，将来也有用处，何妨在此勾留几时，步一步百拙上人的后尘。

“‘主意打定，俺就对着两猿宣布俺的来意，又问它当年百拙上人在何处存身？那两只巨猿听俺说完，立起身来，高兴非常，掀起巨唇，咿呀了一阵，伸出巨灵般的毛手，向瀑布下流一指，又指向石梁上面，比画了一阵。俺就照它所指，先向瀑布下面走了过去，两猿也跟了过来。一看岩上瀑布的源头，就从石梁底下顺着峭壁凹进地方，一条条像匹练似的直挂下来，挂到岩脚，不下百丈。又从岩脚曲折的溪涧，分出百道细流，滢洄到百余步外，到了溪口又汇成巨流，与溪口矗立怪石，冲激喷薄，簇起万朵雪花，发出訇訇的雷音，然后冲泻而下，直注两岭夹峙的峭壁下面。从溪口直望出去，远远看见溪中，像中流砥柱一般矗立着一支支剑戟似的石柱，石柱中间夹着光华灿烂的两个蟒头，两个蟒头软软地垂在下面，好像锦球上络着的穗子，被滟滟的溪水反映，倒影流彩，格外奇丽。

“‘细察两蟒，似已毫无生气，大约内伤外震，均已死掉，想到先头那班猴子远望鼓噪，就是为此。两只巨猿看得互相拥抱，欢舞起来，想是这几天猴子猴孙，被两蟒吞得不少。此时斜阳渐渐没落，一时想不出处置两蟒的法子，好在两蟒已死，明天设法不迟，就回头又叫两猿领路，去探百拙上人的洞府。两猿领命，反身沿溪向岩上走去，一路跟着，经过许多猴洞，那班猴子始终静悄悄地俯伏在地，等俺走过以后，回头一看，才一个个跳身而起，自在游行。前头两猿已从岩侧仄径盘旋而上，俺也跟纵上去，一忽儿走上石梁，俯看下面一层层猴洞，像蜂房一般，石梁上面，又是几层直上直下的峭壁。跟着两猿渡过石梁，盘旋峭壁之上，然后攀藤扶葛，直达岩岭。

"'不料岩岭又是一番境界，四周尽是绿荫如幄的千年樟楠，中间一片广场，琪花瑶草，触鼻幽香。广场尽处，盖着几间结构离奇的屋子，屋后矗起十余丈长晶莹如玉的一座白石屏。两猿渡过广场，跑近屋门，分立两旁，居然躬身肃客。俺一看那几间矮屋，全用樟楠枝干凑搭而成，不加修饰，别有古趣。走进屋内，门窗四壁，地皮屋顶，满用豹皮张布，一排三间，也用豹皮隔开，中间设了一个石制大蒲团，蒙着一张极大豹皮，左间设一具整块玉石凿成的巨炉，炉上火光融融，正烤着几只兽腿，旁边摆着几件铁器，右间地上大小兽皮五光十色，层叠得尺许厚，屋角还倚着两柄雪亮的大斧。

"'俺四面一看，明白这间屋子就是百拙上人隐居之所，那座玉石炉定是铸剑所用，想不到如此高岩，还留着这几间又富丽、又古雅的隐士之庐，而且两猿居然不忘故主，保守此庐，还能革掉茹毛饮血的遗传，把兽肉烤炙而食，想又是百拙上人一番陶冶的功德。此时屋外斜阳没落，四面业已黑暗，就在蒲团上面盘膝略坐。

"'那两猿躬身进来，朝俺指口示意，大略问俺是否饥饿的意思。俺说早已避谷，明天略寻本山松仁榛果之类就可充饥。两猿听罢，一猿回身出屋，很尖锐地几声长叫，叫声过去，似乎远远听得岩下，也有几声猿叫遥遥应和。屋内一猿把右首豹皮幔拉开一旁，炉内添了许多枯木，立刻哔哔啵啵冒起火光，照耀一室，而且炉内发出一阵阵的清芳幽馥出来，想必所烧木料定是檀桂之类。

"'正想借此闭目静坐，领略清香，忽然门外猿影幢幢，巨猿在先，后边跟着五六个小猴，手内都捧着松仁榛实、黄精白苓之类，一齐进来，跪在蒲团下，双手献上果实。俺看到这班比人还要灵活的猿猴实在可爱，就随意吃了一些，挥手令退。这几只猴子退出以后，两猿在炉上各取了一只烤熟兽腿，坐在俺蒲团下面大嚼起来。俺就连比带说，探问百拙上人当年情形，又问两猿怎么比群猴高大许多。

“‘那两猿虽然语言难懂，可是它东指西划，也可明白了一点大概。两猿比画了半天，一猿突然走进右间屋内，扛出两柄大斧，叫俺细看。一看这两柄大斧，连柄带斧全是纯钢铸就，每柄足有二百余斤，斧柄上都刻着字，细看柄上所说，才知两猿并非莽歇崖所产，还是百拙上人从前游历安南、交趾，回到云南经过蒙自风魔岭，无意中遇到两只巨猿，把它们收伏，带到此地，叫它们管领群猴同看守这几间屋子，后来知道两猿实系风魔岭洞猺同猩猩一类的野兽交合而生，性质也在人猿之间，所以格外通灵，而且力大无穷，真有伏狮擒虎的力量。

“‘百拙上人爱惜两猿，还传授好些武艺，铸成八剑的时候，恰恰炉内尚有不少余铁，顺手打成两柄大斧，分赐两猿，教会了三十六招天罡斧的招数，又代两猿起了名字，一名神荼，一名郁垒，就把两猿名字分镌在两门之上。俺从斧上的字得到两猿来历，颇为高兴，而两猿也像具有夙缘，依侍身边，恭顺非凡。当晚俺就在中间蒲团上打坐休息，两猿堵住门口，枕斧横卧，度过一宵。

“‘第二天清晨睁眼一看，两猿早已出去，步出屋外一看，四周山内，白云拥絮，一片迷漫，立在岩顶，好像飘浮云海一般。半晌，一轮红日涌出云堆，阳光四射，四面景物渐渐清晰起来，几百里内山脉起伏，溪流细布，一览无遗，偶然望前一看，不觉吃了一惊！因为昨天两蟒纠结一团，滚下峭壁，被溪中冲天柱夹住所在，直对岩顶，此时留神一看，偌大的蟒团踪影全无。

“‘昨天满以为两蟒业已死掉，不妨留待今天处置，照现在这个情形，定是两蟒死后复活，挣命逃去，正在懊悔不迭，忽然对面岭下松林里面，猿声大起，钻出无数猴子，并力牵着几条粗长藤拉上岭脊。那两只巨猿，手上斧光霍霍，也在那儿东指西挥，忙得手足不停。起初看不出那班猴子干什么把戏，后来岭下猴子像潮水般涌上岭来，才看清楚那班猴子牵拉的东西，不禁又惊又喜！惊的是神荼、郁垒两猿，把这班猴子训练得好像一支精练军队，指挥如意，喜的是昨天俺难以立时解决的问题，两猿已经代为解决，两蟒并未逃去。

“‘原来当俺看清楚那班猴子你拉俺挽地从松林内拉上两条十余丈长的巨蟒来时，两蟒骨肉似已剔去，只剩二条整身蟒皮，被那班猴子运到岭上，像赛会迎龙灯一般，拉了过来。俺就飞身下岩，跑到那边岭上，寻着神荼、郁垒，同到峭壁下面溪边一看。溪水被蟒血所染，变成赤色，溪岸上，连骨带肉的蟒肉堆成小丘一般。问起情形，两猿连比带说地说了一番，才知神荼、郁垒一早率领全山猴子猴孙，把夹在石柱上的蟒团拉下来，用两柄巨斧从蟒肚切开，取出骨肉。因两蟒背上坚鳞，试了几斧毫无损伤，改斫蟒肚，才始得手。幸而两斧也是缅铁百炼而成，两蟒又是死的，肚内鼓不起气来，肚皮又比较薄嫩，所以容易进刃，但是换了寻常的兵刃，虽然如此，也休想动得分毫！俺听明后，又把两斧取过来仔细鉴赏，端的犀利异常，不同凡品。

“‘忽然因这两柄大斧，想起那边峭壁上面百拙上人题跋内的话，从前铸剑时候，只取一半藏铁，想必还有余铁在涧内。这种缅铁世间稀有，又是多年藏在涧底，昼夜泉流潺潺，不断地冲刷，业已精纯无比，何妨花点工夫，也铸成几柄宝剑，不枉到此一番。主意打定，就从那天起，寻到藏铁所在，命神荼、郁垒悉数运到岩顶。在百拙上人所遗剑炉内，一半参照古时欧冶子的成法，一半别出心裁，足足两年工夫，先铸成了这柄刚柔互用的白虹剑。

“‘这柄白虹剑运用起来，到了神化不测的功候，只见白虹一道围绕全身，周身一丈以内，非但点水泼不进去，剑光所及，敌人无论用何种军器，略一进招，就会被削断，除非也是相同的宝剑，方能招架。但是这柄剑长有七尺，刚柔随意，运用得法，就是敌人也使相同宝剑，也须退避三舍！因有这种好处，所以叫作白虹剑。又利用那两张蟒皮，配成一具软剑匣，只可惜白虹剑铸成以后，有事下山，没有工夫再铸第二柄宝剑。直到现在，莽歇崖的几间屋子还存着许多精铁，仍由神荼、郁垒守着，每年总去看望一次。’

“以上一番话，是俺们师父讲明白虹剑的来历。（以上所说乃是王元超在宿店内对高潜蛟讲的前因后果。）讲明白虹剑来历以后，就把这柄剑赐与三师兄，叫他斩太湖的铁臂神鳌。三师兄就拜别同门佩剑下山，到太湖创立事业。

“俺们师父等三师兄走后，暗地跟踪下去，不到两月工夫，师父很高兴地回到山上，对俺四师兄龙湫僧说，铁臂神鳌常杰已被三师兄除掉，被太湖帮推为首领，重新订立帮规，极力整顿起来。这是以前的话，直到三师兄分别两年以后，就是今年春初，俺才学艺粗成，那时四师兄龙湫僧业已回到灵岩寺，只有俺一人侍奉师父，不敢轻易下山。到了春末，师父想出门云游，叫俺回家候命，俺方才回到宝幢家内。

“俺的家中双亲早已亡故，弟兄三人唯俺最小，虽有不少家产，可是俺们弟兄三人友爱异常，从未想到分家上头，两位嫂子又非常贤德，时时劝俺成家娶妻，俺总是婉言回绝，后来索性浪游四方，才遇到俺们师父，收留学艺，一瞬过了四五个年头。此番突然回转家中，兄嫂欢喜得像天上掉下宝贝似的，看俺光彩焕发，神态异昔，不住地问长问短，俺就把遇到师父的情形详细告诉，俺们原是武学世家，俺的大兄、二兄中过武举，对于武学原有门径，听见俺得到世外仙人为师，也是非常欢喜。

“一连在家中住了两个多月，想起三师兄久未谋面，又记挂着铁佛寺那部内家秘籍，愈想早点会着三师兄，商量寻找法子，以偿夙愿。正想收拾行装，向太湖进发，哪知三师兄已经得到师父通知，知道俺已回家，就从太湖动身，寻到宝幢。彼此几年不见，自然格外亲热，问起太湖情形，才知经三师兄整顿了几年，已是规模一新，威名远播。江浙两省几路有名的绿林豪侠，都慕名联络，奉三师兄为盟主，愿听他的号令。

“俺们三师兄本来姓名是黄九龙三字，到了太湖以后，人人都叫他太湖黄，名头愈叫愈大，后来因黄王同音，干脆尊为太湖王。提起太湖王，江浙两省的人没有不知道的，提起黄九龙，反而没有人知道了。此番到来，一半是师兄弟几年不见，叙叙契阔，一半也是不谋而合，为着那册秘籍，可是其中还有一段别情。

“师父从天台下来，先到太湖查看三师兄布置是否得法，无意中也提到那册秘籍。俺们师父内视反听的时候，原有知微查隐的本领，大约俺们两人的私约，师父早已洞烛无遗，而且知道这册秘籍，确系藏在铁佛寺内，还说芜湖驻军统领单天爵，也是想得秘籍的一人，叫俺们不要大意。三师兄被师父这么一说，就向师父打听单统领的来历。

“据师父说，这位单军门确是单公思南的后裔，不过幼年因为家中衰落，六亲无靠，已在嵩山少林寺落发为僧。单天爵自幼欢喜弄拳舞棒，少林又是武术出名地方，寺中上至方丈，下至挑水弄火的僧众，都会几手拳脚。单天爵天生一副铜筋铁骨，又极年轻，经潜移默化，数年工夫，居然被他学了一身功夫。那时恰巧一贯禅师的弟子百拙上人驻锡少林，偶然看见一个小沙弥虎头燕颔，生得不凡，是个可造之材，就叫过来探问来历，知是单公思南的子孙，不觉暗暗点头，存了造就他的意思，叫他侍候方丈，列入门墙。单天爵福至心灵，诸事谨慎小心地服侍，上人爱他伶俐，也就把少林种种的功夫早晚指点。

“这样又几个年头下来，单天爵的功夫已是出人头地。后来百拙上人云游募化，单天爵倚恃一身功夫，雄心顿起，不甘苦守蒲团，也自假云游为名，到处显露能耐，因此江湖上代他起了一个绰号，叫作铁铸韦陀，因他练成一身金钟罩功夫，周身刀枪不入，又善使一条纯钢九节软鞭，所以起了这个绰号。

“他在内地混了几年，江湖上也有点名望，但是百拙上人那时还未示寂，恨他不守清规，想按照戒律惩罚。他听得这个消息，一溜烟逃到青海躲避。恰值大将军岳钟琪正在青海用兵之际，他就脱掉僧衣，蓄起头发，投效军营。照他这身本领，效命疆场，自然出色，接连几场大战，却也博得不少奇功。等到岳大将军奏凯回朝，把他高列保案，居然红顶花翎，也是一个统兵大员。那时河南地方不靖，就命他率领标营，坐镇汴洛，近来又调到芜湖，控卫南方要冲，自以为一帆风顺，声势煊赫，野心勃勃，妄作威福起来。

“不要说百拙上人已登极乐国土，就是尚在人世，他兵权在握，顶戴荣身，还怕一个老和尚怎的？早已把造就他的恩师置诸脑后哩。最可笑一个游方和尚，摇身一变，变成一个统兵大员，也算得为光头吐气，菩萨有灵，可是他从前草履布衲，到各寺挂单的时候，结识了不少佛门僧侣，也受过人家许多好处，此时各寺旧侣打听得他飞黄腾达，一个个寻到芜湖，想沾他一点光。哪知道他反面无情，官气十足，只看到他一双白眼，抹一鼻子灰回去，有的面都见不着，就轰出来了。

“有一天他的衙门口，来了一个魁梧奇伟的红面和尚，穿着一件崭新绸裹布面的僧袍，足上云鞋素袜，整洁异常，手上还拄着一支朱漆点金的龙头禅杖，一到门口，就掏出一面梅红全帖，写着少林醉菩提拜几个字，朝着衙门口几个卫兵，连连合十，说道：‘有劳将爷，代小僧回一声，说有少林醉菩提有要事叩见。’

“那几个兵先不接帖，把他从头到脚打量一番，然后昂着头说道：‘俺们大人从前什么人都见，现在凡是光头的一概不见，你何苦叫俺们白跑一趟腿呢？’

“那醉菩提笑嘻嘻道：‘阿弥陀佛，将爷的吩咐，小僧理会得，但是光头也有好几等，像小僧的光头，大人绝不至于拒绝不见的。’边说边向大袖里边不知摸出一点什么，把红帖遮在上面，一齐送到卫兵手内，轻轻道：‘总得将爷照顾才好，大人见了小僧的名帖，一定可以传见，绝不敢叫将爷白跑一趟，将爷多费神吧。’

“那接帖的卫兵被他将爷长、将爷短一阵恭维，似乎板不起面孔来，显出一种无可奈何的神气，道：‘嘿，你真可以，也罢，看在你出家人分上，代你去碰一碰吧。’说罢，扬着帖走了进去，立在旁边的几个卫兵，互相挤眉弄眼地说笑了一阵。醉菩提脸厚如铁，反而赔着笑脸，同门口卫兵们有一搭没一搭地，挨延时光。

“原来醉菩提幼年也是少林寺出身，同单天爵最为莫逆，因为守不住少林的严规，投到别寺寄身，为人圆滑异常，善于交际，武功也颇了得，惯使一条纯钢点漆的龙头禅杖，各处绿林响马结交得也是不少，江湖上颇为有名。

“单天爵看到他的名帖，仰着头思索了一会儿，对卫兵道：‘叫他进来。’这一来，倒出卫兵意料之外，心想这个光头也许真有点来历，怎么轻轻易易地就见呢？

“哪知单天爵肚内自有一番作用。因为他驻扎在芜湖几年，虽然管的是缉私剿匪，可是他倚仗着汗马功劳，有岳大将军做靠山，就是安徽的督抚也要让他几分，就放开手，无所不为，像私运粮食、包庇枭盐已是家常便饭，近来又暗暗联络会匪，同各处水陆剧盗，干了许多鬼鬼祟祟的事情，所以营内进进出出都是竖眉横目的人物，像醉菩提这种人去投奔他，正可以利用，代他四处奔走，自然格外垂青，何况醉菩提原是个光头篾片。两人一见之后，醉菩提几句米汤一灌，自己一吹，就把他引为心腹，留在衙门。

“有一天，醉菩提吃得酒醉饭饱，闲得无事可做，忽然想起在少林时候，听得百拙上人讲究戒律，以单天爵熏心利禄，败坏清规，为戒律中最不可恕之罪，顺口提起他的祖先单思南，从单思南又说到王公征南著有一册内家秘籍，是学武的正眼法藏，可惜密藏在铁佛寺内，到现在还没有遇着有缘的人。那时醉菩提从旁听得，就留了意，独自偷偷地赶到宝幢寻找几次，无奈千方百计，找不出一点踪迹来，只好暂时息了这个念头。此时在单天爵衙门住了几天，触景生情，勾起前事，想在单天爵面前讨好，把百拙上人的话一五一十说了出来，只把自己寻过几次的事瞒过。

“单天爵是个阴险狠鸷的角色，在官场中混了几年，何等奸猾，听了这番话，胸中早已雪亮，料得醉菩提定已设法寻找过，只把一双鹰眼骨碌碌地转了几转，鼻子里冷笑一声，说道：‘这册书何尝是王征南著的，无非从俺们远祖思南公学艺的时候，把先祖的著作抄了下来，窃为己有罢了。而且思南公因为武学无敌，到老童身不破，并不娶妻生子，死后，生前著作也被王征南统统拿去。他知道思南公族中式微，学武的不多，就大言不惭地据为己有了。但是年代不远，还恐年老的有见过思南著作的，不敢把这册内家秘籍立时炫耀出来，故意密藏在铁佛寺内，让这册书过了几十年再出世，就没有人能够戳破其中把戏，可以博一个千古传名了。万不料单氏子孙还有俺这个单天爵看透机关，这也是思南公在天之灵，使俺扬眉吐气，阐扬先德。前几年俺就想回到家乡，把铁佛寺搜查一番，预备搜出几件先人传家之宝，重新校正，珍藏起来，不让他人霸占去，无奈公事羁身，没有分身的机会，现在被你一提，大约外边还有知道的人，这桩事已不容耽误，真还得赶快去搜寻才好。'”

第七回

龙蛇产大泽，风波壮阔，权作扶余
螳雀逐高枝，鬼蜮迷藏，须问弥勒

“‘万一被他人捷足得去，俺姓单的就与他不共戴天！’单天爵说到此处，凶目一瞪，拳头掐得咯咯山响。

“醉菩提被他这一套大江东，蒙得作声不得，正想旁敲侧击，凑趣几句，献上一个搜寻秘籍的条陈，不料还未出口，忽然门外立着几个亲兵护弁里边，有一个满脸黑麻的凶汉突然跨进门来，紧趋几步，朝着单天爵单膝点地说道：‘下弁该死！下弁初到，不知道那册书与大人有这样重大关系。早知如此，就应该立刻报告，现在求大人宽恕小弁死罪，才敢实说。’

“二人听得同时一愣！单天爵觉得事有蹊跷，胸脯一挺，一摸两撇胡须，喝道：‘不要啰唆！快讲！’

“那卫兵道：‘小弁原是太湖的渔户，前几年太湖寨主铁臂神鳌常杰见小弁略有膂力，懂得水性，强迫小弁上山去伺候他。那时小弁在他势力范围以内，这位寨主又是性如烈火，动不动就开膛摘心，小弁性命要紧，怎敢违拗，只好委屈着伺候他。后来昏天黑地地过了几年，不料有一天，一个貌不出众的精瘦汉子赤手空拳来到太湖拜山，指名要会一会常寨主。两人见面以后，那瘦汉子自报姓名，说是余姚黄九龙，特意慕名面来，要请教寨主几手武艺。

“常寨主原是个草包，以为黄九龙三字江湖上从来没有听见过，又轻视他单身赤手，身材瘦小，满不在乎地就在厅前草坪上交起手来。哪知两人交手，也看不出姓黄的用什么手法，身子一动，就把常寨主跌了一个狗吃屎。常寨主一骨碌跳起来，一言不发，反身走进厅内，抡起他惯用的九环大砍刀，怒火万丈地奔出厅来。那时俺们立在一旁，知道今天常寨主与这个姓黄的定不甘休！那姓黄的武功虽也了得，可是赤手空拳要抵挡这柄六十余斤的大砍刀，怕也难逃公道。

"谁知那姓黄的看见常寨主横着刀，怒吼一声，奔近前来，依然神色不动地立着，等到刀临切近，喊一声来得好，只把身子滴滴溜一转，就转到常寨主身后。常寨主一刀砍个空，刀沉势猛，望着抢出去好几步才稳定了脚跟，重又大喊一声，回转身来，舞起一片刀花，饿虎扑食一般，呼呼带风地杀了过来。

"姓黄的毫不在意，只看他身子一矮，挥臂猱进，就钻入一片刀光之中，一霎时换步移形，身法屡变，在刀光里边忽隐忽现，活像穿花蝴蝶一般。把俺们旁观的人也看得目眩神迷，只觉常寨主身前身后，四面八方，尽是姓黄的身影，只把常寨主累得汗流满面，气喘如牛，使尽了吃奶力气，也得不到半点便宜。

"俺们一看这个情形，暗暗喊声'不好！'照这样，工夫一长，准会把常寨主活活累死，正想知会众人，预备家伙，一拥而上，不料姓黄的一声断喝，一腿起处，正踢在常寨主拿刀的手腕上，只听得大砍刀上的刀环锵啷啷一阵奇响，那把六十余斤的大砍刀凭空斜飞起两丈多高，未待落下，姓黄的双臂一振，像飞鸟一般斜刺里纵起，离地丈余，恰巧把从空落下的大砍刀单手接住，身子一落，一个箭步又蹿到常寨主面前，未待招架，顺势一个旋风扫落叶的招数，刀光一闪，就飞起一个斗大人头，常寨主的身体登时倒在地上，直冒颈血。那时情景，兔起鹘落，迅捷无比，只把俺们吓得骨软神酥，呆在一边。

"那姓黄的此时横刀卓立，大声喝道：'有不服气的尽管上来，与俺较量！'

"讲到寨内常寨主手下，也有几个精悍头目，千把个弟兄，那时，除派出去几路弟兄不计，寨内也有五六百人。听得寨主同姓黄的较量本领，陆续跑到聚义厅前看热闹，差不多把厅前一块草坪，团团围住。等到常寨主失手，身首异处，姓黄的耀武扬威的时候，周围几百个人，只看得目瞪口呆，谁也不敢放一个屁，两只腿都像钉在草坪上一般，谁也不敢动一动。姓黄的四周一看，无人敢出来与他较量，格外神气十足，连声呼喝。

“正在这当口，忽然半空哈哈一声大笑，笑声未绝，从聚义厅屋顶上飘下一个五绺长须的老道，恰恰正立在姓黄的面前。表面看去，那个老道斯文一派，弱不禁风，但是从聚义厅屋顶纵到草坪姓黄的面前，至少也有十几丈远，一霎眼就飘落当场，飞也没有飞得那么快，这种功夫，实在少有。

“最好笑的那姓黄的能耐已是可观，哪知一见老道，立刻把手上的大砍刀向草地一抛，毕恭毕敬地朝那老道双膝跪下。起初俺们以为姓黄的已被老道制住，也许那老道路见不平，拔刀相助，也许是寨主的好友，姓黄的克星，所以姓黄的一见面，就跪地求饶。

“俺们自以为所料非虚，既然有人仗腰，立刻胆壮起来，谁知满不是这么一回事。那老道等姓黄的行礼以后，高声对俺们说出一番话来，才知道那老道是江湖天字第一号的老前辈，就是称为陆地神仙游一瓢的，姓黄的是他第三个门徒，此番登门来寻常寨主的晦气，还是奉他师父所差。那老道又对俺们宣布常寨主万恶不赦的事实，还说太湖原是前明忠臣义士的根据地，无故被姓常的占了好几年，现在特地差他徒弟驱除常寨主，重新整顿一番，叫俺们愿意留在此地的，从此须听姓黄的号令，不愿意的，尽管另投别处，也不为难俺们。

“那时俺们以为姓黄的本领，比常寨主还要厉害，又有大名鼎鼎的陆地神仙做靠山，将来山寨定必兴旺起来，外边做几票买卖自然也格外顺手。俺们私地里都存了这个见解，没有一个愿意走的，都齐声说愿听黄寨主号令。从那天起，太湖就归姓黄的管辖了。

“姓黄的头几天百事不做，先同他师父在太湖周围巡视了一遍，回到寨内画了许多地图，又把全寨弟兄召集拢来，点名造册。看他忙得不亦乐乎，后来陆地神仙下山自去，姓黄的在太湖不到半年工夫，居然把寨内寨外整理一新，紧要山口，筑起许多碉堡。可是从姓黄的到太湖以后，从来没叫俺们出外做一票买卖过，也不知道他的银钱粮草从哪处设法来的。俺们因为虽然不做买卖，每月一样有伙食可领，也就安心下来。

“不料不久忽然又来了一个姓黄的大师兄，叫作钱东平，率领了许多人来到，也有文人打扮，也有武士装束，好像都约来入伙的样子，姓黄的把这钱东平恭维得无所不至，事事都要请教他。姓钱的带来的一班人内有不少武功了得的，就分派了许多头目，文的就在寨内聚义厅旁边像衙门一样，设起文案室来。

“姓钱的住了几天就独自走了，临走时候又代姓黄的出了许多主意，立了许多章程，第一条就是不准抢掠奸淫，以下几条也记不清许多。记得尚有会种田捕鱼的，仍在湖内分配地亩去做农夫渔父，到了一定时间，须在演武场归队，练习武艺同出兵打仗的阵法。那时下弁就有点不耐烦起来，心想做强盗哪有这许多臭排场？倘然存心要做农夫渔父，何必到太湖去受姓黄的恶气？可是暗地探听许多旧同伙的口气，早已把常寨主忘得干干净净，反而口口声声说姓黄的不差，把小弁气破了肚皮，暗自存了一个离开太湖的念头。

“但是姓黄的寨规森严，要口都有关隘，不能随便进出，而且随时随地都有巡逻队调换巡逻，一时没有法子脱身。直到本月月初，派小弁在聚义厅值差，恰巧姓黄的写了一封信，叫小弁投到浙东宝幢地方一个姓王的家中，小弁心内大喜，接过信件，安安稳稳走出各道关口，好像逃出牢狱一般，连夜离开太湖，投到此地。蒙大人恩典，赏一份口粮，就像从地狱升到天堂一样。”

“此时那卫兵一口气说到此处，未免舌干口燥，略微顿了一顿。

“那单天爵虽然听得有点出神，可是回过味来，觉得与他所说的内家秘籍这册书满不相关，突然把桌子一拍，厉声喝道：‘混账！谁叫你说这些不要紧的话？’又朝着门外喊一声：‘来！看军棍伺候。’

“那卫兵吓得一哆嗦，连连叩了几个响头，说道：‘还有下情，容小弁细禀。’

“此时醉菩提坐在一旁，也说且请息怒，容他讲完，倘说得不对，再责未迟。

“单天爵又一声大喝道：‘快讲！仔细你的狗皮！’

“那卫兵战战兢兢地伸手从怀内掏出一封信来，已经折叠得一团糟，把信略微一整理，双手捧到单天爵面前道：‘这就是姓黄的叫小弁送的宝幢王家的那封信。小弁逃出太湖后，原想随意弃掉，无意中拆开一看，觉得其中写的几句话很是奇怪，就留在身边。此刻偶然听到大人和这位老师傅讲话，似乎与这封信很有关系，所以冒昧禀告一番，请大人一看书信就可明白。’

“单天爵也不答话，夺过书信抽出信纸，摊在桌上一看，连喊不好！醉菩提看他称奇道怪，也伸过头去一看。

“原来信内头几句无非久别思慕老套，下面就写着寻找秘籍的话头，信上还粘着陆地神仙写的一张纸条，写着‘欲得秘籍，须问弥勒，业精于勤，何关得失’十六个字。

“单天爵看完这封信，仰着头思索了一回，突然对那卫兵说道：‘好，起来，今天的事不准向外边乱说，将来自有重赏，你且出去。’

“那卫兵好像奉了一道赦旨，又叩了几个头立起来，倒退着走出门外，自去抹汗不提。

“醉菩提一等卫兵走出，立刻对单天爵道：‘看这个情形，大人想得那册秘籍，须赶快下手，迟了唯恐被人占先。幸而鬼使神差，姓黄的信被这个卫兵耽误了许多日子，那住在宝幢姓王的恐尚未知道，还不至被他们偷去。但是那个游一瓢从前倒常听百拙上人说起，是个神出鬼没的怪东西，百拙上人在世时候，还让他几分，俺们也应小心从事才是。而且那个姓黄的也不是好惹的，此番小僧来的时候，路上也听人说起太湖的事，都称那个姓黄的太湖王，江浙两省的绿林尊奉他的还真不少。’

“还未说完，单天爵听得不耐烦起来，大声说道：‘这种小丑，何足挂心。俺从前跟岳大将军大战青海的时候，厉害的角色不知见过多少，大军一到，哪有他们立足之地？何况太湖的区区盗贼，有一天俺就带兵去剿平他们，可是目前要想得到那册秘籍，真应该早点设法才好。俺自己职守所在，不能轻易出门，眼前又没有妥当的人可派，而且那册

秘籍虽然藏在铁佛寺内，但是寺甚广大，究竟也不能满寺瞎摸，这几层倒费踌躇。'

“醉菩提听了这番话，眼珠一转，计上心来，又默默自己盘算一番，然后胸脯一挺，立起身来说道：‘大人不用心焦，小僧已有主意在此，事不宜迟，今天小僧就马上动身到宝幢去，不出十天定可将那册秘籍双手献与大人。'

“单天爵听得高兴异常，立刻走过来，握着醉菩提的手说道：‘你真有这个把握吗？倘然果能如愿，俺必定重重厚谢。你想做官的话，俺定然特别与你设法，定不相负。'

“醉菩提本是热心利禄的人，一听单天爵许了重愿，格外拍胸脯，一力担当，立刻就想动身。

“单天爵两手一拦道：‘且慢。’立时喊进一个贴身卫兵，从帐房拿出一百两银子送与醉菩提作为路费，醉菩提自然千恩万谢地告辞而行。

“以上一番情形，原是师父对三师兄说的话。师父对于单天爵的不法行为，想必注意已久，时时暗地侦察，所以单天爵的一举一动，师父知道得这般详细。那时三师兄听明了上面许多话，知道寄给俺的信同师父那张纸条到了单天爵的手内，反而弄巧成拙，而且醉菩提已经自告奋勇，代单天爵到宝幢偷那册秘籍，心内焦急异常，就索性禀明师父，预备自己到宝幢来同俺商量办法，师父也不置可否，只说好，就自己扬长而去。

“三师兄送师父走后，当天把寨内事物略微分派，就单身赶到宝幢。幸而俺还未动身，两人略一商量，先托大师兄向铁佛寺住持商妥，假说俺要静养读书，拨租几间幽静屋子，先付了一笔丰厚租金。那住持知道俺家也是宝幢绅士，又是财香到手，自然满口应允。

“当天俺就独自一人带了许多书籍住在那种着凤尾竹的院子里，葫芦式门洞边还贴出闲人莫进的条子，免得醉菩提到来，闯进来窥破机关。俺那天还故意见佛就拜，在寺中各处游览一周，察看有没有异乡僧人挂单在内。醉菩提俺虽然没见过，听师父口中所说醉菩提的面貌形状，也是容易认识的，但是全寺留心看过，寺内虽有不少僧人，竟没有像醉菩提形状的和尚，又向方丈打听，近日有无外路僧人挂单。据说一个也没，而且寺内的和尚从表面看去，尚都安分，也没有懂得武功的人，不觉放了一半心，知道那册秘籍尚未被窃。

“晚上方丈送来几样精致饭菜，招待很是殷勤。饭后一人等到夜静，三师兄如约飞越而进，两人又促膝谈心，研究那册秘籍究竟藏在何处，从何处着手？照三师兄意思，师父的手谕十六个字，定有很深的作用，因为师父先天易数深得邵康节传，真有未卜先知的能耐，于是俺们两人把这十六个字苦思焦虑地推敲起来。

“俺沉思了一会，对三师兄道：‘照师父所谕十六字，内中关键只有第二句“须问弥勒”四个字，弥勒佛就是寺门口当门坐着、常开笑口的一尊佛像，难道说那册秘籍藏在弥勒座下不成？’

“三师兄道：‘这是绝不会的。你想，弥勒佛离大门甚近，人人见得到的地方，而且每寺的弥勒佛，最少一年须修饰一次，因为弥勒当门而坐，风吹雨打，容易毁坏，无论进寺的、走过的，都看得见，所以寺里装饰门面，必须把这尊佛像同旁边一样显露的四大金刚，整理得金碧辉煌。既然要这样时时搬动，如何会藏在弥勒座下？’

“俺一想，三师兄的理由很是充足，但是师父所说‘须问弥勒’，绝不是随便写的，真有点难以猜度。只好两人趁夜静无人的时候，把全寺上上下下仔细踏勘一遍，大殿偏殿前后左右都侦察一番，整整查察到晨鸡报晓，除地皮没有翻过来，其余统统仔细看过，依然没有一点踪影。

“一听寺内和尚已预备起来做早功课，只好回到自己屋内，三师兄也仍旧飞身出寺，回到俺家休息，约好晚上再想办法。这样废时失业地查察了好几天，仍旧没有头绪。三师兄头一个不耐烦起来，况又记挂着太湖寨内的事，预备暂先回去，被俺苦留不放，才勉强又耽搁了几天。恰巧这当口发生搜蛟的一幕趣剧，高兄遇到僵尸毒手，谁料略一大意，竟被醉菩提那个贼秃得了手去。

“他偷去秘籍，俺还并不恨他，因为他食人之禄，忠人之事，情尚可原，不应该偷去以后，又诡计多端回到铁佛寺来，乘人不备，暗放冷箭，还故意用一手金蝉脱壳之计，飞箭上面附着一张字条，写明秘籍是单天爵取去，有胆量的可到芜湖统领衙门去讨。他以为写了这张字条可以脱身事外，又以为俺们绝不敢向单天爵理论，你想这个贼秃可恶不可恶？

“最好笑的是那天晚上，俺们三人同在屋内，三师兄问俺话时，俺因面向窗坐着，已觉得窗外有人，正想拿个主意，不料贼秃放了冷箭以后，就拔腿飞跑，等俺同三师兄飞出窗外，跳上屋顶一看，贼秃脚程也算不差，竟逃得无影无踪。哪知俺们料定这贼秃必定连夜出城，要回芜湖，定走东门，俺们就从屋上跟踪追去，将到东城，就看见一贼背着一个长方包裹，业已越城而过，还有一贼距城尚有一箭之遥，正急急向城奔去。三师兄在前看出情形，一面追，一面把腰间白虹剑解下，退去蟒皮剑套，同俺一齐跳下屋去，接连几纵，就离那贼不远。

“那贼奔过城墙，知道有人业已追近，突然回身立定，故作镇定，笑嘻嘻说道：‘喂，朋友，河水不犯井水，何必苦苦追赶？’俺同三师兄抬头一看，那贼是个行脚僧打扮，漆黑一张面孔，披着一头长发，额际束着一道紫金箍，中间矗着一个如意头，空着一双手，身上也别无他物。俺们看那贼不像师父所说醉菩提的形状，因为醉菩提是个光头，又是一张红面，一时倒不便冒昧从事，就喝问你夤夜跳城，有何缘故？先头跳出去的是谁？

“你猜他怎么说，哈哈，真可谓君子可欺以其方。他说：‘素来在黄岩赤城山弥勒庵出家，因为募修佛堂，四方游行，今天步行到此，已经深夜，走到铁佛寺敲门不便，就在寺门口露坐，预备天明后，要进寺挂单。不料坐了未久，忽见从寺门口墙上，纵出一条黑影，似乎背上还驮着一样东西，那人跳到街心，一垫脚，又跳上对面街屋上，向前飞跑。俺疑心那个贼定是从寺内偷了东西逃出，明天寺内发觉起来，恰巧俺坐在门口，倘怀疑是俺偷的，这才是无妄之灾哩！俺这样一想，倚恃着小时候也从村庄武师学会了一点武艺，就拔腿直追，追到离城不远，从月下望去，已看见那贼向城飞跑去，原来也是个光头和尚，被俺看清楚了以后，俺倒放下了不安的心。你想，既然寺内和尚偷寺内的东西，逃了出来，明天铁佛寺方丈一查，缺了一个和尚，自然不会疑心到俺了。现在被你们两位苦苦追问，时候一耽搁，那贼和尚已跑远，想追也无从追踪了。'

"说也不信，俺们听他这一套入情入理的话，真被他给蒙住，一时弄得捉摸不定，而且俺们一心在醉菩提身上，心想照他所说，越城的贼定是醉菩提无疑，两下一耽误，那贼秃早已逃远，追也枉然。说也惭愧，当时俺们两人对于那个行脚僧，竟会一点不疑，居然还同道回来，因为他脚程跟不上俺们，还在后面直喊慢走。俺们哪有工夫理会他，还怕泄露俺们行藏，故意施展陆地飞行，把他撇下，自行回寺。

"等到回寺以后，俺们两人未进屋内，在瓦上立着，把前后情形仔细琢磨一番，始觉行脚僧也有可疑。因为俺突然想到，前几天在大殿上曾经远远看见两个黑影，也许有醉菩提在内，今晚逃的却只一人，前后一想，也许那个行脚僧乃醉菩提请来的帮手，自知不敌，特意叫醉菩提带着那册秘籍先自逃远，仗着面貌生疏，由他编出一套谎话来，绊住俺们。俺们想到此时，三师兄立刻到寺门探看那行脚僧有没有回来，果然连鬼影都没有，料得受骗不小，只把三师兄气得直跳脚，谁知那时还只料到一半，到此刻三面情形一凑，俺才明白，行脚僧就是醉菩提改扮的呢！

"这且不提，你当然还不明白，俺们既然受骗怎么还会跟踪到此呢？这就叫愚者千虑，必有一得。那醉菩提饶他诡计多端，毕竟露出许多破绽。那天三师兄到寺门探看行脚僧不在以后，俺们二人就把贼秃飞箭留下的字条，在屋上映着月光仔细一研究，似乎字条上所说，叫俺们到芜湖单天爵那儿去的几句话，明明显示惧怕俺们，恐怕俺们苦苦追迫，难逃公道，故意留下字条，移祸于人，只看他城墙底下一番鬼话，处处都用巧着，不敢同俺们交手，就可知道，但是俺们的目的在那册秘籍，秘籍在谁的身上，就向谁讨取，何必舍近求远？

"而且还有一层最要紧的关系，那册内家秘籍原是少林派武术的克星，倘然少林派的人得到这册秘籍，从小处说可以压倒老少同门，从大处说可以雄视各派，光大少林门户。像醉菩提这种鬼祟的行为，既敢恬不知耻地移祸于人，得到秘籍是否真个双手献于单天爵，也是一个疑问，也许先拿到僻静地方，自己抄录出来，再拿到单天爵那儿去讨好，也未知。既然这样，俺们岂能轻轻放过他，这不是弄巧成拙吗？而且他假扮行脚僧的时候，虽然满嘴谎话，可是所说他住在黄岩赤城山弥勒庵，倒非随口乱诌。据三师兄说，他知道那处确有一个弥勒庵，还是未做同门以前到过，且知道弥勒庵地方很大，建筑在赤城山上。俺又想起师父字条上不是有‘须问弥勒’的一句话吗？不要就应在那个弥勒庵上也未可知。

“同三师兄一商量，也许那贼秃先到赤城山隐避几时，可以神不知鬼不觉地抄录那册秘籍。既然秘籍已被贼秃窃去，俺们也毋庸留在铁佛寺内，不如两人同到赤城山侦探一番，如果俺们所料不实，再到芜湖去也不算晚。主意既定，便跳下来走进屋内，就同你商量投师的办法。你当然还记得俺故意叫你不走海道，反叫你多走几天，从旱道走山路，因为你走的旱道，也要经过赤城山，俺们也许在路上再会见。老实说，俺们也要顺便侦察你一路的举动，看看你的品性，这桩事还要请高兄原谅。俺既然把你介绍入师父门下，俺不能不谨慎一点哩。但是你在宝幢动身这一天，俺们还在俺的家中安排一点琐务，到下午才动身，从这条路上走来，俺以为你早已走过赤城山了。

“不料到了此地，居然同你碰头，而且事有凑巧，你于无意中又碰到那醉菩提和赤城山寨主，可以证明俺们料得不差，不至于白跑一趟了。至于此刻俺料到行脚僧就是醉菩提改扮的缘故，完全是从你口中听出来的。

“你说的二人形状，一个是手执龙头禅杖的红面披发头陀，一个是手使虎头双钩的凶汉，那个头陀行状与俺们那晚碰到的行脚僧一般无二，只差俺们见到的行脚僧，是一张漆黑面孔，你遇到的是一张噀血红面。讲到那张红面同那支龙头禅杖，又同俺们师父说的醉菩提形状一般无二，只差一个是光头，一个是披发，这样几下印证起来，全是醉菩提这个贼秃捣的鬼。

“此刻可以断定，那贼秃恐怕露出真相，不大稳便，故意在光头上装上假发，用一个头陀常戴的发箍束住，又把面孔擦黑，使俺们在黑夜里看不出他的真面貌，知道俺们不会妄杀无辜，可以借此脱身。那赤城山寨主既然称他师父，当然是他一党。贼秃自知一人办事不便，定是从单天爵那儿出来就先到赤城山去，约他徒弟做帮手，所以到宝幢时反在俺进寺以后。那天俺在殿上看见的两个黑影，定是他们师徒二人，那晚头一个越城而逃的人，也定是贼秃先叫他徒弟带了秘籍同他手上的龙头禅杖，先逃出城去，免得被俺们看出破绽。今天你在破庙遇到他，虽然头上假发还没有去掉，可是黑面已经洗掉，显出真面，那支龙头禅杖已到自己手中，在贼秃意思，以为到了此地已是万安，谁知天网恢恢，偏被俺碰到，你又会着俺们，被俺们识破他的奸计呢。

“话虽如是，贼秃的诡计真也缜密异常，今天假使没有遇到你，一时真还不易完全识破。还有一桩紧急的关键，到现在俺还猜不透其中缘故，因为俺同三师兄到铁佛寺去搜秘籍，确在醉菩提之前搜寻了好几次，可以说没有一处不搜寻到，终是劳而无功，何以那贼秃一到，就容容易易地取到手内，这不是怪事吗？这桩事只可到明天寻到贼巢，同那贼秃见面时，再设法探出真情的了。现在俺已把俺们的前后情形统统对你说得清清楚楚，将来你见到师父，也不致茫无头绪，可以安心学艺的了。”

（写小说最注重的地方，有个术语，叫作“过脉”，词章家叫作“中权”，讲究映带回互，脉络分明，“过脉”又有个大小虚实之分，在下写到此处，无非一个小小过脉，借以层层点醒接应前文罢了。）

高潜蛟坐在对面草席上，瞪着双大眼，张着一张阔口，听王元超从头至尾，一路滔滔不绝地说出许多奇奇怪怪的事情，真是闻所未闻，早已把这位少闻少见的高潜蛟听得失神落魄，呆在一边，等到王元超讲完，才如梦初醒，猛然把腰一挺，突地跪在王元超而前，也不管地下流水纵横，咚咚地叩起响头来，把王元超弄得不知所措，赶忙把他拦腰一抱，像拎小鸡似的拎了起来，仍旧把他推在草席上坐下，笑着说道：“你发痴不成？无缘无故对俺行起大礼来，这算哪一套呢？”

哪知高潜蛟诚惶诚恐地说出一番话来，他说：“凭俺这块草料，今天同两位英雄般的人物坐在一起，已经觉得福分不小，将来叨两位的余光，拜得神仙般的师父，格外觉得是了不得的缘分。无论将来学艺能否成功，都是您的大德大恩，俺怎能不拜谢您的恩德呢?”说着，似乎又要立起来行礼。

王元超赶忙两手一伸，把他按住，微笑道：“你不要胡闹，听俺说，俺问你，若真像你所说有这样的大恩大德，岂是你在地上磕几个头可以了事的？老实说，这种事根本算不得大恩大德，这就是友义的义字，是朋友应该做的事。希望你投师以后，竿头日进，将来俺们也多一个臂膀，多做一点侠义的事，到了那个地步，比叩几百个响头强得多。还有一层你要明白，千万不要把自己看低，口口声声说自己是草料。一个人生在世上，应该立一个顶天立地的志向，做一番轰轰烈烈的事业，做得到与做不到是另一问题。志是不能不立的，世上没有志向的人，虽然穿得富丽堂皇，他无非金玉其外，败絮其中；有了这种志向，虽然穿得破破烂烂，依然是个昂藏七尺的好男儿。

“古人说‘将相本无种，男儿当自强’，又说‘舜何人焉，禹何人焉，有为者亦若是’。这几句话你虽不大了解，可是俗语所说‘神仙亦是凡人变’的一句老话，总应该明白，你把俺这几句话牢牢记住，你就不会轻看自己了，而且俺们聚在一起，也非偶然，俺们介绍师门也非随意。俺们倘然看你不是一块浑金璞玉，没有雕琢的可能，就是你跪在俺们的面前，也不能轻易允许的，这样一说，你越可明白了。但是俺叫你不要看轻自己，无非叫你立志自重的意思，同那自尊自大，可是大有分别，倘然走上了自尊自大那一条路上，那与自重就背道而驰了。”

这一番恳切至谆的话，高潜蛟虽然答不上来，但是细细领会，觉得比吃冰雪还清凉，比饮醇醪还甘美，只是讷讷不能出口。

王元超察言观色，知道自己这番苦口婆心，已深深印入高潜蛟心上，越是不会说话的人，越能实行，这种不落言筌的境界，非细心人体会不出，深知这位质美未学的乡下老憨，一经师父陶熔，定能出类拔萃，不觉暗自高兴，忽然觉得只顾自己向高潜蛟说话，把三师兄冷落一旁，许久不见他动静，回头一看，原来那位三师兄早已在草席上侧身而卧，鼻息沉沉了。

再一听外面风声雨声，已不像起头狂暴，只茅屋上断断续续、淅淅沥沥的，下那一阵阵的细雨，就对高潜蛟说道：“此时大约已过丑正，不久就要天明，你趁此也可以打个困盹，免得明天上路精神不济。至于赤城山的事，你不用过问，倘然你也夹在里面，反觉碍手碍脚，要分神照顾你了。明天俺们送你过岭，你自管自到雁荡去好了，好在此地已离雁荡不远，也许俺们把赤城山一桩公案解决后，顺便到灵岩寺去会一会四师兄，不是俺们又可以见面了。”

第八回

兰若降仙姝，魂销莲瓣
荒岩遇铁汉，掌擘松林

高潜蛟听得这番嘱咐，正在唯唯答应之间，忽然茅屋上面一阵哈哈怪笑。

在这漫漫郊野、四周寂寂的长夜，突然被这一声怪笑震破，越显得这笑声震耳欲聋，连前面一带长岭隐隐都有回响。这一声突然而来的怪笑不要紧，把高潜蛟吓得变貌变色，王元超也吃了一惊，连那鼻息沉沉的黄九龙，也闻声惊醒，一跃而起，未待王元超开口，就仰面向屋顶大声喝道："太湖黄九龙在此，有胆量的尽管下来！"

喝声未绝，只听得门外一人低低说道："啊哟，阿弥陀佛，把小僧的胆也吓破了。"说罢，竹篱笆门呀的一声，闯进一人。

那人进门顺手把门拽上，一举手，又把头上笠帽掀在脑后，露出青皮光头，笑嘻嘻地对黄九龙、王元超合十道："三兄五弟，幸会幸会。"

黄九龙、王元超两人一见来人的面目，不约而同地说道："咦，原来是你。"

立刻眉飞色舞地拉着来人的双手，彼此点头会意，哈哈大笑。

此时又把那位高潜蛟装入闷葫芦里去了，趁他们拉手欢笑的时候，暗地细细打量来人，原来是一个三十有余四十不足的中年僧人。虽是布衲草履，满身泥浆，笠边衣角兀自挂着点点的雨水，弄得一身狼狈不堪。可是天生一张银盆大脸，配着剑眉虎目，顾盼非常，而且身材奇伟，音吐若钟，与王元超之俊朗，黄九龙之精悍，又另有一番气概。

正在暗暗喝彩，王元超已拉着来人对高潜蛟说道：“今天的事，正是一巧百巧，方说曹操，曹操就到。你道这位是谁？就是俺们常说的四师兄龙湫僧，也就是雁荡山灵岩寺方丈。”又指着高潜蛟向龙湫僧说道：“这位是山阴高潜蛟，正想投奔四师兄去，再看机会拜在师父门下，不料在此地不期而遇，真算巧极了。”

黄九龙笑道：“这位高兄运气尚算不坏，可是俺同老五今天在这矮屋里坐水牢一般，坐了一夜，明天还要同那赤城山几个草寇周旋一下呢！”

龙湫僧且不答言，先走到高潜蛟面前，合掌为礼。高潜蛟也忙不迭地连连回揖。

龙湫僧微笑道：“一见高居士，就知道是俺辈中人，将来一番循循善诱，定是后来居上。俺们师父虽然不肯轻易收徒，但是像居士这种无瑕美玉，师父想必不吝教诲的。”

王元超接着说道：“四师兄素来不肯随便赏许的，此刻经四师兄一说，俺这个介绍人略可安心，或者不致受师父严训了。”

黄九龙又急急地抢着说道：“这种闲话且不提它，四弟，知道俺们到此的事么？”

龙湫僧指着屋顶哈哈大笑道：“俺已从五弟口中听得一点大概，不为偷听，何至于一身弄得像落汤鸡呢？”

黄九龙拍手笑道：“该，该！私自窃听，应得此报！但是你不在灵岩寺安坐蒲团，反而有福不享，连夜冒着风雨跑出来，有什么要事呢？偏又不老实，跑路跑到人家屋上来了。”

龙湫僧指着黄九龙对王元超说道：“阿弥陀佛，你听俺们三师兄说得好轻松的自在话，俺不为他的事，还不致连夜跑道儿呢。幸而菩萨有灵，到了此地，无意中会碰着你们，否则老远地赶到太湖，上庙不见土地公，那才冤枉呢。”

此话一出，王元超、黄九龙同时一愣，齐声问道：“此话当真？”

龙湫僧答道：“佛门不打诳语，何况此事很有关系哩。

黄九龙很着急地问道：“你此番找俺，究竟有何要事？请你快说吧。”

龙湫僧微笑道：“且不要性急，你们此地的事，俺得先问个明白。俺虽听得一点大概，可是伏在屋上，偏偏天公不作美，雨声风声夹杂着，实在听不真切。”

王元超笑道：“没有雨声风声，俺们早已知道有人在屋上了，但是四师兄怎会伏在屋上的呢？”

龙湫僧笑道：“说来可笑，俺翻过山岭就逢着大雨，急走了一程，知道此间可以借宿，赶到此地，正想推门而进，忽听屋中有人讲话，正说着左一句贼秃，右一句贼秃，心想这倒好，俺一进去，真应了摆着光头骂贼秃那句俗话了。可是声音很熟，想看清是谁再进去，就跳上茅屋扒开椽缝一看，原来是你们两位同这位高居士，不觉大喜，一听五师弟正在翻开陈年老账，说得滔滔不绝，说来说去，把俺也夹在里面去了，而且那册秘籍的事，虽然从前听你们两位提过，也十分留意，此时发生纠葛，不觉侧着耳朵听出了神，把身上的雨水都忘记了。但是那个醉菩提怎么会把那册秘籍，很容易地拿去呢？”

黄九龙道：“其中曲折很多，俺来讲与你听，来来来，俺们坐下来，席地而谈。”

于是四人围坐在草席上面，坐下以后，黄九龙先对王元超说道：“你同高兄讲那陈年老账的时候，俺因为听得乏味，不知不觉一歪身就睡熟了，大约俺们的事，高兄已彻底明白。现在俺把那册秘籍纠葛和高兄到此的情形，对四弟仔细一谈。”于是掉转头，又对龙湫僧把过去详情一五一十地说了一番。

说毕，龙湫僧笑道：“你们这桩事，明天到了赤城山终可水落石出，但是照俺猜想，无论那醉菩提如何诡计多端，何以你们寻了几天寻不着秘籍，他居然手到擒来，实在有点出乎情理之外，恐怕其中还有别情。”

王元超把腿一拍道：“小弟也是这样猜想，只有明天会着那醉菩提，想个法子探出实情了。”

黄九龙接口道：“照前后情形推想，使俺们受骗的行脚僧，同高兄碰到的红面头陀，大约都是醉菩提弄的鬼。五弟看见的两条黑影之一，同先越墙而逃的贼子，也就是赤城山寨主无疑。”

此时高潜蛟也接着说道：“黄先生睡着的时候，王先生提到这层的。”说到此处，顿了一顿，从怀内掏出那封介绍信来，举着信向王元超道：“此信原想到灵岩寺面呈龙湫大师的，现在大师光临，此刻就请大师过目，也是一样。不过信中附着九龙先生的令旗，被俺失落，误事不小，希望明天能够夺回来才好。”

黄九龙道：“你放心好了，那张旗失去不关你的事，明天准可夺回。”说毕，顺手接过信，递与龙湫僧道：“其实这封信你看不看都没关系，高兄的事你都已明白了。”

龙湫僧且不看信，对高潜蛟道：“高居士的事俺已明白一切，俺此番想会一会三师兄，就因为那张旗的关系。”

黄九龙未待说毕，抢着说道：“哦，俺明白了，你出来原为此事么？”

龙湫僧道：“三师兄且不要打岔，待俺对高居士谈完以后，再谈那事。”又掉头对高潜蛟道：“高居士见俺到此，定以为有事在身，一时不能回灵岩寺去，其实俺本身一点没有事，只要把那事同三师兄讲明后，就没有俺的事了。明天他们办他们的事，俺同高居士一块儿回敝寺就是了。”

王元超道：“这样太好了，俺就此把高兄托付四师兄，还要请您指点他入门功夫，将来师父收录以后，传授道艺，也可事半功倍。”

龙湫僧笑道：“高居士虽是初会，已看得出是一个禀赋淳朴、劲气内敛的人，学艺学道，都很相宜。俺们师父平日不愿多收门徒，并非吝于教诲，因为世上根基深厚的人才，千百人中难选其一，尚须缘法凑合，才能发生香火因缘。像高居士的资质已是不可多得的，其余不讲，只要看高居士虽然出身山村，未尝学问，可是没有一点粗犷气味，只觉仁厚可亲，这一点也可看出根基深厚，将来俺们师父绝不会屏诸门墙之外的，还要嘉奖五弟留心人才呢。”

黄九龙笑道：“高兄的事已算解决，天也快亮了，四弟，你讲俺的事吧。”

龙湫僧道："这桩事原因五弟恐未知道。事情是这样的，温州、台州沿海一带，列着许多峻险岛屿，原是海盗出没之所。起初这班海盗都是台湾郑氏部下，自郑氏被清朝降服，这班部下都散为海盗，有几千人一股的，有几百人一股的。到现在海禁一开，外洋轮船驶入近海，这班海盗惧怕轮船的坚甲利炮，弄得白瞪着眼，没有法想。不料近来中国巨商也改用轮船运货，劫掠的机会短少，团体渐渐涣散。

"俺们三师兄眼光如炬，想把这班海盗收为己有，重新整顿一番，预备将来有用得着的去处。有几股海盗也久闻三师兄的大名，时常想与太湖联络，有几个较有名头的海盗，曾经到太湖去与三师兄接洽几次。三师兄因见来人并无出色本领，又不知道他的底细，未便冒昧应允，就托俺就近打听一番。有一次写信与俺，说是不久会差人送太湖号旗到来，以便代表办事，大约这次高居士带来那张旗，就是这个意思了。"

黄九龙说道："可不是这个主意！"

龙湫僧又接着说道："俺深知三师兄托俺打听的意思，果然因为灵岩寺与台州湾沿海一带较为近便，其实也要俺探听海盗中有无胸襟阔大、技能杰出的人物，然后再定联络的办法。俺就借着募化为名，到相近沿海一带，暗地侦察了一次，不料到临海县台州湾的头一天，就闹了一桩笑话。"

王元超笑道："怎么会闹笑话呢？"

龙湫僧道："俺因为台州湾是一个紧要海口，为海盗登陆之处，离台州湾不远海滩上面有一座龙王庙，庙虽不大，装金绘彩，颇也辉煌。你道这座龙王庙在那海盗出没之所，怎么还能如此堂皇富丽呢？原来那座龙王庙是海盗出资兴修的，那班杀人不怕血腥的角色，对于龙王爷倒是挺敬重的，每逢海上做了一票没本买卖，像商家谢神一样，在龙王庙前宰牲唱戏，热闹一番。龙王庙既然与海盗有此渊源，那庙内香火和尚定与那班海盗厮熟，所以俺特意到那龙王庙里去借宿。

"那天正在海滩上慢慢地向庙走去，忽然身后有两个满面风尘的无赖，亦步亦趋跟定了俺，待俺走进龙王庙，回头留神一看，那两个人也转身走去了。俺已瞧料几分，走进庙内见了那香火和尚，却是个既聋且哑的废物，费了许多力气，才说明了俺的来意，而那座龙王庙，庙貌虽丽，庙址却小，除了一门一殿，别无余屋。那个香火和尚，晚上就在佛龛面前供桌底下就地一卷，就算高卧。好在俺只要蒲团一具，足可度夜，就在殿中蒲团上面趺坐，静听殿外海潮澎湃之声，倒也别有幽趣。

“正在静坐当口，忽听得远远一阵呼哨，海滩上足声杂沓，渐渐奔近庙门，到了门口，却又肃静起来。俺一看这情景有异，猛想起白天海滩上盯梢的两个人，料得事有蹊跷，恰好俺坐的蒲团，直对庙门。那两扇薄薄的庙门，原是虚掩，从门缝中隐隐看见门外，火光闪闪，似有多人在门外窥探。突然，门外一人一脚踢开庙门，立时拥进了几个敞襟盘辫、手执军器的凶徒，有几个还高举着火燎，照得殿外明如白昼。

“为首一人，瘦皮瘦骨，凶睛暴露，头上斜顶着一顶瓜皮小帽，披着一件黑绸大褂，腰系汗巾，掖起衣角，倒提着一把单刀，大踏步走上殿来，举起单刀指着俺厉声喝道：‘你这秃厮，俺们早知道你是灵岩寺的住持！你不来，俺们也要到你寺里去借粮，难得你竟自投到，倒也出乎老子们意料的。现在老子们限你此刻写信通知寺内，在三天内，送到千两纹银赎你回去，倘然牙缝里迸出半个不字，哼哼，就叫你尝尝老子钢刀的滋味。’说罢，那把雪亮的钢刀，兀自高举作势，直临顶上。

“俺一看为首的那个凶徒，一脸横肉，无法理喻，脚下却虚飘飘的，表现犹如酒色淘虚的市井流氓，倘然动手送他归去，也非出家人慈悲本旨，就依然坐在蒲团上，笑嘻嘻对那为首的凶徒说道：‘敝寺有的是银子，好汉要的数目并不多，小僧定可遵办，但是此地没有笔墨，小僧如何能写信呢？而且好汉手上那把钢刀，吓得小僧手颤骨软，如何能写字呢？’

“那瞎了眼的狗强盗，听俺说他要千两纹银并不算多，面色顿时一呆，也不知想甚，立时又大声喝道：‘千两银子就可赎人，哪有这样便宜事？没有三千两，休想活着回去！’

俺不等他说下去，依然嬉皮笑脸地道：‘不多，不多，一定照办。’

此话一出，为首的凶徒又是一愣，连那在殿门口立着的一班小强盗，一个个现出诧异之色，以为俺被他们吓傻了，故而说多少，就答应多少。

“那不开眼的为首凶徒，朝着手下一使眼色，立刻走出一个强盗，走到供桌前，一俯身，拉出那个既聋且哑的香火和尚，对他一比手势，那香火和尚连连点头，回身走到佛龛面前，从龛内搬出笔砚纸墨，摆在供桌上，摆好以后，若无其事地又钻入桌底下趴伏安卧了。这一来，倒把俺看得暗暗称奇，继而一想，就明白这班海盗在这庙内，照样已不知害过多少人，所以香火和尚司空见惯，毫不为奇，也许香火和尚还是这班海盗特意选来的，利用他既聋且哑，不会泄露机关。

“这样一想，俺就存了惩戒他们的主意，故意慢慢地走下蒲团，装作想走到供桌面前写信样子。那为首的凶徒毫不起疑，居然把举着的刀放下，倒提着跟着前来。俺出其不意，突然回身单臂一伸，把那凶徒连臂带身，夹在胁下，双足一点，从十几个海盗头上飞掠而过，直纵上庙门屋顶，一转身，把胁下凶徒放在瓦上，一足踏住，又把凶徒手上单刀夺过，指着下面众盗笑道：‘俺一个孤身和尚值三千两，这人值多少？你们自己说吧。’

“那班亡命一见事出非常，章法大乱，吓得目瞪口呆，不知如何是好。脚底下的凶徒，不住口地直喊饶命，俺脚尖刚一使劲，凶徒痛得杀猪般直叫。俺就问他在庙内害了多少人？近处有几股海盗？为首何人？那凶徒要保全性命，立时一五一十说了出来。

“据他所说，台州湾口外一带并无盗窟，这班亡命并非真海盗，无非是一班海滩地痞流氓，为海盗通风拉线，分点余润，遇到孤羊可欺，也顺手做点绑人勒赎的勾当。连海盗盗窟所在、为首姓名都茫然不知，你想这种没出息的脓包，何必与他纠缠？

“俺当时懒得多说，就轻轻释放了事，可是这样一来，俺却大扫其兴，第二天就悄悄回寺了。回寺以后，隔了许多日子，忽然来了两个装束华贵的女子，一进寺门，礼佛后，就指名要见方丈。寺里的知客僧一见这两个青年女子，虽然丰姿艳丽，很像缙绅大家的闺秀，但是并无舆马仆从，裙下虽然窄窄的三寸金莲，但步履之间，很透着非常矫捷。知客僧见多识广，看得很是诧异，就请她们在客室坐地，赶忙来通知俺。

俺一时摸不着头脑，姑且出去见了再说。

“待俺出去一见那两个女子，心中就犯了怙惙。那两女年纪不相上下，大约都在二十，端庄流利，宛然闺秀，可是秀丽之中，却隐着英爽之概，似与普通闺阁不同。

“两个女子中间有一个身材略长、眉心有一颗红痣的，首先盈盈起立，呖呖吐音，对俺说道：‘久仰大师英名，今天一见，果不虚传。日前愚姊妹路经台州湾龙王庙，闻得大师在彼处云游，薄惩流氓，格外钦佩，恨不得立时趋前展谒。无奈身为女子，未敢冒昧，今天呢，’说到此地，顿了一顿，眉尖一挑，微笑说道：‘今天无事不登三宝殿，有一桩小事，专程来仰求大师，大师慈悲为怀，想必乐意成全的。’

“那时俺听得有点诧异，心想这两个女子有什么事要俺成全呢？就直截地说道：‘两位何事见教，请直说吧。’

那首先说话的女子又开口道：‘愚姊妹住在奉化云居山内，素来不管外事，近年海上几位好汉，因为从前都是先严旧部，承他们时常对愚姊妹表示尊敬，有点重大事故，也要愚姊妹参与其间。现在海上几位好汉，因为先严去世以后，群龙无首，景象很是不好，这种情形大师谅有耳闻，无须多说，所以海上几位好汉曾经到贵师兄太湖王那儿拜见几次，想请太湖王出来管领海上群英，或者海上兄弟们投入太湖，得有依靠。这桩事原是双方都有益处，而且太湖王也似乎表示赞成，已闻拜托大师代表接洽。海上众英雄又因为事不宜迟，特意郑重其事地，又推愚姊妹专诚拜访大师，恳求大师写一封介绍信札，由愚姊妹带到太湖，与太湖王觌面磋商一切，借此也可瞻仰太湖王的英姿雄略，这事务请大师费心成全，非但愚姊妹心中感激，海上众位好汉也一样感仰大师的。’说到此处，低鬟一笑，侧着头静等回音。

“这一番婉转恳切的话，俺倒大费踌躇。恰巧知客僧指挥沙弥送上茶来，就借递茶周旋的时候，暗暗盘算一番，打好主意，笑着说道：‘原来两位女英雄下降，小僧多多失敬，两位吩咐的，小僧非常赞成，想必敝师兄也极欢迎的。恰好敝师兄那边有人在此，小僧也无须写信，就打发来人回去，通知敝师兄欢迎两位就是。可是，两位的先大人谅必

是位前辈英雄，小僧寺内清修，未预外事，竟未知道，还请两位说明，小僧也可通知敝师兄一个底细。’

“那女子听俺问她家世，略一沉思，微笑道：‘孤岛草莽，何足挂齿？既蒙大师应允转知贵师兄，愚姐妹立时走一趟太湖，回来之后，再请大师到敝岛游玩，那时再奉告备细吧。’说罢，一笑而起，竟双双告辞，俺也恭送如仪。可是两个女子走后，敝寺发现了一点小损失，这点损失是要三师兄赔偿的。”

黄九龙大笑道：“莫非那两女生得妖娆，把你们寺里的青年和尚拐跑了不成？再不然寺里的小沙弥看得动了凡心，指头儿告了消乏，成为单思病了？”

龙湫僧笑道：“师兄休得取笑。原来那两个女子走后，小沙弥收拾女客吃过的茶盏，不料有一杯香茗搁在一张花梨几上，竟像生了根似的，拿不起来了，把小沙弥吓了一大跳，仔细一看，原来杯底生生嵌进几面有三分深。这还不算，那位始终不声不哼的女子坐过的椅子面前，一块细磨镜面的罗地方砖也发现了一点艳迹，深深印着一对纤纤瘦削的莲瓣。佛地庄严，竟留下这对惊心动魄的艳迹，如何当得？只得把一几一砖，弃之如遗，重新更换的了。”

黄九龙和王元超大笑不止，连高潜蛟也忍俊不禁起来。

黄九龙笑道：“倘然俺做那寺里的方丈，一定把那对莲印什袭珍藏，留为佳话，但是照俺猜想，那两女就是海盗之首，女子有这点功夫，也算难得，未知何人传授的，四弟打听了没有呢？”

王元超也道：“四师兄语气之间，对于两女投奔太湖，似有怀疑处，所以她们要求写信介绍，四师兄竟自饰辞推托，其中必定另有别情。”

龙湫僧微笑道：“现在人心叵测，不能不处处审慎，俺推托的缘故，无非看那两女突如其来，究竟有否别样的作用，一时摸不清楚，故意延宕一下，预备探明白根底以后再说。后来听那两女就要上太湖，似乎急不可待，而且问她姓氏，言语闪烁，不肯直言，一点没有光明态度，益发令人可疑。

“等到她走后，俺仔细猜度一下，有好几层可虑的地方：第一，据她自己说，这班海盗都是她父亲旧部。这种口吻，或者她父亲也是台湾郑氏部将，后来作为盗魁，现在女继父志，也作为女盗魁了。但是温、台一带，海盗情形略有所闻，俺从来没有听到海盗中有那两女子的行动，这且不讲；第二，她说的住在奉化云居山内，说到云居山，就在象山港内，也是一座峻险高山，山脉一直伸到象山港外。从云居山到雁荡灵岩寺，中间远隔着台州府，相差好几百里，她们如要到太湖去，应该从宁波余姚过钱塘江，从浙西走去。现在舍近求远，特意到灵岩寺来求一封介绍信，可是意思之间，又似并不注重信上内容，而且云居山虽然近海，却是宁波府所管。以俺所闻，温、台沿海的海盗已经分了好几股，俺不信那两个年轻女子能率领宁、温、台三处的群盗。既然有这种魄力、这种本领，何至于向太湖乞怜呢？就是她情真事确，也应该开诚布公，何以问她姓名，又不肯实告，显见得其中有不可告人之隐。在俺寺里临走又露了一些能耐，似乎还有点恐吓之意。

“这几层意思俺心里一琢磨，那两个女子要到太湖见三师兄，定有别的作用。也许那两女子对于三师兄有不利的存心，或者窥觑太湖的基业，都不能预定的，又想到那两女子既然有点本领，脚程定是不错，倘然由俺差人知会三师兄，一定赶她们不上，所以今天俺自己急急赶来，想在她们未到太湖以前，通知三师兄暗地预防，免得中了她们的圈套，不料会在此相遇，倒免得俺一番跋涉了。”

黄九龙听罢，侧着头沉思了一会儿，昂头说道：“四弟所虑，不为无见，但是凭那两个孤身女子，有天大本领，也翻不出咱们手心去。不过这样一来，明天此地事情一了，俺只兼程回去，迎迓那两位嘉宾的了。”

龙湫僧方要开口，王元超忽然喊了一声：“不好，恐怕因这两个女子身上，从此多事了。”

龙湫僧、黄九龙听得同时一愣神，齐声问道：“五弟何事惊怪？”

王元超眉头一皱道：“俺起初听四师兄说，那两个女子住在奉化云居山，已觉得这个山名非常溜熟。后来一想，俺们师父百年不解的冤家对头，不是就住在云居山内么？”

黄九龙道："你说的是俺们师母千手观音么？同那两个女子有什么关系呢？"

龙湫僧忽然也情不自禁地啊呀一声，接连念了几句阿弥陀佛，又低声说道："了不得，了不得，俺被五弟一提，也明白了。"

黄九龙恨得钢牙一挫，用手一指道："你们尽学着婆婆妈妈的腔调，有话不明说，老是藏头露尾、唉声叹气的干什么呢？"

龙湫僧笑道："三师兄还是这个急脾气，你道五弟为何说到师母？因为两个女子在俺寺内各自露了一手，一个把茶杯嵌进桌内，一个砖上印了两个弓鞋影。砖上鞋印，内功精到的人都可办得到，尚不为奇，唯独茶杯嵌进桌内，非深于印掌功夫的办不到。这种印掌，俗名隔山打牛，又名百步神拳，在百步以内举掌遥击，就可致人死命。"

黄九龙未待说毕，又抢着道："这种功夫谁不知道？照师父说，从前少林寺几个前辈就精于此道，不过遇到内家刚柔互济、金刚不坏之身，就在五步以内也不会伤一根毫毛的，有什么稀罕呢？"

龙湫僧笑道："那两个女子虽然懂得这手功夫，看她入木不过三分，功候似乎还未到家，遇到你这大行家，自然不惧她们。但是蜂虿有毒，试想她们学得一点本领，当然有传授的人，能传授这种印掌功夫的人，现在四海以内，寥寥可数，而且她们住的地方也是很有关系的，这样一推究，恐怕俺们那位性情乖僻的师母难免有点渊源了。假使被俺料着，她们真是师母的门徒，照师父和师母固结不解的夙怨看起来，她们岂能同俺们合作？既然不能合作，此番她们的来意，当然心存叵测的了。"

黄九龙听他一层层剖析明白，早已恍然大悟，双眉一皱道："真要这样，事情倒有点棘手，往常师父对于师母尚且事事包容，俺们对于师母的门下岂能翻脸？万一那两个女子倚仗本领，有点非礼举动，俺们容忍也觉不妥，不容忍更觉不妥，这倒叫俺为难了。"

王元超道："依俺所见，如果那两女真是师母门下，到那个时候只可见机行事，使她们知难而退便了。"

龙湫僧道："也只可如此，最好这几天能够遇着师父，禀明情由，师父当然有对待的办法。"龙湫僧说到此处，侧着耳朵，指着门外道：

“你们听，远处已有鸡声报晓了，三师兄赤城山事一办完，赶快回太湖要紧，俺同高居士就此别过，同回敝寺吧。”

黄九龙道：“也好，倘师弟先能见到师父，就请代为禀明两女到太湖去的事情，俺此地事了就回太湖，准照你们所说对待好了。”

此时四人都已整衣起立，高潜蛟知道分手在即，虽然知道这位龙湫僧大师也是王元超一流人物，对待自己绝不会错，可是对于王元超、黄九龙，总是有点依依惜别之态。

王元超走到高潜蛟的身边，握着他的手道：“你只管放心前去，俺是个闲散的人，得便可以看望你去，希望你跟着俺四师兄，努力用功，记住俺先头一番话就好。”

高潜蛟唯唯答应之间，龙湫僧已戴正竹笠，合十告别，只好跟在后头，一同走出屋外，怏怏而行，走出一箭之遥，回头一看，王元超、黄九龙已进屋内，只可死心塌地跟了前去，从此高潜蛟就在灵岩寺安身，现在姑且不提。

且说黄九龙、王元超送走二人以后，回到屋内，彼此商量探赤城山的办法。

王元超道：“这条路俺略微熟悉，趁此朝暾未升，俺们先到赤城山左近山头，探一探盗窟动静再说。”

黄九龙道：“也好，俺们此地宿资昨晚已经付过，无须通知里面的老太婆，就此走吧。”

于是两人走出茅屋，一路行来，翻过几座山岭，山随径转，人循径行，不觉走入万山丛中，一望都是攒峦夹涧，松径封云。两人心中有事，也无意流连赏玩，只管加紧脚程，向前飞奔，没有多少时候，走上一座山顶。

侧面直望到海上半轮红日，已浮在海边水平线上，却值早潮初至，波涛汹涌，海风摇曳，隐隐听得一片澎湃之声。那轮红日活像一个极大的赤玛瑙盘，在波涛中载沉载浮，倏起倏落，涌起时精光四射，映得海浪上面，像有千万金蛇，四面飞舞。

再望前面看，数里外一座奇山巍然卓立，似乎比立着的山头又高出几十丈。远望全山，尽是绛色岩石，从山脚拔地而起，直到山岭，都是一层层微赤的陡峭岩壁，极似一座大碉堡，天然的形势峻险，气象雄奇。抬头一看，山顶却又嘉树葱茏，蔚然秀伟。

王元超指着那山道："这就是赤城山了，弥勒庵就在山顶树林之中。师兄你看，这座赤城山何等雄俊，何等秀丽，听说那座弥勒庵也是天台名刹之一，想不到如此名山，被这班无知盗寇糟蹋，真欲令人发指。"

黄九龙笑道："俺们现在扫除盗窟，名山就可还复本来面目，山灵有知，应当谢谢俺们呢。可是太阳已出，青天白日赶上山去，虽不惧怕他们，但是打草惊蛇，把醉菩提惊走，挟着那册秘籍一跑，于俺们毫无益处，看起来只可智取的了。"

话还来绝，忽然下面山腰内起了一阵阵咔嚓奔腾的声音，咔嚓声好像树木一枝枝折断下来，奔腾声好像有庞大野兽在林中骤驰，但是从山顶下望，只看见密杂杂的树梢，东摇西摆，无风自动，山腰内却被密林遮住，看不真切。

王元超道："山腰树梢动得奇怪，俺们到对面赤城山去，横竖要向山下走去，何妨顺便一看。"

于是两人慢慢地并肩走下山去。离山腰还有一箭之遥，那山腰内树枝乱颤，呼呼带风，而且树下奔腾之声，也格外响得厉害。两人紧走几步，已从树木稀少处，看出响声所在的情形。

原来山腰内有一块两丈方圆的地面，却是寸草不生，周围列着高高低低、粗细不一的松树，中间一个精壮汉子，赤着臂，光着腿，循着周围树木，像走马灯似的，不歇腿地飞跑，边跑边向身旁的松树上用掌猛击，一树一掌，挨次击过去，一声不响，跑得个足不停趾，远看着竟像发疯一般。

黄九龙低低道："那个笨汉大约也在那儿练功夫呢。"

王元超笑道："这算哪一门功夫呢？"

语音未绝，那边震天价一声响，笨汉身旁一株不粗不细的长松，向圈外倒下地来。那笨汉一看，自己一掌把一株松树击倒，好像非常得意，立时停腿不跑，双手向腰一叉，俯着头仔细察看倒下的松树，看了半天，忽然把头一昂，仰天哈哈大笑。这一声大笑，宛如平地起了一个焦雷，四周山林内的飞禽都被他这声大笑，惊得扑啦啦飞向远去。

黄九龙、王元超远远瞧见这个形状，也俱暗暗称奇。

王元超道："十步之内，必有芳草，这句话一点不错。依俺看，这个笨汉年纪尚轻，力大声洪，也是一个可造之材。"

黄九龙道："依俺想，岂止可造，恐怕这人已经名人指点过的了。你看他这样兜圈子飞跑，跑时又用手掌不停地猛击，初时一看漫无身法、步法，其实暗含着有许多妙用在里边，不过那汉子自己不会明白的，但是那汉子跑了这许久时候，毫不疲倦，还被他击倒一株松树，腿力、掌力已是可观，恐怕朝夕不断地用这样笨功，已有不少年头。"

王元超道："师兄所见不错，俺们且过去同他谈谈。"

两人商量完毕，一看那大汉又自照样不停地飞跑起来。

黄九龙道："此时俺们且不要惊动他，那边相近不是叠着几块大岩石么？俺们一声不响地掩过去，看一看这人步法、掌法，究竟受过名人指点没有。"

王元超笑着点了一点头，先自一矬身，鹤行鹭伏地向山下奔去，黄九龙也跟踪而下。

两人脚程何等轻疾，一霎时奔到岩石背后。那汉子毫不觉得，兀自循环不息地飞跑。恰巧几块大岩石叠着有二人多高，两人隐在岩石背后，从石缝中间望出，看得非常真切。细看那青年汉子，生得怪模怪样，一张蟹壳漆黑面孔，配着一对黑白分明的大环眼，倒也精光炯炯，身矮臂长，精赤着上身，周身虬筋栗肉叠叠坟起，显出异常雄壮，可是脑后蓬松小辫胡乱绾了一个草窠结，腰下穿着一条七穿八洞的短裤，露出一双泥浆黑毛腿，套着一双破草鞋，简直和乞丐差不多。

王元超向黄九龙附耳道："此人大有道理。"

黄九龙略一点头，只管向石缝内张望。原来那汉子惹得他们二人这样注意，因为看他飞跑击树，并非一味蛮干，暗含着掌法、身法，都在这飞跑时候一齐练习。不过这种练习法子，实在少见，猜不透学的哪一门功夫，但是圈子周围树木一人高的地方，非但细一点的枝条统统折断，就是树身的树皮，也株株都已脱落，可见他掌上力量已是可观，想必这种练习已有不少时候了。此时他愈跑愈快，疾如奔马，伸出黑铁似的粗胳膊，运掌如风，向一株株的树上排击过去，撼得株株树梢来回摇摆，呼呼有声，只把岩石后的两人看得几乎喝起彩来。

第九回

千里漂流，灾黎抛难妇
三年乳哺，痴虎育孤儿

正在跑得起兴，看得出神当口，忽然山下似有许多人脚步杂沓地跑上山来，边跑边喊，一路呼喝上来。

这班人远远看见跑圈子的汉子，立时大声喊道："那不是痴虎儿吗？喂，痴虎儿，你叫俺们找得好苦，来，来，来，俺们有话说。"边喊边走进圈子。

此时黄九龙、王元超在岩石背后，望见山下走上来四五个人，一色玄帕包头，紧身对襟短衣裤，手上都执着一支花枪，像拄杖似的拄上山腰，喊着汉子的名字，走进圈子。

王元超轻轻道："这班人叫这汉子痴虎儿，想必是他们的同伴，但是这班人装束诧异，完全绿林气味，同痴虎儿这般穷形状大相悬殊，恐怕其中还有别情呢。"

黄九龙悄悄道："不要紧，横竖俺们在这儿隐着，他们不上这儿来，一时不会破露，且听痴虎儿说什么。"

二人再从石缝中一看，痴虎儿已停住腿，睁着两只圆眼，向那班人发话，只听得他大声道："你们又来找俺干什么？恼得俺性起，一个个把你们抛到对山万丈深潭去。"

那班人听得他这句话，看得他形状虎虎，不约而同地往后倒退了几步，其中有一个双手捧定了花枪，露着满面生痛的神气，装出笑脸道："俺说痴虎儿，你不要发横，千错万错，来人不错。俺们是被人所差，身不由己，去不去由你，何必跟俺们发狠呢？倘然俺们自己想邀你去，老实说，真还养不起你这个穷爷呢！再说人家三番五次叫俺们邀你上山去，无非爱惜你这身筋骨，可怜你这个穷样，也是一番好意，不料你左一次、右一次地端足穷架子，你自己看看，穷得连屁股都快要露出来了。”

那个人想是怕极这个痴虎儿，说到此处，身子连连后退，满以为痴虎儿听了这番挖苦的话，定要大怒。哪知痴虎儿听他说到穷得快要光屁股的时候，真个情不自主地低头一看自己身上七穿八洞的裤子，突然仰头向天，长叹了一声。

那人看他这个形状，以为他心回意转，立呈得意之色，接连走近几步，又接着说道：“今天俺们来找你，因为昨天晚上，俺们寨主的师父来了，提起他老人家是个四海闻名的老英雄，又是芜湖单军门的师兄，比起俺们寨主还要体面。今天他老人家听得寨主提起此间有你这么一个人，言语之间，着实替你揄扬，所以那位老师傅急于见你一见，立时叫俺们找你去当面问话。俺说痴虎儿，也许你此番时来运转，不像从前蒙了七窍似的，一味端臭架子，乖乖地同俺们到山寨去，倘然三言两语蒙他老人家一高兴，俺们寨主一帮衬，那就吃着无忧，一跤跌到青云里去了，俺们这样开导你，是一番好意，你要再思再想，就明白过来了。”

那人滔滔不绝地说了一番，看见痴虎儿低头不语，以为定已打动了他的心，正想再说几句，不料痴虎儿猛然把头一仰，双拳捏得咯咯作响，睁着眼巨雷似的一声喝道：“闭口！谁爱听你们这些混话。你们做你们的臭强盗，俺做俺的硬穷汉，俺痴虎儿岂是你们这班臭强盗能收留的？快滚！再开口，叫你们来得去不得。”说罢，举起黑铁似的拳头，大踏步赶了过去。

那班人一看他来势汹汹，路道不对，喊了一声，一齐拖着枪如飞地逃下山去。

痴虎儿眼看那班人逃得无影无踪，也自立定身，自言自语道：“俺只记着神仙的话，神仙谅不会骗俺的。”说罢，一步步地向山下走去。

此时黄九龙、王元超躲在岩石背后把这幕趣剧看得一览无遗，心想这人穷到这个地步居然还有这个志气，后来隐约听他自言自语的话，倒猜不透他是什么意思，看他向山下走去，二人一齐转出岩石，黄九龙首先一个箭步，跳进圈子，向那人喊道："痴虎儿慢走。"

痴虎儿回头一看自己练功夫的地方，立着两个衣冠整齐、精神奕奕的人，向他连连招手，不觉白瞪着眼，立定身呆看。

王元超又把手向他一招道："朋友，来，来，来，俺们有话对你说。"

痴虎儿呆看了半晌，冷冷地道："俺与你们并不认识，有何话说？俺知道你们是赤城一党，天天来啰唆俺。老实说，要俺同你们去做强盗，今生休想！你们不服，俺就同你们较量较量。"说罢又举起拳头冲上山来。

王元超、黄九龙看他这份稚气，倒扑哧一声笑了起来。王元超等他走近，笑着道："你不要看错人，俺们不是赤城山的强盗，是路过此地的。因为看你练功夫练得很好，又听见你把那班强盗骂了一顿，觉得你这个人很有志气，想同你结识结识，所以斗胆叫你一声。"

痴虎儿听了这番很和气的话，也觉着自己说话不对，把举起的拳头慢慢地放下来，面上讪讪的有点不好意思，也不开口，一声不响地立着不动。

黄九龙知道他是个浑沌人物，走过去拉着他的手道："那班人喊你痴虎儿，想必就是你的名字了，你住在哪儿呢？你在这儿跑圈子练功夫，是谁教你的呢？你家里还有什么人呢？"

不料问到此地，那痴虎儿大嘴一咧，鼻孔一扇，眼眶的眼泪像瀑布似的挂下来。

黄九龙、王元超二人倒没有预备他来这么一手，弄得莫名其妙，黄九龙又捏着他的手撼了一撼道："你不要悲苦，有什么为难的事，对俺们说，俺们有法子会帮助你。"

可笑痴虎儿对于他们的话，毫不理会，突然摔开黄九龙的手，发疯似的跑向圈子中间，跪在地上，仰着头大喊道："神仙呀，你怎么还不来呢？你知道痴虎儿不做强盗要饿死了。"

跪在地上只管把这两句话喊了又喊，脸上眼泪不停地淌下来，只把黄九龙、王元超二人诧异得没入脚处。

王元超悄悄对黄九龙道：“此人举动奇特，表面好像疯狂，依俺看倒是个风尘中不可多得的人物。”

黄九龙也低声道：“他说的神仙又是什么意思呢？俺倒非问他一个水落石出不可。”

于是两人又走到痴虎儿面前，把他从地上拉了起来，又和颜悦色地安慰一番，再慢慢地探问他的根底。说也奇怪，此时半疯半傻的虎儿，经两人诚意的一番抚慰，顿觉出世以来，除去世的父母和念念不忘的那位神仙以外，遇到的人从来没有像这两人这般仁蔼可亲的，也自十分感动，也就有问必答，有说有笑起来。

原来痴虎儿被黄九龙、王元超两人，殷殷恳挚地安慰一番，顿觉心头十分感动，知道这两人是正人君子，也就剖露心腹，把自己的身世一五一十说了出来。

说起痴虎儿的身世，却也非常奇特，他自己也弄不清，还是别人告诉他，才始知道一点大概。据别人对他说，从前有一年湖南大水成灾，居民四处逃荒。有一股灾民逃到此地，就在这座山脚下结茅为屋，暂时憩息，由赤城山弥勒庵的当家为首，在四近各寺院募得不少粮食，赈给这班灾民。不到一年光景，听得本乡大水已退，又沿路乞讨回乡。却值这班灾民动身时候，其中有一个没有丈夫的半老妇人，忽然捧着自己的便便大腹，一阵阵呼痛，坐在地上动弹不得，众人知道她已到临产时候，只好拜托弥勒庵里的长老设法照顾，将来再由她自己带了小孩回乡，众灾民就从那天弃她一人在此，大队人马回到湖南去了。

那弥勒庵的长老也只能多给她一点饮食，任她一个人在山脚下茅棚里自生自养。第二天差人去看她，只见茅棚内满地血污，她已面如蜡纸，奄奄一息地躺在地上，才知道已经产下，但是她的怀内并无小孩踪影，大声向她呼唤了半天，她才微睁双目，有声无气地哭道：“俺是不能回乡的了，只可怜俺丈夫被大水漂去，存亡未卜。俺一个人带着身孕，跟着左邻右舍一路逃来，逃到此地，腹内的肉一天比一天大起来，不料在俺临蓐时候，他们急急回乡，把俺抛下。”

说到此处，业已气息仅存，两只枯涸的眼眶内，竟自迸出几滴血泪来，犹自极力挣扎，断断续续地又说了几句。仔细听得她说，昨晚已经生下一个小孩，昏迷中也不晓得是男是女，等到昏迷一阵清醒过来，猛见一只大虫，把满身血污的小孩竟自衔在口内，一跃而出，俺一受惊吓，又自昏迷过去。你此刻进来叫俺，才始悠悠醒转。天啊，但愿是梦里吧，但是俺苦命的小孩……这一个呢字还未出口，突然两脚一挺，大嘴一合，竟自睁眼死去。

这人看她已死，匆匆去报告庵里长老，那长老也觉她死得可怜，而且她临终说小孩被老虎衔去，颇有点半信半疑，自己立刻同几个僧侣和首先差去的人，都一齐奔向茅棚察看情形，预备设法棺殓，做点超度功德。哪知奔到妇人死的所在，四处一看，个个惊得目瞪口呆，半晌作声不得。原来只剩得一间空无所有的茅屋，连地上妇人的尸首也不见了，满山分头寻找，竟似大海捞针。这一来，格外惊异，都以为又被大虫拖去，吃得尸骨都没有了。从此这座山行人稀少，没有结伴持械，轻易不敢过这座山来。

这样过了几个年头，赤城山弥勒庵的长老有一天清早起来，独自步出庵外，背着手，闲踱着，浏览四面岚光晓色，正在悠然闲适之际，忽然一眼瞥见对面山顶上，几株长松底下，现出一只斑斓猛虎，虎背上驮着一个精赤小孩，慢慢地在松下穿走。长老疑惑自己年老眼花，重又定睛细看，那只大虎兀自驮着小孩，在山顶松林内穿来穿去地走着。那虎背上的小孩似乎活泼异常，在虎背上竖蜻蜓，翻筋斗，做出种种花样。

那只虎似乎对小孩非常亲昵，时时回头望着小孩，把一条懒龙似的尾巴，来回摇摆，显出高兴的样子。一忽儿，小孩从虎背上一纵，攀住相近横出的松枝，顺势一个风车筋斗翻身立在枝上，嗖嗖接连几纵，直上松顶，登时穿松移杆，忙个不停，似乎在寻觅松仁的样子。那只大虎就坐在松树底下，仰着头望那树上的小孩，意思之间好像守着小孩，恐怕失足倾跌下来。

这一番景象，把那长老看得连呼奇怪。起初以为眼花，后来又以为山灵地祇，变形游戏，暗暗合掌膜拜，连声念佛。但是赤城山同那山顶相距甚近，看得非常清楚，这边长老只管独自当仙佛地跪拜，那边一虎一孩，兀自活灵活现地在对山自由自在，弄得目不转睛的长老猜不透是怎么一回事。再向那边细看，树上小孩此时安安稳稳地坐在树顶杈丫上，似乎剥着松仁向口里送，那只大虎却把全身一抖，懒腰一伸，旁若无人地卧在松下了。

长老知道那边老虎和小孩一时不会离开，急忙两步并作一步回到庵内，将这般奇怪情形对众僧一说，立刻各个称奇，轰动全庵，都想看一看对山的奇事，飞也似的一齐拥出庵门，离开山门，走不多远，已看到对山果然有一只大似黄牛的猛虎，立在一株松树底下，那个小孩已从树上溜下，仍旧骑在虎背上了。此时庵前人多声杂，一见这种怪事，立时指指点点，大呼大嚷起来。这一嚷不要紧，对山的老虎，两只鹅卵般大的虎睛，放出碧荧荧的凶光，闪闪地直射过来，把这班大惊小怪的僧众吓得噤住口，直往后倒退。

不料那只猛虎一看众人惧怕，格外逞威，猛然虎头一仰，虎尾一竖，震天价一声大吼！霎时狂飚骤起，落叶乱飞，那班僧众惊得魂飞胆落，仿佛风影里那虎已纵近前来，扑到身上，不约而同地啊呀一声，转身飞逃。你推俺挤，跌跌撞撞地逃进山门。那位长老原是跟着出来，此时也不分皂白地跟着他们逃进山门，兀自在大殿蒲团上面喘息不定。等到风息人定，胆子略大一点的，重又走出山门，悄悄探着。对山风清日朗，山静松闲，何尝还有猛虎和小孩的影子？回来向众人一说，立时大殿上又嘈嘈杂杂、疑神疑鬼地纷纷议论。

到底还算长老有点思想，猛然记起前几年老虎衔走初出胎的小孩，和产后身死的妇人忽然不见的那桩事来，屈指恰已五年，觉得今天虎背上的小孩，约莫也不过五六岁，难道就是那年衔去的小孩不成？可是老虎能养育小孩，实在是世间少有的事，照今天对山那只猛虎同那个小孩的亲昵形状，倘然不是亲眼目见，谁能相信？看起来，那年衔去小孩的猛虎一定是此虎无疑，那个小孩也许将来大有出息，所以产妇一死，老虎代为抚育。

正在默默猜想，忽听又是一声虎吼，这声虎吼似乎声音很近，余音震耳，耳边兀自像敲铜锣一般嗡嗡不绝。大殿上纷纷议论的僧众，又吓得你看俺，俺看你，作声不得。此时长老觉得虎声很近，也自发出一身冷汗，心想万一闯进庵来，那还了得！正想叫人把山门掩上，不料话未出口，山门外突然呼呼作响，平地卷起一阵狂风，挟沙走石，天日昏黄，大殿旗幡、铃铛交响。正在这个当口，真又天崩地裂地连声虎吼，连大殿上挂着的一口千斤巨钟，也震得铛然长响，这一来，大殿上法器飞腾，佛龛欲裂。

你道为何如此？原来大殿上僧众知道虎已临门，性命难保，只吓得屁滚尿流，齐向经桌底下、佛龛里边，乱钻乱躲，一阵鸟乱。殿上经桌倒翻，法器满地飞滚。挤在佛龛内的，因地狭人多，只挤得佛龛木壁，轧轧乱响，把整整齐齐的一座佛殿，弄得一塌糊涂。最好笑那蒲团上坐着的长老，倒沉住气，依然纹风不动地坐着，原来他是神魂吓散，两腿酥麻，已经动弹不得，差一点就此涅槃哩。

这样一阵鸟乱以后，那山门外的老虎好像故意与他们开玩笑似的，在山门口吼了一阵，始终没有跑进山门来。一忽儿凶吼声停止，风沙不扬，依旧整个地静荡荡起来。静寂了半晌，这班僧侣，钻进经桌底下的，躲在佛龛内的，一个个魂灵归窍，好像做了一场噩梦，掐了一掐自己大腿，觉得疼痛，才明白真有这回事，可是偷眼一看，殿上殿下，静悄悄的，何尝有虎影子？只看见那位长老兀自一动不动地坐着，各人慢慢地又钻了出来，奓着胆走到长老面前一看，长老眼珠上翻，嘴角流涎，神色大变，喊声“不好！”赶快掐人中、捶腰背、灌姜汤，七手八脚乱了一阵，才把长老从鬼门关上拖了回来。悠悠醒转以后，先咯地吐出一口稠痰，然后双目睁开，喊一声吓死俺也。四面一看，庵里僧侣一个不少，只左右经桌兀自倒在地上，经书、法器抛了一殿，不觉长长地吁了口气，接着喃喃地连念阿弥陀佛。

那班僧众知道长老已是无事，嘴上各自念阿弥陀佛，且念且把经桌一一扶起，法器、经书一一端正好，长老也活动活动两腿，跪下地来，对大众说道：“阿弥陀佛，青天白日老虎为何跑到山门口来咆哮？俺活了这么大，从来没有听到过。幸而菩萨保佑，韦陀菩萨挡住山门，老虎不敢进来，否则俺们几个人，还不够老虎一顿饱餐呢。俺们赶快做场功德，虔诚念几遍高王经，答谢菩萨，还求求菩萨永远保护俺们，不要叫那只老虎再到山门来才好。”说罢首先收拾起经桌上的袈裟披在身上，率领着众僧侣高宣佛号，跪拜起来。

正在法器交响、梵音震天的时候，长老突然记起一事，立时两手乱摇，示意众僧暂停礼拜。众僧摸不着头脑，不知他是什么意思，一看长老面上现出惶急的神气，两只手兀自乱摇，颤抖抖地说道：“快不要作声，俺几乎忘记一件要事。哪一位出去，先把山门关上，免得老虎听到庵中乐器声响，又引到山门口来吓人。”

众僧一听，此话果然不错，可是许多僧人你推俺，俺推你，没有一个人敢去关山门。推了一阵，由长老指派几个年壮胆大的一同出去，才硬着头皮，一步挨一步地走下殿去。一忽儿只听得山门口一声大喊，去关山门的几个人没命地又逃上殿来，后边还跟着一个精赤小孩。

长老一看那小孩，约摸五六岁年纪，一身皮肤漆也似的黑，阔面浓眉，壮实异常，一想这不是虎背上的小孩吗？小孩到此，虎定不远，不觉又吓得四肢冰冷。

那跑回来的几个僧人已喘吁吁地指着小孩道：“今天不得了，俺们出去到了山门相近，就看见这小孩在山门内玩耍，正疑惑这小孩活像虎背的人，忽然又一眼瞥见山门外，一只大虎朝山门远远地蹲着，荧荧虎目直注门内，把俺们吓得回头就跑，谁知这小孩竟跟了俺们进来。”

长老一面听着，一面细细打量小孩，把前后情形一想，明白这个小孩定自不凡，那只老虎似乎故意送这小孩到庙里来，所以并无害人之意，不觉胆子壮了许多，走到小孩子面前，拉着他，不住地问长问短。谁知那小孩一句不懂，只把一双黑白分明的大眼，朝着长老骨碌碌乱转，一张口咿咿呀呀，像哑巴一般，竟没法问他缘由。那小孩虽然不会说话，神气非常灵活，看见长老就像熟悉一般，拉着长老衣角，很是亲昵。长老也越看越爱，忽然山门外又是一声虎吼，那小孩一听虎吼，拉着长老衣襟往外直跑，小孩年纪虽小，力气大得异常，长老身不由己地被他拉了出去。长老害怕得大喊放手，殿上那班僧人又不敢追上前来，眼看长老被小孩一溜烟拉出山门。

那小孩同长老走出山门，那只猛虎摇头摆尾地走到小孩身旁，用舌尖向他身上乱舐，小孩伸出两只手抱住虎头，也不住地咿哑了一阵。这一来，只把旁边的长老吓得几乎瘫软在地上。那小孩似乎知道长老害怕，立刻奔到长老身旁，把小手乱摇。说也奇怪，那只老虎看到小孩同长老很是亲昵，虎头也自点了几点，忽又朝长老所在走近几步，发出一种呜呜悲哀之声，一双虎眼竟自挂下几滴虎泪来，小孩似乎明白那虎意思，也自悲切切地哭了起来。长老一看这人兽悲切景象，虽然事出非常，也被他们感动，不因不由地鼻子一酸，眼眶潮润起来，竟忘记身边立着一只吃人猛兽了。

那虎悲吼一阵，突然前爪一伏，一声狂吼，跃入丛莽之中，接连几跃，顿时不见。那小孩见老虎已去，拉着长老衣襟，越发大喊大哭，弄得长老不知如何是好。正在小孩悲啼之际，呼呼风响，那虎又自丛莽中一跃而出，二次走到小孩面前，又用虎舌向小孩周身乱舐。

长老看得那只猛虎如此依依不舍，不觉灵机一动，恍然大悟，知道那虎这番举动，是舍不得这个小孩，恐怕小孩受了委屈，又想此孩原是难妇所生，老虎也会这样爱惜，定有夙根，俺好好地抚育他长大成人，也是一桩美事，再说俺们寺里添个小人饭食，也蛮不在乎，思想定当，朗声对老虎道："俺明白你的意思，你放心好了，这小孩交给俺，决不会使他受一点委屈，不过希望你不要时时出来吓人，你能明白俺的话吗?"

那虎真也通灵，侧着头听长老说毕，不住地把头乱点，立时摇头摆尾，高兴起来，围着长老与小孩盘旋三匝，然后慢慢地走下山去，边走边回过头来，直到没入丛莽里边，两头望不见为止。长老同小孩在山门口看不见老虎影子，兀自痴立出神，半晌，才携着小孩，走进庵内，从此这小孩就归弥勒庵长老抚养。长老着实爱惜，看待得同自己亲生儿子一样。庵内僧侣听长老讲起从前湖南难妇产了小孩，却被老虎衔去之事，料定这小孩就是难妇的儿子，但是那个难妇的姓氏并未知道，这小孩变得一个无姓之人。大家因为小孩虽是难妇所产，可是哺乳抚育之恩要归那只猛虎，所以替他取个“痴虎儿”的名字。

痴虎儿初到庵内的时候，大家以为他咿咿呀呀是个哑巴。过了几个月，痴虎儿也像小孩学语似的渐渐会说起话来了，这才明白他从小在老虎窝里长大，自然不懂人语。长老看他渐渐大起来，居然也教他读书写字，但是痴虎儿对于读书写字，却是一窍不通，笨得异常，对于用武使力的事，一教就会，力气比大人还大得多。

这样过了几年，痴虎儿也有十几岁了，人情世故也略略知道一点了，从人家口中知道自己小时的身世，时时想到自己的父母，姓名却是不知，连容貌一点也没印象，只有代母抚育的老虎倒在心中刻着很深的影子，非常悲哀。

有一天，一个人跑到对山去，四面寻找，想同那只劬劳罔极的老虎叙叙思慕之情。想起当年虎窝所在，依稀还有点印象，找来找去，居然被他找到，但是虎窝虽然找到，只剩了一个空窝，哪有老虎的影子？而且细看窝中情形，爪迹毫无，尘土厚积，想必早已离去。这一来，痴虎儿触景生悲，想起小时情景，不觉失声悲啼，哭得力竭声嘶，才怔怔地回转寺内。

第十回

痴虎儿泣血呼天，小人有母
金毛犼搜林捣穴，大侠诛凶

又过了几年，长老一病身亡，庙里当家换人，香火也渐渐衰败，旧时僧侣陆续走散。当家和尚厌着痴虎儿不僧不道，饭量又大，稍不如意，就痛詈一顿，渐渐又操杖责逐起来。众人看见当家如此，格外火上加油，知道他是虎窝长大的，索性指着痴虎儿的面，畜生长、畜生短地骂个不休。

痴虎儿是个性躁骨傲的人，起初权且忍耐一下，日子一久，如何受得？有一天被众僧撩拨得心头火起，使出蛮牛的力气，把众僧打得东躲西藏，索性一不做，二不休，像发疯般把大殿上打得落花流水，打完以后，自已觉得非常痛快，哈哈一声大笑，竟自跑出庙外，一口气跑到对山虎窝，悄悄躲在里边。在他以为，弥勒庵上上下下被他痛打一顿，定不甘休，哪知庵内众僧虽然料得他定在对山，但是惧怕对山那只猛虎，恐怕仍在旁边保护着痴虎儿，罚咒也不敢到对山去，只有自认晦气，把山门严密地关起来，免得他再闯进来赖皮。

谁知痴虎儿原自把心一横，不预备再回去的了，在老虎窝里忍着饿藏了两天，第三天实在憋不住了，只好下山走出几里外去，寻找有人烟地方，做个伸手大将军。人人见他年纪轻轻，身体茁壮，非但不布施，反而狗血喷头痛骂他一顿，就是略为布施一点残羹冷饭，怎能够他一饱？一赌气又跑回来，在本山周围，凭着天赋一身铜筋铁骨，赤手空拳，蹿高度矮，寻找一点山中野兽，生敲活剥地胡乱充饥。这样一来，又恢复到幼时的蛮荒生活，倒也逍遥自在。

可是日子过得飞快，到了冬天，大雪纷飞，满山积着数寸厚的皑皑白雪，飞禽走兽绝了踪迹。饶他是一个铜筋铁骨的好汉，也挡不住饥寒两字，把一个逍遥自在的痴虎儿，蹲在虎窝里，弄得愁眉苦脸。实在忍不住了，姑且走出洞外，咬着牙，冲着漫天风雪，山前山后走了一转，哪里找得出可以果腹的东西？连满山树木也是凄惨惨的毫无生气，只冻得痴虎儿三十六颗牙齿捉对儿厮打起来。原来此时他身上只剩了一身贴肉单裤褂，还是左一个窟洞，右一个撕口，箭也似的寒风，不偏不倚地直射进去。痴虎儿实在有点受不住了，猛看山腰内有一块平平的地面，像棉絮一样的净雪铺得非常平匀，痴虎儿缩着颈项，两手抱着双肩，怔怔地立着，呆看这块雪。

你道他为何看得如此出神？原来他想着，这块匀整清洁十分可爱的雪为何把俺害得如此寒冷？愈想愈恨，仿佛要同这块雪地拼个你死俺活，蓦地一声大喊，一脚跳进雪地，发疯一般在雪地里乱跳乱蹦，把一片匀整洁白的雪地踏得稀烂。不料他这一发疯，周身血脉流畅，立刻和暖起来，痴虎儿大喜，以为竟与漫天大雪战胜了，于是继续着蹦跳起来。

哪知身上虽已温暖，肚里饥肠辘辘，饥火中烧，格外来得厉害了。鹅毛般的雪花，兀自一片片压下身来，碰着身上化为冰冷的水，砭入肌骨，却又难当。这样饥寒交迫，内外夹攻，已弄得痴虎儿渐渐勇气消减，两眼都有点模糊起来，只在这块雪地里面，团团乱转。此时想蹦跳也不能够了，心想不好，只有支持着回转虎窝再说，还未举步，猛然眼前一黑，身子直矬下去，就倒在稀烂的雪地上昏了过去。

这样不知经过多少时候，忽然渐渐醒转，觉得嘴上异香扑鼻，肚子似乎忘记饥饿，反而精神恢复，又觉周身温暖异常，好像身上裹着毛茸茸的东西，急急睁眼一看，满眼漆黑，一点瞧不见身外的景象。记得饥寒交攻、昏迷跌倒的地方是在山腰雪地里，此刻周身不饥不寒，景象大异，诧异得两手向左右乱摸。这一摸不要紧，几乎把他灵魂吓出了窍！原来他摸着毛茸茸的东西，是一只野兽身上的毛，而且是一只极大的野兽，他就睡在野兽身上，四只毛茸茸的巨爪把他紧紧地抱住，想动弹一下都不能够，这一下如何不惊！

但是痴虎儿此时完全清醒过来，听出身边那只野兽鼻息咻咻，觉得有点耳熟，正想运用全身气力，脱出野兽怀抱，设法看个清楚。那野兽不等他用力，已自动松开四爪，放起痴虎儿，就地一滚，立起身来，全身一抖，一声大吼。

吼声未绝，蓦然一道光华，像闪电似的从远处扫射进来，接连儿扫，痴虎儿已借着扫射的光华，把四面情形看得非常清楚。本来他从野兽身上立起的当口，猛听一声兽吼，幼时的模糊景象，都被这一声巨吼提醒，此时又被远处光华一照，看清自己立足的地方并非山腰内那块雪地，却是朝夕相依的虎窝，面前立着的一只庞大野兽，也就是朝夕思慕的那只义虎。

这一来，只把痴虎儿怔怔地呆在一边，也辨不出是梦是幻，是惊是喜！只迷茫中觉得自己做了一场大梦，从梦里醒过来，还是幼年依虎为活的光景，但是洞门口那道光华兀自一闪一闪地扫射进来，照着自己的身影，确是比从前长了不少，再一看身边立着那只义虎，斑斓润泽，同从前一般无二，而且两只碧荧荧的虎眼含着一种慈母痛爱之色，一眨不眨地看他，也是昔年所常受的一种境界。痴虎儿到了这个时候，不管是梦非梦，也不理会洞口的光华，含着两泡眼泪，在义虎面前双足一跪，抱住虎项，失声大哭起来。那只义虎也蹲坐下来，举起前爪拥着痴虎儿，发出呜呜的悲声，活像母子久别重逢，互相哭诉一般。

在这个当口，忽然洞口光华又是一闪，从光华闪处，发出一个女子娇滴滴的声音，先是娇叱一声，然后发话道："痴虎婆恁的不知进退！师父念你一番痴心，赏你一粒仙丹，让你救活你的螟蛉子，怎么恋恋不舍？害得俺脚也立酸了，再不出来，俺独自回去了。"

那虎听了这几句话，似乎着了慌，忙不迭两爪一松，放开痴虎儿，向他一声悲吼，立起转身，一跃出洞。痴虎儿急忙追出洞外，一看天已昏黑，星月无光，只一片烂银似的雪光，笼罩全山。雪地里看见离洞不远，一个娇小玲珑的幼女全身穿着薄如蝉翼的红衫，露出欺霜赛雪的一双玉臂，骑在义虎背上，一手抓住虎项，一手擎着一颗宝光四射的大珠，一路照耀着，向山下飞跑而去，一忽儿那道光已映出数里以外，再一瞬，踪迹不见。

痴虎儿立在洞口，兀自出神，骤然觉得身上寒冷，才惊醒过来，赶快反身钻入洞内，觉着足上踏着非常温暖，不像从前冰冷潮湿，俯身一摸，原来地上铺着一张长毛兽皮，兽皮上面还搁着许多兽腿。不管好歹，坐在皮上，拿起兽腿一阵大嚼，居然还是熏熟的腊腿，味美异常。这一喜非同小可，只吃得芳满齿颊，又细一数身旁兽腿，真还不少，足够好几天食粮。仔细一想，定是俺恩情深重的义虎捎来的了，益发感激涕零，只想不出那个神仙般的幼女，是何种人物。听她口吻，还有师父，俺的义虎又是非常惧怕这个小小女子，这又是什么道理呢？看它神气想必同那幼女住在一块儿，几时总要想法找到他们住的地方才好。他一人坐在洞里，饥寒两字，总算天无绝人之路，暂时可以缓解，吃饱了肚皮，胡思乱想了一阵，不觉沉沉睡去。

第二天醒来，日光射进洞口，睁眼一看，自己睡在一张轻暖美丽不知名的兽皮上，身旁搁着许多上好熏腊鹿腿，左顾右盼，比在雪地里饥寒交迫的景象，真有天渊之别，一骨碌跳起身来，走出洞外，满山都变成银妆玉琢，煞是有趣。重又回洞吃了一点鹿腿，顺手拾起地上铺着的兽皮，裹在身上走出洞来，寻着一条溪涧，掬了几口水，润了一润喉咙，又踏着雪向前走去。

此时痴虎儿肚饱身暖，无虑少忧，很闲适地一路赏玩雪景，走来走去，走到山腰那块平整的雪地，立住一看，昨日发狠踏得稀烂，今天都又铺得匀整如旧。最奇怪昨日一股怒气，此刻非但发不起来，只看得这一片洁净无尘的雪地，只有可爱，一点没有可恨的地方，自己也想不出昨日今朝大不相同的所以然来。痴看了一阵，正想走向别处，猛抬头，看见山上雪林中，走下一个清癯老道，穿着一件薄薄布袍，一张白如冠玉的面上，漆黑光亮的五绺长髯随风飘拂而下，渐走渐近。

那老道似已看见痴虎儿立在山腰，怔怔地向他望着，就向他立的地方走了过来。走近身边时，无意中朝他一笑，擦身而过。痴虎儿心想，这山上终年没有人敢走，何况这样大雪天气，想得奇怪，不禁回头望着老道背影，看他向哪儿去。只见老道走到山腰，又转身向那块平坦坦的雪地斜穿过去。最奇怪那老道走过雪地，地上依然平整匀洁，没有留着半个脚印。痴虎儿看得愈加奇怪，心想人在雪地行走，哪有不留脚印的道理，莫非碰着神仙不成？不知不觉也穿过雪地，追上前去。待他追过那块雪地，那老道曲曲折折，往雪林里边走去，并不找正道走路。痴虎儿一脚高、一脚低赶到老道背后，紧紧跟着。老道头也不回，似乎不知道有人跟一般。

痴虎儿边走边留心老道走路，只见凡老道走过的地方，一路行来，依然连半个脚印都没有，可是看他慢慢地走着，却又四平八稳同常人一样，正自暗暗纳罕，忽听那老道长长地吁了一口气，自言自语道："一个顶天立地、不残不废的汉子，却仰仗着四脚落地的畜生来养活他，这样还能算人么？"说毕，又自叹了一声。

后边痴虎儿听得吃了一惊，还没有回过味来，那老道又发话道："嘿，算俺倒霉，清早起来，连够点人味儿的东西都碰不着，满是野兽味儿，直往俺鼻管子钻，愈来愈浓，真真恶心。"

这老道在前面边走边自叨叨絮絮，痴虎儿听一句，打一个寒噤，暗想这老道话中有话，不是明明骂俺吗？不觉一股无名火，往上直冲，心想你走你的清秋大路，河水不犯井水，凭空骂人，是何道理？愈想愈恨，也不仔细忖度，也不管他是仙是鬼，暗地捏紧粗盆似的拳头，向前紧一步，一声不哼，觑准老道脊梁，蓦地平捣过去，满以为这一下，瘦老道至少来个狗吃屎，哪知一拳捣去，老道毫无知觉，依然向前迈着四方步，慢条斯理地走去。

原来痴虎儿一拳捣去，明看着一先一后距离甚近，哪有打不着的道理？不料拳到老道背后，竟自差了寸许，所以打了一个空，弄得痴虎儿使空了劲，人向前一冲，几乎自己来个狗吃屎，赶快脚跟用劲，稳住身子，一看前面老道，头也不回，好像不觉得身后有人捣鬼一般。痴虎儿以为老道可欺，第二次觑得准切，又是一拳，谁知仍旧打了一个空。痴虎儿恨得牙痒痒的，心头火发，不管三七二十一，双拳齐发，像擂鼓似的向老道背后打去，一连几拳，依然拳拳落空，连老道的衣服一点都没有沾着。痴虎儿又惊又恨，索性伸起右腿，拼命一脚踢去，说时迟，那时快，只听得一声响，痴虎儿仰天一跤，整个倒在地上。

那老道听得声响，才始回头一看，道："咦，怎么好好地走路，自己会跌倒呢？"

痴虎儿经这一倒，爬起身，羞惭满面，明白老道故意这样说，自己在暗地里打了人家许多拳，一记打不着，腿一动，就跌倒，都是奇怪的事。看起来，这老道惹他不得，还是避开为是，心里这样想着，两只腿就站住不动，也不搭理老道的话。

那老道说了一句，朝他一看，一声冷笑，依旧回身向前走去。痴虎儿立刻留神老道往哪儿走，一看前面过去，已近自己虎窝。那老道却也奇怪，竟向虎窝走去。痴虎儿一想不好，俺这虎窝终年人迹不到，而且虎窝后面是个断谷，无路可通，那怪老道偏向俺虎窝走去，是何意思？万一他也看中了虎窝，鹊巢鸠占起来，如何是好？又惦记着窝内相依为命的鹿腿，不禁两脚移动，急急地向老道背后跟来，跟了一程，已到虎窝洞口。

那老道忽然立住不走，向洞口左右张望，看了半天，朝洞口左边走去，立在一个圆圆隆起的土堆面前，痴虎儿望过去，见那土堆上面满铺着雪，好像新出笼的馒头，不知老道对着土堆干什么？忽听得老道朝着土堆一跺脚，唉声叹气地说道："这妇人真可怜，死得多苦。你天天看见儿子在你身旁洞中进进出出，以为守着你实行那三年庐墓的孝思，谁料你的儿子，罚咒也记不起你这可怜的母亲，只一心念念记挂着那个母大虫，弄得一点人味儿都没有了。"

老道这几句话，痴虎儿听得清清楚楚，立时全身像触了电般，寒噤噤颤抖起来，猛然一声狂叫，把身上裹着的兽皮向后一抛，举着双手，飞跑到老道面前，突地跪下，双手拖住老道大腿，战兢兢地喊道："你是老神仙，俺的母亲是谁？除非神仙爷能够知道。神仙爷，你说的话，句句像箭也似的射进俺心房，你可怜俺这个哀哀无告的苦孩儿，成全了俺吧。"

那老道看他这时泪流满面，匆遽迫切的情况，微一点头，又自淡淡一笑道：“你在俺背后拳打脚踢，闹了一路把戏，又是怎么一回事呢？”

痴虎儿惶急得连连在地上叩响头，嘴里喊道：“俺该死！俺该死！任凭神仙爷责罚就是。”

那老道微微笑道：“孺子天良未灭，尚可造就，你且起来，俺有话说。”

痴虎儿看那老道并无怒容，喜出望外，可也不敢起来。老道一伸手，捏着痴虎儿臂膊向上一提，像拎小鸡似的提了起来，面孔一整，对痴虎儿说道：“你的母亲死得可惨，你在弥勒庵养了这么大，当然也听到一点大概。你要知道，你一出娘胎，就被那只母大虫衔去，代为哺乳抚养。你的母亲产后受了风寒，当天死去。那只母大虫虽是披毛的畜生，业已受过能人的感化，也具有一点慈心义气，把你衔到虎窝，又翻身去看你母亲，知已死去，又衔了你母亲尸首，在洞口旁边，用虎爪刨出一个大坑，葬了下去，上面又用土堆好，居然也像一个平常人家的坟墓。你看这个洞口左边高起的土堆，就是你生身母亲的坟墓了。”

痴虎儿不待老道再说下去，倏地立起身，一转身就向洞旁土堆奔去，奔到坟前，一声大叫：“俺的母亲呀！”呀字还未喊出，张开两手，整个身扑在坟上面，大哭大叫起来。哭了一个泪尽声哑，还是抽抽咽咽抱住坟上土堆不放，恨不得刨开土来，认认母亲的面貌，究竟是什么样子。

老道立在他背后，让他哭了个尽兴，然后慢慢地说道：“痴虎儿，你母亲的坟墓总算被你找着了，你的父亲呢？”

痴虎儿一听，心想从前长老说过，俺父亲被大水漂去，还是俺母亲生前说出来的，母亲死在这儿尚有坟墓，父亲被大水冲去，想必尸首没了。正在怔怔痴想的当口，老道又微微笑道：“痴孩子，你以为母亲说你父亲死在水里，一定是死的了？也许被人捞救起来，现在还生存着呢。只要你立志做人，不管你父亲死与未死，心中时时存着寻找你父亲的志愿，至诚所至，金石为开，也许你父子俩还有重逢之日哩。”

痴虎儿听了这些话，灵机一动，赶快跪在老道面前，悲切切地求着道："老神仙说得总不会错，痴虎儿定照老神仙的吩咐去做。但是俺现在弄得像野人一般，天地之间可怜俺的，从前只有那只义虎同弥勒庵的长老。长老已经亡故，那只义虎虽恩情深重，究竟人兽有别，何况也不知道它的洞穴所在。现在俺这个人弄得上天无路，入地无门，天可怜今天会碰到你神仙爷，也算俺绝处逢生，只有求神仙提挈提挈，超脱苦海了。"

那老道也不理会他的话，一伸手，又把痴虎儿从地上提起来，从头到脚，周身抚摸了一遍，自言自语道："此儿出处固奇，天赋独厚，可惜遍身傲骨崚嶒，非要折磨一番，使他吃够了苦，才能成就一个美才。"说完了这番话，又昂头四面一看，略一点头，就反身仍向来路走去，边走边向痴虎儿道："跟俺来。"

痴虎儿弄得莫名其妙，只好跟在后面，一见地上抛着的兽皮，又拾起来披在身上。

两人走了半晌，又走到山腰那块平地，老道立定身，对痴虎儿道："你倘然从此要做一个顶天立地的人，你应该从今天起，事事听俺的话去做，否则你还是你，俺还是俺，咱们就此撒手。"

痴虎儿此刻认定老道是个神仙，自然说一句，听一句，毫不犹疑地答道："倘俺不听老神仙的话，任凭老神仙千刀万剐。"

那老道不等他再说下去，立时把头一点道："好，实在俺对你说，那只母大虫能这样爱护你，一半是它受了人的感化，一半是为它自己，其中缘故，将来你自然会知道，此时且毋庸提它。但是你要知道，那只母大虫是有人管束的，不能时时来照顾你。再说你预备做一个顶天立地的人，岂能仰仗着披毛的畜生？那母大虫对你虽有哺乳之恩，可是你的生身母亲，因为产下你来，才死得这样凄惨，你如何能够置诸脑后呢？现在你真应该实行庐坟三年，使你母亲在地下也可瞑目。好在那个虎窝就在坟旁，你又是住惯的，在这三年中，吃的粮食，俺会代你设法，不许再去打猎本山的禽兽。你想到那只母大虫，应该知道禽兽中也有慈悲心肠，除非吃人作恶的毒虫猛兽，才可替天除害，这样你能答应么？"

痴虎儿忙不迭连声答应，老道又说道："你在这三年之中，也不能因陪伴你母亲的坟墓，饱食终日，无所用心。俺此刻传授你一点武艺，这点法子也非常简单。你每天就在这块平地上面，挨着周围树木，循环飞跑，边跑边用手推着树身，一树一推，一株不能缺少。跑过去用左手推，跑回来用右手推，一次跑二百转，每天两次。隔一月或两月，俺自会来看你。俺住的地方，此时你毋庸知道，三年以后，自然会叫你下山，再设法寻找你父亲的下落。现在俺话已完，你记住俺的话就是。”说罢，只看他长袖一拂，双足一点，像飞鸟一般，从雪林上面飞了过去，转瞬间不见了踪影。

痴虎儿起初一见神仙弃他而去，似乎心中有许多想问的话，转念神仙不会说诳，不久定又降临，好在洞内存有鹿腿，暂时不忧饥饿，姑先依照神仙的吩咐，在平地上挨着周围的树木飞跑起来。一边飞跑，一边用手推着树木，跑到一百多转，腿也酸了，手也麻了，支持着回到洞中，一见母亲的坟，顿时悲从中来，跪在坟前痛哭起来。

这样每天到那块山腰平地跑一次，回来就在坟前哭诉一次，一天两次，好像日常功课。过了一个多月，果然那位老道在他跑圈子的时候，走上山来，而且一只手提了一大袋东西，交与痴虎儿，说是这一袋干粮，足够他吃几个月，又指点他跑圈时候的身法步法，这一次叫他不用手推树，须用左右手捏着拳头，调换着向树排击，痴虎儿自然唯唯答应。以后隔几个月，那老道总来看他一次，来时总带着粮食，跑圈的法子也进一步地教导。

这样过了两年，痴虎儿时常问那老道姓氏和住处，老道总是笑而不答。痴虎儿一心一意当他神仙般敬重，也不敢多问。到了今年夏初，老道又来看他，看见痴虎儿能够一拳把杯口粗细的小松击倒，又见周围松树身上的树皮，都被他打得精光滑溜，颇也赞许，又传授他用掌用足的架势，临走时候，俨然道貌地吩咐他，说是你已经苦尽甘来，不久就会有人来叫你下山，但是叫你的人，如果是个强盗，你万不能跟他去，如违吾言，立即严处不贷！说完这话，拿出一个柬帖交与痴虎儿，嘱咐道：“将来叫你下山的人，看俺的柬帖，就会扶助你的，你好好收藏就是。”说完这话又自走去。

痴虎儿就把老道吩咐的话牢牢记住心中，又把柬帖藏在洞内干燥地方，依旧天天练他跑圈子的功夫。有一天功夫练完以后，跑到山顶随意玩赏，忽然一眼看见对面赤城山弥勒庵内，进进出出的都是雄赳赳、气昂昂手上拿着明晃晃刀枪的人，和尚一个也看不见，庵内大殿前面本来竖着一竿七八丈长的黄布佛幡，现在换了一匹红布，随风飘刮，看得非常诧异，猜不透是何缘故。因为自己住在山中多日，弄得奇形怪状，不敢到对山去探看，而且那位老道吩咐过，不到下山时候，不准下山，只可天天练完功夫以后，偷偷地到山顶去张望，看了许多日子，兀自看不出所以然来。

直到这几天，痴虎儿偶在山顶闲望时候，被对面庵内那班人在无意中望见，看得奇怪，立时有好几个人跑到这边山来，悄悄地探看痴虎儿的举动。痴虎儿当时并未觉得，一直跟到他的虎窝洞口，偶一回身，突然看见远远立着好几个人，向他直瞧，才自吃了一惊。

那班人看得痴虎儿阔面长发，全身亮晶晶的黑皮肤上，虬筋满布，便像山精一般，以为痴虎儿是山中精怪，吓得回转身，拔腿便跑。

痴虎儿这几年一人在山中正处得寂寞，骤然碰到这些人，颇觉高兴，又想打听对面庵内的事，即不觉高声喊道："不要跑，休得害怕，俺也是人呢。"

那班人一听痴虎儿说起话来，才明白并不是妖怪，重又回身走过来，你一句、俺一言地探问痴虎儿，为何自住在山洞内，弄得这般模样。

痴虎儿这几年经过那老道的教导，也略微懂得一点用心计的勾当，并不直说出自己幼时的遭遇，只说因为守住母亲坟墓，家中又无别人，所以住在山洞内，又转问那班人到此何事，对面庵内和尚怎么一个也不见呢？那班人轩眉竖目，得意扬扬地说道："俺们本来在这儿相近的海上做买卖，现在俺们寨主看中对面赤城山是个好所在，就把庵内众僧逐走，占据起来。俺们看你倒是个精壮汉子，倘然你愿意入伙，俺们寨主面前说一声，定可成功。入了伙，大盘分肉，大秤分银，岂不强似在这山上受罪吗？"

痴虎儿听了半天，也不懂他们说的是哪一行买卖，呆了半晌，才问道：“你们说的究竟是哪一门生意呢?”

这班人知道他是个初出茅庐的雏儿，互相挤眉弄眼地笑了一阵，然后对他道：“老实对你说，俺们是天字第一号的买卖，性命就是本钱。”

痴虎儿愈听愈糊涂，又问道：“你们说的买卖，听你们说还有一个寨主，俺小时候似乎听人说过，寨主就是占山为王的强盗呀!”

那班人一听他说出强盗二字，立时喝道：“胡说！俺们不愿听这两个字，你只说好汉就是。”

痴虎儿愕然道：“原来强盗就是好汉，好汉就是强盗，这样说起来，你们原来做的是强盗买卖呀!”

那班人见他这般愣头愣脑，又笑又恨，连呼晦气，一阵乱唾，指着痴虎儿道：“叫你不要说，你偏说。老实对你说，提起寨主，大大有名，就是少林禅师醉菩提的徒弟，绰号金毛犼，姓郝名江的便是。手上一对虎头双钩，使得风雨不透，本领非凡。你能够当他部下跟俺们一块儿混世去，你就算走了红运了。”

痴虎儿此时已明白，他们都是强盗，想必对山庵内和尚都遭他们毒手了，心中略一盘算，一声不响地向那班人走近几步，猛地左右手齐发，向那班人推去。不料那班人虽也长得凶悍，竟禁不起他这一推，啊呀还未出口，身不由己地向后直倒。后面立的人，禁不住前面的人一撞，又是倾斜的山地，一个个像滚球似的都滚了下去。幸而洞口山势并非险陡之处，又是松土草地，滚了几丈路，被树木挡住，一个个爬起身来，虽然滚得满脸满身的黄土，倒并未损伤，远远指着痴虎儿痛骂一顿，也就回到对山去了。

第二天，痴虎儿也不介意，仍就到山腰那块平地上做他的功课，功课还未做完，忽然树林丛莽里边，轰雷似的喝起彩来，四面一看，树林里立着许多人，手上都拿着刀棍之类，昨天被他推得一溜滚的那班人，似乎也在其内。原来那班人回去对金毛犼说，今天亲自带了许多人，来探看这个怪人，恰巧痴虎儿正在山腰练他的独门功夫。金毛犼带着许多人，悄悄地掩上山去，隐在松林丰草中看了半天，只见他团团飞跑，疾如奔马，到后来竟像风驰电掣，连身影儿都有点分不出来，而且跑得这样快法还不算，两只铁臂不停地掌推拳击，只击得周围树木如狂飙乱飐，呼呼怒号，吓得金毛犼同这班人半晌作声不得，心想这人身子真是铁做的，也不知练的哪一种功夫，这样练法，听也没有听见过，情不自禁地齐声喝起彩来。

痴虎儿被他们这一喝彩，立定身子看清四面立的人，又见他们手上都带着刀枪，心想不好，人多势众，如何敌得过他们？不觉暗自着急，忽然想了一个呆主意。一看身边有一株碗口粗细的枯松，下半截已被他平日拳打掌击，松皮剥得精光，一回身，两手攀住枯松，一声大吼，尽力往下一扳，只听得一声咔嚓，竟被他折断。这一来，痴虎儿立时气壮，两手横拿着那株断松，声势虎虎地立着，似乎蓄势而待。谁知金毛犼已被他先声夺人，勇气早馁，又看他折断长松，格外惊为神勇，以为痴虎儿武艺定然了得，就是合力齐上，也未必是人家的对手，何必当场出丑，不如与他善言结识，将来也是一个好帮手。

金毛犼存了这个主意，立时暗示手下，不要乱动，然后走近几步，向痴虎儿远远拱手道："老兄不必如此，俺们到此并不与老兄为难，如蒙不弃，俺们何妨谈谈，结个朋友呢？"

痴虎儿举目一看，说话的人是个彪形大汉，装束诡异，与众不同，一张凶悍长面，目光灼灼，注定了痴虎儿，倒也可怕，可是听他口气，不像动武神气，略觉放心，但也猜不透是何意思，只好把手上松树一拄，把头一点，算是答礼。

金毛犼一看痴虎儿这样神气，早已瞧料他是未谙世故的空子，就大踏步走近前来，携着痴虎儿的手大笑道："俺们今天一见如故，以后还要彼此多亲多近，但不知老兄哪里人氏？尊姓大名，也请见告。"说完这话，又一指自己鼻梁，笑道："兄弟就是江湖上传说的金毛犼，如蒙不弃，就请到对山敝寨内盘桓几时，兄弟也可时常叨教。"说毕，兀自笑容可掬，显得亲热非凡。

痴虎儿被他这一套近，倒弄得不知所对，张着一张阔口，半晌，只说得一句。"俺叫痴虎儿，从小住在此地的。"

金毛犼正想滔滔不绝地再来一番笼络的话，还未开口，忽然山下跑上一个人来，走近金毛犼身边，低低说了几句话，金毛犼把手一挥道：“你先回去伺候，俺立刻就回。”

那人得了回话，又转身飞奔而去。

金毛犼捏着痴虎儿的手，摇了一摇，笑道：“本想邀老兄到敝寨盘桓，不料敝老师此刻到来，想有要事，须急速回去，改日再差人邀请老兄，那时务请老兄赏个面子。”说罢，一松手，向树林内的一班喽啰大声喝道：“跟俺走！以后没有俺的命令，不准到此啰唆。”说完又向痴虎儿一拱手，率领着一班手下，一窝蜂地下山而去。以后如何再续集发表。

注：本集1940年10月天津大昌书局初版。

第二集
第一回

穴隙钻墙，半夜芳踪漏秘语
银钩铁划，三生石上最销魂

痴虎儿等这班人走净以后，全山静寂寂的，又只剩下他一个人，心想他们来的时候，人多势众，满以为祸事到门，不料如此结局，倒也出他意料之外。看那金毛犼待俺神气，倒也十分殷勤，似乎也是个好人，难怪那班人说强盗就是好汉，但是神仙吩咐俺不许跟强盗下山，也只好辜负他一番美意了。一路忐忑不宁，自言自语地向虎窝走去，猛抬头，走过虎窝好几步，竟自不觉，便又回身，钻进洞内。一看神仙捎来的干粮，已所剩无几，大约只够一天的吃食了，不觉着慌起来，心想这回好奇怪，本来粮食将尽，神仙必到，这次隔了好久，怎么还不见到来？倘然从此不来，如何是好？又想到金毛犼一番殷勤神气，心中不禁不由得活动起来，惹得他在洞口坐卧不宁。

不料第二天，金毛犼派了几个人，送了许多食物来，送与他吃，顺便又说了许多劝他入伙的话。痴虎儿看到食物，宛如亲爹娘一般，不问皂白，老实收下。等到他们道起劝他入伙的话，总答应不出话来，只把头微摇，表示不愿。那班人也不多说，就回去复命。

其实，这天金毛犼一早起来，安排了一点寨务，又派了几个人送食物与痴虎儿以后，就跟着他师父醉菩提办理要事去了。你道他们办的什么要事？就是第三回所说醉菩提约他去盗秘籍的那桩事。等到秘籍到手，回到赤城，金毛犼一问对山痴虎儿情形，派去的人照实报告，金毛犼立时眉毛一竖，露出一脸杀气，厉声喝道：“这小子真不识抬举，早晚取他的狗命。”

说这话时，恰值醉菩提也坐在上面，就问他为何发怒。金毛犼把对山痴虎儿情形细细一说，又把自己想邀他过来做帮手的意思也说了出来。

醉菩提仰着头，思索半晌，向金毛犼道：“这人情形颇为奇怪，也许其中还有别情，你何妨多派几个人，此刻再邀他一次，倘然不肯来，就用武力强迫。依俺看，此人无非天赋神勇，有一身勇力，说到武艺，恐未必有高人传授。你想，他如果有一身绝艺，何至困在荒山，弄得如此形状呢?”

金毛犼一听师父这样一说，果然不错，立时派了几个懂得武艺的手下，带着长短家伙，到对山把痴虎儿擒来问话。如果擒他不下，快来报信，待俺自去。

这几个奉派的人，有几个已看到痴虎儿勇猛非凡，明知难以擒拿，但是上命所差，也只有硬着头皮，结伴同行，一路彼此商量，见机行事。这班人走到对山寻着痴虎儿，被痴虎儿举拳赶走，这番情形，上回已经说过，也就是黄九龙、王元超躲在岩石背后看见的一番经过。现在痴虎儿出身已经补叙明白，又要接说王元超、黄九龙的事情了。

且说王元超、黄九龙听得痴虎儿说完出身以后，虽觉奇特，尚不十分注意，唯独听到痴虎儿说起那位神仙，两人不住口地问他，那位神仙的举动形态是什么样子。痴虎儿又详细地一说，黄九龙、王元超听得相视一笑，连连点头。

黄九龙向痴虎儿笑道：“你碰着的那位神仙，俺们俩非但认识他，而且有密切的关系呢！你说神仙留有一封柬帖藏在洞里，现在你赶快领俺们去一看，就可明白神仙怎样吩咐，俺们应该怎样办理。老实对你说，你所说的神仙好像就是俺们俩的师父，一看柬帖就可明白。如果真是俺们师父，俺们同你就是一家人，非但如此，俺们今天到此，因为对山强盗的师父醉菩提偷了俺们的东西，特意赶来与强盗算账的。俺们这样告诉你，你大约可以放心了。”

痴虎儿一时虽摸不清其中曲折，可是一见两人满脸正气，知道绝非谎话，唯唯答应，领着他们到虎窝去，正想举步，忽听得山下远远人声嘈杂，步履杂乱，似乎有许多人向山上急步跑来。王元超跑进树木稀少地方，向山下探视，只看见山下树林中，雪亮的刀光和枪上的红缨，一路风驰电掣般卷上山来。

王元超回头低喊道：“不好，那班人痴虎儿赶逐下山的人一定回去报告了，金毛犼自己率领大队人马来拿你了。”

痴虎儿一听，立时环眼圆睁，大喊一声道：“今天俺同他们拼了吧。”说毕，就要奔下山去。

黄九龙赶忙伸手拉住，微笑道：“你且不要性急，让他来了千军万马，有俺们两人在此，绝不会叫你损伤一根寒毛。你不要动，由俺一人对付这班毛贼。”

王元超摸着下颌，沉思了半晌，对黄九龙道：“金毛犼这一来，俺倒想了一个计策在此。俺想金毛犼带领了许多贼徒到此，对面贼巢必定空虚，俺们何妨来一个声东击西的计策。三师兄同痴虎儿在此同这班贼徒周旋，由俺从山后小路直捣贼巢，趁此夺回秘籍同那面龙旗，而且出其不意，两处分击，弄得他们一个措手不及，连那座弥勒庵也可夺回来，倘然那醉菩提一同前来，益发容易处置了。”

黄九龙听得大赞道：“此计甚妙，准定如此！俺此地一了，就同痴虎儿到对山去会你。事不宜迟，你就拣僻静山道绕到对山去吧。”

话方说毕，山下已是一片人声，喊叫如雷：“大胆痴虎儿，快快滚下山来！免得老子们动手！”

黄九龙恐怕痴虎儿鲁莽，独自闯下山去，一手拉住痴虎儿，一手向王元超一挥，就向树林密集的地方走去。王元超四面一看，前山并无别路可以下山，遂又迤上山巅，独自寻找僻路，绕道向对山走去。

且说黄九龙拉着痴虎儿走进密林，悄悄向痴虎儿道：“你住的虎窝，听你说是条死路，俺们此时且不要出去，等这班贼徒走到此地，一看你不在此地，定向虎窝寻去。等他们走入死路，俺们再出来截住他们归路，叫他们休想逃走一个！”

话还未毕，已见许多人火杂杂地拿着明晃晃的刀枪，耀武扬威地跑上山腰。

为首一个高大凶汉，拿着一对虎头双钩，泼风似的首先赶来。黄九龙把痴虎儿一拉，一齐矮身躲在一株大松背后，偷看动静。

果然金毛犼一看痴虎儿不在此地，立刻暴跳如雷，大声喊道：“这小子定躲进洞内去了，俺们快向老虎窝赶去，看他能逃上天去不成。”说毕，就有几个到过虎窝的贼徒，为头领路，金毛犼督着其他贼徒，又急急地向虎窝一条路上跑去。

黄九龙暗地打量金毛犼举动，已看出武艺平平，其余二三十个贼徒，更不足论，等他们走了一箭路，就立起身来，把腰间白虹剑解下，褪去了蟒皮剑鞘，把蟒皮仍向腰间束好。

痴虎儿蹲在地下，突然眼前一亮，只看见黄九龙手上银光乱闪，吓了一跳，一立起细看，心想这软绵绵的东西，有何用处？不料黄九龙左手一捏剑决，右臂向后一缩，一个白蛇吐芯势，用那东西向身旁一株松树刺去，只见手上笔直的一支长剑，把那松树刺了个对穿。痴虎儿看得吐出了舌头，才知这东西原是一样极厉害的家伙。

黄九龙笑道：“今天未免小事大做，俺因为犯不着跟这班无用贼徒多费手脚，所以才用这柄宝剑。”边说边向那班强盗后面走去。

走了一程，已看见前面走的人影。他回头对痴虎儿道：“前面贼徒做梦也不晓得俺们会蹑在身后，此处地形甚好，就此站住，你且高喊一声，让他们回头来。喊完以后，没有你的事了，只远远站着，看俺打发他们就是。”

痴虎儿此时知道黄九龙本事非同小可，自己也胆壮气粗起来，张开阔口，大声喊道：“痴虎儿在此！”

这一声喊，宛如晴天起个霹雳，前面鱼贯而进的一班强人，猛不防痴虎儿在他们身后出现，一个个回转身来。金毛犼原自督队在后，这一转身，恰好后队做前队，金毛犼恰好在头前，同痴虎儿遥遥觑面，一见痴虎儿一个人赤手空拳，远远立在前面，仇人相见，分外眼红，金毛犼立时举起虎头双钩，向前一指，瞋目喝道："不识抬举的东西，敢在太岁头上扬威，此刻你小子倘能悔过认罪，本寨主尚可念你年幼无知，饶你一死！如若牙缝里迸出半个不字，哈哈，立时叫你死在俺双钩之下。"说罢，双钩一扬，就要奔向前去。

正在这当口，猛听得道旁树林里面，一声断喝道："且慢！"接着白光一闪，面前现出一个人来。

金毛犼冷不防横腰会走出人来，顿时一呆，赶忙立定身，定眼细看，只见五步以外，道上立着一个骨瘦如柴的汉子，穿着文绉绉的袍褂，只把前襟掖扎起来，手上横着一柄七尺长的奇形长剑，颤巍巍的银光闪闪，寒气逼人。

原来黄九龙领着痴虎儿跟在这班强盗背后走的时候，故意叫痴虎儿喊叫一声，趁他们喊叫时候，自己一闪身到道旁树林中，把前襟一掖，嗖嗖接连几跃，就到了金毛犼身边。非但金毛犼看不出树林中有人走来，就是痴虎儿全神只注意前面，也未觉得身边少了一个人。等到黄九龙斜刺里一跃而出，痴虎儿才知道黄九龙已到金毛犼面前，遂暗自称奇，一望前面那班强盗手上刀枪如麻林一般，兀自替黄九龙担心，正想拔起路旁趁手的树木当作兵器，哪知一刹那间，前面几声叱咤，已发生惊心动魄的变化。

原来黄九龙按剑卓立之际，金毛犼一看人不足奇，剑却别致，兀自傲然大喝道："拦住道路，意欲为何？"

黄九龙微笑道："你们倚恃人多势众，欺侮他一个赤手空拳的穷汉，实在有点看不过去。"

金毛犼一声狂笑，喝道："凭你这样瘦猴子，也配多管闲事？须识得本寨主金毛犼虎头双钩的厉害。"

黄九龙笑道："早已闻名，特来领教。"

话到剑到，白光一闪，颤巍巍的剑锋已到胸前。

金毛犼不防来人身法比剑法还疾，急忙缩胸后退，双钩并举，向剑锋剪去，意思想用双钩把剑绞住。哪知白虹剑岂同平常，黄九龙一声冷笑，并不抽剑换招，单臂微振，足下一进步，向前一拨一挑，只听得锵琅琅一声响亮，金毛狃左右双钩，一齐断了半截，坠落地上。

金毛狃“不好”两字还未喊出，只听得对面一声吆喝，剑锋已直贯胸膛，透出后背，只痛得金毛狃五官一挤，一声惨叫，顿时一堵墙似的倒在地上。黄九龙早自抽剑退步，细看剑上，依然莹莹如水，并无丝毫血迹。可是金毛狃身后那班无名小卒，看到寨主碰着来人略一交手就被刺死，吓得心惊胆落，一齐回头就跑。

痴虎儿虽然在虎窝生长，胆壮力猛，但是从来没有看见过这样死法的人，趋过来一近看金毛狃这份凄惨死相，格外心头乱跳，连那班人回跑逃命的情形都没有理会。

再看黄九龙，已把那柄长剑仍旧用蟒皮套好，束在腰间，从容自若地说道：“这种死有余辜的强徒何足悲怜，倒是俺这神圣宝剑，万不料第一次发利市，在这没用的脓包身上，实在是有点委屈宝剑，想那时手诛铁臂神鳌，尚未曾轻用此剑，今天因为懒得多费手脚，只好仗此利剑了。”

痴虎儿此时尚未知黄九龙究系何许人，对他说的话更是茫然，也只有唯唯答应。

黄九龙向前面一指道：“这班人逃入死路，必定还要回来，不过罪止为首，这种蠢如鹿豕的人，毋庸与他们计较，少停俺自有安排，现在俺们且回虎窝，看完那柬帖以后，就去接应俺五师弟，你快领俺去吧。”

于是两人向虎窝走去，这且不提。

现在又要说到对山弥勒庵醉菩提方面。自从醉菩提盗得秘籍以后，同金毛狃回到赤城山，这一份高兴简直难以形容。但是醉菩提为人处处都用奸计，阴险异常，他得到秘籍，路上日夜奔波，因此无暇翻看内容，等他回到赤城山第一天，到时已在夜半，途中辛苦，就把秘籍枕在头下，且自安息。

次日，金毛狃想巴结师父，又一早前来伺候，手下人又敬汤进水，供给得川流不息。金毛狃率领着许多人到对山去了，醉菩提心中暗喜，等金毛狃走后，立时回到自己住宿的房内，吩咐余人不听呼唤，不准进来，吩咐妥当，砰地把房门关上，从床头拿出一个锦袱，搁在桌上，解开袱结，豁然露出一个长方布匣，上面黄绫签条题着“内家秘籍”四字恭楷。

醉菩提且不启匣，先念了一句阿弥陀佛，又自言自语道：“俺有了这册秘籍，从此可以压倒一切，唯俺独尊了。”说毕，满面含笑地把布匣打开。

这一打开不要紧，只把这位醉菩提惊得直着眼，开着口，哈着腰，整个呆在桌子旁边，想动一动都不能够了。你道如何？原来他看到布匣里面装的并不是整册的书，却是叠着厚厚的洁白匀净的素纸。这一下，这位醉菩提宛如从十丈高楼失了脚，自然失神落魄呆在一边，只一颗心突突乱跳，仿佛要跳出腔子来一样。

究竟这册秘籍怎么凭空变成为素纸的呢？诸公且勿心急，将来自有交代。不过醉菩提盗到手的时候，确确是真的。从前许多人到宝幢铁佛寺去搜寻，以后同黄九龙、王元超煞费苦心的寻觅，都没有弄到手，何以醉菩提一去就手到擒来，难道说醉菩提有特别神通不成？其实此中尚有一段隐情呢！

从前说过，醉菩提是从百拙上人口中，听得铁佛寺藏有秘籍的，但是百拙上人也没有说出藏在何处。后来他在单天爵面前自告奋勇，何尝有些把握，无非想在单天爵面前讨好，骗点钱财，自己另外再打诡计。他受了单天爵的路费，离开芜湖，一路打算，知道这册秘籍定是严密深藏，寻找不易。何况闻得太湖王那班人也在那儿打主意，寻找这册秘籍，万一碰上，书未得到，反生凶险，实在有点不上算。他这样一打鬼算盘，把寻找秘籍的念头，搬到爪哇国去了。既然不去盗秘籍，上哪儿去呢？一想有个徒弟叫金毛犼郝江，从前在黄岩一带海上做没本买卖，啸聚了不少人，现在闻听弃海就陆，占据赤城山，很有点兴旺气象，何妨到他那儿看看，主意打定，就向天台赤城山一路行来。

不料事有凑巧，有一天走到天台相近新昌县城，一看天色已晚，就在城内寻着一个整齐宿店，预备过一夜，明天一早再赴赤城。这天晚上，住在宿店房内，正想高枕安卧，忽听隔壁房内，有两个年轻女子娇声娇气的讲话，把他撩拨得心头鹿撞，辗转反侧。他越不能安睡，隔壁越讲得起劲。醉菩提一骨碌爬起来，蹑手蹑脚地走近板壁，寻穴觅缝地向那边张望。

原来，南方房子差不多都用木板做隔墙，尤其旅馆里都用薄薄的风流板，一间一间地隔开，上层还露出几尺空当，所以声气流通，动作相闻。说句笑话，倘然孤客独宿，碰着隔壁一双异性，携手阳台，非但一派奇妙声音触耳惊心，就是这几块风流薄板，各自应接合拍，吱吱咯咯交响，这一来，你想孤眠独宿的客人如何当得？如何还能好生睡觉？所以这种木板壁，出名叫作风流板了。

现在醉菩提虽未碰着这种妙事，可是那一边呖呖莺声，阵阵脂馥，都从风流板壁缝中透泄过来，只把这位醉菩提凑在板壁缝上，眇着目，哈着腰，浑身像火化雪狮子一般，恨不得使出少林绝艺，一脚踢开板壁，来个无遮无拦，但是事实上如何办得到？只好沉住气，细细鉴赏。偏偏板壁缝太窄，只影绰绰看见那边房内，坐着两个雪肤花貌的女子，似乎姊妹一般，谈笑风生，身形妩媚，后来留神听她们所谈言语，不觉又惊又喜，霎时心花怒放，格外全神贯注，倾耳细听。

原来他听得那边房内两个女子所谈的事，恰恰就是铁佛寺内家秘籍那桩事。

只听一个女子说道："说起俺们师父她老人家的能耐，真也大得骇人，可是她老人家的脾气，也古怪得不可思议。比如这一次，叫咱们先到雁荡山灵岩寺，托龙湫僧介绍到太湖，乘机折服太湖王。又同俺们到过灵岩寺以后，再到铁佛寺取那册秘籍，送与太湖王的师弟，一个姓王的人，还说咱们俩的归宿都在这册书上呢。你想，既叫俺们去折服太湖王，当然是敌对的了，何以又叫俺们把那册书送给太湖王的师弟，这不是透着新鲜么？"

又一个女子笑着说道："姊姊说的话，都从表面着想。依俺看，咱们师父神妙不测，其中定有道理，不过事先不明白告诉俺们罢了。可是有一节真也奇怪，师父对俺们说，那册秘籍就在铁佛寺门口弥勒佛肚内，弥勒佛的肚脐就是机关。这个消息，听说还是从前陆地神仙告诉她的。俺想既然陆地神仙知道秘籍所在，何以太湖王同那姓王的现在还搜寻不到呢？难道陆地神仙不愿意自己的徒弟得此宝书吗？所以俺想那册秘籍，未必见得真在弥勒肚内。”

又听得那个女子说道：“管它在不在，既然师父吩咐咱们，左右闲着无事，到处玩玩也好，时候不早，咱们睡觉吧。”又听她们说了些不相干的话，就一口把灯吹灭，上床安睡了。

这里醉菩提听了半天，已是心满意足，一看那边房内灭灯安寝，已无可看余地，就直起腰，坐在自己床上，盘算一番，心想事情如此凑巧，无意中能听到密藏秘籍的机关，把他已息的妄念又勾了起来，暗暗打了一番主意，就轻轻开门走出来，走到外面柜上，推说另有要事，须连夜出城。算好房钱，匆匆出店，走出新昌县城，直向赤城山而去。一路施展陆地飞行，不到天亮，就到了赤城山。

原来新昌到天台赤城山，也不过一百四十余里，脚下有功夫的人原不算一回事。醉菩提到了赤城山，见着金毛犼，匆匆略说所以，就拉着金毛犼急急下山，向宝幢昼夜进行，他们这样赶路，就因为听到店中两女子谈话，也要去盗那秘籍，所以漏夜赶程，预备在两女子未到以前盗走秘籍，又恐怕黄九龙等也在寺内，孤掌难鸣，所以拉着金毛犼做个帮手。

他们师徒二人晓夜赶程，不日就到宝幢。醉菩提在路上已打好主意，走过热闹市镇，顺手买了一个行脚头陀用的月牙发箍，又买了一个假发同笔墨之类，自以为很得意地施展了鸡鸣狗盗的手段。（醉菩提乔装盗笈情形，前文已经详细分叙，毋庸多说。此时无非在下把他补提一笔，将来龙去脉交代清楚。）

现在，醉菩提在赤城山盗窟内，一看辛辛苦苦盗来的秘籍，变为一叠厚厚的素纸，事出非常，把这个诡计多端的醉菩提，呆若木鸡！半晌才勉强镇定心神，细细揣摩，算得定是另有高人从中掉包，但是从铁佛寺弥勒佛肚内盗出来时，来去匆匆，并未细看，也许那时秘籍已失。这样一阵乱猜，只落得一场空欢喜，而且不敢当时张扬，恐被旁人讥笑，赶忙照样包好，依旧搁在枕下，一眼看到枕边尚有一面小龙旗，拿在手内，自己一阵冷笑道：“秘籍难得取到，有了这面太湖王的令旗，也自傲了。”

言未毕，忽然大殿上人声鼎沸，有几个头目一路大惊小怪地跑进房来。醉菩提吃了一惊，急忙把手上龙旗向枕内一塞，回身把房门开了，正想跨出门去查问究竟，一看寨内几个得力头目，已气喘吁吁地奔到面前，慌问何事这样着急。

那几个头目已大声喊叫道：“老禅师，可不得了，俺们寨主被一个不知姓名的汉子刺死在对山了。”

醉菩提一听这话，立时轰的一声，灵魂冲出了天灵盖，几乎急痛攻心，闷倒在地，双目一张，热泪已夺眶而出，突然一手拉住那报告的头目，岔着嗓子，急急问道：“你这消息从何而来？快快说与俺听。”

那头目报告了这句话，也自惶急满面，只把手指向人丛中乱指。

此时，寨内除金毛犼带去多人以外，庵内尚有百余名强徒，闻得这个消息，立时闹得乌烟瘴气，大嚷大叫。有几个机灵的都已聚集在醉菩提房门外，打听他做何主张。醉菩提此时看那报告消息的头目，向人丛中乱指，就见人丛走出十几个大汉来，紧趋几步，向醉菩提报告道：“寨主点名出发到对山去的时候，俺们原都在内，到了对山山脚时候，指派俺们这十几个人埋伏在山脚下，万一痴虎儿在山上脱身逃下来，叫俺们截住他。寨主吩咐以后，率领其余弟兄冲上山去，寨主在山腰吆喝的声音，俺们还听得清清楚楚。后来俺们寨主似乎带着弟兄们向虎窝方向走去，没有多少时候，远远听得寨主一声惨叫，接着山上弟兄们也隐隐发了一声极喊，以后就寂无声响了。

“俺们这一拨人听得暗自心惊，料得山上定出事故，私下一商量，悄悄地从枯草丛莽中蛇行而上，到了寨主喊声相近的地方，抬起头来一看，吓得俺们几乎滚下山去。只见俺们寨主撩手撩脚仰天死在血泊中，弟兄们一个不见，那痴虎儿瞪着眼兀自呆看寨主的尸首。最奇怪的是痴虎儿身旁还立着一个衣冠整齐的瘦汉子，手上拿着铿光耀眼的一柄稀奇长剑，正在拂拭细看。俺们一看那个情形，明白寨主定死在这两人手上，吓得大气也不敢出，连爬带滚逃下山来，一路飞跑回寨报告消息。”

这几个人乱七八糟地说了一阵，醉菩提胸中雪亮，知道痴虎儿未必有此能耐，大半死在那瘦汉的剑上。照他们所说那瘦汉形态同那柄奇形长剑，似乎是太湖王的样子，难道他窥破俺的金蝉脱壳之计，知道俺隐避在此不成？倘然真是这个魔王，杀了俺徒弟也未必就此罢手，必定会赶到此地，想夺回那册秘籍，说不定还有那姓王的也一同追来。事情糟到这个地步，如何是好？偏又盗不着真正秘籍，就把实情说出，太湖王也未必相信，这真应了弄巧成拙、祸不单行的那句话了。

他这番意思原只在自己肚内乱转，一时又悔又恨，又怕又急，额上汗珠一粒粒迸出来，都像黄豆一般大。四周立着的几个头目偏又不识趣，一个个攘臂高呼，请他立时率领弟兄们，到对山捉拿凶手，为寨主报仇。这一逼，格外弄得他六神无主，连连跺脚，咬着牙，被众人簇拥着到了大殿上，聚集全寨喽啰和大小头目，一忽儿大殿人头挤挤。你想这班乌合之众懂得什么纪律，只山摇地动地嚷成一片。

醉菩提到了这个地步，也只有豁出去了，姑且镇定惊魂，暗自打了一番主意，忽然胸脯一挺，举起拳头向桌上砰地一击，大声喝道："众弟兄休得杂乱，且各自压声，听吩咐。"

众人被他一吆喝，果然肃静起来，他又大声说道："你们寨主是俺的徒弟，生生被人刺死，俺岂会甘休！拼出俺这条老命，也要与他报仇。但是据回来的弟兄报告，痴虎儿尚有别人帮助，这人形状，有点像万恶的太湖黄九龙。这人凶恶异常，诸位大约也有耳闻，俺恐怕此时如果俺们到对山找他，他趁空到此地捣乱，这个基业就要难保。

"这个寨基是你们寨主亲自同你们开辟出来的，也就是众兄弟的衣食根本，万一有个疏失，非但你们立刻失所，你们寨主死在九泉之下，也不会瞑目的。俺的主意是，君子报仇，三年不晚，现在最要紧的是设法保守寨基，不能轻举妄动，而且俺料得黄九龙不止一人到此。他们刺死你们寨主以后，定以为寨中空虚，趁机赶来占夺寨基。俺们何妨以逸待劳，暗中埋伏，来一个瓮中捉鳖，一样报得大仇。"

说毕，眼珠一转，四面打量各人颜色。这班人报仇是假，衣食是真，醉菩提这番话，句句打入心坎，齐声欢呼，个个称妙。

几个头目也大声说道："俗话说得好，蛇无头不行，从今天起，务请老禅师可怜俺们寨主死得凄惨，暂时在此当家，保守寨基，俺们情愿服从老禅师的命令。倘然老禅师说出一个不字，俺们就如同无主游魂，如何守得住寨基？如何报得了大仇？也只可忍痛散伙了。”

此言一出，又一个个大声疾呼，逼着醉菩提答应下来。

醉菩提一想，此时万难脱身，孤身独行，更多危险，不如在此暂看风色，于是点头应允，立时装出寨主身份，向大小头目谆谆告诫一番。这班强盗知道醉菩提同江湖上各路好汉都有点联络，名头武艺也比金毛犼高得多，倒也齐心悦服，但是醉菩提何尝想做这个小小寨主，无非强敌在前，一时脱身不得，想利用人多势众，可以保护自己的性命罢了。

他经众人推举之后，兀自眉头不展，恐怕黄九龙等到来，不能抵挡，没精打采地从大殿回到自己房去，走过一个串廊，看见廊内两旁陈列着许多弓箭，不觉计上心来，立时召集大小头目，到他房内秘密计议一番，又叮嘱了许多守寨办法。这班大小头目就随着他的吩咐，率领手下喽啰，暗暗分头布置起来。

这且不提。

且说王元超自从定了分头袭击的计划，同黄九龙、痴虎儿分手以后，独自走上山巅，一望对面赤城山遥遥在望，中间山脉衔接，起伏如龙，松柏交柯，丹杨映碧，疏密相间，宛如图画。可是其中有无羊肠捷径，一时实在不易寻觅。姑且从山后信步下山，分莽披榛，越溪渡谷，向对山绕去。谁知在山顶上望得到对山，可以作为走道方向，下山以后，在溪涧陂陀之间，左绕右拐，接连绕了几个弯曲，就迷了方向，越走越糊涂，连来路都记不清了。心想在山顶望见赤城，似乎没有多远，何以走了许久，连对山的影子都望不见了？正在四面测定方向之际，忽觉脚底下急流潺潺，入耳清越，低头一看，原来又是一条曲曲山溪，溪流如驶，潆洄角荦之间，溪上万竿修竹，临流荡漾，更有一种潇洒出尘之概。

王元超走路心急，无意流连，急急沿溪走去，绕过竹林，顿觉豁然开朗，别有洞天。只见迎面千仞奇峰，耸然卓立，细看峰上，并无路径，只嵌着一座峭拔石壁，壁上苔藓密布，好像天上垂下一张软锦翠幔，茸茸一壁之中，凿着“翠壁”两个大字，还隐隐看得出来，一泓急湍，就从壁下奔腾而出，全峰俯流倒影，格外显得娇翠欲滴，岚光可挹。王元超这时也不禁披襟长啸，悠然自得。

他这样细细鉴赏，蓦地静中生悟，恍然自语道：“哟，俺明白了，这翠壁两字正是赤城巧对。天台志书亦曾载入此地胜境，可是俺走来走去，仍在赤城对面，大约俺初次下来的山头，还是这翠壁峰的支脉，此地才是主峰。痴虎儿住的虎窝，想必就在峰上。因为这面峭壁临流，无路可下，所以痴虎儿说，虎窝背后是条绝径。这样一看，俺依旧没有抄过山去，反而同赤城山背道而驰，怪不得连赤城山的影子都看不见了。

正想翻身从原路回转，忽听得峰侧驴声长鸣，一霎时，銮铃锵锵，蹄声嘚嘚，从山脚溪头上转出两匹俊驴，驮着两个青年女子，一色青帕包头，微露粉面，背着雨伞、包袱之类，一先一后，款款而来。

王元超大愕，心想此地绝鲜人迹，左近又有盗窟，何以这两个女子走得如此从容？不觉侧立路旁，暗暗打量。

那两女子一路行来，只顾咯咯谈笑，不提防抬头向前一看，蓦见前面立着一个剑眉星目、丰神豪俊的少年，六只眼光远远一碰，王元超倒还不觉怎样，那前面驴上的女子，情不自禁脱口低低娇呼一声：“咦？”

这一声咦字以后，绝无下字，只见她粉面微晕，回过头去，似乎向那后面驴上的女子互相目语。后面的女子只顾抿着嘴咯咯娇笑，又听得一声娇叱，莲钩微动，脂香送鼻，两匹俊驴已从身旁嘚嘚而过。赶忙向她们身后瞧去，不料驴上两女也一齐回过头来，这一来，眼波电射，流盼送情，把一个少年老成的王元超，瞧得也不禁心头怦然。等到两个女子走远，王元超猛然想起一事，自己把手一拍道：“对，定是她们！”说了这句，把前襟向腰里一掖，一伏身追向前去。

你道他想起了什么事？难道凭他这个人品，见色就好吗？原来骑驴的两个女子走过身边时候，他看见后面的女子眉心一颗红痣，异常鲜明，猛然记起龙湫僧所说两女子形状，同骑驴两女大致相同，尤其是这颗红痣，格外疑惑，好在这条路他原要走回去的，所以便追上两女，看个明白。

王元超施展陆地飞行，自然快逾驴马，一霎时已追离不远，但是王元超看看离两女不远，又不好意思再走上前去，被人看出轻薄行为，只好脚步放慢，表示出从容自若的态度来。

不料前面驴背上的女子似已觉到，并鞍交头私语了一阵，即见一女跳下驴来，一蹲身，伸出纤纤玉手，在道旁一块平面大石上不知画了些什么，一忽儿又跃上驴背，回眸一笑，丝缰一振，就风驰电掣般跑下去了。

王元超远远看她在驴背一上一下，真可算得宛若游龙，翩如鸾凤，可见身手异常矫捷，自己所料非虚，不过这番举动，奇怪得紧，急忙飞身赶过去一看，不禁暗暗称奇。原来这一刹那间，那驴背上的女子已在磨盘大石上，用尖尖玉指刻出很妩媚的十六个字，写着：

匪友匪敌，玄机难测。具区之滨，赠君秘籍。

王元超看这石上四句话，似解非解，一时猜不透其中奥妙，心想上面两句果然难以索解，下面两句，比较有点意思，具区两字，自然就是太湖，想必这两女子一定要到太湖去的，可见就是四师兄所说的两女子。底下说的秘籍，难道她们另还有册秘籍相送吗？彼此素未谋面，忽然送俺东西，这又是什么意思呢？看起来，这女子指上功夫着实了得，文字也有根底，巾帼中有此人物，真也不可多得哩。

他一个人在这块大石旁边，只管胡思乱想，呆呆出神。不料这石上几个字，有这样大的魔力，比张天师画的符还灵，竟把这位文武兼资、器识远到的王元超，两只眼直勾勾地注定了石上，舍不得离开，几乎把赤城山的一桩要事都忘掉了。说句笑话，他这样出神，究竟为的是石上写的几句话呢，还是为的驴背上两个人呢？恐怕谁也猜不透，只有他自己明白的了。

闲话少说，王元超同黄九龙，清早从宿店动身，走到此处山上碰到痴虎儿，听了痴虎儿的一篇陈年历史，紧遇着金毛犼逞凶寻衅，直到王元超独自寻路，想到赤城山夺回秘籍、龙旗，走错了路，碰着两女变出这套把戏，又被石上几个字锁住了心魂，呆呆地一耽搁，你想这一天光阴也差不多了。所以此时已经满山夕照，树影参差，王元超兀自低头朝着石上呆看。

忽然，石上金光一闪，青白色的一块石头变成金红颜色，不觉心里一跳，以为那两个女子神通广大，经她指头一画，连石头都成宝石，抬头一看，满不相干，原来山口一轮血日，红光乱射，满山树石都映得金碧辉煌。这一来，王元超陡然心惊，自己也觉被那两个女子无端延误了许多时候，这从哪里说起？一狠心，右脚一起，把那大石踢得飞越林里，落下来訇然一声，尘土飞扬，又骨碌碌掉落溪涧，浪花四溅，惊得归林野鸟，舟礫乱啼、扑扑飞密，这一来王元超心神顿快，一声长啸拔脚飞奔。

第二回

血染赤城霞，惊看匹练舞虹，万弩攒月
神驰金屋梦，偏喜玄机注牒，青鸟传笺

王元超被那块顽石上几个字，无端羁绊了许久，一看时候不早，急急向原路奔来，一忽儿又到了那座山脚。再仔细一探，并无别路可以绕向前山，只可重上山岭。走到同黄九龙、痴虎儿原立地点，四面一看，人影全无，心想："俺走迷了路，耽搁了不少时候，定是他们已把那班草寇解决，也许此刻已到赤城，倒赶在俺前头了。"

他这样一想，赶忙从那班喽卒奔来的一条道上，施展陆地飞行，急急向对面赤城山跑去。

其实，此时黄九龙同痴虎儿已把金毛犼刺死，正在虎窝前面，把那班喽卒堵住，办着缴械的手续呢。假使王元超向山腰略一寻找，定可看到金毛犼那具死尸，向虎窝多走几步，也可听到人声，会得着黄九龙、痴虎儿了。

王元超此时独自一阵紧赶，走的是上赤城正道，自然不会走错，一忽儿已到赤城山脚，抬头一看，原来赤城山远看似乎非常陡峭，近看一层层峭壁，都筑着很宽的石级，像螺旋盘折而上，并无峻险之处。王元超就像走平坦大道一般，一路上山，非但毫无障碍，竟连一个人影都没有，直走到弥勒庵山门口，也自静悄悄的，不见一个喽卒，而且庵门大开，直望到门内大雄宝殿，也是鸦雀无声，只山门内怒目剔眉、金碧辉煌的四大金刚，耀武扬威地分列在两旁。

王元超一看这个情形，心说："怪呀！照此情形，定已透露消息，

醉菩提这个贼秃想已率领喽卒望风而逃了。但是三师兄同痴虎儿怎么也没影儿呢？难道追赶贼秃去了？”略一迟疑，就昂头直进，越山门，走上直达大殿的甬道，四面一看，大殿同两旁僧寮窗户紧闭，阒然无声，只殿前竖着的红布长幡，随风舒卷，猎猎有声。

这支长幡挂在冲霄旗杆上面，足足有七八丈长，两尺多宽，想是几匹整布缝成的，可是红色已被风吹雨打成妃红娇嫩颜色，中间写着几个大黑字，因为幡身随风飘刮，只偶然露出几个赤城山寨主某某的字样。

王元超看得这支长幡，独自哑然失笑，心想，无知草寇竟也有这等臭排场。不料正在四面打探的当口，猛听得大殿内钟声铛然大振，钟声响处，一霎时殿内几声吆喝！大殿上同两旁僧寮的窗棂内，嗖嗖之声大作，三面窗内飞出无数羽箭，齐向王元超身上攒射过来。

说时迟，那时快！王元超起头被钟声蓦然一惊，已知中计，此时一看三面伏箭交射，未待近身，一声大喝，双足一跺，一个孤隼钻空早已飞上殿角。饶是身手如此矫捷，衣角上还挂着一支三棱羽箭，想是飞身上殿时，衣角飘空，被箭射着。王元超起下羽箭，也自惊心，低头一看，殿下处处门户洞开，像蚂蚁出洞一般，拥出无数强徒，个个抽矢弯弓，引满待发。

王元超勃然大怒，双眉微剔，戟指大喝道：“好个歹毒秃驴，竟敢暗箭伤人，看俺也还敬你们一箭！”说着，举起手上一箭，向人丛中遥遥掷去。

只听哎呀一声，一个高大贼目早已箭镞贯颅，应声而倒。强徒一阵鼓噪狂呼，又复箭如飞蝗，向殿上攒射。要说王元超这副本领，平常碰着几样暗算，凭着眼尖手快的巧妙功夫，原可应付裕如，但是此时中了醉菩提歹毒的埋伏计，万箭攒空，手无寸铁。还有使弹弓的，用钢镖的，各种各样的暗器也夹在长箭硬弓里面，满天飞舞，好不热闹，就是王元超长着千手千眼也是不易对付。

可是这位王元超得过高人传授，毕竟不凡，在此生死呼吸之间，依然方寸不乱，神色泰然，而且不畏难逃避，只眼珠一转，早已成竹在胸，这就应了平常练家子嘴上挂着的“眼尖手快还要胆稳”那句话了。

这胆稳两个字，是武术里边最要紧的基础，也就是最难练到的一招，非要到了泰山崩脸色不变，麋鹿迅左目不瞬的地步，才称得起胆稳两个字。

（在下写到此处，恰恰旁边有位死心眼儿的朋友，对在下说道："照你这么一说，在这危险万分、间不容发的时候，那位王元超卓立殿上，兀自从容不迫实行那胆稳两字，这不是像一个傻子一般，做了挡箭牌，生生被这班无名小卒射成一个大刺猬么？"哈哈！想不到被这位朋友愣头愣脑一问，倒问在筋节上了。要知道武术家俗语所说胆稳两字，就是儒家的气质、佛家的禅功，也就是俗语所说的沉住气。再总括一句，就是一个静字。大凡沉不住气的人，心中绝不得镇静的，遇上紧要关头，莫不手慌脚乱，不知如何是好，明明容易措置的一桩事，被他这样一来，反而弄得大糟特糟，如这种情形是常有见到的。如碰着器宇深沉、态度镇静的，无论遇到如何急难，依然面不改色，弄得有条不紊，迎刃而解。凡百事情，都是由静生慧，由慧生悟，无论坐禅养气，都从静字入手。武术家所以要练到胆稳，也因胆能稳，心也能静，心能静就可抵隙蹈瑕，克敌致果了。古人所说，神君泰然，百体从令，也是这个意思。在下这一番的话，还是从最浅近的方面说来，倘然把胆稳两字再进一步细细研究起来，其功用神妙，直可超凡入圣，不可思议的境界，几千万言，也讲不尽这胆稳两字的奥义哩。在下把胆稳两字，略略一说，料得看官们定已一百个不痛快，要骂在下写小说，写离了经，百忙里来了一小篇废话。不过，在下写小说注重的是理解，否则王元超立在殿角上，一看飞箭如蝗，早已施展侠客本领，一道白光破空而去，再不然吐纳飞剑，望空一绞，饶是无数羽箭，早已支支折断，掉在地上，也毋庸在下费许多心血絮言了。诸位不信，请看下文。）

原来王元超在这紧要关头，一看立的所在，离那挂着长幡的旗杆不远，一伏身，脚尖在瓦脊一点，斜刺里向旗杆纵去，姑先避开众人的箭。但是佛地幡竿并不像普通旗杆，竿上附着四方巨斗，无非笔直一支冲天长竿，并无隐身之处。

好在王元超志不在此，待飞近幡竿，一提气，趁势两手一扶竿木，像猕猴一般爬升竿顶。一到竿顶，双足一翻，形如趺坐，腾出双手，把挂幡绳索随手拉断，右手捏住幡头，却喜幡尾原是随风飘飏，并无绳索系住，立时劲气内运，贯于臂腕，先把幡首向臂上急绕数匝，然后单臂向空一挥，就见七八丈长的一条长幡，竟像张牙舞爪的怒龙一般，夭矫天空，盘旋竿顶。一忽儿愈舞愈急，狂飚骤起，呼呼有声，变成几百道长虹，来回驰掣，幻化无端，到后来，只见竿顶拥起万朵白云，一团乱絮，哪里还有王元超的影子。

下面这班强徒看得目迷神乱，连醉菩提也自暗暗吃惊，只仗着人多势众，一味督率着众喽卒拼命放箭。哪知众箭齐放，虽如密雨一般，无如到了竿头相近，碰着布幡舞成的光圈，一支支激荡开去，舞得一个风雨不透，休想伤他一根毫毛。

醉菩提暗暗着急，眼看箭要放尽，眉头一皱，又生恶计，立刻向几个头目耳边叽喳几句。几个头目点头会意，各自丢了弓箭，拔出腰刀，舞起一片刀花，趋向竿底，不问皂白，就向立竿桩木一阵乱砍。

这时，竿顶王元超一面把那布幡舞得点水不入，一面刻刻留神，看出射上来的箭已疏疏落落，不像起头势猛，正想预备溜下竿去，忽然瞥见醉菩提执着一支纯钢禅杖，四面指挥，一忽儿见他向几个凶汉耳语一回，就见这几个凶汉挥刀向竿下奔来，早已胸中雪亮，不禁暗暗好笑，猛地双足一松，顺竿直溜而下，还未及地，舞紧布卷，向地面呼呼来回一扫。这一扫宛如乌龙摆尾，怒象卷鼻，一阵激荡之势，竟把那砍木桩的几个头目卷入布幡，抛向远处。这几个头目做梦也想不到这匹软软的布幡，有这么大的力量，只跌得腰刀撒手，目青眼肿。刚自地上忍痛爬起，一看王元超已经双脚着地，连人带幡，舞成一个栲栳大圈，呼呼带风地向醉菩提滚去。

醉菩提一看不好，正想抖擞精神，提杖迎敌，不料山门霹雳似的一声大喝道："俺来也！贼秃休得猖狂！"

喝声未绝，白光一闪，一人飞跃而进。

醉菩提抬头一望，看清来人正是黄九龙，吓得心胆俱裂，顾不得这班喽卒死活，急忙把禅杖向胁下一夹，双足一跺，飞身跳上屋檐。

王元超一看醉菩提逃走，也顾不得与黄九龙打招呼，一声猛喝：“贼秃哪里走！”接着把手上舞着的长幡，向殿上一抛，宛如一条飞龙，破壁飞去。

醉菩提纵上殿檐，还未立稳，猛觉脑后有风，一回头，只见那支长幡横腰裹来，未及退身，赶忙用铁杖向空扫去，意思想把长幡打落尘埃，再脱身逃走。哪知长幡凭空飞来，余势犹劲，被他一击，正把手上禅杖密密裹住，这一挨延，王元超已飞身追上。醉菩提急中生智，把手上禅杖带着布幡，向王元超劈面掷去。

王元超看他急得连自己的禅杖都不要了，顺手一接，哈哈大笑道：“奸恶的秃驴，看你还有诡计没有。”

醉菩提哪有工夫斗口，趁王元超伸手接杖的当口，早已越过殿脊，拼命飞逃。王元超也嫌禅杖累赘，随手向地下一掷，立时向后追去。不料这枝禅杖掷下去的时候，恰恰檐下有个头目，正看得心惊胆战，呆若木鸡地立着，万不防祸从天上来，那支禅杖当头盖下，立时脑浆迸裂，死于非命。这时候殿前一班喽卒，遇着黄九龙一拥而进，长剑挥处，好像滚汤老鼠，立时人头滚滚，尸体狼藉。

有几个狡猾的拼命逃出山门，哪知山门口痴虎儿像凶神一般堵个正着，虽然手无寸铁，双臂齐挥，一次捞一个，向山门外远远抛去，一个个都坠入崖壁底下，不是碰着石上弄得脑浆迸裂，就是全身挂在杈丫枯干上面，弄得穿腹刺胸，比死在剑下的还要凄惨。一时这班强徒扫荡干净，偌大一座古刹，剩得黄九龙、痴虎儿两人。那半天残霞照着满地横尸，格外血光笼罩，遍地殷红，赤城两字真可谓名副其实了。

黄九龙一看喽卒杀得一个不剩，自己觉得过于凶残，未免有点后悔，抬头一看大殿房脊上，王元超同醉菩提无影无踪，料得王元超已追上前去，足够对付，无用帮忙，且向山门口招呼痴虎儿进来。

痴虎儿闻声赶至，一看甬道两旁兵器抛了一地，断腿折足，横七竖八的尽是死尸，不觉阔嘴一咧，哈哈大笑，也把自己在山门口把逃去的喽卒，一个个处死的情形，告诉一番。

黄九龙听得眉头一皱，笑道：“你将来也是一个混世魔王，论起这班强徒，不知害过多少平善良民，总算死有余辜。现在俺们且向殿内搜查一番。”说毕，先自提剑向大殿走去。

痴虎儿跟在后面，一眼看见阶旁一具尸体上面，横着一支粗逾儿臂、黑黝黝的禅杖，走过去，抬起来掂掂分量，颇为称手，就提在手上进大殿。一看佛龛前面横着经桌，中间设着一把交椅，其余什么东西也没有，记起从前住在庵内光景，大不相同，也不禁有点感慨。

黄九龙看他痴痴地东张西望，知道他在追想昔时光景，笑道：“你还记得后来一班僧徒把你赶走的情景吗?”

痴虎儿道：“这个俺倒不念旧恶，只觉得他们被这班强徒无故驱逐，反觉有点可怜了。”

黄九龙微微一笑，转身向殿后走去，到各处细细找寻。你道他找寻什么？他找的就是自己的那面小龙旗同那册内家秘籍。四处找了一阵，找到了醉菩提卧房，一眼瞥见床上枕旁边摆着一个长方包袱，心中大喜，一弯身提起包袱，又看见紫红色的旗角，露在枕头底下，拨开枕头，可不是自己的那面龙旗！心中这一份痛快，难以形容。

他先把龙旗揣在怀内，然后提起包袱，走到窗前一张桌子上，急急解开一看，顿时目瞪口呆，作声不得。心想，这是什么缘故？要说醉菩提预先把匣内秘籍拿去，藏在身边逃走，何必还要弄些玄虚，故意把许多素纸装在匣内呢？这样看起来，这册秘籍恐怕其中尚有别情。

正这样猜想，忽听门外王元超同痴虎儿说话声音，赶紧大声喊道：“五弟快来，俺在此地。”

王元超应声而入，见黄九龙瞪着目，看那桌上一个书匣，匣旁满摊着一张张素纸，趋前一看，匣上题着内家秘籍四字，匣内却是空无所有，急问黄九龙道：“三师兄得着那册秘籍了吗?”

黄九龙恨恨道：“俺们白来一趟了，俺正觉得奇怪呢！”接着把自己搜寻那面小龙旗，同这个书匣内塞着许多白纸的情形一说。

王元超把这书匣翻覆一看，又摸着下颌思索一回，忽然仰面微笑，不住点头，笑道：“贼秃话倒不假，果然白欢喜了一场，可是俺们倒并不算空跑一趟，也许还有合浦珠还的希望呢。”说罢，兀自笑容满面，喜溢眉宇。

黄九龙看他这个情形，猜不透是何意思，问王元超道："五弟说的话俺有点不解，究竟是怎样一回事呢?"

王元超笑道："那贼秃落荒逃走，俺追上殿顶，他又接连几跃，逃出庵外。哪知他跳落庵外围墙，并无下山道路。这座赤城山四面都是一层层的峭壁，好像方方正正的一颗官印，只有庵前有曲折盘旋的下山道路。醉菩提一看峭壁下临无地，没法下去，只有翻身绕向庵前。此时俺已追到，他一翻身恰好同俺觌面相逢。他一看俺堵住去路，无法脱身，俺以为困兽犹斗，他必定同俺拼命相搏。

"哪知这贼秃真有一副鬼张致，反而态度从容，一团和气，朝俺连连相商，笑嘻嘻说道：'王施主，咱们素日无怨，近日无仇，无非为得那册秘籍，所以施主们苦苦追逼。但是小僧也是被人所差，身不由己，这个姑且不说。倘然小僧真个得到秘籍，此刻带书逃走，施主们责问小僧，小僧也死而无怨。但是小僧也未得着真书，只带回来一匣素纸，白欢喜了一场，想必已有能人在小僧之前得着秘籍，远走高飞，故意把许多白纸装在匣内。这应怪小僧做事粗心，在铁佛寺取到秘籍，不及细看就冒冒失失拿回来了，因此连累施主们远道到此，弄得小僧有嘴难说。王施主不要以为小僧满嘴说谎，只图脱身，小僧说的确系千真万确。王施主如或不信，小僧此时解开衣服，任施主搜检，那册书有没有带在身上。'说着果然解开大小衣服，敞露胸膛，叫俺搜检。

"俺被他这么一来，倒不忍下毒手了，而且留神一看，果然身上没有带着东西，但是俺依然不肯放松，冷笑一声，对他说道：'谁信你的鬼话？今天你不交出那册秘籍同一面尖角龙旗，休想过去。你如不服，咱们就较量较量，倘然你本领胜过俺，那册秘籍同那面龙旗俺绝不过问。'

"醉菩提一听俺的决绝口吻，急得指天指地，赌誓，罚咒，俺看他这种撒赖行为，真是无耻之尤，倒有点不屑同他较量，一想他这副极形极状，也许所说是真，当时忽然想起一桩事，问他道：'你既然得不到那册秘籍，怎么你知道藏秘籍的地方呢?'

“他说，无意中在宿店遇着两个青年女子，恰巧住在间壁，从两个女子口中窃听来的。俺听他说到此处，同俺的心事暗合，倒有点相信了，又想他身上没有带着东西，就算当面说谎，那册秘籍同龙旗必定尚在庵内。俺就用言语谆诫一番，押着他从庵后绕到庵前，眼看他下山去远，方始回进庵来。此刻一见那只空书匣，直觉这贼秃话倒不假，至于这册书的去向，据小弟猜想，尚有水落石出之日，也许不久就会发现呢。”

黄九龙笑道：“五弟究竟是个读书人本色，处处行那忠恕之道，竟自轻轻把那贼秃放走了。如碰在俺手上，愈是这种无耻的人，愈休想活命。事已过去，现且不去提他。五弟说的那册秘籍不久就会发现，难道五弟已知道书的踪迹了么？”

王元超笑道：“现在俺也不敢确定，不过据俺猜想，醉菩提能够寻到秘籍所在，完全从宿店里两个女客口中得来的，这两个女客能够知道秘籍所在，当然不是寻常人物，而且算计时日、地点，同四师兄说的两个女子似乎大有关系。虽然醉菩提茫然无知，也没有对俺说出两女子其余的话，照俺猜想，恐怕这册书已入两女之手，也未可知。”

黄九龙接着说道：“被你一提，果然有点意思。”（此时王元超的一番话，无非借着醉菩提口中所说的话，从表面上解说一番，其实他因为肚子里另有一番印证，才流露出上面几句话来，不过这段隐情，他暂时不愿说出来，只拿醉菩提的话来掩饰罢了。这段隐情，读者看过上文，就可明白，毋庸在下代为表白。）

王元超又向黄九龙问道：“三师兄同痴虎儿在对山与金毛犼究竟怎么解决的呢？”

黄九龙方要答话，痴虎儿一脚跨入，一手拿着一支烛台，点着明晃晃的红蜡，一手托着一大盘热气腾腾的烧牛肉，胁下又夹着一桶白米饭。

黄九龙一看哈哈大笑：“居然被你找到这许多可口的东西，来来来，天时已黑下来，肚子正有点告消乏，五弟快来吃一个畅饱再说。”

痴虎儿身子一低，将烛台放在桌上，然后把菜盘、饭桶一样样布置妥帖，转身又走了出去。

黄九龙喊道："不要去了，你多年没有吃过整餐的饭，一块儿吃一点吧。"

痴虎儿回身过来，阔嘴一咧，大笑道："这班强徒真会享用，厨房里现趁着煮烂的牛羊肉，还真不少哩。单是白米饭，满满地煮着一大铁锅，不吃是白糟塌，俺们乐得受用。再说，没有碗箸也不受用，俺去去就来。"说罢，又转身三步并作两步地走了。

一忽儿，他又搬进许多菜饭来，又添上一支烛台，又分布好了酒杯碗箸之类，提起一把大号点锡的酒壶，向黄九龙、王元超斟了一巡，自己也满满地酌了一大碗，一言不发，先立在桌边，捧起满满的一碗酒，就口咽咽几声，立刻海干河净，也不照顾黄、王二人，先这样来了三大碗，然后把海碗盛了满满一碗饭，像风吹残云一般，夹着大块牛肉向嘴乱送，一些时，十几碗饭落肚，兀自低头狼吞虎咽，吃得满嘴生香，只把黄、王二人看得呆了。

黄九龙把拇指一跷，大声道："真是一个好汉子，不愧痴虎儿三字。"

痴虎儿满不理会，一阵吃毕，脖子一挺，把手向自己肚皮一拍道："过了这许多年，今天才对得起肚皮。咦，怎么你们两位还不动手呢？"

王元超看他这副神气，不禁哧的一声笑了起来，对他说道："你吃饱了饭，俺请你做一点事。俺从山门进来，看见大殿前面满是强盗的尸首，实在有点不雅，俺看见庵后峭壁下面似乎是个偏僻的深潭，请你把前面尸首都拉下深潭去，免得将来被人看见。"

黄九龙道："也只可如此办理，就请你费力吧。"

痴虎儿一点头，就匆匆自去。

这时，两人才彼此就座，浅斟低酌起来，黄九龙道："你在对山同咱们分手以后，不久金毛犼率领一班喽卒抢上山来，表面看去金毛犼似乎雄武赳赳，谁知稀松平常，赏他一剑，就此了结，可是待那班喽卒，实在想不出好主意，后来把他们堵在老虎窝面前，一个个丢了手上军器，叩头求饶，就叫痴虎儿把他们腰巾、绑腿布解下来，捆住手足，免得逃回去通风，再费手脚，让他们受罪一夜，明天再去发放他们。倒是俺们老师的谕言，有点费解，或许你看得懂也未可知。”说罢，从怀内掏出一张柬帖来，搁在王元超面前。

王元超一看，柬帖上写着：“弥勒笑，菩提泣，得无喜，失毋戚，凤来仪，虎生翼，缔同心，非仇敌，证前因，三生石”三十个字。

其中“凤来仪”“缔同心”“三生石”几句话，仿佛冲着自己说的，好像老师亲眼看到翠壁峰下的艳遇一般，不觉面上烘地起了红霞，赶忙把面前一碗酒放在嘴边，如鲸吸长川一般，接连喝了几口，然后借酒遮面，微笑道：“这几句话，大约又是老师先天易数参悟出来的了。这柬帖上面四句当然说的是那册秘籍，看起来那册秘籍真还有完璧归来的希望呢。所说虎生翼一句话，也当然指的是痴虎儿跟着三师兄回到太湖，就像如虎生翼一般。其余几句话，恐怕是未来的事，却无迹象可寻，如何能够猜想得出来，只可留为后验的了。”

他这几句浮光掠影的话，无非在黄九龙面前不好意思说出自己心中的一段隐事，把这几句话轻轻掩饰过去。

不料黄九龙忽然自作聪明，把手上的酒碗一停，指着柬帖道：“‘凤来仪’三字，据俺想，有点闹着女人的意思，或者老师指着到太湖去的两女子说的。两女之中，或者有芳名嵌着凤字的，但是下面又说到缔同心、三生石字样，难道其中还有一段风流姻缘么？”

此话一出，好像在王元超心里刺了一刀，弄得他不知所对，嗫嚅之间，黄九龙一看王元超面孔彻耳通红，认为他酒已过量，把酒壶向桌边一推，对王元超道：“五弟醉了，俺们吃饭吧。”

王元超乘机连连点头，自己一摸腮帮，觉得热烘烘，笑道：“强徒们不知哪里抢来的陈年佳酿，后劲真是不小。”

说话之间，彼此就胡乱吃了几碗饭，饭后两人又在庵内四处踏勘了一回，又走到金毛犼房间内，点起灯烛，搜出许多金银财物来。

王元超道：“此刻俺们为太湖饷源起见，说不上盗泉两字，可以归束起来，起身时可以携走。”

黄九龙道：“金银俺倒并不注意，此地长短军器倒不在少数，可惜没有法子携走。”

王元超道：“俺想，暂时把庵内军器归束起来，藏到对山的虎窝去，将来看机会再设法搬运，也是一样。”

黄九龙道：“这样办也好。”

两人就把房中金银财物分装两包，搁在桌上，就在房内闲坐谈心。

一忽儿，痴虎儿到了房内，对两人道：“前面众强徒尸首已统统投入深潭，满地弃的刀枪弓箭和无数暗器，俺也堆在殿角那里了。”

黄九龙道：“很好，你也累了，可以寻找一个地方，舒舒服服地睡他一夜。明天一早，你就随俺们到太湖去，俺们老师留下柬帖内的话，经俺们这位五师弟看明白，老师指明叫你跟俺们同到太湖，此后你同俺们是一家人，将来老师也要到太湖去的，那时，你仍旧见得着那位神仙哩。”

痴虎儿听得非常满意，满嘴答应，就退出身去，自己找睡觉地方去了。

王元超目送痴虎儿退去以后，笑道：“此君习而未学，同高潜蛟一样，不过自幼在虎窝长大，天生异禀，学起武艺来，事半功倍，似乎比高潜蛟要差胜一筹。”

黄九龙道：“凡事都有个缘分，俺初见他，心里就非常爱惜，没有师父一层关系，俺也要邀他同回太湖去的。”

王元超道：“俺初见高潜蛟的时候，何尝不是这样？其中也说不出所以然的道理来，大约本人原有一种可爱之处，偶被识者所赏，就像琥珀拾芥，磁石吸针一般。话虽如此，一半也是造物安排定当。比如俺们因为那册书跟踪到此，料得这册秘籍定在醉菩提手上，已可十拿九稳，哪知醉菩提先自来了一场空欢喜，俺们也随着来了一个白辛苦。照眼前讲，俺们虽然白辛苦一场，比那贼秃毕竟还有希望，不过以后的事，究竟没有把握。既然能够得而复失，也能够失而复得，是得是失，谁也看不到底，所以天下万事，差不多都在得失两字上翻筋斗，变花样，无穷无尽地一幕幕推演下去。其中所以然，谁也说不出一个透彻的道理来，只可以说一句造物的安排了。”

黄九龙笑道："俺的见解与你就大不相同，不管他天公安排得如何，命运造成得如何，俺只抱定人定胜天，凭着一股勇气向前走去。"

王元超道："三师兄这番见解，其中也有极大道理。千古英雄，做出掀天覆地、泣鬼惊魂的事业，就凭着这股勇气做成的，倘然一味委运认命，如何做得出大事业来？至于是成是败，又是另外的问题。不过古人有从权达变、因时制宜的话，有时也要彻底审慎一番，也不能只凭一股勇气做事的了。"

黄九龙又笑道："俺们不谈这些空话，目前就有一个难题，委实有点难以解决。你想，俺们现在把庵内贼寇赶尽杀绝，明天俺们甩手一走，偌大一座古刹就要委诸榛莽了，倘然惧后来仍被其他海寇占据，不如一把火烧它一个精光，但是这种因噎废食的举动，俺有点不大赞成，你看有好法子没有？"

王元超道："这又何难？俺们明天回到太湖，写封信通知四师兄，叫他就近处理便了。想他身边僧侣很多，定可派几个人来暂行管理，也是一件功德事，他一定欢喜承揽的。"

黄九龙突然双手一拍，哈哈大笑道："这样办最稳妥不过，怎么俺会想不起来？看起来运筹帷幄，还让老弟。这一次同愚兄到太湖，务请老弟代俺多多划策一下。"

王元超笑道："老实说，俺们同大师兄一比，哪里谈得到运筹帷幄？不要说大师兄满腹经纶，天下奇才，又得老师传授奇门战策，俺们固然望尘莫及，就是二师兄也是深藏莫测，文武全才，千万人中也难得挑选出一个来的。太湖内一切布置已经大师兄安排过，俺们只要遵照他的规模去做，绝不会错的。"

黄九龙道："说也奇怪，俺初到太湖，东查西查，忙得不亦乐乎，没有师父指点，真有点不大好办。不料大师兄一到，略一巡视，就头头是道，口讲指划，一时把俺的茅塞开通，料一桩事，看一个人，无论路远路近，事大事小，坐在屋内，好像亲眼目击一般，真可以说料事如神。同一个人，怎么俺们就没有这种能耐，也只可说造物注定的了。"

两个人正在信口开河，谈得起劲，忽然窗外一阵微风吹来，屋内烛光乱晃，倏明倏暗。黄九龙坐在床沿，离窗较远，恰正对窗户，王元超坐在窗口，却靠窗背坐。风起时，两人都说这阵风有点奇怪，可是烛影乱晃，弄得眼花缭乱，一时也觉不出异样来。一时又风定烛明，眼光聚拢，屋内依然如故。

黄九龙偶然一眼看见王元超膝上，兜着一张粉红色的薛涛笺，不觉诧异起来，指着笺道："咦？这是什么东西？"

王元超顺着他指头低头一看，果然自己双膝并拢处，兜着一张诗笺，赶忙执在手中一看，上面写着几行簪花小字，秀逸绝伦，一望便知是女子写的。王元超一看是女子写的字，尚未看清写些什么，心中顿时突突乱跳，强自镇定，从头仔细一看，原来写着：

> 翠壁峰下，无意邂逅，洵亦奇缘。愚姊妹知奸秃设伏待君，深为君危。及亲见匹练如虹，贼寇丧胆，方惊学有家数，毕竟不凡，钦佩之余，毋劳越俎，唯有袖手作壁上观耳。对山群囚，冥顽可悯，已代为儆诫释放，网开一面，君等当亦不以为忤。倚鞍留别，聊贡数行，屈指数日后，当拜谒于太湖之滨，以求教益也。石上留言，不期触君之怒，蹴而沉诸涧中，实百思不得其解，敢质一言以启蓬衷为幸。一笑。
>
> 云中双凤小启

王元超不看犹可，这一看，又惊又喜，又羞又恼。惊的是，这两个可喜姑娘飞行绝迹，来去自如；喜的是，武艺既绝，文字尤高；羞的是，翠壁峰下一段隐事，毫不客气地写在上面；恼的是，蹴石投涧的一番无聊举动，都被她们暗中看去。将来当面一问，人家原是一番好意，叫人如何回答？尤其是起初没有把这桩事告诉三师兄，此刻明明写在笺上，虽然三师兄文学不大高明，未必看得彻透，终觉于心有愧。这几层意思，在心上七上八落，忐忑不定，搅得他不知所措。

对面坐着的黄九龙，看他手上拿着那张诗笺，两只眼盯在笺上，许久没有声响，好像失神落魄一般，大为诧异，立起身，走过去一看，笺上几行字却有点似解非解，举手一拍王元超肩膀道：“五弟，你看这张笺来得多么古怪，云中双凤是谁呢？”

王元超被他肩上一拍，悚然一惊，把手上那张诗笺向黄九龙一扬道：“师兄，这张笺来得古怪。”

黄九龙哈哈大笑道：“五弟今天怎么这样颠倒？俺已看了一个大概，正问你哩。”

王元超全神贯注在笺上，黄九龙走近身问他，始终迷迷糊糊没有入耳，此时被黄九龙一反问，回过味来，益发忸怩不安。

黄九龙看那笺上几句话，虽不能完全了解，大意是能会意的，觉得王元超神气有异，略一思索，也自瞧料几分，暗自微笑，也不详细深究，只微微笑道：“五弟看了这张突然而来的信笺，想必想自己研究一番。据俺想，此刻一阵微风就送来了一张诗笺，俺们两人竟会不觉得有人进来，这位送笺人的轻身功夫，着实可以。俺看笺上写的几句话，字既秀丽，文亦不俗。按照信内口吻字迹，定是个女子，也许就是龙湫师弟说的那话儿了。”

王元超此时被黄九龙一拍，已摄定心神，赶快接口道：“三师兄说得不错，定是那话儿。师父柬帖不是写着凤来仪的话头吗？恐怕就应在这云中双凤身上了。可是笺上的语气，似乎俺们今天的举动，她们在暗地里看得非常清楚，临走又特意露了一手绝艺，而且还能酸溜溜地掉几句文。巾帼中有此好身手，确也难得，不过凭两个女子单身闯荡江湖，总觉不大相宜，师兄你看怎么样？”

黄九龙一面点头，一面肚里暗暗好笑，心想她们露这一手，特意露给你看的，不然怎么那张粉红笺偏会掉在你的身上呢？将来在太湖会面，定有一场好戏，恐怕还要俺居中来成全呢！肚里想了一阵，嘴上随口答应。

王元超见他不深究笺上露出的马脚，暗称侥幸，也就神色自然地笑道：“那两个还把对山捆着的强徒代为释放哩！此时那两个女子定已向太湖进发，俺们此地事已了结，也可早点安息，明天一早回去好了。”

黄九龙忍住笑，不住点头。于是两人就在庵内安睡一宵。

第二天，王元超有事在心，黎明即起，到醉菩提住过的房间一看，黄九龙兀自鼾睡如雷，不好意思促他下床，又反身去找痴虎儿。谁知各处一找，哪有痴虎儿的踪影？不禁奇怪起来，又回到黄九龙房内，故意放重脚步，咳嗽几声。

黄九龙闻声惊醒，睁眼一看，王元超已立在窗口，远看山中晓景，笑道："五弟起得怎这早？想是夜来没得好睡。"

王元超心虚不敢回答，只说痴虎儿不知到何处去了，走遍庵内竟找不着他。

黄九龙整衣下床，一面对王元超道："也许他舍不得虎窝，到对山再去流连一番，也未可知。"

正在彼此闲话，忽听得庵后几声马嘶，黄九龙愕然道："似乎强徒们还养着马呢，听去不止一二匹牲口，这倒好，俺们有了代步，免得两腿费事了。"

王元超笑道："要说快，俺们两条腿比四条腿还要快好几倍，不过此番带着痴虎儿，倒是骑马便当。俺们到厩中看看去，究竟有几只牲口，一夜没有人喂食它们，也许饿得消瘦了。"

说罢，匆匆走出房门。

找到庵后，果然几间破屋，拴着五匹高头大马，倒也神骏非凡，一旁还放着好几副鞍镫，马见人到，顿时昂首长嘶，好像索讨草料一般。

王元超先到别间屋内寻着了几捆马草料，拿过来放在槽内，又提了几桶水一齐倾在槽中，忙碌一阵，五匹马已被他收拾得服服帖帖，配好鞍镫，一齐牵到大殿前面，系在山门栅栏上候用。安定妥当，抬头一看，远处山坳内一轮红日，尚只露出半面，峰峦中云气勃勃，山鸟啁啁，一派朝气，涤人胸魄，不觉信步走出山门。

四面一看，霜凝风峭，烟岚四合，再望翠壁峰头，只露峰尖，高矗苍穹，峰腰以外，晓雾重烟，茫茫莫辨。忽见离身不远的上山磴道上，隐隐走上一个人来，因山雾浓厚，看不清是谁，渐走渐近，才知就是痴虎儿，手上还夹着一张花纹斑斓的兽皮。

痴虎儿一看王元超临崖独立，就走拢身来。

王元超一看他面上泪痕纵横，眼圈红肿，奇怪地问道："好好的，哭什么？"

痴虎儿禁不得这一问，竟像小孩一般，大嘴一撇，又自抽抽咽咽，哭了起来，且哭且说道："俺今天同你们去，俺老娘又凄凄清清地把她撇下了，不知何年何月，再能到对山去看望俺老娘的坟墓哩。"

王元超一听这话，立时肃然起敬，朝痴虎儿兜头一揖。

这一揖倒把痴虎儿吓傻了，连连后退，结结巴巴地说道："这是干什么？算什么意思？"

王元超道："万不料你这不识字、不读书的人，倒具有这样纯孝的天性，真真愧煞天下多少读书人，俺焉得不敬而揖之。怪不得俺老师赏识你，难得，难得！"

这几句话，痴虎儿听得愕然不解，把手向脸上一抹，抹净眼泪，睁开环眼，愣头愣脑地问道："你说的话俺真有点不懂，听你的口气，好像识字读书的人才应该孝敬父母，不识字没读书的人，难道不应该吗？"

王元超不提防他这样一误解，倒钻到牛角尖里去了，哈哈大笑道："谁说不应该？不过读书识字的人，越发应该孝敬父母罢了。"

痴虎儿这才恍然里钻出大悟来。王元超也不再和他多话，拉着他的手，回进山门，一看有两匹马上分驮着几个大包袱，知道他三师兄把昨晚拾掇的贵重东西摆在马上，预备带回太湖的。

痴虎儿昨天到过庵后，认识这几匹马是强徒留下的，顺手把夹着的兽皮也撩在马上，边走边对王元超道："俺们骑牲口走吗？"

王元超点头示意，说话之间，已越过大殿，走进黄九龙的房内，一看人已出去，两人四面一寻，原来正在厨房内烧水煮饭呢。

他一见两人进来，笑道："你们快来帮忙，吃饱好走路，俺这个真有点弄不上来。"

痴虎儿道："俺来，俺小时在这儿干过这个。"说罢，就钻入灶下，烧起火来。

黄九龙问道："你一个人到对山干了些什么事？"

痴虎儿正要答言，王元超已接口说出在山门口见着他的情形来。

黄九龙一听，立刻面孔一正，趋向痴虎儿，很亲热地握着他的手道：“兄弟，俺佩服你！俺们敬重的就是你这种人。俺们学能耐，做好汉，打不平，也为的是天下不忠不孝的人太多，想干出点有血性的事业，使普天下有血性、能忠孝的人出口气。兄弟，你是个好汉子，从此跟着愚兄走，绝不叫你吃半点亏。”

痴虎儿被黄九龙亲亲热热地一说，格外感入骨髓，只睁着大眼，含着两泡眼泪，呆看着他们。这种愣头愣脑的样子，虽然一语不发，倒是至性流露的表示，黄九龙、王元超大为感动。此时三人面上各有不同的表情，都默默相对无言，只六只眼珠，你看俺，俺看你地看了一回。其实这种不落言筌的境界，倒是难能可贵，在这一刹那间，也就是天地太和之气最充满的时间，普天能把那一刹那延长永久，就可以走入天下为公的地步了。

第三回

人迹板桥霜，莲瓣双双似曾相识
香迷金谷酒，芳心扣扣未免有情

且说三人等到黄粱炊熟，饱餐一顿以后，又到庵内各处看了一遍，把门户重重掩闭，又把厨房内火种消灭，免得遗留祸患，诸事停当，一齐走到山门，顺手牵出牲口，黄九龙重又翻身进去，把山门从内关好，然后跳出墙来。一人牵了一匹马，两匹驮包袱的马也带在后面，慢慢地走下山来。顺着山道又渡过好几重山岭，才走入平坦官道。

三人一齐踏镫上鞍，正想加鞭驰骤，黄九龙在马上忽然记起一事，喊声："不好！还得回去。"

王元超笑道："回去干什么？"

黄九龙道："虎窝洞口困着的喽卒，虽然云中双凤笺上说已代为释放，俺总不大放心，似乎要亲眼探看一下才对。"

痴虎儿大笑道："俺哭老娘哭昏，把这事忘记，没有告诉你。你可以不必回去了，早晨俺到虎窝去，只看见一地兵器，喽卒一个也不见，心想非常奇怪。俺把地上的刀枪收在洞内就回到庵来，竟忘记提起这事了。"

黄九龙笑道："这样一说，笺上说得不假。"

痴虎儿道："究竟怎么一回事？"王元超笑道："到家再说。"言毕先自扬鞭跑去。

黄九龙知道痴虎儿骑马还是初次，让他居中，自己带着后面两匹马随后，一路风尘滚滚，三人五马向前驰去。

这样晓行夜宿，几天工夫已到临近太湖的长兴县，因天色已晚，就在城外宿店耽搁。次日清早，三人出店，直向太湖进发。一路行来，三人在马上谈谈笑笑，倒不觉寂寞，尤其痴虎儿初入尘世，坐在马上，东张西望，两只眼珠真有点忙不过来。

这天知道已近太湖，格外神采飞扬，出了店门，仍由黄九龙领头走去。将到太湖湖边，在马上一望，无边绿水，天地相接，东西两面，隐隐峰峦层叠，排列如屏。

王元超大声喝起彩来，道："好个所在！"

黄九龙笑道："且慢喝彩，还远着哩。"说罢向沿湖的林内绝尘而驰，两人也加鞭赶去，道旁的树林茅屋，像风摧云移一般，望后倒去，一程飞驰，已看清湖头山脚。

这时红日初出，村鸡喔喔四啼，积霜在树，野雾蒙江，三人据鞍缓行。江边一带芦苇最多，沿湖满是渔户，业已整理渔网，纷棹扁舟，向湖心摇去。

王元超看得大乐，笑道："即此已是桃源，俺乐不思蜀矣。"

黄九龙笑道："俺是老粗，不会掉文，但是听人说过，桃源是仙境，天台亦是仙境，不过天台有天仙美女，仙境中美女也缺少不得。俺想天下的人，愿意入天台的多，入桃源的少，五弟你看俺这话对么？"

王元超一听此语，陡然触起心事，不觉脱口而出道："桃源中岂无佳人？何必一定天台呢？"

说话间，恰走上一条板桥，黄九龙低头一看，忽然把缰一收，勒住马不进，说道："咦？奇怪，五弟你看，你说桃源中也有佳人，果然不错。"说罢，右手上马鞭连连向桥上直指。

王元超把马一带，越过痴虎儿，赶近一看，原来板桥上铺着薄薄的一层清霜，霜上印着几对三寸弓鞋，尖瘦如削，看罢笑道："女子鞋印也是寻常，此地沿湖定多渔家妇女，怎能够便说是位佳人呢？"

黄九龙大笑道："说起此地女子，倒也不少，不论老幼妍媸，都能够撒网打鱼，划船抡桨。可是裙下双钩，都是莲船盈尺、痴肥如鸭，要找这样的弓鞋，实在有点不易，说起来这桥上弓鞋，可算得稀奇之宝，真还有点奇怪哩。”

王元超经他一提，触动灵机，想起翠壁峰下遇着的两女子，大约已经先到，这桥上鞋印，细看去明明两对莲瓣，也许那两女就在此处渔户家中寄宿。这样一研究，低俯着头，据着鞍，详细赏鉴，口中低吟道：“鸡声茅店月，凤迹板桥霜。”把这两句古诗，只改了一个凤字，居然切时切景，比原句还要对得工整，不觉得意非凡，只管把这两句诗颠倒地吟哦起来，惹得黄九龙、痴虎儿两人在马上一先一后，看得他暗笑不止。

黄九龙忍住笑，暗暗把马缰向王元超马后一撩，那匹马骤然一惊，以为乘主发鞭催走，把头一昂，跑过板桥，向前驰去！王元超猛不防坐下的马不守羁勒起来，几乎跌下马来，恨得挥鞭乱击。可怜那匹马何曾懂得主人的意思，还以为主人嫌它跑得不快，飞也似的尽力奔向前程，只把后面黄九龙、痴虎儿在马上笑得打跌，也自催马赶来。

那王元超一阵驰骤，又走了好几里路，向前一看，路已走尽，并不直通山道，中间还隔着一片汪洋，约有十几丈宽的湖面。两岸临湖地方，都盖有一座绝大茅亭，对岸茅亭底下，纵横系着好几只极大的渡船，却不见一个人影。王元超一看有船没有人，如何渡得过去？姑且走到茅亭，翻身下鞍，回头一看，三师兄同痴虎儿已接纵飞驰而来，只听得三师兄边跑边在口上打哨子，接着水音，其声锐峭。

一忽儿，只见对岸山脚树林内，远远跑出十几个人来，一色短襟窄袖，手上都拿着一支桨，飞跑到湖岸，在茅亭前面一字排开。恰好黄九龙等也跑到王元超立的地方，痴虎儿早已跳下马来，黄九龙却不下马，只见他伸手朝着对岸排立着的人一指，又朝上朝下接连几指，就见对岸十几个人把手上的木桨，齐齐向天上一举，然后纷纷跳下渡船，运桨如飞，向这岸划来。一共来了三只渡船，一会儿一齐靠岸，先向岸上桩木系住船只，一齐跳上岸，向黄九龙单膝点地，恭听指挥。

黄九龙一挥手跳下马来，指点五匹马叫这班人牵上渡船，然后领着王元超、痴虎儿拣了一只干净的渡船，一齐渡了过去。到了对岸，拢船上岸，黄九龙当先领路，王元超、痴虎儿居中，十几个管渡船的湖勇，牵着五匹马跟在后头。

王元超紧跟着黄九龙，穿过一座松林，只见靠山脚盖着几间茅屋，想必是那几个湖勇驻扎之所。

黄九龙回身对后面几个湖勇吩咐道：“你们仍在此地看守渡船，不准擅离汛地，几匹牲口俺们自会带进山去。”那几个湖勇诺诺而退。

王元超、痴虎儿就接手把马缰带住，黄九龙自己也牵了原骑的那匹马，对王元超道：“五弟，由此到俺们堡内，还有二十几里路程，山道虽然曲折，尚未容骑，俺们上马代步吧。”说罢，先自跃上马背，向山脚转去。

王元超、痴虎儿也扬鞭逶迤行来，只见四周千岩竞秀，列嶂云封，翠柏迎风，丹枫耀日，亦瑰丽，亦冶荡，同赤城翠壁一比，又自不同，似乎此处灵秀所钟，别有奇趣。这样越过好几重岫岭，忽然天地开朗，一望坦平，阡陌交通，田畴棋布，农歌四起，有不少农夫正在弯腰割收晚稻，一见三人五马跑下岭来，个个抬身凝望。

黄九龙走上中间一条平坦的田塍，就缓辔而行。那田间工作的农夫认清马上为首的这个人就是堡主，立时不约而同地跑到黄九龙马前，躬身唱喏，欢呼道：“堡主今天才回来，后面还有贵客同来哩。”

黄九龙在马上连连含笑点头，一见人丛中有几个年老长须的，立时翻身下马，趋前执手问好。那几个年老的笑道：“今年靠堡主洪福，晚稻比往年丰收了好几倍，而且不少双穗的。”边说边把手中稻穗举着，请黄九龙过目。

黄九龙接过一看，果然一茎双穗，而且粒粒饱满，也自欢喜非凡，回头对王元超道：“五弟，你看这双穗嘉禾，倒也算一个小小祥瑞呢。”此时王元超也跳下马来，黄九龙指着王元超对那年老的农夫说道：“这是俺的五弟，文武全才，俺特意请来帮俺办事的。”

几个农夫听说是堡主的师弟，也一齐致敬，黄九龙笑说：“诸位不要耽误农事，俺们暂且别过，改日再与诸父老痛饮。”

几个年老的也说道：“堡主一路辛苦，俺们不要只管啰唆。”说罢，唱喏而退，率领着许多农夫又回田间分头工作。

黄九龙哈哈大笑，向王元超道：“铁臂神鳌占据此地的时候，恐怕没有这种太平景象。”

王元超道：“这番景象，何异桃源？三师兄到此不久，就能上下融洽如此，实在钦佩之至。”

黄九龙大笑道：“你且不要夸赞，你也要帮俺费点精神才对哩。”

两人一笑，又复踏镫上鞍，忽听后面痴虎儿笑道：“此地俺好像从前到过一般，又似乎在梦里见过的，这是什么缘故呢？”

王元超笑道：“这就叫缘法。”

痴虎儿不懂，正想再问，前面两人已经嘚嘚行去。

这一条田塍足足有两里路长，两旁田亩，何止千顷。三人走完了这条路，前面桑麻成林，间着丹枫翠柏，别饶野趣。穿过桑林，溪涧如带，围绕着一簇簇村庄。庄内炊烟缕缕，酒旗飘扬，牧童叱犊声，村妇纺车声，鸡鸣犬吠，声声入耳，又是一番景象。村庄尽处，又是笔直一条长街，两旁店铺林立，百物俱备，居然也成小小的一座市镇。无论老少男妇，一见黄九龙飞马驰过，无不齐声唱喏，恭恭敬敬叫一声堡主。

一些时，村市走尽，马前奇峰陡起，却见双峰并峙，形如门户，中间砌着一座豹皮石垒成的高楼，不下五六丈高，楼上竖着一面杏黄色大旗，中间写着“太湖义勇”四个大字，随风舒卷，猎猎有声，倒也气概雄壮。碉楼上鹄立着四五个挎刀执矛的湖勇，一见堡主到来，纷纷下碉堡，把两扇木栅门推开。

黄九龙马上略一颔首，领着王元超、痴虎儿飞驰而过。一进这座碉楼，两面都是两人抱不动的巨松古木，中间辟出一条坦道，走了不远，山形又合，又是一座碉垒，与头一重一式一样。这样过了三重碉垒，地形一重比一重高。进了第三道碉垒，地势顿阔，形似围场，围场四周，瓦屋鳞次栉比，不下数千余间，却静悄悄绝无人声。

过了这片围场，迎面大厦巍然高筑，却是依山建筑。后面房屋一层比一层高，远望过去，好像层楼垒阁，气象万千。大厦面前挡着一堵大照壁，三人骑马转过照壁，显出一条鹅卵石砌成的甬道，甬道尽处，有几棵大龙爪槐，分左右排列着，树后一带虎石砌成的短墙，中间两扇黑漆大门，上面也有门楼，楼角竖着一支冲天旗杆，杆上挂着黄底黑字的旗帜。

三人未到门前，门内当当几声钟响，拥出许多雄赳赳、气昂昂的湖勇，一例青布包头，短襟窄袖，怀抱明晃晃的短柄大砍刀，步趋如风，向龙爪槐底下雁翅般排开，几个头目也是一色劲装，立在队前，又趋出几个衣冠整齐文士装束的人来，一齐远远躬身迎接。三人将到门前，湖勇像轰雷似的齐唱了一个肥喏。

黄九龙点首下马，王元超、痴虎儿也翻身下来，早有几个湖勇把五匹马拴在一边，许多人拥着三人走进大门。

王元超一看门内又是一个广坪，沿坪种了许多槐枣桃柳之类，树下随意摆着不少仙人担、石锁、箭垛种种练艺的家伙。坪南盖着品字式几间大敞厅，拾级而登，走进中间厅内，当中列着很高的八扇屏风，屏上贴着一条条的规则。屏前一张丈余的横案，案内并列着几把兽皮交椅，两旁一层层都是军器架，各式各样的军器插在架上。黄九龙领头又转过屏风，原来屏后有门可通，又是一排抱厦，一间间都贴着文案室、收支室、兵器库等字样，王元超暗暗点头。

黄九龙对那班文士说道："诸位请便，一切事务，俺们慢慢细说。这位五师弟、虎弟初到此地，一路辛苦，皆在俺屋内休息一下，诸位有事明天再谈吧。"

这几个人一听堡主如此吩咐，俱唯唯退出，只黄九龙自己几个贴身护勇，紧随身后。

黄九龙笑道："五弟，此地是见客之所，一齐到俺房内去吧。"

王元超笑道："此处真像一座官衙，不过俺进来看到的湖勇只三四十人，难道都调遣出去了么？"

黄九龙笑道："俺知道你看得有点诧异，老实说，照现在入伍的计算，足有两千余人，倘然把沿湖渔户、农夫计算起来，怕不有二三万人。因为大师兄定的计划是分批入伍，轮班教练。凡在太湖内注册的，年岁在十五以上、五十以下，渔户、农民都列入湖勇花名册。到了应该种田捉鱼的时候，仍然退伍去做渔农，过了些时，又轮班回到堡内充湖勇。现在正值收获时节，所以觉得湖勇寥寥可数。

“但是太湖内分东山西山，此地是东山，算是总堡，西山上面也扎了不少湖勇。其余各险要山口，都设有关栅，一处处都分派不少湖勇驻扎，四处驻扎的湖勇反比总堡内要多几倍。几个得力的头目也都分派各处，此地无须多人，所以你看得有点诧异了。明天俺要召集各处驻扎的几个头目，欢宴一次，替你们二位接风，顺便介绍一番，以后彼此都有个联络。现在时已近午，到俺房内去休息一下。”说罢，先自走出客厅，从抱厦游廊抄向后面。

王元超、痴虎儿跟着从抱厦侧面走下台阶，就见阶下几株参天古柏，森森如黛，颇具古趣。穿出柏林，依山为屋，筑石为基，盖着很精致的几间书室，明窗四启，清雅绝伦。窗下围着几折朱红栏杆，种着几竿疏竹，摇曳有致，更显得古色古香。可惜窗外几枝芭蕉，业已秋深枯萎，想当夏时节，卧听蕉雨，定增兴趣。

王元超头一个看得高兴非凡，大笑道：“前面几层大厦，是英雄叱咤之所，此间又是书生吟哦之地，此堡可称为英雄名士之堡。”

谈笑之间，黄九龙已举帘肃客。王元超、痴虎儿相继入室，一数并排五间，后面还有石阶可登，又是三间不大不小的余屋，背山成屋，地势较高，宛如层楼一般。最后三间屋内，推窗一望，湖光山色，一览无遗。最有趣的是，前面一层层的三座碉楼，形如小孩玩具，却见位置井然，深合扼要守险之法。屋后紧贴山腰，有门可启，为登山四眺之备。山上设着湖勇营房，看守堡后，以备不虞。

王元超等各室游毕，然后走进窗外种竹的一间，就是黄九龙的卧室，略一打量，室内朴素无华，深得虚室生白之旨。此时门外几个护勇，献汤进茗，川流不息。痴虎儿只乐得一张大嘴，好久合不拢来，王元超却默默如有所思。

黄九龙笑道：“时已近午，俺们肚皮已告消乏，这位虎弟食量兼人，不要委屈了他。”

语还未毕，门外护勇早已大声传呼进餐。一忽儿罗列盈案，三人放怀畅饮，彼此又高谈阔论，讲说堡内一切事务。黄九龙又命手下将自己左右几间房屋打扫干净，让王元超、痴虎儿作为卧室，分拨几个护勇服侍，一面从身边掏出那面小龙旗，差一个得力头目，骑匹快马，分向本湖各港口、各山头水陆各处驻守头目传令，明天会集总堡听令。

当夜一宿无话，第二天早晨王元超刚刚下床，就听得前面鼓声咚咚，一连擂了三通，鼓声方绝，钟声又起，不徐不疾地连响十几下。有护勇进来伺候，问他前面何故擂鼓鸣钟？护勇说前面擂的是聚将鼓，各处执事头目都已到齐，等到钟声一响，各路头目一个个按着次序在前面大厅就位。此时堡主也到了厅上，同各路头目正商议着大小事务哩。听说后面厨房已宰了两头牛，几口猪，想必到了午刻，还要大排筵席哩。正说着，痴虎儿同两个护勇跨进门来，两护勇进门向王元超垂手禀道："堡主同各位执事头目，都在大厅上会齐，堡主吩咐请五爷同这位虎爷一同到厅上谈话。"

王元超颔首道："知道了。"两勇唯唯退出。

痴虎儿笑道："俺昨天到此，只觉得此地情状有点与众不同，今早听到鼓声、钟声，不知前面为何这样热闹，正想来问你，那两个穿号衣的就叫俺了，俺一时没了主意，所以跟着来探问，他们称黄先生叫作堡主，大约堡主是个大官，想必厅上还有许多大官在那儿。俺是个野人，怎能出去？你去俺不去了。"

王元超听得几乎哧地笑出声来，一想他是个天真烂漫的人，又是憨直的性子，一时倒不便回答，略一沉思，笑道："你不要慌，只管跟俺出去，凡事听俺吩咐就是。"说毕，匆匆盥漱一番，就拉着痴虎儿到前厅去，从屏风后面，徐步而出。一见大厅中间黑压压地坐满了人，每人面前都设了一张大方儿，个个都穿着玄色长袍，雄赳赳，气昂昂，挺胸突肚地坐着，倒也整齐严肃。再一看黄九龙也一样玄缎长袍，坐在上面正中一席上，后面立着四个怀抱大砍刀的护勇，靠近左右两面，各处设着一椅一几。

王元超同痴虎儿一露脸，厅上千百道眼光一齐射到两人身上，王元超满不理会，从容不迫地先向黄九龙身前走去，只把后面这位痴虎儿弄得忸怩万状，低着头紧跟着王元超屁股后面，像吃奶的孩子一般。

此时黄九龙一见他们两人出来，立时春风满面，从座上挺身而起，先向下面一班头目一拱手，指着王元超大声说道：“诸位弟兄，这位就是俺常说的五师弟王元超，本领出众，文武全才，俺特意请来同诸位弟兄会一会，将来还要请俺们五师弟指教一切呢。五弟，来，来，来，请这面就坐，彼此可以畅谈。”

王元超紧趋几步，走到黄九龙右面一席上，未就坐，先向各头目拱手齐眉，朗声说道：“诸位好汉英名，也时常听俺们师兄说起，久仰得很，今天能够同众位一堂聚首，荣幸之至。”

那班头目早已一齐恭身起立，唱喏如雷。可是有几个头目看得王元超斯文一派，不相信武艺出众，似乎面上现出一点怀疑之色。王元超早已了然，越发做出弱不禁风的样子来。

黄九龙等王元超坐下以后，离开座位，一手把痴虎儿拉住，向大众说道：“这位是初出道的好汉，绰号痴虎儿，是俺同五师弟在路上相交，一见如故，被俺邀来，将来也是俺们的好臂膀，诸位要多亲近。”

一班头目看得痴虎儿阔口大目，相貌异常，倒有点起敬，一齐抬身拱手，只把痴虎儿臊得一张面孔，黑里泛紫，张着大口一句话也说不出来，只把两手高举，一半遮住面孔，一半算是回礼，逗得一班头目大乐。

黄九龙大笑，拍着痴虎儿肩膀向众头目道：“俺们这位兄弟年轻面嫩，可是两膀力量着实老辣，以后诸位多多担待才是。兄弟，你在这边安坐。”边说边把痴虎儿揿在左边一席上坐下来。

黄九龙把两人向大众介绍完毕，回到自己座位，并未坐下，向各位头目大声道：“俺昨天回来，从文案处得到诸位这几天办事情形，很好。不过俺临走时候派出几个弟兄去探听芜湖的消息，为何还未到来？倒有点放心不下。”

话音未绝，下面头目当中一个彪形大汉立起身来，像黑铁塔一般，粗声粗气地说道：“堡主派出去几个弟兄，原在俺部下差遣，昨晚恰好有密报来到，说是事已得手，只因水陆各口有官兵卡子，未免有点碍手碍脚，耽误一点日子，大约这几天内就可回湖。俺昨晚接着密报，因未知堡主已经回来，所以没有立刻报告，今天接到号旗，顺便把那封密报带来。”说罢，迈开大步，走到黄九龙面前，从身边掏出一封信来，双手献上。

黄九龙接过略略一看，随手向怀中一塞，向那大汉一挥手，叫他回座。此时偌大敞厅，连一点咳嗽声音都没有。

黄九龙等大汉回座以后，又向大众说道：“俺此番出去一趟，带了一点军饷回来，还有许多现成军器，将来也可设法运来，这回总算没有空跑一趟。还有俺们师弟同这位痴虎儿兄弟，都被俺邀到湖内，足为本堡添一番异彩，所以俺今天同诸位弟兄庆祝一番，一半为俺师弟同痴虎儿接风，一半同诸位老弟兄痛饮一场。”说罢，回头向后面几个护勇一挥手，就有几个护勇转身走入屏后。

一会儿，屏后走出许多湖勇，分向各人席上布置杯箸刀匕之属，接连一盘盘托出热气腾腾的烧牛烤猪，分布各席。更有几个湖勇，执壶斟酒，川流供给。黄九龙道一声请，霎时满厅刀匕交响风卷残云，头一个痴虎儿当仁不让，得其所哉。

正在吃得兴高采烈之际，忽然一个湖勇从厅外急忙忙走进厅内，直到黄九龙席前，屈膝禀道：“堡外忽然来了两个青年女子，也不知如何混过三座碉楼的，直到堡门，口口声声要会一会堡主同这位王五爷。问她们姓名不肯说，愣往门内直闯，俺们因为她们是女流之辈，不便计较，只好由几位弟兄婉言拦阻，一面特来请示。”

黄九龙笑向王元超道：“五弟，那话儿来了。来得倒也凑巧，也叫她们看看俺们堡内众位好汉的气概。”

王元超道：“她们既然如约到来，难免要卖露几手，俺们不妨姑且以礼接待，随时见机行事。不过此时众位好汉不明就里，恐怕生出别样枝节，请师兄约略说明一下为是。”

黄九龙点首道：“此话有理。”立向众头目笑道：“此刻有两位嘉客到来，来者不善，善者不来，不过诸位只管放心畅饮，无论发生如何怪事，都有俺同师弟招架。诸位不要轻看这两个女子，着实有点惊人本领，你想，俺们堡外三座碉楼何等严密，居然被她们轻轻越过，当然不是常人能够办到的。话虽如是，俺们太湖的英名也不能被她们轻视，横竖这桩事据俺猜想，无非是一出趣剧。诸位沉住气，从旁看热闹好了。”说罢，向王元超一笑，即向席下湖勇一挥手，喝道：“有请!”

湖勇转身趋出，黄九龙立时离座，向身后护勇附耳数语，然后向王元超招手道：“礼不可废，俺们降阶而迎。”于是两人步出厅外，迎接嘉客去了。

这时厅上众头目听得诧异非凡，立时议论纷纷，又见几个护勇把堡主一席，移至左首，中间又并排添两席，这样上面雁翅般排了五席，益发猜疑这两位女客不知何等人物，值得堡主如此尊敬。

且不提厅上众头目纷纷猜疑，却说黄九龙同王元超步出厅外，已见几个湖勇领着两位袅袅婷婷的女客，从广坪中间甬道上迎面而来。王元超目光灼灼，远远就看见来的两个女客，果然就是翠壁峰下碰着的两位，不过此时装束入时，莲步细碎，格外端庄秀丽，容光照人，比那骑驴时光景，大不相同。

黄九龙低语道：“平常人谁相信这两位琐琐裙钗，怀抱绝艺呢。”

两人相视一笑，紧趋几步，迎上前去。

那领路的几个湖勇，一见堡主迎上前来，慌忙向旁边闪身站开，对那两女子道：“迎出来的就是俺们堡主同王五爷。”

那两女同时星眸微抬，先向黄九龙电也似的一扫，立时眼波一转，直注黄九龙身后，霎时瓠犀微露，娇靥含春，摆动湘裙，宛如流水，几个春风俏步，主客都已觌面。

黄九龙先自一恭到地，呵呵大笑道：“两位女英雄果然如约驾临，敝堡顿增光彩。”

那两女也敛衽当胸，连连万福。

稍微年长、眉有红痣的女子首先说道：“愚姐妹久仰两位大名，非止一日，因为僻处荒山，又是身为女流，未敢冒昧晋谒。幸蒙龙湫大师代为先容，今日又蒙两位纡尊远迎，实在感谢之至。”可是口上对答如流，两道秋波别有所属。

王元超这样倜傥的人物也被她们瞅得有点不好意思，一时嘴上竟不能应对周详。

黄九龙旁观者清，肚内暗笑，随口说道："两位女英雄远来不易，此地不是谈话之所，快请里面坐谈。"说毕，首先领头让向厅上。

王元超趁势也向两女子揖让登阶，两女抿嘴一笑，就此蹇裙历阶，步进厅内，一见宏敞的厅上，已经坐满了许多威武豪客，这班豪客一见堡主引着娇滴滴的两个女客进来，一齐欠身相让，两女毫不羞涩，边走边向两边含笑点头。

黄九龙一直让至上面正中两席，请两女落座，自己退至左首痴虎儿肩下相陪，笑向两女道："在下同五师弟昨天才回湖，今天恰巧略备杯酌，为敝师弟洗尘，凑巧两位女英雄不先不后，光降敝堡，就此借花献佛，奉敬几杯水酒，务请两位女英雄不嫌简亵，赏个薄面。"说罢向左右护勇挥手示意，立时在两女席上添设杯箸，摆上大盘牛肉。

两女婷婷起立，齐向黄九龙谦逊道："愚姐妹不知堡主今日大会嘉宾，冒昧闯席，心内已是不安，怎敢叨扰盛筵，只有暂行回避，改日再来进谒的了。"说罢莲瓣微移，似乎就要告辞的样子。

不料王元超一见两女要退席告辞，心中一急，不等黄九龙开口，赶先离座向两女深深一揖，春风满面地说道："两位女英雄远道到此，席还未暖，怎么就要别去？大约怪着愚兄弟未曾远迎，又是山肴薄酒，亵渎鱼轩。不过今天确实未知女英雄翩然莅此，无非借此可以接席畅谈，改日尚须稍尽东道，此时务恳两位委屈包涵，愚兄弟感激匪浅。"说罢，又是深深一揖。黄九龙也接着再再挽留。

那两女原本虚作㧑谦，不料王元超认以为真，急得代做主人，婉婉转转地表示一番诚意。两女听了他一番甜蜜蜜的说话，芳心默会，梨窝微晕，笑道："两位这么一说，愚姐妹格外无地自容，却之不恭，只好从命的了。"

黄九龙未待说毕，早已执壶在手，迈开虎步，亲向两女席上斟了一巡酒，然后归座，举杯言道："既承不弃，黄某先敬一杯。"说罢，先自一口吸尽，举起空杯向两女一照。

两女并不推辞，微舒皓腕，一齐执杯就唇，也向黄九龙空杯一照，齐声道扰。不料杯未就桌，王元超已执壶肃立，也向两女敬酒，两女情不可却，只得置杯道谢。哪知王元超斟酒时，向两只杯中只浅浅地斟了小半杯，自己却擎着满满一杯，仰杯一呷，也举杯一照。两女见他并不斟满，早已明白他的用意，恐怕女子量窄，搁不住酒力，这样体贴入微，芳心一动，妙睐凝注，含笑举杯，两人敬酒以后，彼此归座。

黄九龙正想启口展问两女姓名，哪知上面这一番主客逊酒情形，下面席上一班头目看得有点诧异，心想：凭这两个弱不禁风的女子，有何能耐，难道还强似俺们堡主不成？可是堡主口口声声称她们为女英雄，而且请她们高高上座，殷勤劝酒，俺们堡主并非好色之徒，这又是怎么一回事呢？

其实，黄九龙因为两女是师母的门徒，又知是奉师母之命特意来此捣乱，其中夹杂着师父师母历年来夫妻反目的关节，特意极诚优待，想用礼义来束缚这两个女子，这层意思，当场只有王元超默默会意，众头目如何会知道其中曲折？

众头目这样一猜疑，就有几个狡猾的头目想了一个软计策，暗暗知会众人，不待堡主同两女谈话，倏然下面各席上的头目一齐毕恭毕敬站立起来，由两个躯貌魁梧、能言善道的头目，代表众人，各执一大壶酒迈开大步，趋至两女席前，发语如雷地道：“今天敝堡同人们得与两位女英雄同聚一堂，非常难得，同人们无以为敬，也想借花献佛，每人来敬两位女英雄一杯水酒，聊表微意。两位女英雄看在敝堡主面上，想必可以俯纳众请的了。”说罢，不待两女谦让，各自举壶向两席杯上满满地斟了一杯。

两女何等机警，进来的时候，秋波四面一扫，早已把这班头目一览无遗，一面同黄九龙、王元超应对周旋，一面又暗暗留神众人的举动，下面几个头目一番交头接耳，早已看在眼中，等到两个大汉代表众人也来敬酒，明白众人各奉一杯酒不是好意，明明想用酒灌醉她们俩。

柳眉微扬，杏眼一转，两女互相以目示意，业已成竹在胸，两个头目斟酒时候，只略一谦虚，并不阻拦。待两头目斟完了酒，往后退步当口，两女倏地各把翠袖一展，玉臂微舒，仿佛同头目谦逊虚拦。两头目猛觉两腕一麻，酒壶欲坠。两女低头一笑，已各把酒壶轻轻接过。两人悚然一惊，不知两女接过酒壶是何主意，略一怔神，只见两女各捧酒壶双双离座，先向黄九龙道：“贵堡各位好汉彬彬有礼，愚姐妹也只可借酒敬酒，向各位奉敬一杯，然后再向堡主请教。”

说罢这句话，不等黄九龙离座阻拦，已柳腰款摆，迈步轻移，像穿花蝴蝶一般，分向各席敬起酒来。这时黄九龙、王元超两人，也明白众头目敬酒的意思，等到两女略使手法，把酒壶接过来，这番举动，代表敬酒的两头目同其余的人，虽然都没有觉察，但是如何瞒得过黄、王两位行家？黄九龙正在心内盘算，一看两女已向下面分头走去，不便再次拦阻，只把两只眼珠盯在两女手上，看她使用何种手段。

王元超关心之处，比黄九龙还多一层，也是刻刻留神。只有左边坐着那位痴虎儿，始终不声不哼，酒到杯干，盘到肉罄，直到两女向下面走去，才看得诧异起来，忽然想起一事，睁着一双大环眼，呆着脸，直注着那位眉有红痣的女客，不知想着了什么事，一面看，一面只管点头，情形非常可笑，不过此时众人目光都集中在两女身上，谁也没有理会他。

那两位女客分花拂柳地在众头目席上按席敬酒，一阵阵奇芳异馥，向众头目鼻管猛射，把众人熏得神志迷糊，英雄气短，把原定各人灌酒的计划都忘得干干净净。一霎时，两女把各席酒杯统统斟满，依旧捧着酒壶回到上面，又分向黄九龙、王元超两人席上也敬了一巡，顺手也在痴虎儿面前敬了一杯，然后各回自己席上，玉指微舒，举起酒杯先自饮尽，将空杯四面一照，意思之间，就请大家各饮一杯。

不料黑压压的一厅人，只有黄九龙、王元超二人也各举杯相照，并不失礼。痴虎儿不懂礼节，满不理会这一套。其余各席头目，个个紫涨了脸，只把两手虚拱作势，并没有举起杯来。你道为何？原来两女到各席敬酒的时候，又使出在灵严寺露过的一手功夫，把各席酒杯轻轻向桌面上一按，只只杯底都深深嵌进桌内，起初这班头目们香泽声闻，没有理会到此，等到两女回席照杯，各人都想执杯就唇，谁知酒杯与桌面生了根，杯小碗脆，又不能用力拔起，各人才大吃一惊，明白两女故意显露这手把戏，抵制众人劝酒，软硬俱全，主意好不狡毒，但是一看堡主同王元超的酒杯仍旧好好地擎在手上，原来黄九龙、王元超刻刻留神，早已看出两女敬酒时的手法，等到两女分向两人敬酒时，都把酒杯擎在手上，两女在他们手上倒酒，就无所使技了。

这时王元超看得众头目栽了一个小小的筋斗，恐怕师兄面上挂不住，剑眉一扬，飘身离坐，向众头目朗声笑道："在下初到此地，得与众好汉聚首一堂，将来还有许多叨教的地方，俺也仿照两位女英雄先例，奉敬诸位一杯。"说罢，在后面湖勇手上拣了一把最大的酒壶，走下席来，左手执壶，右手伸出两指，把嵌入桌面的酒杯微微一旋而起，杯不碎，酒不溢，嘴上还笑道："诸位快干了这杯女英雄赐的酒，然后俺也照样奉敬一杯。"

众人肚里明白，知道他并非真真敬酒，而是特意借此解围，心内又感激，又钦佩，赶忙遵命一饮而尽。然后王元超再提壶倒满，一席席照样把杯取出，总算将众人的面子轻轻遮盖过去。两女在上面看得明白，知道这手功夫也是不易，非内功有根底的不能恰到好处。因为杯底嵌进桌面虽只二三分深，但是严丝密缝，同在桌面上生成的一样，倘若稍使蛮力，杯必先碎。看那王元超一席席起出杯来，点水不溢，行如无事，倒也暗暗起敬，同时芳心中也暗暗嗔怪，心想干你甚事？要你出来多事，故意显露你们是师兄弟，处处关顾。你不要得意，回头也叫你识得俺的手段！

且不提两女心内的思索，且说黄九龙看众头目举不起酒杯，心内非常焦急，又不能自己下去，一席席起出酒杯，忽见自己师弟略使巧计，已不露声色地解了围，心内大喜，拱手向两女笑道："敝堡几位同人，僻居山野，未谙礼节，还要请两位女英雄包涵才好，但不敢动问两位尊姓芳名，同此番光临有何赐教，乞道其详。"

那眉有红痣的却一欠身，含笑答道："从前有位明朝宗室隐于浮屠，人人都称为朝元和尚，想必堡主知道他的来历。"

黄九龙接口道："朝元和尚剑术通神，大江南北谁不知晓？也是振兴南派武术的先辈。想当年，八侠里面的吕元先生同卖蟹老陈四（即甘凤池岳丈），都是朝元和尚的高足。后来因为台湾郑延平失败，胤祯窃踞大位，网罗密布，几位先辈英雄知道前朝气数已终，一时难以成事，就各寻桃源，隐居遁世。那位吕元先生还在此地集合许多有志之士，栖息了好几年。等到晚村先生的孙女吕四娘入宫报仇，带了胤祯之头回到太湖，祭奠亡父以后，吕元先生又弃了此地，隐入游岛，安于耕读，不问世事，以后世人就不知道这几位先辈的踪迹了。”

第四回

桃李具冰霜，凤舞鸾翔，且看她小试身手
干戈寓谈笑，龙潭虎穴，谁斫此大好头颅

两女听了黄九龙话毕，肃然敛衽起立，含笑说道："堡主是俺们同道中人，诸位是光明磊落的汉子，毋庸隐讳，堡主所说的吕先生，就是愚姐妹的先祖。先祖当年别了太湖，隐姓埋名，同先祖母隐居于宁波府象山港外一座孤岛。这座岛孤悬海外，人迹罕至，可是奇花异草，四时长春。先祖同先祖母并先严，以及不少同过患难的老少英雄，渐渐开辟成一个世外桃源。郑延平部下一班有志的海上英雄，听得这个消息，也结群而至。那时先严业已授室，先严、先慈的本领非但得了先祖剑术的嫡传，而且还蒙先祖母传授百步神拳。这一派拳法，堡主当也知道，出于当年同八侠齐名的张长公，此公就是先祖母的父亲。先祖母尚有一位胞妹，名震大江南北，非但得到外祖神拳嫡传，而且包罗万象，别出心裁，自成一派，恐怕现在各派英雄，俱要甘拜下风。"

黄九龙、王元超听到此地，都有惊愕的态度，忍不住问道："这位女英雄既然与令祖母是姐妹行，就是依然健在，想必也龙钟不堪的了。"

不料两女听得，同声咯咯地笑了起来。那年长的忍笑道："说也不信，这位老人家现在已经八十余岁，非但没有龙钟之态，而且还像三十许的少妇一般，诸位难道不知道千手观音的大名么？"

此言一出，黄九龙、王元超同时悚然一惊，不知道如何回答才好。略一怔神，那女子又启口道："他老人家诸位虽然没有会过，大约都已心照，毋庸细说。愚姐妹家门不幸，自先祖、先祖母见背以后，先严同

先慈去世的时候，愚姐妹年纪尚幼，全仗她老人家扶持教养，岛中一切事务，也全赖她老人家主持。近几年她老人家看到奉化云居山风物幽茜，就在山中辟了几间别墅，作为静养之所，因为离象山不远，愚姐妹时时在山中侍奉。愚姐妹的名字也是她老人家所赐，俺名舜华，舍妹名瑶华。又因为愚姐妹小时乳名都有个凤字，岛中的老少英雄同海陆两路的好汉，都称愚姐妹为云中双凤。这种称谓见笑得很，愚姐妹称鸦也不配，怎么配称凤呢?”说罢，眼光向王元超一溜，笑得花枝招展，咯咯不止。

此时黄九龙心中知道，两女与脾气古怪的师母关系密切，当然有所为而来，急于要知道她们俩的来意，余外都没有十分注意。在王元超心中虽然与黄九龙相同，但又惦记着翠云峰下石上写的几个字，同薛涛笺上的话，时时留神两女的辞色，又打量她们带着秘籍没有。可是两女赤手空拳，并未携带包裹之类，也不便冒昧探问，只好等她们自己说出来。

哪知两女娇笑了一阵，忽然笑声顿敛，正色对黄九龙道：“愚姐妹身世已略奉告，此番来意，黄堡主想必还未明白。”

黄九龙赶忙欠身答道：“敝老师的宗派，同敝堡现在一切的行为，两位女英雄想已洞察。讲到彼此香火因缘，俺们同两位女英雄并非外人，彼此都有深厚渊源，这句话两位大约不嫌唐突的。倘然敝堡对外边有不对的地方，和内部一切设施有不妥之处，两位不妨赐教，务请不要客气才好。”

这一番话倒也软中带硬，面面俱圆。两女听得互相示意，似乎柳眉微动，樱唇微启，有欲语又止的光景。半晌，瑶华莺声呖呖地叫了一声：“姐姐，俺们奉命而来，迟早总须说破，请姐姐对堡主直说吧。”

舜华略一点首，倏地从座上盈盈起立，一张搓酥滴粉的俏面上，霎时罩了一层清霜，向黄九龙说道：“愚姐妹此次冒昧晋谒，承黄堡主同各位盛情招待，心中非常感激，但是奉命而来，不敢以私废公。好在她老人家（千手观音）的性情，黄堡主早已深知，愚姐妹身不由己，希望诸位多多原谅。”说到此处，顿了一顿，斜睨了王元超一眼，顺势眼光又向各席上一扫，然后又接着说道："愚姐妹此番到来，因为此地从前有位铁臂神鳌常杰，死在黄堡主手上，也可以说，堡主现在的地位是拿常杰一颗脑袋换来的。照常杰生前的穷凶极恶，原是死有余辜，黄堡主凭侠义的身份，除暴安良的天职，把他处死，江湖上谁也不能说黄堡主不对。可是有一层，常杰到太湖的时候，也是奉命而来，而且关系海上许多老少英雄的衣食生活。杀了一个常杰，就像夺了海上许多老少英雄衣食一般，这层道理，黄堡主同诸位恐怕还蒙在鼓里呢！"

此言一出，从黄九龙起，上上下下都吃了一惊，尤其是下面许多头目中，原有不少人跟过常杰的，一听旧案重翻，虽然对常杰没有十分情感，可是舜华说的一番话，知道从前确有这种情形，未免对于两女仗义执言，有点佩服起来。

正在上下不定的时候，忽听舜华又朗声说道："说起铁臂神鳌，愚姐妹也见过几面。从前江浙海面上的好汉，分十大帮，每帮二三百人不等，各帮首领结成十个异姓兄弟，倒也义气深重，四处闻名。当年浙江沿海一常，十帮好汉也做了许多侠义事业，到现在沿海一带渔户说起十帮弟兄，个个称赞不止。那时，铁臂神鳌的父亲就是十帮首领之一，后来先祖别了太湖，隐居孤岛，十帮首领一齐投到先祖门下，愿听约束。

"过了不少年月，十帮首领差不多都年迈龙钟，死的死，隐的隐，部下也有归并的，也有散在岛中安居乐业的，无复当年豪气。其中十帮首领的后人，能够继承基业，依然统率着许多人，充一帮首领的只有两个：一个叫闹海神鹰雷彤，一个就是铁臂神鳌常杰。

"等到先祖仙去，先父不愿干闻外事，这两帮好汉也就飘荡无主。恰巧先祖弥留时候，舍亲千手观音驾临敝岛，先祖遗嘱，请她老人家照顾愚姐妹，又请她把海上一班不能约束的群雄，收罗团结起来，并且指定太湖为海上各帮好汉衣食生活之所，请他老人家待时而动，慢慢地把这班好汉移入太湖，组成一个强有力的大团体。这一番遗嘱同她老人家意见相合，立时应允下来。一班海上好汉，听到这个消息，也非常高兴，就暗暗同奉千手观音为盟主。这还是十年前的话，后来她老人家率领愚姐妹同几位门下，隐居云居山内，修养内功，一面教授愚姐妹们各种功夫，对于海上的事懒得顾问。

那时候恰巧海禁已开，外洋轮船纵横海面，几帮零零落落的好汉越发望洋兴叹。由雷彤、常杰两人为首，寻到云居山，在她老人家面前苦苦哀求，请她出来做主。她老人家被他们这一哀求，想起先祖遗嘱，又打听得太湖内主持无人，就命常杰先到太湖见机行事。常杰一到太湖，居然垂手而得，着人报到她老人家面前，她老人家这时偏不在云居山内，正挈着愚姐妹远游天下名山。隔了一年光景才回山来，便命雷彤率领海上老少英雄，分批向太湖投奔。

“不料雷彤走到半途，就听到常杰与黄堡主火并的消息，那时雷彤自知非堡主敌手，连夜回转，向她老人家哭诉。她老人家当时别无举动，只命雷彤率领部下暂在就近沿海一带候命，一面派几个精细的人，到太湖来探明实在情形。

“原来常杰为人，她老人家也有耳闻，此次被杀，料得器小易盈，定是占了太湖，妄作威福起来，致被人怀恨除去。等到派去打听的人回来，把太湖详细一五一十报告一番，才知道黄堡主杀死常杰，是奉那陆地神仙的命令，到太湖主持一切。隔不多久，已把太湖整理得焕然一新。

“她老人家不听则已，一听到这样的情形，立时勃然大怒道：‘俺道何人敢杀俺派去的人，原来是老不死的门徒。别人干出这种事来，或者尚有可原，独有那老不死的门徒，万难宽恕！既然如此，别的事暂且搁在一边，先把黄某脑袋拿来与常杰抵命。’说罢，怒气勃勃地立命愚姐妹下山问罪。

“俺们素知师尊同老人家从前的关系，从旁婉言解劝，无奈雷彤这班人从旁极力怂恿，求她老人家恢复太湖基业，她老人家又是固执异常，立迫愚姐妹于第二天动身到太湖来，当晚叫愚姐妹到她静室，吩咐下山以后，先到灵岩寺会见龙湫和尚，说明就里，又命从灵岩寺到宝幢铁佛寺，取到内家秘籍，并嘱咐取书的法子。

“这两桩事，在愚姐妹不知她老人家是何用意？素来她老人家的举动神秘不测，不许奉命的人探问的，不过她老人家举动虽然奇特，事后仔细一想，没有一桩不被她料着的，真是一位神通广大的奇人。等到第二天，愚姐妹俩临走的时候，拿出一封密密封固的信来，吩咐到了太湖，当着堡主的面拆看遵办。愚姐妹并不知信中写些什么，她老人家的命令又怎敢违抗？”说罢，缓缓从身边掏出一封信来，递与黄九龙，道：“请堡主先自过目吧。”

黄九龙此时听得千手观音欲为常杰报仇，已是怒气勃勃，但是语气之间，两女颇有顾全大体之意，出言也非常和蔼，倒也不便立时表示出来，看见送过一封信来，也不谦逊，把信皮拆开，抽出信笺摊在桌上，向王元超招一招手，王元超也踅过去并肩细看，只见信内写道：“太湖为志士养晦待时之所，非黄某等所得占有。常杰为海上众志士先遣辟业之人，非黄某等所得擅杀。兹着云中双凤入湖问罪，如黄某等桀骜不驯，代予立杀无赦，为狂妄者戒。”下面盖着一颗千手观音的图章。

两人看罢，王元超还未开言，黄九龙从座上奋然而起，举拳向桌上砰然一声，仰天哈哈狂笑起来，大声道：“好大的口气，黄某脑袋在此，识得货的，不妨送给他玩玩。”语罢，又自纵声狂笑，声震屋瓦。

王元超一看事要决裂，赶忙以肘向黄九龙微微一拐，笑道：“此事彼此都有误会，好在两位女英雄明达大体，且请两位看了此信，彼此不妨从容商议。”说罢，把信送到舜华面前。

不料此时黄九龙怒火千丈，万难忍制，冷笑一声道：“五弟，你真聪明一世，糊涂一时了！她们特意来此消遣俺们，信中几句屁话，早已看得烂熟的了，还有什么商量余地？”

舜华听得黄九龙如此莽撞，反把她们的一番好意埋没，不觉蛾眉倒竖，一声娇叱道：“这真所谓小人之心，度君子之腹了。”说了这句，匆匆接过王元超手内的信。

瑶华也凑近前来，略一看毕，觉得信内措辞，确也令人难堪，一时倒有点骑虎难下，心内盘算一番，向王元超道：“愚姐妹奉命而来，其中曲折已经奉告，黄堡主对于信内所说，可以明白答复，毋庸盛气凌人。在愚姐妹思量，似乎以不伤和气为是。”

哪知这句话，黄九龙正在盛怒头上，又误会了意，以为舜华所说不伤和气，是叫他低头认罪，不待舜华说完，大声道："两位既然奉命而来，取不到黄某脑袋，料也难以复命。"

此言未毕，猛然身边砰然一声，接着哗啦啦一声奇响，急回头一看，原来坐在身旁一席上的痴虎儿，起先默默无言，两位女客谈话也听不出其中曲折，后来舜华词锋顿异，说出千手观音的命令，才知道不利于黄堡主，似乎强宾压主，气派不小，还带着代人报仇的勾当。这位忠心耿耿的傻哥，顿时怒发冲冠，睁着一双大环眼，恨不得把两女一口水吞下肚子去。等到黄九龙锋芒大露，他也傻性大发，外带着米汤灌足，酒性上涌，情不自禁地举起粗钵似的拳头，向自己席上一击，这一张小小方桌怎禁得他一击？立刻断腹折足，宣告解决，席上的盘碟也不翼而飞，震起尺多高，跌下来哗啦啦碎了一地。

这一来，宛是火药库着了火，非但双方面皮揭破，而且下面席上几个粗鲁的头目醉眼迷糊，也不约而同地大声吆喝起来，表示拥护自己的堡主。顿时全厅章法大乱，闹得乌烟瘴气。急得王元超双手乱摇，可是在这当口，舜华、瑶华反而从容自若，看着下面几个醉态可掬的头目，微微冷笑。

只见两女低低说了几句，舜华笑着对王元超道："看来此事难以和平解决，既然如此，在场诸位有不服气的，不妨同愚姐妹较量较量。"说罢，又向厅外一指道："愚姐妹就在坪上候教。"

语音未终，金莲一顿，只见两女像海燕掠波一般，从众人头上直向厅外飞出去。这一手干净利落，比鸟还疾，连怒气勃勃的黄九龙也暗暗点头，自问无论决裂到何地步，还不至于跌翻在两女手上，就把衣襟一撩，也要追纵出去。

王元超赶忙两手一拦，低低说道："且慢！事情已到如此地步，当然也要让她们识得俺们并非易与。不过俺们是主，来人又是琐琐裙钗，格外要表示镇静，免得被她们小觑。二则此事一时难以解决，小弟暗暗打量两女情形，也有从中调和意思。交手时候，她们不用煞手，俺们也不深结怨仇，留下余地，将来容易交涉。"

黄九龙未待说完，也附耳道："俺早已明白这其中道理。俺起初发怒也是半真半假，借此同她们较量一下，究竟她们有多少能耐，将来从中一调解，显得俺们并不是惧怕她们。二则下面席上尚有几个常杰的旧部，不能不假作一番。”

王元超听得连连点头，黄九龙回头对下面各头目大声说道：“现在两位女客要同咱们较量较量，咱们当然不能以多胜少，欺侮女客，由俺同五弟奉陪她们，诸位千万不要起哄，不妨远远地看个热闹。”

下面几个头目正在唯唯答应之间，忽听得屏后巨雷似的一声大喝，蓦地跳出一个人来，张口大骂道：“两个贼婆娘休走，且请吃吾一杖!”

大家一看，只见痴虎儿直着两个大眼珠，光着脊梁，露出半身虬筋密布的黑肉，手上舞着一支纯钢禅杖，发疯一般向厅外闯去。黄九龙、王元超看得几乎想大笑，一想他无非一身蛮力，这样出去胡闹，定要吃她们的羞辱，想赶上去拉住。哪知痴虎儿一拳击碎桌子，一语不发，独自赶到房内，寻着了那支禅杖跑出来，怒气一冲，酒力上涌，两眼已认不清人，一溜歪斜，闯出厅外。

黄九龙、王元超急急大踏步赶出厅来，一眼看见两女依然神色自若地并肩立在广场的甬道上，那痴虎儿举着禅杖边骂边跑，直向两女奔去。

黄九龙大惊，大喝道：“痴虎儿不得无理!”正想赶近拦阻，已是不及，那支粗逾儿臂的禅杖，已向盈盈玉立的瑶华当头罩下。

瑶华一看痴虎儿举杖奔来的形状，就知道是个毫无武艺的浑人，等到杖临切近，只把娇躯滴溜溜一转，已到了痴虎儿身后，金莲微起，向痴虎儿腰后一点，娇喝一声：“去!”

这一点，痴虎儿真有点禁不起，本来一杖捣空，杖沉势猛，已是立足不住，又经瑶华一点腰穴，整个儿向前直跌出去，至四五丈远，一个狗吃屎倒在地上，白沫乱喷，一动不动。

此时黄九龙、王元超俱已一跃面前，厅内众头目也一拥出厅，堡内的湖勇也听得这个消息，各带兵刃把广坪团团围住，观看动静。黄九龙、王元超先不理会两女，趋近痴虎儿，由黄九龙一俯身，提起痴虎儿的身子，随手向脊骨上一拍，痴虎儿立时哇的一声，吐出一口稠痰，夹着许多酒菜出来。王元超向几个湖勇一招手，立即有几个头目和两三名湖勇跑来，七手八脚把痴虎儿抬进厅去了。

黄九龙这时才回身向瑶华拱手道：“女英雄点穴功夫真真佩服，不过这个痴虎儿初到敝堡，对于武艺完全是个门外汉。女英雄一出手，打倒一个没有功夫的醉汉，未免小题大做了。”

瑶华毕竟年轻口嫩，梨窝微红，竟难答言，舜华赶忙接口道：“这位好汉可算得太不自量，既然本领不济，堡主何苦叫他出来吃苦？舍妹为自卫起见，也是没有法子的事，还请堡主多多原谅。现在闲话少说，堡主英雄了得，久已闻名，今天能够请教几手，也可长长见识。”说到此时，又用手向四周一指，冷笑道：“倘然堡主愿意叫在场诸位一齐交手，愚姐妹赤手空拳，也可奉陪。”

黄九龙听得呵呵大笑道：“黄某虽然没出息，尚不至自轻如是，两位休要挂心。倘然两位没有携带兵刃，敝堡各式兵刃俱全，任便挑选就是。”

舜华摇手道：“愚姐妹素来不带兵刃，就是堡主喜用趁手军器，愚姐妹一样可以赤手奉陪。”

黄九龙知道她虽然口出大言，谅也有点真实本领，就笑道：“既然如此，在下先请教女英雄几手拳脚。”道罢，退后几步，把外面袍子一脱，露出一身紧身利落的劲装。

当时走过一个湖勇，把长衣接过。黄九龙向周围立着的头目大声道：“诸位弟兄不得违俺命令，擅自下场，免得外人说俺们以多胜少。”说毕，只听得周围暴雷似的应了一声。

黄九龙又向王元超道：“五弟，你权且旁观，愚兄败阵下来，你再请教两位的绝艺。”

王元超一面含笑点头，一面打量舜华、瑶华的举动，只见她们此时双双也将外衣宽卸，百幅湘裙的两面裙角也向上掖起，上身都露出一色黑绸密扣对襟短衫，腰里束着一条米色绣花的汗巾，下面露出秋葵色的裤子，托着两瓣瘦削如钩的金莲，越显得袅娜刚健，仪态不凡。

她们正把自己身上整理利落，猛抬头，一见王元超目光灼灼地看个不停，情不自禁地粉颈一低，微微一啐。瑶华退向一旁，舜华也退了几步，约距黄九龙有二三丈远，亭亭立住，静观对方动作。

黄九龙等得有点不耐，朗声道：“女英雄是客，请先赐教吧。”

舜华秋波一注，一声娇叱道：“好，那就先得罪了。”话到人到，莲足一顿，比飞还疾，已纵到黄九龙面前，骈指如戟，直向黄九龙臂窝点去。

黄九龙看她身法奇快，喝一声：“来得好！”双肩一斜，一个溜步，彼此刹那就换了一个方向。

舜华原想出其不意，用一手玉女投梭的功夫，一击面中，不料黄九龙窥破手法，轻轻避掉。舜华一击不中，微带怒容，又自一声娇叱，倏地身形一挫，捷如猿猴，向黄九龙进步猛袭。这回进退如风，虚实莫测，处处都用擒拿，招招点向要害，委实厉害非凡。

黄九龙看她迅捷无比，拳带风声，也不敢丝毫怠慢，使出一套以静制动、以柔克刚的内家拳来，移形换步，封闭腾挪，顿时两人周旋了几十回合，恰打得一个斤两悉秤，难解难分。

舜华起初开手就用千手观音秘传的擒拿法，一双玉臂，吞吐伸缩，宛如两条蛇芯一般，无奈遇上黄九龙是个内家名手，应付从容，周身竟像棉花一般，按、切、点、斫之际，虚飘飘难以着力。这一来，舜华暗暗吃惊，一面避实蹈虚，招招进逼，一面思索出奇制胜之法，倏地改变身法，用一个独辟华山的手势，举起玉掌，虚向敌人一斫，趁黄九龙吸胸后退之际，猛地向后一纵，离开丈许，暗运全身罡气，灌注双臂，再连环进步，一声娇喝，疾举双掌遥向黄九龙胸前一推。

此时黄九龙见她倏然身法改变，一进一退，运气遥甚，就明白用的隔山打牛的神功拳。这种拳法全赖暗劲伤人，遇上必无生理，赶忙从丹田提了一口气，也想吐掌遥抵，又一想不好，两股内劲一碰，必有一伤，不如暗运内劲，保护全身，趁此假作疑惧，出其不意，给她一个厉害瞧瞧。

这时全场声息俱无，百十道眼光全贯注在两人身上，当舜华吐掌遥抵当口，一看黄九龙似有犹疑畏惧之态，心中大喜，喝一声“着!”不料这一声刚刚出口，再一看对面黄九龙踪影全无，正在心内一惊，猛觉脑后有风，喊声“不好！”没有工夫回头探看，金莲一顿，一个金莺织柳势，向前直纵出去四五丈远，立定回身一看，顿时吓得芳心怦怦乱跳，暗暗喊声侥幸。

原来黄九龙已笑嘻嘻立在自己的所在，手上还拈着自己鬓边插的一朵珠凤。这一来全场彩声雷动，弄得舜华红潮泛颊，勇气毫无，勉强向黄九龙拱手道：“黄堡主果然名不虚传，佩服，佩服。”

黄九龙也连连拱手道：“承让，承让。”可是手上的珠凤并没有还她，好像得到战利品一样。

舜华虽然机警，一时倒也不好意思出口讨回，正在低首思索之际，忽然面前人影一闪，自己的妹子已翩然卓立，当时莺声呖呖地说道：“黄堡主施了一点小巧手段，尚谈不到胜负之数，现在让家姐休息一下，俺来请教堡主几手绝艺。”

黄九龙正想答话，旁观的王元超已技痒难熬，一撩衣襟，双足一跺，斜刺里飞入战圈，向瑶华拱手道：“在下也来奉陪几趟。”说了这句，便把前面袍角掖在腰上，又把后面一条长辫盘在颈上，文绉绉地拱手面立。

瑶华一看他加入战圈，含笑肃立，头上还戴着一顶六瓣缎帽，顶上结着一颗孩儿红的珊瑚结子，当面又镶着一块鲜艳夺目的玭霞，越显得风采俊朗，气度华贵，另有一番鹤立的气概，心坎上不由得怦然一动，赶忙微笑答道：“王先生既肯赐教，也是一样，就请出手好了。”

原来练内家拳的，讲究是守如静女，动如脱兔，何况王元超见对方是个娇滴滴的女客，还存了一点怜香惜玉之意，格外不肯先自动手。

瑶华见对方并不摆立门户，大有轻视之意，蛾眉微扬，凤履一分，一个箭步，就到了王元超面前，左手一晃，右手就向胁下吐出，到了敌人胸前，肩窝用力，掌心一吐，就向华盖穴按去。这一手名为“单撞掌”，按上就得吐血带伤。王元超看她一动手，居然敢踏中宫而进，微微一笑，等掌临切近，身子一斜，双臂略作回环护拦之势，便把单撞掌轻轻化开。这一手名为“牵缘手”，两掌阴阳互用，随敌势进退，最切实用。

原来武术对敌的时候，正面直入叫作“踏中宫”，又名“踩洪门”。踏中宫而进，容易被人封闭，武术到家的最忌踏中宫，差不多都取侧锋进击，除非明知对方武艺差得太远，随时可以进取，否则两强相遇，绝少踏中宫的。现在瑶华一动手，就踏中宫，倒并不是轻敌，原是别有用意。

王元超料她故意如此，其中定有狡诈，所以用最稳当的牵缘手抵制，果然不出所料，瑶华单撞掌向胸前一吐，倏地娇躯向后一缩，莲钩一起，已向腰穴点来。这一手迅疾如风，确也不易躲闪。可是会家不忙，王元超身形一矮，双臂向下一沉，一翻手掌，由牵缘手倏变为缠手，又用了一个履字诀，向敌人腿上履去。你想，女孩儿家的玉腿何等宝贵，倘然被人履上，那还了得？瑶华赶忙缩回玉腿，步法一变，玉臂双挥，霎时声东击西，摘暇蹈隙，同王元超打在一处。

四周看的人只见两人此进彼退，倏合倏分，宛如游龙舞风，变化万端，到后来只见两条黑影，盘旋飘忽于广场，竟分不出谁是瑶华，谁是王元超，比先头黄九龙一场交手，格外有色有声。

一忽儿两人交手已到百余合开外，瑶华一面交手，一面留心，看出对方处处主守，并不出手攻击，一时竟无懈可击，自己倒有点微微娇喘，吐气如兰。一想不好，时间一长，难免当场败阵，须得出奇制胜，使出绝招来才能赢他。此时恰巧自己用了一路柳叶掌法，向对方上中两路步步进逼，对方虚拦微斫，随手封解，一味招架，并不还手。瑶华一看有机可乘，趁对方步步后退时候，猛然一声娇喝，金莲一顿，一个旱地拔葱，纵起丈许，身子一落，足尖一点地皮，又复纵起一人多高。王元超看她忽然直上直下，纵跳起来，正在不解有何用意，不料她第三次飞起身时，距离王元超身前已近，一声娇喝，趁身起之际，飞起右腿，直取王元超左腿。这一招猝然不及防，来势凶猛，赶忙吸胸后退，避过莲锋，哪知她身子一落，趁势又飞起左腿，直取右腿，一起一落，双腿如飞，这一招名为“鸳鸯腾空连环腿”，凡擅长这类功夫的女人，必着剑鞋。

王元超虽然连连后退，相距已甚切近，目光直注凤履，微觉日光映处，对方锐削如钩的莲翘上闪闪有光，就料得其中藏着锋利的鞋剑，万一失手，触处洞穿，好不厉害！格外极力凝注拦隔。哪知瑶华练就这手独门绝艺，身子一上一下，莲翘倏起倏落，连环进步，不亚于狂风骤雨一般，而且起落之际，两只莲钩左右交飞，忽虚忽实，极难捉摸，弄得王元超拦不胜拦，退无可退。稍一疏神，一腿飞来，眼看莲翘到面，万难闪避，情急智生，赶忙张口一迎，恰恰莲翘入口，王元超用齿一擒，正把翘尖擒住。这一来，瑶华又羞又急，嘤的一声，一挺蛮腰，索性提气向上一纵，居然挣脱擒住的莲翘，趁势平伸玉掌，朝王元超顶上一拍，落下身来，不敢停留，接连向后几纵，远远立住，已是香汗淋漓，娇羞不胜。

可是王元超也吃了一点小苦头。起初王元超顾命要紧，顾不得男女界防，把对方香履擒在口中，明知香履上藏有钢锋，匆卒中也忘记，等到对方又复向上一跃，玉腿一缩，突觉自己唇上一麻，就知不好，正想后退，不料同时顶上又遭对方一拍，这一拍虽说纤纤玉掌，也不下有百斤力量，换下平常人，怕不把整个脑袋拍进腔子里去。饶是王元超功夫到家，也觉一阵剧痛，顿时眼前金星乱迸，头脑晕涨，不由得喊了一声“好厉害”，急急向后一跃，用手向嘴上一抹，一看手上染着点点滴滴的唇血，猛然警悟，急张口向手心中咯地一吐，吐出一个三角形的东西来，上锐下丰，锋芒雪亮，锋上还沾着一丝丝血缕，明白这就是套在莲翘上的鞋剑，被自己无意咬下来，觉得这种举动不大合体，尤其不能使旁人知道，赶忙把手上东西向怀中一塞，假意又掏出一块雪白手巾，向嘴上乱抹，一面抬头打量四面旁人的动作。

原来周围旁观的人，看到瑶华忽然身法大变当口，像蝴蝶一般上下翻飞，尤其两只莲翘在王元超面上左右乱晃，虽不懂这路拳法，也觉怵目惊心，再留神王元超方面，果然有点手忙脚乱，不禁代为捏把冷汗。一眨眼工夫，不知何故，两人一分，各个后退，瑶华似乎有些娇羞不胜的样子，一只玉掌托着一只鲜红圆活的东西。

众人吃了一惊，以为王元超眼珠已被她的莲翘钩出，再一看王元超，两眼完好如故，不过头上帽已歪斜，一颗珊瑚结子已不翼而飞，这才恍然瑶华手上就是这件东西。表面上看不出谁胜谁负，剑鞋咬落一节，众人离着很远，更难看清，都以为瑶华摘了王元超帽结，似乎略占胜利，连黄九龙、舜华那种锐利的眼光，也只看得一阵兔起鹘落，便霍地分开，急切间哪知其中藏有一段香艳绝伦的事哩！

此时舜华见她妹子摘了王元超的帽结子，恰好把自己失落凤钗，输黄九龙一场两相扯直，喜滋滋地趋近瑶华，正想启问。瑶华忽然面孔一红，附耳私语了一阵，舜华俯首一看她妹子的莲翘，顿时咯咯娇笑不已。似乎瑶华被她笑得着恼，微微一啐，一弯腰从地上捡起外衣，披在身上。

舜华也把衣裙略一整理，便向黄九龙、王元超告辞道："愚姐妹今天奉命而来，得瞻仰两位绝艺，实在名不虚传。至于关系海上各帮生活的事，在愚姐妹的私意，以为同室操戈，难免被外人讥笑，这事务请黄堡主三思而行，商量一个稳妥办法才好。愚姐妹现在暂且告别，改日再来讨堡主的回话。"说罢，两人匆匆向外走去。

黄九龙此时似乎毫无怒容，既不挽留，也不多说，略略谦逊几句，就同王元超率领大小头目一齐恭送出去。直送到大门口外，眼看两女转过照壁，黄九龙急向几个精干头目低低说了几句，这几个头目立时领命，追踪两女而去。

黄九龙等送走两女以后，又回到厅内，重整杯盘，大家畅饮起来。席间黄九龙把两女来意，详细向各头目宣布一番，就把此事丢开，讨论了许多整理太湖的事体。席散以后，各头目各回汛地，黄九龙同王元超回到内室来看痴虎儿。

将到他的卧房，就听得房内鼻息如雷，房门口立着一个护勇，向黄九龙说道："虎爷回到房内，直睡到此刻还未睡醒呢。"

黄九龙笑道："他醉了，让他睡吧。五弟，到俺房内去吧。"

两人转身走进黄九龙卧室，黄九龙从怀内掏出那只凤钗，大笑道："云中双凤果然厉害，幸而是俺们两人，换了别人，真还抵挡不住呢。"一言未毕，房门口肃立着几个头目，一看就是领命跟踪云中双凤的几个人。

黄九龙诧异道："你们怎么一会儿就回来了?"

那几个头目垂手禀道："那两位女客好不厉害，两只脚竟像飞的一般，俺们竭力赶过三座碉垒，一直赶到湖滨，远远见那两女已立在岸上，一声口哨，就见芦苇中摇出一只小船。船上摇桨的人，头上戴着一顶大草帽，看不清面目，只看出颔下一部雪白的长须，随风飘拂，异样精神。

"听得岸上两女齐声叫道：'范老伯，劳您久候了。'一言未毕，两女双足一点，像飞鸟一般，双双飞落湖心的小舟。

"那摇桨的老头儿哈哈大笑道：'今天小老儿托两位的福，久候无聊，趁闲洗个湖澡，顺手一捞，居然被俺捞着两条清水大鲤鱼，你听，在船仓内还泼刺乱跳哩。回去时，命俺小女一整治，晚上有了下酒物，又可同两位清谈了。'

"俺们虽然隔开很远，那老头儿的嗓音兀自像耳边击钟一般，那老头儿说话不像本地口音，似乎是昆山、无锡一带的口音。最奇怪的，那老头儿待两女下船以后，掉转船身，把桨只一抡，那只船在水皮上箭也似的激射过去，再几桨，就没入烟水苍茫之中，看不真切了。

"俺们一想，湖上驾舟的人很多，从来没有见过这长须老头儿，也从来没有见过划得这样快法的。俺们正想得有点奇怪，忽然哧的一声，迎面抛过一颗石子来，骨碌碌地正落在俺们的脚下，拾起一看，原来石上包着一张纸，有人写着几行字，料得其中定有道理，猜测方向，定是两位女客同那老头儿从湖心遥掷过来的，可是俺们几个人追到湖边时候，远远隐身树后，不知怎样会被他们窥破。俺们一想，行藏已露，他们行船又这样飞快，料难追赶，只有赶了回来报告。"说罢，为首一个头目，掏出一颗石子和一张皱乱的纸条，递与黄九龙。

黄九龙接过，一挥手，几个头目退去。王元超急急趋近一看，那颗石子无非湖边的鹅卵石子，并不足奇，再一看纸上写着歪歪斜斜的几个字，几乎认不清，仔细辨认，才明白写着"老夫耄矣，寄迹湖滨，看君辈后起英豪，各显身手，亦乐事也。能不弃老朽屈驾谋一醉否？幸盼！

幸盼！柳庄范高头拜首”几行字迹。

黄九龙看了半晌，对王元超道：“范高头三字似乎非常耳熟，怎么一时想不起来了？好像也是一位老辈英雄，怎么隐居在俺们湖内，俺们竟未知道，这不是笑话么？”

王元超道：“俺们堡内既然有全湖户口花名册，何妨查他一查？”

黄九龙拍手道：“对！”立时喊进几个护勇，命到文案室，调查花名册有没有范高头一户，速速回话。

护勇领命去讫，良久，文案室的书记捧了一大堆册子走进来，朝黄九龙恭身行礼毕，把册子放在桌上，翻开一页，指着册内对黄九龙道：“堡主请看，湖内姓范的很少，只有这几家，可没有范高头的名字在内。”

黄九龙、王元超两人细细一看，册内一栏栏注着人名、地址、男女老幼的年龄、性别、迁移注册的日期，非常详细。可是姓范的只有五家，却不见高头两字，再一看地址栏上，注着湖东柳庄姓范的名字，叫作隐湖，年七十八，同居一婿一女，婿名金昆，女名阿宽，全家三人，渔猎为生。

黄九龙看到此处，两掌一拍，哈哈大笑道：“五弟，俺记起来了，定是此公无疑。”回头对那书记说道：“人已查着，把册子带回去吧。”

那书记莫名其妙地唯唯夹册而退。

王元超笑道：“难道册上的范隐湖，就是范高头吗？”

黄九龙笑道：“范隐湖是假的，范高头是真，他字条上不是写着隐迹湖滨的话么？大约册上假名也是这个意思了。说起此公，大大有名，就是同居的一婿一女，也不是寻常人物。万不料，多年江湖上不见此公，竟会隐在此地。倘然邀他全家一同入堡，倒是一个大大的帮手，看起来她们见到驾舟的长须老头儿，定是此公无疑，不过云中双凤怎么会与他有交谊呢？”

王元超笑道：“且不管这些，此公究竟何等人物呢？”

黄九龙道：“俺也只知他从前一点大概。据俺耳闻，此公系少林孤云大师的俗家门徒，艺成年才弱冠，横行绿林中数年，又得到气功秘传，水陆的轻身功夫，一时无两。后来从绿林混到长江盐帮里边，占了一部分势力。盐枭手下的人，不是红帮，就是青帮，范高头恰恰是青帮性字辈，辈分既高，武艺又好，归附的人愈来愈多，趁势大开香堂，广收门徒，几年工夫，就为长江盐枭的盟长，于是手眼通天，羽翼密布，大江南北提起范老头子，无不慑伏。

“那时他已四五十岁，不料泰极否来，范老头子名气太大了，连清廷皇帝老子都知道了。怕他尾大不掉，谋为不轨，接连几道密谕，叫本省督抚相机捕获，立即就地正法。这一来，江苏大小官员都想借此得个保举，侦骑密布，挖空心思，想捕获范老头子。

“无奈范老头子神通广大，官厅一举一动，早已探得精细，过了一个多月，连范老头儿一根毛都没有捞到。非但捉不到他，反而被范高头略施手段，在各大官僚枕上寄柬留刀，吓得这班要钱惜命的大官，疑鬼疑神，寝食不安。偏偏皇帝老子又放不过他们，上谕像雪片似的飞来，大小官僚一个个都得了处分，弄得这班官僚，哑巴吃黄连，叫不出苦来，空自急得屁滚尿流，依然束手无策！

“在别人心想，范老头儿连皇帝老子都奈何他不得，似乎也足自豪的了。谁知那时范老头子心里的难受，也不亚于那班官僚。因为官厅方面捉不到人，就要捕役快班之类限日追缉，个个都搞得怨气冲天，连家中老小都押了起来。这个风声传到范高头的耳朵里，着实有点难受，这算一桩小事。偏又江北盐枭帮里，出了一个后起英雄，绰号叫作插天飞，武艺也甚了得，手下也有不少健将，隐隐同范老头子各树一帜，而且野心极大，时时想同范高头拼个你存俺亡，正在范高头担着风火的当口，插天飞又来了一个窝里炮，故意放下脸来，大吹大擂地要同他较量一下。

“这一下范高头真有点摆布不开，并不是敌不过插天飞，因为一露脸，官厅就可以坐收渔翁之利，而且还防插天飞吃里爬外，同官厅暗地设计谋害，他可以趁势独霸盐帮。这时候，官厅也把盐帮火并情形打听明白，由一个聪明刁钻的幕僚，趁机想了一个移花接木的计策，差了一位熟悉盐枭的绅士，暗暗同范高头谈了一夜，说了许多利害相关的话，劝他变姓易名，洗手远隐，倘能这样，情愿送他不少银子，另外从别的地方找一个替死鬼，算由官厅踬缉擒住，就地正法。这样一办，保住了多少大官的前程，他们非但不恨你，还要供个范高头的长生禄位呢！

“这一套话说得范老头儿连连点头。他自己一想，做了这许多年不法行为，着实积蓄了不少家私，做绿林盐枭的人，要像俺这样面子十足，同做官告老一般地归隐，世间上找不出第二个来了。古人说得好，知足不辱，见机而退。何况年纪已活到六十多岁，同帮中人已经起了内讧，再留恋下去，一定没有好结果。他这样细细一打算，依着那位幕僚的计划，果然立刻搬起家来，所以那时人人传说，范高头已被官厅正法了。

“最好笑的是替死鬼正法这一天，范高头还差了自己一个养女儿，化装成乡绅小姐，请高僧打七七四十九天罗大醮，算为那替死鬼超度一番，以报替死鬼的功劳。从此就没有人提起范老头子的名字了。

“但是这一套把戏，别人都瞒得过，独瞒不过插天飞。不料事情凑巧，假范高头正法不到三天，忽然盐帮盛传插天飞被人刺死。江湖上知道内幕的人，都说刺死插天飞的人，没有别人，定是范高头不甘心，暗地同插天飞斗了一场，插天飞敌不过范高头，自然被他刺死。插天飞一死，范高头可算得心满意足，就隐姓埋名，饱享林泉之福了。不料好几年隐姓埋名的范高头，会在此地出现，而且特意写了一张纸条给你俺，露出真姓名来，似乎把从前隐姓埋名的一套把戏视为烟消云散，又来一套范高头复活的把戏，这其中有什么用意，倒也不易测度呢！”

第五回

渡水登萍，白发翁豪谈惊座
迎宾飞箸，红娘子妙语解颐

王元超静静地听他讲完，侧着头沉思了一会儿，笑道："此时范高头写的一张条子并非无因而止，也许他知道你早已明白他从前的把戏，对你无须隐瞒，或者他对于千手观音也有交情，出头来做和事佬也未可知。俺看他条子上的话，很想你到他住的所在去一趟，其中必另有用意。"

黄九龙道："不管他善意恶意，俺想今天晚上，俺们两人先到柳庄暗地探听一番。倘能探出一点真相来，再冠冕堂皇地去拜访他，言谈之间，似乎较有把握。"

王元超道："这样办法未始不可，不过此公也是行家，双凤也是剔透玲珑的人，听师兄说过，此公一女一婿也是不凡，虽不惧怕他们，万一被他们窥破行藏，倒显得不大合适。"

黄九龙笑道："此层可以无虑，俺们此去能够不露脸最好，万一被他们察觉，就随机应变，作为暗地拜访，免得被外人知道，于他们埋名隐姓的一节上不大稳便。这样一遮饰，反而显得俺们周到哩。"

王元超听得似乎也有道理，并不反对，于是两人商量停当，也不通知别人。等到掌灯时候，痴虎儿已睡醒起来，走到前面，同两人一见面，问他白天的事，痴虎儿迷迷糊糊的，仿佛做了一场梦，黄九龙略微对他一说，才明白过来。大嘴一咧，舌头一吐，摇头说："好厉害的女子。"立时向黄九龙面前一跪，咚咚咚磕起响头来。

黄九龙莫名其妙，赶忙从地上拉他起来，笑道："兄弟你才睡醒，怎么又发了痴呢?"

痴虎儿面孔一整道："谁发痴？俺从今天起，非用苦功学武艺不可，俺此刻已拜你为师，你非天天教俺不可。"说罢，又向王元超叩下头去，傻头傻脑地说道："你也是俺的师父，你也得教给俺。横竖你们两位师父俺是拜定的了。"

他这一拜师，弄得两人大笑不止，黄九龙笑道："这倒好，别人拜师先要问问师父肯收不肯收，你是一厢情愿，不认也得认，不教也得教。兄弟，老实对你说，本门收徒弟没有这样容易的。俺们弟兄没有本门师尊的命令，不能擅自收徒，以后兄弟你千万不要说拜师的话。至于你想学武艺，你倘能认真吃苦，俺们两人一定尽心教你。"

痴虎儿一听师父拜不着，武艺一样可学，咧着大嘴，乐得不得了。三人一桌吃过饭，两人嘱咐痴虎儿守在屋内，不要出去乱走，俺们到外面办一点事就回来，外边头目、书记等如有事报告，你只说俺们两人一同出去了，明天再办好了。嘱咐已毕，两人都换了夜行衣服，各把长袍束在腰间，黄九龙带了白虹剑，王元超仍然赤手空拳，为免除湖勇猜疑，不由正门走，都由窗户飞上屋顶，霎时蹿房越脊，飞出堡外。

一到堡外，房屋稀少，两人落下地来，施展轻身功夫，又从一层层峭壁绝巘上面越过碉堡，穿出市屋，到了渡口。一想到湖东柳庄去，非船不行，只好现身出来，走到山脚看守渡船的湖勇棚内，挑选了两个善于驾舟的精壮湖勇，一齐跳下一只飞划船，两个湖勇一先一后，抡桨如飞，向湖东进发。

恰好这时天空挂着一轮皓月，万颗明星，映着浩浩荡荡的湖水，上下一色，纤洁无声。尤其是湖中银光闪闪，随渡隐耀，四周渔庄蟹舍，荻浩蓼陂，都涵罩在一片清光之中，有说不出的一种静穆幽丽之概。

王元超昂首四瞩，披襟当风，不觉兴致勃然，向黄九龙道："他日有暇，同吾兄载酒湖上，赏此夜月，方算不负此山色湖光。"

黄九龙笑道："这种雅趣，范公当已领略不少，双凤也非俗客，或者此时也自容与中流哩。"

两人在舟中随意谈谈说说，不觉已近湖东，驾舟的湖勇请示堡主在湖东何处登岸，黄九龙道：“柳庄在何处？”

那湖勇遥指道：“那边港岔里面，沿岸密布着柳树老根桩，孤零零盖着十几间瓦房的就是柳庄，那房子是姓范的。”

黄九龙道：“既然已近柳庄，俺们就离柳庄里把路靠岸好了。”

湖勇遵令，摇入曲曲折折的芦苇内港，一忽儿船已靠岸，一个湖勇先跳上，把船系在一株白杨根上，然后黄九龙、王元超跳上岸去。

黄九龙四面一看，前面柳庄隐隐在望，此处恰满岸芦苇，船藏其中，最为稳妥，就嘱咐驾舟的湖勇道：“你们就在此地候俺们回来，不得擅自离开。”嘱咐已毕，即同王元超迎着月光，大踏步向柳庄走去。

走了一程，迎面一片树林，这时秋深天气，只剩得轮囷盘曲的柳桩，间有几株老枝上还挂着疏疏的几根柳丝，随风披拂。穿过柳林，露出一片广场，这片广场就是范家门前的空地，广场正面靠湖，左右两面编着半人高的竹篱，中间窄窄地开了一个小门。

黄九龙、王元超先不进去，从篱外向内一望，只见范家中间一座石库墙门面湖而立，广场靠湖的地方盖着一座不大不小的茶亭，亭畔堆着捉鱼的钓竿、扳网之类，岸下锁着三四只小艇，景象幽寂，静静地听不到一点人声。正想从篱笆门进去，忽听得远远湖心水波上起了一种异样声音，宛如沙鸥野鹜，其行如驶，同陆地上施展飞行术一般无二。因为在水波上走得飞快，脚底拍着水波，相激成声，声声清彻，而且此人一路摄波飞行，显出身后一条很长的水漪，映着月光，好像汪洋浩渺之间画成一条举目无尽的银线。

此人渐走渐近，已看清楚是个高颧大鼻、躯干伟岸的老头儿，光着头，跣着足，披一领宽薄短衫，长与膝齐，胸前一部烂银似的长髯迎风飞舞，连两条浓眉也是纯白如雪，唯独头上牛山濯濯，秃而且亮，最奇秃顶上隆然高耸，颇像老寿星一般，手内还提了一个大鱼筐，直向柳庄飞来。在这涵虚一碧之中，突然现出一个凌波异人，气概又是异常，差不多都当作海神湖仙，可是黄九龙、王元超早已明白，波上人就是范高头，只看他那个寿星秃顶也就明白其实了。

两人悄悄地看他做何举动，只见那人到了离岸丈许的时候，轻轻在水波上一晃，就像一只大水鸟掠波而起，一眨眼，已见他纹风不动地立在茅亭面前，似乎自己非常得意，昂头顾盼，神采飞扬，那庞眉底下，一双虎目一开一合，便如闪电一般。忽听他喃喃自语了几句，得意忘形，哈哈大笑起来，一回身，提着鱼筐，大踏步趋向石库，只听得呀的一声，已自推门而入。

王元超笑道："此老偌大年纪，还有如此兴致，想见当年叱咤绿林，不可一世之概。"

黄九龙道："就是这一路登萍渡水的功夫，也是现在几辈豪侠当中不可多得的，但是究竟年岁已高，轻身提气的功夫还差一点。"

王元超笑道："何以见得呢？"

黄九龙道："你看广场上，此公留下的一路水淋淋的脚印就可知道。此公飞行水波上，两足尚在水平线以下，水波必定没及脚背，所以非赤足不可，跃上岸又留着淋淋漓漓的足印了。"

王元超听得连连点头，笑道："俺自己没有游行水面过，没有十分把握，师兄的功夫俺相信得过，但也没看见在水面上走过，哪一天，俺们也来步一步此老后尘。"

黄九龙笑笑道："且莫闲谈，俺们做何进止呢？"

王元超道："既已到此，说不得做一次梁上君子了。"

两人一笑，从篱门走进广场，毫不犹豫，一齐跃上范家墙头，向下一看，黑暗无光，只隐隐听得后院有男女谈笑之声，前院似乎是个敞厅，没有住人。

两人又从墙头跃过一座天井，趴在敞厅屋脊上。只见对面盖着五开间一排平屋，中堂双门敞露，透出灯火，又听得范高头的笑声中，杂着几个女人声音，不过厅屋较高，趴在屋脊上看不出堂内情形。恰巧下面天井里左右分列着两株丹桂，巨干杈枝，高出房檐，正值木樨犹有余香，枝叶非常茂盛，瓦上树影参差，正可隐蔽身子。

两人悄悄跨过房脊，全身贴着瓦背，蛇行到树影浓厚处，隐住身子，仔细向堂屋内窥探。

只见中间摆着一张八仙桌，上头坐着范老头子，两旁坐的正是舜华、瑶华两姊妹，下面坐着一个妇人，只见一个苗条的背影，大约就是范高头的女儿了。四人一桌，正在传杯递盏，高谈阔论，但是不见范高头的女婿金昆秀，其余进进出出的几个老媪，想必是范家的仆妇了。两人虽然把屋内情形一览无遗，可是距离尚远，堂内谈话的声音依然听不真切。两人悄悄咬了一回耳朵，得了一个主意，趁微风起处，树影摇摆时候，身子微动，一提气，就势平着身，像飞鱼一般，分向两株桂树蹿去。这一手，非有真实功夫办不到，真比狸猫还轻，猿猴还快。一到树上，轻轻踏住老干，从叶缝里窥探堂内。此时相离也不过一二丈远，看也看得分明，听也听得真切，这一来，大得其势，可是屋内说话声音头一句入耳，就大吃一惊。

你道为何，原来听得舜华向那范高头问道："范老伯不是说两位贵客已在门外吗，怎么还不见光降呢?"

范老头子笑道："也许是无意中经过，俺当作纡尊降贵，光临贱地了。可是俺在门外时候看得月光、湖光涵照可爱，偶然兴发，在水面游行了一程，偏偏被那两位贵客瞧见，这真应了一句俗话，孔夫子门前卖百家姓了，到此刻俺还觉得老面皮上热烘烘呢。"

又听得坐在下面的少妇冷笑道："你们枉自生了一双眼珠，俺虽没有背后眼，但是俺已明明看见两位贵客早已光降了！不过这两位贵客有点鬼鬼祟祟，而且还爱闻木樨香味，一进门，便抱了两株桂树不肯放手呢。"

双凤听她说到木樨香味，知道她一语双关，又刁钻，又刻薄，只笑得花枝乱颤，用手乱指着少妇笑道："你一天不要贫嘴，不能过日子的。"

范老头子忍住笑，喝道："休得胡说!"

少妇又抢着说道："吕家妹妹明知故问，故意用话挤对俺，还说俺贫嘴薄舌呢。老头子怪俺得罪了贵客，倒真有点后悔了，现在怎么办呢？嘿，有了，俺来学一学古人倒屣迎宾，拥篲迓客的礼节，来一个飞箸迎宾客，就此将功折罪好了。"说了这句，把手上两根箸子很迅速地两手一分，也不回头，只把两手手背朝上，向肩后一扬，只听得哧哧两声，两只筷子“二龙出水”势，飞镖似的脱手向门外飞去，嘴上还轻轻娇喝道：“贵客仔细!”

不料喝声未绝，灯影一晃，突然屋内现出两个英姿飒飒的人来。两人一现身，立时向上座的范高头一躬到地，口内说道：“晚辈久仰老前辈雄名，万不料近在咫尺，幸承宠召，否则真要失之交臂了。又因为素知老前辈高蹈隐迹，不愿俗人知晓，所以特地夤夜轻装，秘密进谒，不恭之处，还希多多原谅。”

此时范高头同双凤以及少妇，虽明知两人隐身树上，万不料飞箸刚刚出手，人已飞进屋内，身法之快，实也少见，不由得各自一愣！范老头子同黄九龙、王元超原也初次会面，抬头仔细一打量，一个是瘦小精悍，气概非凡；一个是温文俊伟，丰采轶群。虽都穿着一身夜行衣服，毫无江湖习气，不觉暗暗敬慕，又一眼看见两人手上都捏着一只筷子，知道这一双筷子就是自己姑奶奶当镖发出去被他们接住的，倒显出不大合适，赶忙离座肃客，极力周旋。

那位少妇刚刚把筷子出手，喊了一句“贵客仔细”，怎么两人不先不后，就在此时飞进屋内呢？原来两人在树上听得屋内几人一吹一唱，嘲笑一阵，挤对得下不了台。明知隐身门外篱边时，已被范高头窥破，等到翻屋进来，众人得到范老头子关照，自然早留了神，两人一举一动，屋内早已看得明明白白，可是事已至此，万难再呆在树上，好在动身当口，早已料到此招，两人暗地做个手势，打个招呼，就想飘身下去。忽见屋内坐在下首的少妇，举动有异，接着哧哧两声，飞出形似镖箭的东西来。幸而两人功夫深到，目光如炬，又从暗处窥明处，格外真切。未待暗器近前，先自双足一点，一齐飞身进屋，半途中顺手牵羊，各把迎面飞来的东西接在手中，等到飞进屋内，脚踏实地，先来个礼多人不怪，即向范高头一躬到地，顺眼一看手上，原来是只筷子，不觉暗暗好笑。

这时主客寒暄之间，那位少妇目光如电，早已看出来客手上各捏着自己用的一只筷子，兀自不肯放手，倒有点不好意思起来。偏偏双凤姐妹从旁也看出破绽，舜华尤其促狭，故意悄悄打趣道：“你这飞箸迎宾倒不错，不过变了个飞宾迎箸了。”

少妇暗暗地啐了一口，正想还嘴，黄九龙、王元超已掉身向双凤施礼，嘴上说道：“原来两位女英雄鱼轩驻此，愚兄弟正想打听两位尊寓，恐怕远道光临，起居多有不便，受了委屈。二则也想稍尽地主之谊，再请两位驾临敝堡，指教一切呢！”

舜华、瑶华一齐恭立笑道：“白天承堡主厚待，已是十分不安，怎敢再扰？倒是愚姐妹奉命向堡主磋商的那桩事，关系海上众好汉的生路。倘承堡主商个两便之法，愚姐妹已是感激不浅了。”

黄九龙还未答话，范老头子已呵呵大笑，抢着说道：“老夫托大，说句不知进退的话，黄堡主同这位王居士虽然都是今天初会，可是一见就知道都是肝胆照人、胸襟阔大的豪杰，双方又都有很深的渊源，万事没有不可商着办的，不过也不是一句半句可以说得妥当的，现在姑且从缓商议。难得俺这蜗居承诸位看得起，英雄聚于一堂，又难得这样好的月色，古人说得好，人生几见月当头，老夫蛰伏十余年，再没有比此刻痛快的了。来，来，来！黄堡主、王居士，咱们从此扫除客套，先同老夫痛饮一场。”一面说，一面把双袖一卷，露出蒲扇般的大手，把胸前银丝般的长须一理，侧着头静等两人回话。

黄九龙一看他这样神气，就知道他是个豪迈爽利的角色，对待这种人不能谦虚的，也就昂然笑道：“愚兄弟既然承老前辈抬爱，怎敢不遵？而且现在既然知道老前辈高隐于此，且喜近在咫尺，将来时时要向老前辈请教，还要求老前辈事事指导才好呢。”

大凡年老的人都爱戴高帽子，尤其是江湖上的老英雄，范老头子自然不能例外。当时被黄九龙一阵恭维，左一个老前辈，右一个老前辈，只乐得范高头咧着大嘴，满脸堆起笑纹，又把带着汉玉扳指似的一个大拇指向两人一竖，大声道：“嘿！这才是谦恭虚己的大豪杰！从此老夫又多了两个好友了。”说罢，兀自大笑不止。

这时，少妇倏地抬身而起，向范老头子笑道：“老爷子今天乐兴大发了，您不是请客吃酒吗，怎么一个劲儿大乐，还不让客坐地呢？”

范老头子双手脆生生一拍，大笑道：“可真是的，俺真乐糊涂了，怪不得俺们姑奶奶又挑眼哩！当真俺还没有向贵客介绍这位姑奶奶哩，喏喏，两位不要见笑，她就是俺唯一无二的小女，年纪也快三十了，早年跟俺在江湖上混饭吃，也有点小名气，称为红娘子的便是。现在俺年迈无用，全仗她料理家务，也不让她出去了。可惜这几天小婿有事出门去了，否则也同两位亲近亲近。好在不久就回来，将来遇事，两位看在老夫薄面，多多指导他才好。”

于是主客又谦逊了一阵，范高头亲自掇过两把椅子，硬把黄九龙、王元超纳在上首椅上，自己移在下首，同红娘子并座相陪。红娘子也指挥几个老妪添杯箸，亲自捧起酒壶，向各人面前斟了一巡，很殷勤地满台张罗。

两人细看红娘子，蛾眉淡扫，脂粉不施，眉目之间隐含着一种英刚之气，比较双凤宜喜宜嗔之面，又自不同。两人又一看红娘子面前没有筷子，猛想到还在自己手上，赶忙各把手上筷子，送到红娘子面前，笑道：“姑奶奶这一扬手飞镖，真了不得，倘然真个用起飞镖来，愚兄弟休想接得住！”

红娘子面孔一红，咯咯笑道：“两位不要见罪，倘然知道是两位光临，怎敢献丑呢？”

范老头子大笑道：“算了吧，横竖今天俺们父女都献过丑了。”

王元超笑道：“老前辈何必这样谦虚？像老前辈在这茫茫无边的湖面上施展登萍渡水，恐非后辈所能及的。想当年达摩祖师一苇渡海，人人都以为佛法无边，其实也是登萍渡水的功夫。但是照晚辈的愚见，海水性咸质重，比湖水淡而质轻的大不相同，似乎在海面施展登萍渡水比较容易些。像老前辈在轻飘飘的淡水湖面上，连一苇都不用，功夫何等高深！”

这时双凤同那位红娘子听他拿海水、湖水比较，议论非常确当，都各暗暗佩服。可是范老头子似乎一脸诚惶诚恐之色，很诚挚地答道：“王居士话虽有理，但是老朽怎敢同祖师爷相提并论？这位祖师爷非但是俺们少林的开山祖师，也是俺们家礼至尊无上的鼻祖，这且不说。王居士虽然看到湖水淡与海水咸性质不同，可是海上汹涛万丈，风波险恶，恐比湖面上施展登萍渡水要难十倍。”

此时双凤也插言道：“范老伯这话也有相当理由，倒不易轩轻呢。”

王元超又微微笑道：“晚辈对于这手功夫未曾实地研究，原不敢妄下断言。但是平日跟随敝业师同几位师兄讨论些水面功夫，也曾谈到此点。据晚辈愚见，无论海水、淡水，倘然施展登萍渡水时有了风涛，似乎反比一平如镜的水面来得容易，而且波涛愈高愈险，施展功夫也愈觉容易，愈显出巧妙。”

此言一出，一桌上只有黄九龙暗暗点头，双凤同红娘子露着疑讶之色，个个妙睐凝注，急待下文，尤其是范老头子，把手上酒杯一放，两手一扶桌沿，上身向前一探，急急问道：“王居士定有高见，快请赐教吧。”

王元超笑道：“无非晚辈一孔之见，说出来恐怕贻笑大方。据晚辈愚见，登萍渡水这手功夫，内仗丹田上提之气，外借天地自然之力。人在水波上提着气，可以稳住重心，不使下沉，借着力可以向前飞行。波涛排空的时候，正是天地自然之力最厚的时候，波浪一起一伏，其力至宏，俺们就可乘这股力量，借劲使劲，向前推行，似乎比较一平如镜的水面，反较省力些。这是晚辈乱谈，尚乞老前辈指教才是。”

范老头儿听到此处，呵呵大笑道：“与君一席话，胜读十年书。了不得！王居士这番议论，足见功夫深奥，不愧陆地神仙的高徒。老夫在湖面起了风波的时候，也曾试验过，果然与王居士说的话相同，但是功夫练到能够借用天地自然之力，谈何容易！老夫年迈，恐怕望尘莫及的了。”

此时双凤同那红娘子都各暗暗佩服，尤其双凤芳心格外垂青。

范老头子此时精神奕奕，豪气大发，把面前一大杯酒用手一举，脖子一仰，咯的一声喝下肚去，大声道：“老朽痛快已极！请黄堡主、王居士也要放量痛饮几杯。吕家两位贤侄女量虽不宏，也要陪饮几杯，不要忸忸怩怩，做那俗女子态才好。”

双凤低嬛一笑，居然也举杯相照，于是彼此一阵畅叙，只把红娘子斟酒布菜，忙得不亦乐乎，百忙里还要诙谐逗笑，议论风生。

畅饮中间，黄九龙忽然想到了一事，停杯向范老头子笑道：“晚辈有桩事不大明白，要请教老前辈。先头老前辈不是说贵帮祖师爷也是达摩祖师？这样说起来，贵帮似乎从佛教而来，但是常听到帮里人自己称在家里，别人称帮中人又称为家里人，可是此刻听老前辈又自称为家里，音同字不同，其中想必有讲究的？”

范老头子听他问到此处，忽然把手中酒杯一放，长叹了一声，很严肃地说道：“想不到黄堡主心细如发，问到这筋节上去。要说到‘家礼’两字，恐怕现在安清后辈能够对答得出来的还真不多见呢！讲到敝帮起源，从梁武帝好佛时代始，始祖达摩禅师降临中国，三度神光以后，由鹅头禅师口占二十四字，代代依字定名，一直传到翁、钱、潘三祖，于是吾道大兴，支派繁衍，分为一百二十八帮半，七十二个半码头。

“但是三祖以前几位祖师爷，差不多都是得道高僧，修成正果。三祖以后，为国出力，从事天庾，从此带发传道，在家礼佛，所以叫作家礼，现在帮内人称为家里，又称家理，真所谓数典忘祖了，而且其中还有一层最要紧的关系，自从满清入主中华，明室忠臣义士屡起屡仆，终难得志，只有敝帮卧薪尝胆，到底不懈，势力一天比一天宏厚起来。

“从前，贵老师陆地神仙同少林寺有志的大师，都同老朽推心剖腹地结过密约，不过时机不熟，留以有待罢了。就是贵老师差黄堡主整理太湖，同千手观音乘着吕老先生遗言，结交海上英雄，都有最大的用意在内，无非殊途同归罢了。在老朽这几年暗地留心，不出廿年，天下定要大乱，那时全仗诸位少年英豪为含恨地下的忠臣义士扬眉吐气哩。”说到此处，一阵凄惶，不觉掉下几滴老泪来，慌忙把面前一杯酒向嘴上一倾，勉强笑道：“老朽狂奴故态，诸位休得扫兴。”

话声未绝，忽听得砰然一声，只见黄九龙倏地立起身来，以拳抵桌，睁着两只精光炯炯的眸子，大声道：“晚辈平日所受敝业师的熏陶和平生所抱的志愿，都被老前辈一语道破，老前辈真是快人。晚辈此番奉师命除掉常杰，为江南英雄预备一席立足之地，不料师母千手观音不谅苦衷，偏要兴师问罪，真难索解！倘若海上英雄真有胸襟磊落、统率群英的人物，俺黄某情愿率领堡内好汉拱手听命，免得同室操戈。”言罢，两眼直注双凤。

舜华柳腰一挺，正想发言，范老头子已双手一摇，呵呵大笑道：“黄堡主这番话，老朽知道完全从肺腑中流露出来，可是其中还有曲折，诸位稍安毋躁，听老朽一言。说到此番纠葛，在座只有老朽肚内雪亮。如为杀常杰而起，老实说，像常杰这种人，死有余辜，千手观音何至于为这种人报仇？如为海上英雄立足地设法，千手观音也知道黄堡主是个义气深重的汉子，尽可双方婉商，这两桩都不是主要原因。说来说去，全在贵老师陆地神仙一人身上。诸位都知道，双方老师原是一对患难夫妻，而且都是武艺绝伦、举世无双的人杰。讲到岁数，两人都修养到握固葆元、返老还童的地步。偏偏年轻的时候，种了一点孽因，到现在还芥蒂在心，事事掣肘，解不开这层恶果，你说奇不奇呢？”

红娘子从旁插言道：“究竟从前有什么海样深仇呢？”

范老头子摇头道：“不能说，不能说，其中还关系另外一个人，这个人也是同他们两位差不多的一个神通广大的奇人。陆地神仙这几年忽东忽西，倏隐倏现，一半是物色豪杰，恢复河山，一半也因为专找这个人，想解脱自身的怨孽。据老朽旁观，像陆地神仙那副本领，何求不得？也许就在目前，可以把那层怨孽弄个水落石出了，诸位到了那时，自然会恍然大悟的。至于现在黄堡主身上无端出了这个岔儿，在老朽看来，千手观音无非取瑟而歌，并非真同黄堡主为难。稍停几天，由老朽出头，从中做个和事佬，陪同吕侄女亲去见那千手观音，疏通一下，定个折中办法，大约总可赏个薄面。黄堡主同吕家两位贤侄女都不必挂在心上，凭老朽是问好了。”

黄九龙听得喜出望外，赶忙离座向范老头儿兜头一揖，说道：“难得老前辈这样维护，使晚辈感激得不知如何是好，只可先代全堡湖勇向老前辈致谢。”说罢又是深深一揖。范老头子也是谦逊不迭，连称不敢。

此时，舜华也盈盈起立，春风满面地说道：“侄女初会黄堡主同王居士就非常敬佩，无奈师命在身，又不测师尊真意所在，弄得左右为难。现在蒙老伯成全，免得双方意气从事，实在最好没有的了，就是侄女们也感恩不浅的。”说罢这句，似乎心有所触，不由向王元超飞了一眼，霎时红霞泛颊，依然默默地坐下来。

同时正襟端坐的王元超，耳朵里听得舜华一番话，目中看得舜华这番形态，也像触电似的，无缘无故微觉心内一动，情不自禁地双目一抬，眼光直射到双凤面上去。偏偏舜华也在此时妙睐遥注，眼光一碰，各人心头立刻突突一阵乱跳，赶忙收回眼光，各自眼观鼻，鼻观心，坐得像泥塑木雕一般。

这一幕活剧，黄九龙、范老头子满不理会，唯有红娘子剔透玲珑，暗暗瞧料几分，故意笑道：“老爷子这样一做和事佬，黄堡主、王居士同吕家姐妹都是一家人了，格外可以放怀畅饮几杯哩。”说罢，又一伸手提起酒壶，在各人面前满满斟了一巡。可是双凤姐妹听她说出一家人三字，非常刺心，幸而其中还夹着黄堡主，心里似乎略略宽松一点。

忽然听得黄九龙向范老头子告辞道：“今天冒昧晋谒，蒙老前辈垂青招待，诸事关照，真真感激万分。但是此刻鱼更三跃，时已不早，晚辈等暂且别过，明天晚辈想请老前辈、姑奶奶同两位女英雄一齐光降敝堡，彼此再畅叙一番，晚辈还有许多事要向前辈请教。明日就着舟勇迎迓，务请诸位不却为幸。”

范老头子笑道：“俺们这姑奶奶最喜热闹，吕家两位贤侄女也是巾帼英雄，老朽爱的就是英雄美酒，一定叨扰就是。”于是两人离座，向诸人长揖告别。范老头子领着双凤、红娘子一齐送至大门外。

忽然，舜华咦的一声笑道：“两位且请留步，还有那册秘籍就请两位带回，几乎把这事忘掉了。”说罢，就要退身进内去取。

两人一听大喜。无奈范老头儿用手一拦，止住舜华道：“何必心急，明天贤侄女带去，岂不格外显得郑重，何必此刻叫两位累赘地带在身边呢?”

舜华听得果然有理，也就嫣然笑道：“那就明天趋阶献上吧。”

两人也只好拱手告别，正在穿过柳林的时候，微风起处，瞥见侧面几株衰柳上面，一个黑影翩然而逝。两人以为是夜猫子一类的禽鸟被两人足声惊起，也不在意，寻着系船所在，那两个驾舟湖勇正蹲在船上，在月光底下打盹。两人跳下船去，才把他们惊醒，赶忙揉揉眼，解开绳缆，拿起双桨，摇出苇港，疾驾而回。

两人回到堡内，已是夜静无声，仍从窗户跃入自己屋内。可笑痴虎儿抱着头，趴在桌上，呼呼的鼾声如雷，大约两人走的时候，嘱咐他看守屋内，他就不敢回到自己屋内去，实行坐夜了。

黄九龙走近他的身边，轻轻向他背上一拍，兀自沉睡如故。黄九龙笑着轻舒猿臂，挈着他的衣领，猛地向上一提，提得他挥手舞脚地怪嚷起来。两人大笑，他才睁开双眼，认清两人已径自归来，黄九龙放手笑问道："俺们走后有事么？"

痴虎儿眯着眼，思索了一回，猛地把自己的脑袋击了一下，道："似乎有个头目进来，俺回他明天再说，他就出去了，不知道他有什么事。"

黄九龙笑道："兄弟，你去安睡吧，时候已是不早，俺们也要休息休息了。"

痴虎儿道："你们究竟上哪儿去了，怎么去了这久才回来呢？"

王元超笑道："一时对你也说不清，反正明天你自会明白。"说着把他一推，催他快回房去睡。痴虎儿也不寻根掘底，呵欠连连地出房去了。

黄九龙道："俺们今晚总算不虚此行，明天倒要好好接待他们才是。"

王元超道："可惜那册秘籍今天没有带回来，好在明天总可快读的了。"

黄九龙道："俺对于那册秘籍倒不十分注意，并不是自己满足的意思。因为纸上无论如何说得透彻奥妙，总须名师在旁指点和自己肯用苦功。讲到俺们老师所传这一派功夫，据俺猜想，定与秘籍上大同小异，没有十分差别。不过在少林派同内家以外各派，看得这册秘籍，自然当作终南捷径，贵重异常。"

王元超道："师兄的话自是正理，但是这册秘籍万一落在匪人巨盗手上，大可助长恶焰，混淆内家的名头，这样看起来，这册小小秘籍关系也非同小可呢！至于俺们还夹着重视先辈手泽的一番意思在内，一半也因为单天爵无理取闹，又生出赤城山醉菩提一番纠葛，愈觉得要保全这册秘籍了。”

黄九龙笑道：“可是此刻书在双凤手上，无须杞人忧天，俺此刻正想着明天如何接待柳庄方面的人，那位范老英雄将来也是一条好臂膀呢!”

王元超道：“俺们明天何妨找几只大船，把酒席移上船去，容与中流，赏些湖光山色，岂不大妙。”

黄九龙拍手道：“太妙，太妙，准定如此！想必范老英雄同那吕家双凤也是赞同的。”

两人又细细商量了一阵，各自归寝。可是王元超回到自己房内，惦记着范家席上一番旖旎风光，仔细回味，未免略存遐想，胡乱睡了一宵。

次日一早起来，听得窗外黄九龙吆喝声音，赶忙披衣出户，走到屋外，靠在台基朱红栏杆向下一看，只见柏树底下围着一堆人，黄九龙正在连声吆喝。对面一个穿着军营号衣，满脸黑麻的兵勇，绑在一株柏树上，垂头耷脑，已是生气毫无。两旁立着几个湖勇，手上拿着藤鞭，两只眼望着黄九龙，似乎等待命令用刑。王元超看得有点不解，慢慢地走下台阶，挨进人丛，向黄九龙问道：“此人何来?”

黄九龙怒气勃勃道：“俺们上赤城山的一幕趣剧，就是此人作的祟。此人就是从太湖堡逃走，投入单天爵营内，献出那封书信，才有醉菩提自告奋勇，到宝幢铁佛寺盗走秘籍的一段纠葛。在他以为投入单天爵军营里，俺奈何他不得，不料俺硬要把他弄回来。昨天白天在厅上时候，俺派去的人已有报告到来，遵照俺的吩咐，已把他从荡湖军营里暗地捉来，不日解到此地，那时双凤突然到来，无暇对你细说。等到晚上俺们从柳家庄回来，虎弟不是说有人进来报告吗？那就是解到此人的报告，所以俺一早起来发落他。”

王元超听罢，这才明白前后情节，就袖手旁边一站，静看他们如何发落。

只听得黄九龙厉声喝道："泄漏秘密，暗地潜逃，按照俺们太湖堡的定律，哪一桩也是死刑！你倘然从此立誓悔过，把单某最近举动从实招来，本堡主念你初犯，尚可从轻发落。"

说罢，两旁湖勇也齐声喝道："堡主的话听清楚没有？你也不想想，堡主待俺们何等仁爱，哪一桩事亏待过俺们？偏你丧心病狂似的暗地逃走了。逃走不算，还要把堡主的信泄露到外边去，这不是找死吗？现在难得堡主天佛似的宽容你，你还不觉悟，等待何时呢？"

那几个湖勇一吹一唱地把话说完，只见树上绑着的兵勇勉强把头一抬，两只眼眶里眼泪像泉水一般流下来，呜咽着喊道："众位老哥，俺悔已来不及了。堡主啊，你赶快把俺宰了吧，把俺做个榜样，待俺来生变牛变马，再来报答堡主的恩义。"

黄九龙喝道："废话少说，单某究竟现在做何举动，快说。"

那兵勇垂泪道："单天爵现在野心极大，各处天地会、哥老会和各水陆码头、绿林黑道都有来往，宛然是个坐地分赃的山大王，一面借着总兵的势力，手下爪牙到处鱼肉乡民，弄得芜湖一班百姓怨气冲天，偏那朝廷抬举他，说他才堪大任，新从总兵署了提督衔。又传说两江总督风闻太湖名气很大，长江会匪又闹得很凶，想调他到江苏去震慑，不日就可真补提督实缺。据他几个亲随说出来，他自己也上了一本条陈，很吹一气，恐怕这个消息不久就要实现的。至于内中细情，单天爵向来心计刻毒，不是心腹，不易知道，小的实在无法探听了。"说到此处，竟已有声无气，大约一路捆绑，受罪不轻，已折磨得奄奄一息了。

黄九龙看他这副狼狈神气，倒减去了几分怒气，厉声喝道："暂时把他监禁起来，待他确实悔悟以后，再定处分。"说毕，把手一挥，左右几个湖勇把树上逃勇解下来，叉了出去。

第六回

击楫歌清流，荻岸蓼洲，一带江山如画
当筵恸往事，痴儿慈父，此中血泪难分

黄九龙转身邀了王元超，回进卧室，只听得后面痴虎儿房内，呼呼奇响，好像舞弄棍棒的声音。两人过去一看，原来痴虎儿光着脊梁，站在当地，把那支禅杖舞得风车一般。虽然没有家数，看他神气非常凝神注意，连黄九龙、王元超立在门外，毫不觉得。

黄九龙大笑道："快替俺停止，不要白费气力了。"

不料这时他正舞得兴高采烈，那支纯钢禅杖滴溜溜随身乱转，发出呼呼声响，被黄九龙在门外一声喊，猛一疏神，手上一松，一个收不住，那支禅杖就在喊声中脱手而出，恰恰向门口飞来。

黄九龙一伸手接住禅杖，跨进门去，大笑道："这一手算什么呢？换了别人，被你这一手就得脑浆迸裂，那才冤枉呢。"

痴虎儿睁着一双环眼，一张蟹壳面霎时染成一阵大红色，竟像熟蟹壳了。

王元超过去拍着他的肩膀，笑道："俺知道你急于练功夫，可是练功夫不能乱来的，倘然自己胡来一气，使过了力，岔了气，不是玩的。这几天俺们有事，停几天，俺们自然会一步步教你的。"

黄九龙随手把禅杖倚在壁间，向痴虎儿笑道："今天俺们到湖心去喝酒，你可以跟俺们去玩一天，有几个本领了得的人物，你也可见识见识。"

痴虎儿一听有酒喝，立时把练功夫的心思放在一边，张着阔嘴道：

“去去，就此跟你们去。”

黄九龙道：“你这样赤着脚去可不成，回头你把赤城山弥勒庵得来的衣服穿在身上，俺们走的时候，一定通知你的。”说罢，同王元超回到自己房内。

两人坐定，王元超道：“师兄预备好船只没有，俺们何时下湖呢?”

黄九龙道：“俺一早起来就派人布置一切了。”

话犹未毕，门外进来两个湖勇，垂手说道：“游湖大船一只，伙食行厨船一只，都已备齐，请示堡主何时下船?”

黄九龙笑向王元超道：“此刻未免过早。”

王元超道：“俺们早点亲自去迎接范老英雄，做个竟日之游，也未始不可。”

黄九龙点首向湖勇道：“就此下船去，通知后房虎爷一声。”两个湖勇应声退出，王元超也回房更衣去。

一忽儿，痴虎儿穿得很整齐进来，黄九龙也换了一件袍子，外罩四方大袖马褂，同痴虎儿走出房来，在王元超房门外喊道：“五弟，走吧。”

王元超应声徐步而出，于是三人走向前厅，厅上几个头目向黄九龙问道：“堡主游湖，可要多派几个弟兄去?”

黄九龙道：“人多船上反而拥挤，可以不必。”边说边向门外走去。

堡门外已备着三匹骏马，三人各自控鞍上马，丝鞭扬处，一忽儿已到渡口。王元超一看湖边停着一只丈余画舫，船篷尽去，只头尾擎着四根铁杆，支着遮阳布幔，四周垂着流苏，四角挂着几盏明角风灯，倒也雅致非凡。游船后面，还系着一只白篷巨艇，艇内刀勺之声，烹炙之味，扬溢出来，想必是游湖的行厨船。

三人弃鞍上船，黄九龙一看船内宽大，中间设了一张花梨桌子，四面围着小椅子，桌上摆着鲜花、香茗、点心盒、水烟盘之类，色色俱全，不觉高兴异常，对王元超道：“俺们堡内几个头目同文案室几位先生着实有点才性，俺知道这样布置准对你的心思。”

王元超笑道：“真也亏他们。”

又前后一看，船头船尾各立着两个精壮湖勇，分司橹篙，行厨船上也有几个湖勇，一数两船的人，连煮茗、烧菜的厨役，共有十余名，足供支应，就吩咐开船，向柳庄进发。恰值天气晴爽，岚光隐隐，秋波叠叠，远处渺小的几只渔舟，同掠波的水鸟出没天际，宛如图画，这样幽静的水面，近处只自己两只船上一路发出欸欸的橹声，和船头推波而进的接触声，偶然远远的几声渔歌从水面传来，景象清幽之至。

这样，三人谈谈笑笑行了一程，忽然痴虎儿伸手指着水面远处，喊道："咦，那红色的是什么?"

黄九龙目力最好，朝他指的方向一看，只见对面浩渺一碧之上，隐隐地露出一点红如赤血的东西，正对着船行方向推波而来。

王元超也已看见，笑道："古人用'万绿丛中一点红'的诗句作画题，这不是绝妙的画稿吗?"

忽听黄九龙喊道："俺看出来了，那船上挤着一堆人，红颜色似乎是女人穿的衣服，看那来船方向正是柳庄所在，难道范老英雄也来得这样快么?"回头吩咐湖勇快迎上去，立时双橹如飞，船如疾箭。

对方来船却是一叶扁舟，飞也似的驶来。相离还有半里多路时候，隐隐听得对船上有人击楫高歌，水面上一阵清风吹送，歌声非常悲壮凄楚。

王元超伏在船栏上，借着水音，侧耳细听，听出唱的岳武穆《满江红》一阕，他听到："三十功名尘与土，八千里路云和月，莫等闲白了少年头，空悲切。"响遏行云，声裂金石，字字送到耳朵内，回头向黄九龙笑道："听这歌声，范老无疑。此老豪气凌云，一腔热血，有心人听到这几句慷慨悲歌，就可知道他的为人了，又难得这样大年纪，一点没有颓败之态，真所谓得天独厚的了。"

话犹未毕，一阵微风掠面而过，又隐隐听得一个又尖又脆的嗓子唱道："一带江山如画，风物向秋潇洒，蓼屿荻花洲，掩映竹篱茅舍。"这几句唱得缠绵悱恻，抑扬顿挫，从风尾遥曳过来，若断若连，便像碧天尽处，有仙女在云中歌舞一般。王元超扶着船栏，听得神思迷离，不意远远一阵拍手欢呼，歌声便戛然而止，原来两船愈趋愈近，一刹那，彼此都可望见，所以拍手欢笑。

这边黄九龙等仔细向前一看，可不是柳庄那班人！最醒目的是船头立着的红娘子，披了一件猩猩大红呢的一口钟，映着水面倒影，流波闪动，浮着一片片的红光，照眼生缬。

王元超笑道："怪不得人称红娘子，原来爱穿红色衣服出了名的。"

再一看红娘子身后，范老头子头戴范阳毡笠，身披米色茧绸道袍，足登云头朱履，箕踞而坐，膝上搁着一片桨，鹤发童颜，神采奕奕，同昨晚见面时又是不同。范老头子身后，紧坐着吕氏双凤，也各外罩一件燕尾青羽线呢的风氅，越显得素面朱唇，珊珊秀骨。双凤身后还有一个不认识的黑面矮汉，却蹲在船尾，抡桨如飞地疾驶而来。片时两船接近，黄九龙、王元超步出船头，一齐恭身迎迓，一面命湖勇点篙定船。

那小舟上范老头子首先起立，拱手大笑道："有劳两位远迎。"语音未绝，已自跃过船来。

红娘子同吕氏姐妹也含笑招呼，先后轻轻跃上船头，彼此一阵寒暄，步入舱中。

范老头子先不就座，遥向小舟上的黑矮汉连连招手道："老弟快上这边来，俺给你引见两位少年英雄。"

那矮汉遥应了一声，慢慢放下双桨，立起身来，先向这边拱一拱手，就在这一拱手的工夫，也没有看他怎样动作，只一眨眼，他已从那边船尾一跃过船，竟像棉絮一般毫无声息，连船身都没有晃动一点。

黄九龙、王元超起初以为这黑矮汉一身灰扑扑的村装，定是范家的长工，此刻一听范老头子称呼老弟，身手又这样矫捷，才知道以貌取人，未免小觑人家，正想上前同他答话，忽见他回头向外一看，喊声"不好"，顾不及同人周旋，急匆匆又转身走到船头，立时伸出两手，凭空向湖面一阵乱招。众人看得非常诧异，也一齐走近船头，顺着他招手的所在一看，不禁暗暗惊奇。

原来这位黑矮汉飞身上来时，两足不免向小船一点，那只小舟经他一点，舟上没人主持，自然直荡开去，偏又下水顺流，霎时飘离大船老远。这边船头上的湖勇，急想用竹篙带住，已是不及。等到黑矮汉走上船头，那只小舟已隔开二丈多远，不料经这黑矮汉立在船头双手远远一招，说也奇怪，那只小船好像懂得人性一般，立时在水面上打了个转身，定在水上不动了。

这时，船上的黑矮汉两掌齐舒，五指勾屈，如鸟爪一般，朝着那只小船运气伸缩不定。一看他臂上虬筋枝枝突起，好像掌上挽着千百钧重的东西一样，再看那只小船，似已渐渐移动过来，一忽儿，那黑矮汉猛地向后一退，两掌一拳，两臂往回一掣，一声猛喝，就见那只小舟霎时箭也似的飞射过来。众人看他有这样神奇手段，齐声喝起彩来。船头湖勇见小船已自动回来，慌忙用篙点住，再用船上铁链搭在小船上，就不会再荡开去了。

黑矮汉回身进舱，笑向范老头子道："俺真鲁莽，几乎把老大哥的宝舟飘去得无影无踪。"

范老头子笑道："想不到俺这破舟也会同你开玩笑，急得你用出混元一炁功来。许久不见你练这手功夫，今天俺们大开眼界，还要感谢那只破舟呢。"说罢，一船上的人都大笑起来。

黄九龙、王元超重新过来见礼，那黑矮汉衣服虽然村野，语言应对却非常彬彬有礼。

这时范老头儿从中介绍道："说起俺们这位老弟，也是三湘七泽中一位无名英雄，姓滕单名一个巩字，现年五十有七，湖南麻阳人氏。因为中年遭了天灾，弄得家破人亡，从此就单身浪游，没有家室。可是老天爷安排甚巧，这位老弟因只身浪游，反而遇到异人，传授了一身好功夫，所以这位老弟的功夫，还是中年以后才练出来的。因为素性恬淡，不计名利，不遇知己，绝口不谈武技，人家看这副外表，宛然是个憨脑的庄稼人，谁知道他身怀绝技呢。生平同老朽最讲得投机，老朽从前许多好友当中，也要算这位老弟最忠实。自从老朽隐在湖滨，每年总来看望一次，盘桓几天。昨晚两位大驾刚才进门，这位老弟接踵而至，老朽同两位畅谈一番，正高兴得不得了，又遇老友临门，那份欢喜就不用提啦！俺对他说起两位大名，他也钦佩得不得了，而且昨晚两位离开蜗居当口，这位老友已在暗地里依稀望见两位丰采，所以今天一同邀来聚会聚会。”

范老头子介绍已毕，彼此又道了几句仰慕的话，黄九龙又拉着痴虎儿替他向各人介绍一番，然后彼此纷纷就座。湖勇们依次献上香茗，大家就兴高采烈地开怀畅谈起来。这时大船带着范家的小船，后面跟着行厨船，在湖面缓缓而行。坐船上除去四个摇船的湖勇不算，中舱环坐着范老头子、滕巩、舜华、瑶华、红娘子、痴虎儿、王元超、黄九龙，宾主共八个人，你一言，俺一语，谈天说地，热闹非凡，中间还夹着红娘子落落大方，诙谐百出，逗得一船上笑声不绝。

范老头子笑向黄九龙道："黄堡主这样盛情接待，后面还携着行厨，想必爱这四面湖光山色，做个游湖的盛会，真是雅人胜致。老朽从此隐居湖上，不愁寂寞了。可是俺们还没有到贵堡登堂拜谒，就在中途逗留，似乎太放肆了。"

黄九龙忙答道："老前辈何必过谦，登堂的话，更不敢当，老前辈倘能莅临敝堡，指教一切，已是荣幸非凡了。"

这时，忽见红娘子眼光闪烁不定，东一溜、西一溜地向滕巩、痴虎儿两人面上来回瞧个不住，瞧一回，同双凤嘁喳一阵，双凤也把明眸闪烁起来。黄九龙、王元超都看得有点诧异，暗地向滕巩面上一看，不料此时滕巩也是两眼直勾勾地瞅着痴虎儿，顺着他们的眼光，向痴虎儿一看，只见他懒洋洋地靠在船栏上，似乎被他们看得不好意思，假装远眺，避开他们的目光。但是黄九龙、王元超这样仔细一留神，也看出他们的意思来了，原来他们看滕巩长相同痴虎儿一模一样，从头到脚无一处不像，而且越看越相似，连滕巩自己也觉得了。

两人再细细一打量，果然滕巩也是浓眉阔口，也是短身横面，甚至五官位置，皮肤颜色处处相同。不过痴虎儿正值青年，肌肤充盈，气色润泽，滕巩已留着一口花白短须，又是一脸风尘苍老之色，有点不同罢了。黄九龙、王元超这样一看破，也是暗暗纳罕，转念天下同貌的也有，不足为奇，再一看滕巩，还是一瞬不瞬地看着痴虎儿的背影，眉头双锁，似乎满腔心事，露出一脸凄惶之色来。

黄九龙一看这副形状，勾起好奇心来，心想他自己也知道与人面目相同，但是何必这样愁容满面呢？猛然想起痴虎儿幼年的身世，顿有所触，正想同滕巩攀谈，忽见红娘子匆匆离座，走到范老头子跟前，低低喊喳了一阵。

范老头子一面点头，一面向滕巩、痴虎儿看了一回，登时笑容可掬地向黄九龙问道："这位雅号痴虎儿的弟台，想必是贵堡新进的少年英雄，是否同出尊师门下？"

黄九龙听他忽然问到痴虎儿，知道是红娘子捣的鬼，趁势答道："说起俺们这位虎弟，幼年出世时候，非常奇特，也非常凄惨。最奇怪的，他到现在还不知道自己姓什么，只知道父母是湖南人罢了。"

范老头子听到此处，两只眼珠乱转，满面诧异地说道："哟，原来也是湖南人，想不到滕老弟在此地还碰着同乡人。"边说边看了滕巩一眼。

只见滕巩很惶急地问道："现在这位堂上二老都健在么？"

黄九龙道："说也可怜，俺们这位虎弟一离娘胎，慈母就撒手归天，父亲呢，又早已不知下落，一出世就成了一个无父无母的人，非但同父母没说过一句话，连自己的父母面长面短都不得而知，又没有半个戚族，所以到现在自己究竟姓什么，还无从查考呢！"

此时痴虎儿脸虽朝外，两只耳朵听得非常清楚，听得黄九龙提到自己幼年身世，顿时触起悲肠，鼻子一酸，眼泪就要夺眶而出，这一来，益发不敢回头，等到黄九龙说出自己还没有姓，一阵难受，但看他肩背一起一伏，就知道他伤心已极，一船上都代为叹息不已。

不料这当口，滕巩微一跺脚，哎的一声，直立起来，瞪着泪汪汪的眼珠，伸着颤抖抖的手臂，意思之间，似乎想去抚慰痴虎儿，又像欲前又却的样子。

红娘子正在他身后，倏地伸手一拉滕巩衣襟，悄悄说道："滕叔，俺们且听黄堡主细谈。"

滕巩经这一拉，悚然一惊，一声长叹，仍复颓然就座。

范老头子道："俺们滕老弟心肠非常慈悲，自己又没有一男半女，所以一听黄堡主讲得凄楚，就感动心曲了，但是老朽尚不明白，这位既然出世就没了父母，由何人抚养长大呢？”

黄九龙道：“晚辈说他出世奇特就在这个地方。这位虎弟在五六岁以前，可以说没有经过人抚育。”

此言一出，众人大为震动，尤其是舜华，忽然触起心机，想着一事，急急问道：“才出世小孩，不经人抚养，难道遇着奇异的兽类代为抚育么？”

这一问，黄九龙、王元超同时吃了一惊，心想你怎么知道的？连痴虎儿也听得奇怪，一抹眼泪，回过头来瞧了舜华好几眼，依然回过头去，惘惘然地看那船舷的流水。红娘子以为舜华语言不检，说出兽类抚育的话，所以惹得痴虎儿心不乐，回头直瞧，暗地向舜华看了一眼。

黄九龙徐徐道：“吕女士所说得很有见地，并没说错。事不说不明，左右闲着无事，俺把其中详细情形讲一讲，诸位就明白了。”于是把痴虎儿出世情节，一直到自己碰到痴虎儿，赶走醉菩提，带到太湖堡为止，原原本本、巨细不遗地说了一番。每逢说到奇特惨痛之处，非但范老头子、红娘子听得拍案惊奇，连双凤也大声呼怪起来，唯独滕巩同痴虎儿一声不响地听着，只各人眼泪像瀑布一般直淌下来。等到黄九龙一口气说完，忽见滕巩面上眼泪点滴都无，只瞪着一双巨眼，直勾勾地看住痴虎儿身上，额上满迸出一颗颗像黄豆般大的汗珠，形状非常可怕。

范老头子一看滕巩这副形态，喊声“不好！”正想立起身来，说时迟，那时快，猛听得滕巩一声惨叫，张开两手，从座上向痴虎儿直扑过去，还未扑到跟前，两眼向上一翻，全身直挫下去，砰的一声巨震，整个儿跌在船板上，昏死过去了。

这一来，船上立时大乱，痴虎儿还莫名其妙，回头一看，以为这人发了疯，惊得直跳起来。范老头子同红娘子首先一跃而前，蹲下去一左一右地扶住滕巩，不住地掐穴摇背，范老头子也是老泪婆娑，两眼望着天空，大声喊道：“难得老天有眼！”把这几句话颠倒叨念不已。

一忽儿，滕巩转过一口气来，咯的一声吐出一口稠痰，悠悠地喊了一声：“俺的天呀！”叫了这声，眼泪又直泻下来。

范老头子流着泪道：“好了，好了，老弟且休着急，愚兄自有办法。”复向黄九龙道：“诸位休慌，今天事出非常，难怪俺们滕老弟一时急痛攻心，昏厥过去，待一会儿就好了。”

黄九龙和王元超心里已瞧料几分，心想真有这样天缘凑巧的事么？如果滕老头子没有误会，倒是俺们虎弟的大造化。

黄九龙一面思索，一面倒了一杯热茶，送到滕巩口边。红娘子赶忙接过，连称不敢，滕巩呷了一杯茶，神色渐渐回复。范老头子同红娘子扶他起来，仍旧纳在座上，范老头子又回身向众人朗声道：“今天事非偶然，也许老天爷安排定当，故而鬼使神差使俺们聚在一起。诸位不明白其中详情，当然看得诧异，现在待老朽把滕老弟的身世对诸位一讲，然后咱们再从长计议。

“说起俺们滕老弟的家乡，在湖南麻阳县乡下，祖上务农为业，传到这位滕老弟也是半耕半读，家境也算小康人家。娶了一位姓金的夫人，荆钗布裙，非常贤惠。不料，到了滕老弟三十余岁时候，祸从天降，忽然山洪暴发，秋雨连绵，湖南全省大水为灾。偏偏滕老弟的一乡地势格外低洼，一天晚上，忽听天崩地裂价一声巨震，全村众人俱从梦中惊醒，一霎时，村外像千军万马一般的声浪鼎沸而起，夹着男女呼号之声，天翻地覆般闹成一片。他知道不好，定是江堤倒塌，大水来袭。急急穿衣下床，把门房一开，嘿，可不得了哇！立时一股洪流冲进门内。

“那时滕老弟无非是个安分守已的乡农，水性又未精练，一阵惊慌，早已随波逐流，飘得不知去向，等到被人救起苏醒过来，已在百里开外。想到自己那位金夫人，当然也被大水冲去，又是女流之辈，多半已是性命难保。最悲痛的是自己夫人已经怀孕，从前又没有添过孩子，这一来岂不断宗绝根，那时滕老弟的悲痛也就不用提呀。偏又祸不单行，自己刚从水里被人救起，又接着生了一场大病，几乎了此残生，幸而尚有救星，因为他从水里被人救起的地方是座古庙的门前，救他的人就是庙内的和尚。

“可是那个和尚救他起来以后，不料他又生起大病来，病了许多日子，病势愈来愈重，弄得庙内和尚束手无策。正在病得奄奄一息的当口，幸而那庙里忽然来了一个远方挂单老和尚，系从四川峨眉云游到此，看到滕老弟病倒僧房，自愿担任医药。果然那个挂单僧医术神通，连服几味丹药，居然起死回生，几天以后就复了原。滕老弟自然感激得不知所云，但是他这一病，已耽误了几个月，病中人事不知，没有话说，病好以后，自然一心记挂着金夫人的存亡下落和家乡水灾退后如何光景，立时想拜别寺僧，赶回家去。

“哪知那个挂单僧听他说出这份意思，哈哈大笑起来，向他说道：‘你卧病时候，老僧已替你到贵乡走过一遭了，你今生今世休想见到你的家乡了。’滕老弟听得自然吃惊，忙问他此话怎讲？他说你们贵乡地势本属低洼，此次全省大水又为前十年所未有，各路的水都聚在贵乡，所以田庐树木统统浸没，已变成众流所归的巨泽，地形也改了模样，正应了桑田沧海那句话了，你还想找得着你的家园吗？滕老弟知道这个挂单僧年高貌古，一脸慈祥，绝不会说谎，立时吓得只有哭泣的份儿。那老和尚蓦然一声猛喝，大声道：‘田园身外之物，何足恋惜？大明江山还要失掉，何况你这几亩田园！’

“滕老弟被他一喝，吃了一惊，哭丧着脸道：‘田园弃掉也罢，但是……’

“老和尚不待他出口，忽然大笑道：‘夫妻聚散，子孙有无，都有缘分。比如你明明已被大水漂去，到百里外还被人救活，焉知你老婆肚中一块肉，不养个黑黑胖胖的好儿子，替你传宗扬名呢？’

“这几句话说得滕老弟毛骨悚然，心想俺肚内的意思，怎样他知道得这样透彻呢？想必是个得道高僧，自己正在走投无路的时候，就跪在老和尚面前，求老和尚指点迷途。

“那老和尚也毫不客气，立起来，把全身骨骼一摸，用手一提，像提小鸡似的提了起来，只说一句‘跟俺走！’从此滕老弟就拜老和尚为师，跟他海角天涯地跑了十几年，练成了一身好功夫。有一年师徒二人走到峨眉山最高峰一座石洞内，老和尚对他说，这座石洞是老和尚早年修行的地方，所以洞内石桌、石床和一切应用物件都很完备，两人在石洞内又居住了许多日子。

“有一天，老和尚从洞底掘出一具石匣，打破石匣，拿出两柄长剑来，说是这两柄剑还是当年百拙上人在云南莽歇崖铸成的八剑之二，一名奔雷，一名太甲。这柄奔雷现在俺赐你，以助积修外功。这柄太甲，你暂时一并带在身边，将来机缘凑巧，你或者尚能会着你亲生儿子，到了那时候，你把太甲剑转赐你的儿子佩用。那时滕老弟虽然知道自己师父道行高深，玄机朗澈，所说定有道理，但是突如其来的儿子，实在听得莫名其妙，又不敢细细探问，只好恭恭敬敬地接受。

“老和尚把两柄剑交付完毕，又对他道：‘你跟俺这几年，已经有点修养，论到本领，也可独自在江湖阅历一番，做点功德，尤其应该到浙江地方常常走走，自有你安身立命之所。你要知道，乡能变湖，湖亦能变乡，天下事没有一定的，而且天下无不散的筵席，俺与你的缘分也尽如此，俺自己也要寻一个归宿之处。你明天就可独自下山，不必恋恋在此。’说完这番话，就面壁入定，不理会他了。

“从此滕老弟就拜别师尊，浪游天下，暗地做了许多侠义功德的事。因为记着师父临别赠言，常常到江浙来游玩，所以同老朽结为知己朋友，这是滕老弟亲口对老朽说的从前经过。诸位请想，俺们把滕老弟和痴虎儿两位的身世互相对证起来，又看他们两位的面貌，同老和尚所说遇缘得子的话，各方面一凑合，此刻不是奇缘巧合，父子团聚么？”

黄九龙等静静地听他讲毕，人人感动得又惊又喜，心想果然有这种奇事，立时各个的眼光都集中在滕巩、痴虎儿两人身上。这时滕巩抹着老泪立起身来，向众人罗圈一揖，未开言先自一声叹，然后岔着嗓音道：“想俺苦命的人，万料不到有今天一桩巧事，此刻俺好像在梦里一般，心里也乱得一点没有主意，究竟其中有没有错误的地方，还要请诸位代俺们做主。倘然千真万确，确是这么一回事，也许老天爷可怜俺，设法补偿俺一生惨痛。现在应该怎样确切证明，全仗黄堡主和诸位大德成全。非但俺感激得难以形容，就是俺地下的拙荆，也变牛变马报答不尽的。”一言未毕，嗓子一哑，眼泪像抛珠一般洒下来。

众人正想开口，忽听得痴虎儿一声大吼，抢过来伸出一只黑毛的巨手，擘胸把滕巩的衣襟扭住，瞪着一双怪眼，一头毛蓬似的乱发根根上竖，面上又挂着一道道纵横的泪痕，像凶煞般对着滕巩，嘴上发出咻咻之声，只说不出话来。这一来，非但滕巩摸不着头脑，众人也不知道他是什么意思。

黄九龙慌忙喝道："虎弟不得无礼，这是你的父亲。"

痴虎儿经过这一喝，忽然哇的一声大哭起来，边哭边跳脚嚷道："天啊，俺娘死得好苦呀！"

大嚷大闹只喊着这句话，依然扭着滕巩不放手，众人听他这句话，依然丈二和尚摸不着头脑，可是经他沸天翻地地一闹，那只船东簸西荡，几乎翻了身。

众人正想近前劝阻，滕巩两手一摇，一跺脚，抱住痴虎儿，大哭道："儿啊，为父知道你的意思了。你因为想到你娘死得凄惨，怨为父不早来寻访。儿啊，你要明白，咱们一乡的人被水溺死了十之八九，也不知道你娘怎样逃出命来。事后俺们家乡又被大水汇成巨泽，弄得无家可归，一村幸而逃出命来的人都散在远处，想访查你娘的下落，也无从着手。为父离师以后，接二连三地到咱们家乡寻访，无奈好好一个村庄变了白茫茫的大湖，叫为父如何是好呢？儿啊！你不要哭坏了身子，天可怜俺，今天使俺们父子相逢，又难得黄堡主在赤城山陌路相逢，把你提携到此，看待得像自己手足一般，这样的恩义，俺们父子要时时记在心里，设法图报才是。"

痴虎儿听他父亲说得这样委婉，觉得自己太鲁莽了，初次碰着难得见面的父亲，不问皂白就来了这一手，自己知道太不对了，心里一阵难过，扑通一声，跪在地上，抱住滕巩大腿，抽抽噎噎地哭个不已。滕巩也是悲喜交集，隐痛难言，索性父子拥抱着大哭一场。这一场大哭，只哭得一船的人个个叹息不已，尤其红娘子同舜华、瑶华虽是巾帼英雄，终究是儿女心怀，竟在旁边陪了许多眼泪。

等到他父子俩哭个尽兴，范老头子又再三劝慰一番，才停止悲声，由船上湖勇递上热手巾，一一擦过脸。滕巩又向众人很恳挚地道谢一番，尤其对于黄九龙、王元超表示出十分感激的意思。这时，痴虎儿早已收起煞神般的凶态，变成了驯柔的乳羊，依依难舍地靠着滕巩，问长问短，流露出父子天性来。一船上的人也依然开怀谈笑，扫尽愁云惨雾，又复充满了融融洽洽之象，可是谈话的资料，还是他们父子俩身上的事。

红娘子笑道："俺们这位虎弟出世果然奇怪，但是那只哺乳的雌老虎，尤为奇怪，凭什么对于虎弟有这种情义，实在想不出所以然来。"

舜华忽然笑道："讲到那只雌老虎，愚姐妹俩倒略知一二，而且俺们姐妹俩小的时候，同那只雌老虎还天天在一块儿玩耍呢。"这几句话又是奇峰突起，引得众人又连声呼怪起来。

红娘子柳腰一摆，斜睨了舜华一眼，咯咯笑道："怪不得刚才黄堡主还未说出虎弟的详情，你就说异兽抚育的话，难道说你也尝过那雌老虎的虎乳？"

舜华轻轻啐了一口，娇嗔道："狗嘴里会生象牙才怪呢。"

两人一打趣，引得众人大笑，滕巩急得想打听雌老虎的来源，笑向舜华道："范姑奶奶一天不说笑话不过日子的，可是事情真奇怪，吕小姐怎么也知道那雌老虎呢？"

舜华道："那只雌老虎从前在云居山深谷内憩息，无意中被舍亲千手观音瞧见，生生把它活捉回来，调养了几个月，驯服得像狸猫一般。平日舍亲同几位道友讲经说法，那只雌老虎总在身旁蹲着，竖着虎耳，痴痴地听道友们讲些修身养性的话，好像懂得一般。几年下来，野性全无，千手观音说的话，句句懂得，非但守门司守，衔柴代骑，可以指挥如意，而且忠心耿耿，一刻不离主人左右。

"那时愚姐妹年纪尚小，先父去世，蒙舍亲千手观音接到云居山教养，时常骑在虎背上，满山游玩。有一天，忽然雌老虎引了一只雄老虎来，向舍亲摇尾乞怜，好像二虎原是一对夫妻，所以雌老虎引来，恳求一起收录，从此一雌一雄两只老虎养在家里。又隔了一年多，那只雌虎忽然生出两只豹来，不料生下来的两只豹，不到几个月的工夫，野性大发，满屋乱窜，逢人就咬。幸愚姐妹逃避得快，几乎被两豹咬伤。可笑那雌雄两虎一看自己生出来的东西闯了大祸，急得一阵乱啃乱咬，生生把两豹咬死。恰巧那天舍亲出门采药去了，等到回家，只见两虎一齐跪在门口，泪如雨下，面前还横着两只死豹。

“舍亲非但懂得虎性，似乎她一言一动两虎也能略解，对那雌虎不知说了几句什么话，只见雌虎立起身来，朝那雄虎呜呜一阵悲鸣，立时向山内跑得无影无踪。俺们看得莫名其妙，向舍亲问起情由，才知那天千手观音路过赤城山，看见一个逃难的垂毙妇人，身旁还有一个初出胎的小儿子，情景非常凄惨。细看那妇人，生命已无可挽回，对于初出胎的小孩，又一时没有妥当处置的法子，正想回家再设别法，恰巧未进门，就碰上两虎这么一段事，顿时触起妙策。先向两虎训斥一顿，然后当夜带着雌虎到赤城山去救初出胎的小孩，并将妇人尸首掩埋。在赤城山上找个洞穴，命雌虎用虎乳哺育初出胎的小孩，须哺乳到小孩自己会走，就近送与弥勒庵方丈以后才准回来，把这桩事将功赎罪。倘然那小孩抚育得不得法，立时要把两虎一齐处死。

“那两只虎对于舍亲原是唯命是听，从来没有毫厘违背，或做错一点的，所以舍亲也很信任它，舍亲为这事也奔走了一整夜。又据舍亲说，无论哪种禽兽都可以感化得同人类一样，不过感化的方法各有不同罢了。愈是庞大厉害的禽兽，愈容易感化，一经感化，绝不至中途变心，倒是人类却不容易感化。因为禽兽脑筋究竟简单的，所以佛教有驯象伏狮的阿罗汉，儒教有懂得牛鸣鸟语的介葛卢公冶长和百兽率舞的师旷，懂得此中奥妙，要驯服几只烈禽猛兽，原不足为奇。

“话虽如此，那两只老虎根基颇厚，却与他兽不同，舍亲当时说了这番话，俺们听得也有点领悟，想到普通人家养的鸡犬之类，同形体大一点的牛马，何尝不是禽兽？老虎处在深山偶然被人碰见，不是骇走，就是设法置它于死地，同人类一点没有接触情感的机会，自然而然变成一种可怕的兽类。果然，这事隔几年，那只雌虎突然回到云居山，向舍亲摇头摆尾地一阵乱吼，居然还落下几点虎泪。俺们听舍亲说，知道雌虎已把那小孩养大，设法交与弥勒庵长老领养，而且那雌虎还表示非常爱惜那小孩，时常偷偷地到赤城山去探望那小孩在弥勒庵中的情形，却不敢跑进庵去，总在对山松林内暗暗守候那孩子出庵来。倘然见不着小孩的面，回来必定乖头耷脑，喂它食吃，也像吃不下去的样子，到了第二天还得跑去看望，待见着了小孩的面，才死心塌地地回来，所以俺们都喊它痴虎婆。

“不料它有一次从赤城山探望小孩回来，跪在舍亲面前呜呜悲吼，仿佛哭诉一般。舍亲跟它到赤城山去了一趟，才明白究里，回来拿出一颗丹药同许多鹿腿，命俺骑了痴虎去救那小孩的命。舍亲又把自己常用的一颗押忽大珠，教俺拿着可以代灯夜行。可是从云居山到赤城山路确实不近，走的又是偏僻山道，亏那痴虎拼命驮着人飞跑，一路蹿高越矮，竟像腾云驾雾一般，没有多少时候，就到了赤城山。只见那痴虎从一块雪上驮起一个冻毙的少年，驮进了一个黑暗深广的洞内，俺拿着那颗押忽大珠照着，待它把丹药灌入少年口内，那痴虎抱着少年，活像母子一般。那时俺闻不惯洞中的秽气，就立在洞口待了一忽儿，直等到那少年苏醒，才催那痴虎一同回转，这就是以前那只痴虎的历史。此刻碰上滕老丈父子巧遇，黄堡主说起痴虎哺乳的事，才明白滕老丈这位令郎就是从前雪地上的少年。”

这样经舜华补叙明白，众人格外惊叹，好像一船上的人都非偶然而聚，尤其是滕巩同痴虎儿，感念那只痴虎的恩情，称道不止。

痴虎儿道：“怪不得两位女英雄昨天驾临湖堡的时候，俺在席上看见这位女英雄，仿佛面熟得很，原来在赤城山虎窝洞口早已会过面的。”

滕巩也接口道：“不知现在那灵通的义虎仍旧在云居山上吗？将来小儿应该想法报答哺育之恩才是道理。”

舜华笑道：“现在那一公一母两虎，依然驯养在舍亲别墅内，比从前格外通灵了。报答的话倒可不必，将来有机会，令郎再同那痴虎会面一场，那痴虎必定非常满足的了。”

这时船内众人谈谈说说，不知不觉时已近午，船也游行到太湖深处，两岸山岩陡削。王元超、黄九龙指挥湖勇泊船设筵，行厨船上就陆续献上山珍海味、美酒时馐，霎时宾主入座，开怀畅饮起来。

大家吃到半酣时节，范老头子在首座忽然对王元超笑道：“老朽痴长了这么大，像滕老弟今天父子巧遇，倒是生平罕见罕闻的奇事。万一双方没有事实证明，或者双方经过的事实模糊不足为据，明明是父子，当时没有确实法子来证明，这又如何是好？王居士满腹经纶，定必另有妙法，可否赐教一二，使老朽开开茅塞？”

此言一出，又引起众人注意。头一个滕巩心想，这话对呀，就是俺们今天父子巧遇，也无非凭朋友居中一番传述，倘然另外还有确实证明法子，岂不格外完美？可是王元超一听范高头问到这句话，早已明白范老头子的意思，是明知故问的，当时不慌不忙放下酒杯，微笑道：“范老前辈见多识广，定然知道古人滴血为证的故事，照《洗冤录》上所载，不要说是活人，就是百年枯骨，也一样可以滴血的。”

滕巩不待范老头子答话，抢着道：“王居士说的滴血为证，不知如何滴法？俺们父子俩何妨当场一试，也可长长见识。”

王元超笑道：“滴血法子非常简单，无非用一杯清水，双方各自刺一些血出来，同时滴在杯水内，倘然血滴下去，霎时凝结成一块，就可证明确是亲骨肉无疑，否则就不会凝结在一块的，但是现在两位何必多此一举呢？”

不料众人好奇心盛，都想见识一番，加以滕巩自已愿意，亲自立起来，找了一只茶杯，在船头舀了一杯清水，匆匆回座，放在桌上，立时卷起左袖，露出虬筋密布的臂膀，抬头向各人一瞧，向红娘子道：“姑奶奶，你头上金钗借俺一用。”

红娘子笑道：“滕叔，你这一身刀枪不入的钢筋铁骨，金钗软软的怎么能用，俺倒有一宗法宝，可以权充一使。”

边说边向腰下解下一个很小的皮袋来，解开袋口，掏出两枚金钱来。众人细看，原来是一种特制的金钱镖。这种金钱镖并非真个金钱，却是周围镶着尖利锋芒的钢边，发出时专取敌人要害，就是有铁布衫、金钟罩功夫的人，遇上这种金钱镖也要担心。因为功夫练不到眼上，金钱镖却是专取双目的暗器，形式又小，一发就是连珠不绝，很不容易躲闪。红娘子是使用金钱镖的专家，尤其练得神出鬼没，遇着许多敌人时，能够满握金钱镖，漫天一撒，个个金钱镖不落空；只用一枚的时候，也能使出种种巧妙招数，令人防不胜防。

这时她拿出金钱镖，滕巩接过去向众人一扬，笑道：“这是姑奶奶的看家法宝，当年江南江北不少好汉败在这小小金钱镖上，绿林中还有人送她‘撒钱女刘海’的雅号呢。”边说边把袖子向上一勒，又分了一枚给痴虎儿，教他照样划一个小口子，流出一点血来。

父子俩将要动手，范老头子猛然一拍身，笑道：“且慢，这样试验还不确当，俺也来陪你们出点血，先试验一次不是亲骨肉的看看，诸位以为如何？”

红娘子首先抢着说道：“老爷子这么年纪，凭空想出点血，这是何苦呢？横竖俺这镖内没有毒药煮炼过的，人人都可以试验，俺就代替老爷子来玩他一下。”

范老头子笑道：“出点血有什么了不得，也罢，你就流点血试试看。”

红娘子立时又叫人另外舀水来，自己拿出一枚镖来，对痴虎儿道：“虎弟，你先在膀上微微划一下。”

第七回

一夕起波澜，飘忽江帆，难逃巨眼
片言传噩耗，郎当破衲，惊碎芳心

痴虎儿果然也捋起左袖，右手拈住金钱镖，在膀上轻轻一划，红娘子赶忙也在左指上划了一下，立时渗出一缕血来，流入杯中，把杯向痴虎儿面前一送，痴虎儿一俯身，也把膀上的血流在杯内。众人一起抬身细看杯内，只见水中两缕鲜红的血丝，荡漾开来，化为许多游丝一般的赤缕，袅向杯底。

范老头子催着痴虎儿道："你不用再划第二个口子，趁势再向这杯水内流一点就好了。"

痴虎儿依言再伸着臂膀，靠近他父亲面前一杯水内，用手一挤创口，又浓浓地流了一大点血进去。

滕巩一看他儿子满不在乎地左流一点血，右流一点血，看得有点心痛，慌忙从怀内掏出一瓶药来，递给红娘子道："这是俺师父亲自制炼的名贵刀创药，略微上一点就可封口，请姑奶奶自己用后，交小儿也上一点就好了。"

红娘子接过药瓶后笑道："滕叔，你快流血吧，不要耽误了众人吃酒呀！"

滕巩听得，赶忙把左臂凑近杯口，右手用镖锋一勒，立时冒出血来，流入杯内。这时一席的眼光个个注在杯内。说也奇怪，这回顿时不同，只见滕巩的血一流入杯内，立时同痴虎儿的血像吸铁石一般凝合在一处，直沉杯底，并不分散开来，许久，才被水化开，由浓而淡，由淡

变成一杯淡淡的红水。

这时范老头子脆生生一拍手掌，呵呵大笑道：“王居士真是满腹经纶，这样一试验还有谁敢不信滕老弟今天的巧遇呢？俺们应该大家恭贺一杯!”

这时众人也明白，范老头子故意引逗王元超说出滴血的话来，重加一番证明，免得将来另生波折，没有不暗暗佩服范老头子思虑周到的。于是大家收去两杯血水，又向滕巩父子举杯道贺，滕巩、痴虎儿也自高兴非凡，同众人谦让一番。这时黄九龙是东道主人，自然满席张罗，王元超也自殷勤招待。

等到酒阑席散，日已过午，黄九龙想到滕氏父子一番巧遇已告一段落，自己也有许多话要同范老头子商量，心中略一盘算，就向范老头子笑道：“俺们这位虎弟今天无意中逢着自己父亲，正是天大喜事，晚辈愚见，想请滕老前辈暂息游踪，在敝堡盘桓几时，虎弟也可稍尽侍奉之道，滕老前辈也可及时传授家学。而且晚辈这次同虎弟回到敝堡，系奉敝老师的手谕行事，虎弟虽未正式列入门墙，回想敝老师在赤城山同虎弟一番周旋，也可算得门下，将来敝老师对于虎弟当另有后命。有这几层原因，所以晚辈想请滕老前辈暂居堡内，晚辈也可诸事叨教。”

范老头子听得这番话连连点头，正想开口答话，忽见痴虎儿倏地立起身来，向他父亲大声说道：“俺今天得能重见着父亲，从此俺也有了姓，也知道了自己的父母，好像另做一回人，这样大恩大德都是那赤城山见着的老神仙和黄大哥所赐。现在儿子在堡内，黄大哥又看待得胜如手足，难得黄大哥知道俺的心，请父亲一同住在堡内，这是最好没有的了。父亲横竖没有一定的家，尤其合适不过，父亲快答应俺黄大哥吧。”

滕巩被他儿子像炒爆栗似的一阵叫喊，知道他儿子是个直心直眼的人，倒一时弄得不能开口，但是左右一想，也只可如此，就连连向黄九龙拱手道：“小儿承蒙热心照拂，已是过意不去，又添一个老朽去打扰，于心实在不安。”

黄九龙知道他心里已经愿意，不禁大笑道：“滕老前辈何必太谦？俺们略去私情不讲，倘然滕老前辈对于敝老师的举动和敝堡一切设施表示同意的话，只看在地下几位先朝志士面上，也应该当仁不让的了。”

这时范老头子也大笑道：“黄堡主真是快人快语，滕老弟虽然浪迹江湖，也是同道中人。今天气味相投，毋庸多说，就此一言为定，准照黄堡主意思同归贵堡就是。”

滕巩究是乡村本色，讷讷于言的总算默认了。

黄九龙笑道：“范老前辈倘有余兴，和姑奶奶同两位吕女士就此光降敝堡，指教指教。”

范老头子未待说毕，拍手笑道：“好极了，本来老朽和黄堡主还有不少要紧话一谈，不知今天一见面，就发生滕老弟天大喜事，没有工夫细说。趁此酒醉饭饱，何妨就此掉船回堡，俺们到了贵堡，也算不虚此行。”

黄九龙喜不自胜，正想吩咐启碇回堡，滕巩忽然向黄九龙拱手道：“承堡主盛情相邀，不敢推却，但是俺有随身一点行李和两柄宝剑寄存范兄府上，似乎应该回去取来，方可进堡。”

黄九龙道：“不要紧，回头差一个妥当的湖勇，跟范老丈到柳庄取来就是。”

滕巩连声道谢，黄九龙就命湖勇把大小三船一齐摇回堡，片刻到了近堡湖岸，众人弃舟就陆，联骑进堡。双凤是来过一次的，已略窥规模，范老头儿、滕巩、红娘子是初次观光，边走边四面观玩，看得布置精严，形势雄壮，各个赞不绝口。黄九龙、王元超又引导众人在堡内各处参观一周，然后在一间设备精雅的客厅内一齐落座。几个湖勇奔走供应，纷献芳茗，于是主客之间，又高谈阔论起来。

这时舜华、瑶华两人悄悄说了几句，瑶华转身从贴身取出一个小小的长方锦匣，交与舜华。舜华接到手，姗姗迈步，走到王元超面前，朱唇微启道：“这就是令先祖征南先生所著的那册内家秘籍，奉舍亲千手观音之命，从铁佛寺弥勒佛肚内取来，说是到太湖以后，乘便亲交王先生收藏，几乎被醉菩提摭足劫去，幸而半途又被愚姐妹略使巧计暗地收回。收回以后，愚姐妹细看封裹严密，知道尚未泄露内容，可告无罪，愚姐妹也未敢私自拆开，所以内外依然封固，从此请王先生什袭珍藏好了。”

王元超慌忙恭身双手接过，嘴上极力逊谢了几句，可是内心这份高兴，实在难以形容。想不到千回百折、费尽心血还取不到的这册书，此刻容容易易有人双手奉献，而且出诸美人之手，接在手时，只觉匣上热香四溢，犹有温馨，想是瑶华贴身藏着，沾着玉体脂粉，舜华又婷婷地立在面前，口馥微度，莺语如簧，益觉心中怦怦，不知如何答复人家才好。等到舜华回身就座，王元超兀自捧着痴立出神。

红娘子咯咯笑道：“王先生这一喜，也同俺们滕叔今天父子巧遇一样，这样一比，吕家两位妹妹也是王先生的大恩人哩。”

此言一出，双凤面孔一红，众人哄堂大笑。王元超从这笑声中，敛神就座，趁势向众人道：“姑奶奶这句话确也不错，非但两位吕女士一番跋涉应该感激，就是师母千手观音这番厚意，也应该铭诸五内的。不过她老人家居然有此一举，按照平日同俺们师父落落难合的情形，实在难以索解。”

范老头子微微笑道：“此中自有道理，将来王居士自会明白。”

这句话非但王元超不解，众人亦愕然不测其故，可是双凤似乎别有会心，现出脉脉拈衣、娇羞不胜的样子来，王元超也不理会，又向众人道：“从前对于这册秘籍，曾经同敝师兄说过，倘然能够得到秘籍，有同道中人，绝不保守秘密，尽可公开研讨，何况现在得此秘籍，全仗两位吕女士的大力，应该先请吕女士过目才是。”

哪知舜华在这当口，另有一点秘密的举动，一见王元超意思之间，想把这册书当众公开起来，急得柳眉微蹙，玉掌连挥，向王元超道：“愚姐妹曾听舍亲千手观音说过，这册秘籍文字深奥异常，还夹着许多籀文奇字，不要说愚姐妹浅薄难解，就是在座几位老少英雄，于此道也是门外汉。只有王先生文字高深，可以参透其中奥妙，所以舍亲特地吩咐送交王先生收存也是此意。将来王先生慢慢研究出来，再赐教俺们不是一样么？”

范老头子大笑道：“照这样一说，这册书在俺手上，无异拿了一张白纸，就是让醉菩提得去，也未见得看得懂，无非白瞪眼罢了。老朽以为书上无论说得如何奥妙，总须从多年苦功中揣摩出来，旁边还须名师指点，这样才能有用，仅仅捧着书本，是没有用的。试看以前成名的几位英雄，一身绝艺都是从投师访友得来，何尝有什么秘籍呢？”

黄九龙道：“老前辈这番话，同晚辈所见相同，俺们五师弟无非因为这册秘籍是先人手泽，所以格外重视的。”

王元超被众人这样一说，只好把手上秘籍笼在袖里，且谈别的。

这时走进一个湖勇，向黄九龙低低说了几句话，黄九龙道：“命他进来就是。”

湖勇转身出去，不多时，即见一个身躯高大的头目跨进厅来，先向众人略一为礼，即转身向黄九龙报告道：“今晨六七只挂帆江船驶进湖内，直到此刻还逗留在近市镇的湖岸，每只船上都有十几个雄壮汉子，其中还夹着个相貌狰狞的出家人，船上插着天竺进香的旗子，但是现将冬令，并非香汛当口，而且船上的人络绎上岸，借购买食物为名，细细打听柳庄方向和范家的情形，又打听了俺们堡内。镇上商铺看得形迹可疑，平日又有堡主命令，只随口敷衍，并没说出真话，一面暗地赶来报告。那时堡主正在游湖，先由堡内派几拨干练的弟兄扮作本湖渔舟，向那几只船上暗地巡查了一遍，窥得那几只船上并无货物眷口，只每只船上搁着长长的几捆蒲包，形式上看去，好像藏着火器兵刃一类的东西，确有可疑的地方，所以报告堡主，请示办法。”

黄九龙听了头目的报告，仰头思索了片刻，点头道：“好，此刻你先传令，通知远近各要口弟兄，严密驻守，稽查出入，不准外人随意进来。湖面多派几批弟兄乔装着渔舟，不时巡弋监视那几只船上的举动，快去，快去。”

那头目领命出去之后，厅内众人都已听明头目的报告，尤其范老头子已疑心陡起，想不出那几只船打听柳庄的意思。正在沉思间，黄九龙笑道：“范老前辈想已听得敝堡头目的报告，这事可真透着奇怪。范老前辈多年隐迹，难道现在还有人知道踪迹不成？来船打听是善意还是恶意呢？”

范老头子笑道：“虽说天有不测风云，但是老朽多年不同外人来往，今天同黄堡主流连竟日，也是近几年稀有的事。据贵头目报告，那几只船确也可疑，打听到老朽住址，更是令人难以索解。”

众人都听得这番消息，立时议论纷纷，各有主张。当下黄九龙道：“今天晚晌，俺们不管那几只船如何举动，敝堡和范老前辈的宝庄总是谨慎一点的好。”

这时红娘子听得自己父亲和黄九龙这样一说，未免心中忐忑不宁，立时闹着回去。

范老头子笑道：“你这妮子，总是遇着风便是雨，俺同黄堡主自有安排的法子，何必焦急呢?”说罢，走到黄九龙跟前，微微笑道：“老朽有几句要紧的话，想借一步同堡主谈谈。”

黄九龙赶忙立起身，向王元超道：“五弟陪诸位随意谈谈，俺同范老前辈另谈几句，再来奉陪诸位。”说毕，同范老头子匆匆走出厅外。

这时红娘子第一个焦急起来，急急地道：“俺们老爷子今天真奇怪，从来不曾这样妈妈蝎蝎的，竟然撇下众位，拉着黄堡主另谈体己话起来，这不是显着不对吗?”

王元超笑道：“姑奶奶这倒错怪了，也许范老前辈别有用意呢。”

滕巩也含笑道：“王居士说得一点不错，俺只想贵头目报告的事，最好俺们这几个人中，自己去探一个实在出来。倘然真有不利俺们的地方，不用等他们动手，先来个先发制人，使他们知难而退，免得大动干戈。”

双凤同王元超齐声赞道：“好一个先发制人，滕老丈这句话，真真佩服。”

舜华还笑说道：“那几号江船既然形迹可疑，俺们第一要探明是何路道，才能想对待的法子。”王元超连连点头。

正说着，范老头子同黄九龙已大笑而进，黄九龙向众人拱手道：“失陪，失陪。”

范老头子接口道：“彼此都是志同道合的好友，此后堡主毋庸客气，倒是今晚俺们恐怕都要费点手脚。刚才黄堡主在厅外又得到案下几批报告，说是太湖靠近江苏震泽、吴江等水口，发现了几队水师，游弋湖边，也是可疑。不过这种水师都是废物，就任他来了千万军马，也不足虑。唯独进湖的几只形迹可疑的船只，倘然真有窥觑太湖的意思，其中主持的人，不是没有耳朵的，岂不知太湖王的英名？既然敢来一试，定有恃而不恐的地方，而且自从黄堡主整理太湖以来，没有出过事，今天突如其来地发生此事，其中定有别情，俺们不能不谨慎从事。老朽此刻同黄堡主细细商量，俺们第一步先要探得来船真确的消息，才可想法对待。要这样去侦探，非从俺们这班人内，推举几位亲自出去一趟不可。”

王元超抢着说道：“这真叫英雄所见略同，刚才滕老丈同吕大小姐也这样说来。”

黄九龙接口道：“既然所见相同，事不宜迟，晚辈就亲自出去一趟，请老前辈同诸位暂且安坐，待俺探得确实消息回来，大家再妥商办法如何？”

黄九龙这样一说，王元超、滕巩都自告奋勇，也要前去。正在这样论议当口，忽听远远一阵吆喝声，霎时足声杂沓，跑进几个湖勇，变貌变色地向黄九龙禀道：“此刻堡外突然来了一个奇形异服的怪汉子，口口声声喊着堡主的名字，不待通报，径往内直闯。弟兄们阻挡不住，都被他破袖一甩，一个个滚跌开去。”话犹未了，又是一阵喧哗，夹杂着几个头目大嚷怪叫，响成一片，似乎那怪汉已进堡内。

黄九龙倏地双眉一扬，厉声喝道：“何人敢这样无礼？待俺出去！”

一言未毕，猛听得厅外霹雳般一声怪喝道：“嘿，老三如此无礼，难道藏着花不溜丢的小媳妇不敢见俺吗？人生行乐耳，这又何妨，只要你舍得几瓶太湖佳酿，谁耐烦管这些鸟事咧！”

这一阵胡喊，只把厅内几位女客臊得柳眉倒竖，满脸红霞。黄九龙面上益为挂不住，恨得牙痒痒的，也不细辨来人语音，一抬身，就想一个箭步蹿出厅去。不料厅帘一扬，劈面吹进一阵浓厚的酒气，接着突地跳进一个黑蓬蓬的怪汉子，几乎同黄九龙撞个满怀。慌忙向后一退，定睛一看，黄九龙、王元超同时啊哟一声，趋前几步，向怪汉一躬到地，齐声欢呼道：“真想不到是二师兄驾到，未曾远迎，恕罪，恕罪！”

那怪汉子脖子一挺，须发齐飞，仰面哈哈大笑道：“俺算定老五也在此地，果然不出所料。闲话少说，这几位高朋面生得很，恕俺来得鲁莽，担待担待。”说罢，向众人扫地一揖。

他这一周旋不要紧，只把满身酒气都发散出来，像箭也似的射进众人鼻管，只把双凤同红娘子熏得恶心涨脑，连连后退，可是一看那怪汉情形，又乐得咬牙啮唇，几乎笑出声来。

原来那怪汉一头猱头狮子似的乱发，一嘴茅草窝似的连鬓胡，须发卷结，满脸蓬蓬松松，竟看不清五官位置，只露着一双威棱四射的虎眼。从远看怪汉这颗尊颅，活像一头猫头鹰。一身衣服尤其特别，披着一件硕大无朋的茧绸蓝衫，外罩枣红坎肩，襟袖之间，酒渍淋漓，斑驳陆离，自成五彩，腰间束着一条破汗巾，挂了一柄没鞘剑，剑穗上又系着一本破书，下面竟露出两条黑毛泥腿，套了一双七穿八洞的鹿皮靴。这副怪形又活像名手画的写意钟馗。非但双凤同红娘子弄得欲笑不能，暗自揉肚，连范老头子等也看得呆了。经黄九龙、王元超一一介绍，才知道这怪汉就是早已闻名的甘疯子，也是陆地神仙第二位得意门徒。

当下众人同甘疯子一阵寒暄，尤其范老头子谈得格外投契，不料甘疯子谈了几句话，忽然向众人面上细细一瞧以后，破袖乱舞，止住众人说话，向黄九龙呵呵笑道：“老三，你这样机警的人，怎么此刻还会高朋满座，这样暇豫？难道唇亡齿寒的道理，你还不明白吗？”

黄九龙听得悚然一惊，慌忙问道：“师兄这话不解。”

甘疯子面色一整，向范老头子一指道：“咦，你此刻同范老先生在一处谈话，难道范老先生家中新近发生不幸的事，你还不知道吗？”

这几句话，黄九龙同众人都吃了一惊，尤其是范老头子同红娘子惊得一齐站起来，急急地问道：“甘兄所说，连老朽自己也不明白，未知甘兄所说舍间不幸的事，是哪一桩事？”

不料甘疯子听到范老头子这样一说，也诧异得跳起来，把手一拍桌子，连呼“奇怪，奇怪”，一指黄九龙道：“俺进来的时候，满以为你们大会高朋，定是得着消息，商量办法，原来你们都还蒙在鼓里。这样一来，俺要埋怨老三，怎么你堡中几个头目对于外边的事，一点没有留意？未免太疏忽了。”

黄九龙急忙分辩道："师兄如果说的就是今天湖面几只形迹可疑的船，部下早已报告，此刻俺们正在商议办法，但是师兄说到范老前辈的家事，小弟实在不解。"

甘疯子一听这话，格外暴跳如雷，把桌子拍得震天价响，大声道："你还说得着报告呢，你知道今天几只船来干什么的？你说，你说！"

黄九龙和王元超都知道今天师兄到来，定有重大事故，又明白这位师兄的性子，虽然诙谐百出，可是对于自己师弟辈做错一点事，都是不肯稍予假借的，慌忙一齐垂手肃立，唯唯认错。但是在众人眼光中，未免看得诧异，还以为甘疯子宿醉未醒，言语离奇，唯独范老头子究竟阅历深沉，知道这甘疯子不是常人，当时抱拳笑道："这事不能怪罪堡主，连老朽自己家事还不知道，真真惭愧，现在快请甘兄实言吧。"

甘疯子一跺脚，大声道："老先生，你真不知道今天几只形迹可疑的船，完全是为老先生而来的吗？也不知道令婿金昆秀已遭奸人毒手，早晚有性命之忧吗？"

甘疯子这句话不要紧，只把这位英迈豁达的老英雄，说得顿时耳边轰的一声，灵魂出窍，那位袅娜倜傥的红娘子立时花容变色，珠泪纷抛，也顾不得男女嫌疑，也顾不得酒气扑鼻，两步并作一步，一把拉住甘疯子斑驳陆离的破袖，哀哀地哭道："甘先生你快说，拙夫遭了何人毒手？究竟怎么一回事？快说，快说！"

哪知真应了"急惊风偏遇着慢郎中"的一句俗语，这甘疯子口上虽然诙谐百出，可是男女大防非常讲究，一看自己一只袖子，被花朵般一个少妇拉住，心中一急，身子向后一退，随手一甩，只听得哧的一声，那只破袖管立时宣告脱离。这一来，红娘子猛然一怔，举着一只软郎当的破袖不知如何是好。哪知甘疯子满不理会，只把半截破袖向上一勒，走过去向范老头子肩上一拍，厉声叫道："老先生休慌！老天生下甘疯子，专斩奸人头，专管不平事！现在俺把内中情形先告诉你，然后俺们再商议办法。"

这时范老头子被甘疯子肩上一拍，定了定神，一面拱手向甘疯子道谢，百慌里又极力安慰红娘子道："女儿且不要急，俺们且听甘兄说明究里，有了甘兄在此，和众位在座英雄，总有法子可想。”

这时滕巩、黄九龙、王元超、双凤各人面上都显出紧张的情绪，双凤又怕红娘子急坏，极力向她安慰，只有痴虎儿空睁着大眼，插不上话。其实此时红娘子哪有心情理会人，一颗心七上八落，只有在腔子里打转，怔怔地兀自提着一只破袖，含着两泡急泪，立在范老头儿肩下，等甘疯子说出话来。

甘疯子道：“俺因前奉师命，游历苏、皖、湘、豫一带，侦察哥老会、天地会、东捻、西捻以及各处秘密会党的行动，顺便在芜湖打听单天爵的劣迹。不料到了芜湖一打听，那厮新近被两江总督奏调，升充江宁提镇，业已兴高采烈地带着标兵上任去了。俺又赶到金陵，暗地打听官场消息，而且在提镇衙门内暗地探过几次，才明白这次单天爵升调的原因，含有极大的作用，完全是单某自己运动出来。一面在总督方面自告奋勇，以肃清两江盗匪会党做题目，一面却又派自己党羽分赴各地，联络会匪，暗地奉他为首领，借着提镇衙门做护身符，实行其官盗勾结，扩张自己的势力。

“有几处较为义烈的山寨首领、湖海英豪，看透他的野心，不服他的命令，他就假着剿抚为名，铲除异己。俺暗地窥探他衙门内，三教九流，混杂得很。俺探得这番真相，正想离开江南，再赴别处，忽听街上人纷纷传说，提镇衙门捉住了江洋大盗金昆秀，已从镇江解到，快去听审。

“俺一听说这话，一时好奇，想去瞧一瞧这金昆秀是何等人物。虽然俺在江湖上从来未听过金昆秀这三个字，但是既然被单某捉来，定不是单某一党，也许是个有作为的好汉。俺存着此心又耽搁下来，决意等到晚上去探看一番。因为白天街上纷纷传说听审，自知咱这副怪形怪状容易惹人起疑，不便混在百姓群里同去观审，只好等到晚上再作计较。

“哪知咱坐在一处僻静宿店还未到晚，街上观审的人已陆续回来，连呼晦气，留神一听，原来这班游手好闲的百姓赶到提镇衙门，只见大堂上静悄悄的，鬼也没一个，一打听，才知那江洋大盗确已解到，单提镇恐怕白天走漏消息，不大稳便，要到晚上再从牢狱里提出来，亲自在花厅严密拷问。俺一想这倒是个机会，何不乘他晚上亲自提审的时候，暗地去窥探一番，免得到牢中去瞎撞。

“等到日落西山，俺草草饮了几盅酒，就阖门大睡，预料单某阴险机警，不到午夜不会提审，落得安睡片时。直到鱼更三跃，俺起来略一结束，从窗户飞上屋，一口气到提镇衙门大堂上。向下面一看，却正凑巧，只见大堂下面一群兵勇提着两个气死风大灯笼，押着一个铁索银铛的囚犯，一窝蜂拥向后堂。俺也从屋上飞向后面。那下面押犯的兵勇，并不向内堂走去，却从一个角门走进，俺亦步亦趋，翻墙越脊，一直跟到一座花园，满是太湖石叠成的假山和几株高大的槐梧，假山前面一座敞厅，大约宴客之所，就是外面所称的内花厅了。

“这时厅内灯烛辉煌，厅外警卫森立，上上下下鸦雀无声，只几批胥吏亲兵，屏息而趋，值应公事。俺四面一打量，轻轻跳落假山上面，潜身在一块屏石后面，却正对厅内公案。好在这块丈余高的大屏石剔透玲珑，从石上窟洞望出去，格外清楚。哈着腰望了半天，还未见单天爵出来，正有点不耐烦起来，猛听得厅上厅下宰牛般一声狂吼，众人喊了这声堂威，才见公案两旁站列的兵勇胸脯一挺，齐喝了一声：‘大人到！’就见厅内屏门一开，许多亲兵拥出一个红顶花翎的单天爵来。

“那厮一坐下公案，提笔一点，立时两旁兵役扯开破锣般嗓子，喊一声：‘带金昆秀！’霎时外面一阵铁索锵锵，前拉后拥，架进一个囚犯。这时咱借着厅内灯光一看囚犯面貌，立时吃了一惊，原来那囚犯脸上美秀而文，毫无绿林凶恶之态，只可惜两肩琵琶骨上，已被他们穿了两个窟洞，贯着一条铁索。无论何等好汉，一穿琵琶骨，一点能耐也施展不出来了。”

甘疯子说到此地，猛听得红娘子啊呀一声，立时滚到范老头子怀内大哭起来。范老头子也急得满头大汗，一手抱住红娘子，一手拉着甘疯子大声道：“甘兄，以后怎样？”

甘疯子急道：“老先生不要急，令爱且慢哭，听俺讲完，俺们有这许多人在此，总可设法报此大仇。”

范老头子满脸凄惶地说道：“甘兄，老朽只有这一女一婿，倘有差错，老朽这条老命也豁出去了！”

甘疯子双手一摇，大声道：“老先生休得自乱方寸，且待俺讲毕，再作计谋！那晚俺暗地一看，金昆秀虽然被他们穿了琵琶骨，依然雄赳赳气昂昂，不失好汉气概，被那班如狼似虎的兵卒拥进花厅以后，就笔直地挺立在公案下面。

“只听得单天爵惊堂木一拍，大声吆喝道：‘好一个万恶的狗强盗！到了此地，还不与俺跪下！’

“那金昆秀毫不惧怕，张目大喝道：‘休得多言！老子既然误中奸计，这颗脑袋就结识你们，快与俺来个干脆，不要啰唆惹厌！’

“两旁亲兵胥吏看他出言顶撞，立时山摇地动地几声畏喝，奔进几个高大的悍卒，一齐动手，想把金昆秀强制着推他跪下。哪知蜻蜓撼石柱，竟推他不动。忽然屏风后面一声冷笑，跑出一个长面黑须的道士来，走近金昆秀背后，冷不防举起右手，骈指向他胁下一点，只听得金昆秀一声哎哟，立时瘫软在地上，只剩得破口大骂，再也挺立不起来。

“俺知道那道士施了一手点穴，倒并不为奇，可是仔细打量那道士形貌，倒吃了一惊！原来俺认识那道士，是湖南洞庭湖三十六寨的首领，江湖上称为洞庭君柳摩霄的便是。论到此人本领，却也十分了得，可算得湖南绿林的魁首，比单天爵又高得多多。湖南捻党几个主要首领，差不多都是他的门徒，可是心狠手辣，又可算得江南第一个恶魔。不知为何会跑到江宁来，同单天爵在一起，物以类聚，单天爵从此益发如虎添翼了。

“那时柳摩霄一露面，俺格外想探个水落石出。只见柳摩霄把金昆秀点翻以后，仍复飘然而入。那高坐堂皇的单天爵一看金昆秀委顿在地上，哈哈大笑道：‘你这狗才，到了本镇面前还敢倔强！你倘然知趣，从实招出你的丈人范高头现在何处，手下尚有几个党羽，一一从实招来，本镇念你并非首犯，可以笔下超生，从轻发落。’把惊堂木一拍，连喝‘快招！’哪知金昆秀坐在地上，一味丑骂。单天爵大怒，喝声‘用刑！’霎时下面抬上几件厉害的刑具，摆在公案下面，单天爵怒火中烧，连喝用刑。

“这当口，柳摩霄又从后面转出，在单天爵耳边下不知说了几句什么话，单天爵连连点头，立时示意左右暂停用刑。

“一忽儿，又从屏后走出一个衣冠华丽的大汉来，走到公案下面向上打了一躬，转身指着金昆秀喝道：‘金昆秀，你要明白，你弄到这种地步，都是范高头害你的，休怨俺张海珊心狠。你要知道，十几年前，你丈人弄得好一手金蝉脱壳之计，又心狠如狼地把插天飞害死，弄得咱们江北一支盐帮一落千丈，生计毫无。万不料此番你先来自投罗网，这也是天网恢恢，疏而不漏。

“‘你要知道，插天飞是柳公的高徒，岂容你们谋害？俺们早已明查暗访了好几年，兀自探不出老鬼隐藏所在，一半也碍着本省诸大宪的面子。现在诸大宪远调的远调，致仕的致仕，连朝廷也换了皇上，可是俺们报仇的机会倒一天比一天近了，最欣幸的是，单大人荣升此地。

“‘当年你丈人要诡计，拥着巨资，逍遥法外，偏偏鬼使神差，你奉着老鬼的命令来打听江苏官场和盐帮的消息，以为诸大宪都已走开，又可出来独霸江苏，差你这开路先锋先来打探。哈哈，难得你们自来投到，倒出俺意料之外。但是俺们冤有头，债有主，你虽是老鬼的女婿，同俺们却非真正冤家对头。俺说金昆秀啊，大人既然有意开脱你，俺们也不愿难为你，只要你把你丈人的地址从实招出，俺们求一求大人，定可放你一条生路。再说，你自己虽然拚死报答你丈人，情愿皮肉受苦，可是你跟来的从人同时被俺们捉来，你不怕死，他未见得不怕死哩。俺说金昆秀啊，俺句句都是金玉良言，你要再思再想。’

“俺听了人家这番话，才明白金昆秀就是老先生的爱婿，祸根还在十几年前事。”

不料甘疯子讲到此处，范老头子猛地把桌子一拍，大喊一声道：“此番完了！”说了这句，满头大汗，在屋中间来回大踱，急得走投无路。

那红娘子一见老父急得这样地步，格外愁肠百结，芳心寸碎，恨得金莲一跺，倏地举起手上那只破袖管一抹泪痕，随着向地上一摔，赶到老父身边，扶住范老头子哭道：“老爷子，您千万保重，倘再生别故，叫女儿依靠何人?”说了这句不禁放声痛哭起来，哭得众人神情索然，难过万分。

黄九龙蓦然大声说道：“这不是哭泣的时候，在座诸位都与老前辈意气相投，当然都有分忧的责任。现在时间紧迫，不容虚费光阴，且听俺们师兄说完了，俺们再想法子。”便向甘疯子问道：“师兄，以后他们怎样处治金君呢?”

甘疯子鼻子里哼了一声，微微冷笑道：“俺们练功夫的人，第一要懂得养气，这样鸟乱，如何担当大事？虽说事不关心，关心则乱，要知道这句话是平常俗夫的恒情，俺们怎能如此？而且俺一夜奔驰，从江宁跑到此地，难道专为金君一人？要知道单天爵此番举动，表面上是访拿范老先生，骨子里尚有极大阴谋，而且祸在眉睫。不料俺一肚皮的话还未说到分际，就被你们鸟乱得昏天黑地，真是笑话!”

这一番话词严义正，连范老头子都惶愧万分。王元超恐怕红娘子同双凤多心，众人面上也不好看，赶忙接口道：“时机紧迫，快请二师兄说明就里。”

甘疯子一声冷笑，又继续道：“那时，自称张海珊的说完这套诱供，金昆秀双眼冒火，狗血喷头地大骂他一顿。这一骂，立时把金昆秀用起酷刑，死去活来的好几番，金昆秀已经是奄奄一息，依然没有一点儿口供。单天爵只好退堂，把金昆秀押入死牢。俺一看花厅内散得一个不剩，在假山后面略一盘算，仍复飞身上屋，寻踪到单天爵签押房上。恰巧上面有个天窗，明瓦微有破损，可以窥见屋中情形，连讲话声音都听得仔细，只见屋内单天爵换了公服，和柳摩霄正谈着刑审的事。

“那柳摩霄说道：‘您在花厅刑审金昆秀的时候，俺已把金昆秀从人提到另一座厅内细细拷问，可恨这个从人也是一块硬骨头，拼死也不肯说出所以然来。幸而把他身上仔细一搜查，搜出一张拳法歌诀，旁边注着某月某日家主口授，太湖柳庄铁桨冯义敬抄字样。俺一猜度，冯义就是这个从人名字，家主就是范高头，太湖柳庄就是范高头隐匿所在了。’

“单天爵拍手道：‘你所料不错，那范高头本来与太湖黄九龙的师父有点渊源，难免倚仗太湖帮做靠山。不过黄九龙到太湖没有几年，也许范高头新近从别处迁移到太湖去的。这样一来，正合俺们心思，索性趁此一网打尽，免得将来掣肘。俺想趁他们羽翼未丰，立时假拿范高头和肃清太湖盗窟为名，调齐水师陆兵，由俺自己亲自出马，一鼓荡平，公私两方都可如意了。’

“柳摩霄微微摇头笑道：‘你这样一来，实际上没有多大益处，这样劳师动众，难免太湖方面没有侦探，反而打草惊蛇，使他们有了预备。再说江宁的水师俺已闻名，是个摆饰品，没有实用的。俺们既然想扩张自己势力，预备将来发展，最好借着剿匪名目，瞒起上峰，大大地开篇报销，暗地仍由俺们嫡系部下乔装进去，把太湖几个主要人物一律除掉，把全湖夺过来，照洞庭一样，重新布置一番，作为俺们第二个根据地。至于官面上水师陆兵一样调动，无非叫他们在水口摆个样子，免得把俺们行动落在他们眼里，那班饭桶干这种风流差使也是十二分满意的，你想想这法子如何?’

“那单天爵对于柳摩霄似乎非常服从的样子，满嘴恭维，连声答应。他们两人这样商定计策，俺明白柳摩霄和单天爵野心极大，将来必定要做出无法无天的事情来，看情形柳摩霄是他们一党的首领，单天爵还是副角。倘然他们做这种举动，完全想推翻满清，吊民伐罪，倒也罢了，然而柳摩霄、单天爵这种魔头，哪里有这种胸襟，无非荼毒百姓罢了!

“当时俺在屋上暗暗打算，知道他们说得出，做得出，须得赶快通知你们，免得中了他们圈套。又一想，柳摩霄口中说的冯义虽然是个仆人，倒也难得，金昆秀也是一条汉子，不如先救他们出来再说。主意打定，正想飞跃离屋，不料柳摩霄果然厉害，俺身形略一转动，他在屋内似已觉得，突然大喝：‘好大胆的强徒，敢到俺面前卖弄玄虚!’俺正想，既被窥破，何妨与他周旋一番，看看他究有多大能耐。不料俺还未跳下去，同时从侧面墙头一阵风似的跳进一人，接口笑道：‘柳公好耳音，是贫僧并非歹人。’说了这句走进屋去。

“这样一巧混，俺几乎笑出声来，乘机略一驻足，再向屋内一瞧来人形状，原来接口的人俺也约略认识，也是单天爵一个臂膀，绰号飞天夜叉。原是少林寺出家僧人，同醉菩提、单天爵都是师兄弟。单天爵知道他本领不寻常，招来助纣为虐，索性蓄起头发，捏造一个姓名，补了一名守备，跟着单天爵，形影不离。那时他一进门，单天爵、柳摩霄都认为屋上的人就是他，并不细细研究。三人笑了一阵，谈起调兵遣将到太湖去的事来。

“俺救人心切，无意再听下去，就从屋上回到大堂上面，设法寻到死牢所在。好容易探着金昆秀关着的一间牢房，一看下面，几个兵士来回梭巡，狱官奔进奔出，很是忙碌。暗听他们说话的口风，知道金昆秀备受酷刑，身带重伤，已经不省人事，因为上面吩咐下来，金昆秀是个要犯，要留活口，所以狱官不敢怠慢，敷药灌汤，很是忙碌。

“俺一听金昆秀病得这样沉重，心想如何救得出去，幸而从下面狱卒口中又听出，铁桨冯义就在金昆秀这间牢房的隔壁。俺在屋上向间壁木栅内一瞧，果然有个黑面大汉，反剪着手，在屋中来回急走，走一阵，把耳朵贴在墙上听一阵。看他这样情形，定是冯义无疑，想必关心金昆秀伤重，所以时时窃听，俺又看他行动自如，料是没有受伤，大约因为是个仆从，无关紧要，侥幸也没有穿琵琶骨，要救他尚非难事。

“俺略等狱中人声稍静，守卒松懈时候，飞身下去，折断了几根木栅，一言不发，伸臂把冯义一夹，来不及退下刑具就飞身上屋，一口气飞出提镇衙门，寻个僻静地方，把冯义放下，先代他扭断手脚上镣铐，约略告诉他一点大概，冯义立时跪在地上，哀求俺把金昆秀救出来。俺又告诉他，他受了酷刑，人事不省，难以救出，而且此时再回去，狱中正在查失从犯，格外难以下手，只可连夜回转太湖，多约几个人来救他。好在一半天不见得有性命之忧，让他在狱中将息将息也好。于是冯义跟俺连夜越城而出，足不停止地向太湖跑来，到了此地已是近午。

“因为冯义陆地飞行功夫差得太远，一路都由俺半夹半扶地飞奔，累得俺大费力气，否则早已到此了。俺同冯义到了此地，就嘱咐他快回柳庄，请范老先生到湖堡会商办法，冯义应声去讫。俺一看镇上有买酒招子，奔波了一晚，陡然酒瘾大发，身不由己地钻进酒店，姑且喝他几盅，润润嗓子，浇浇脚板。还未喝得尽兴，忽然闯进几个劲装大汉，索酒甚急，满口都是江湖黑话，又向酒保接连打听柳庄和湖堡的道路。

“俺听得吃了一惊，心想好厉害的柳摩霄，居然用出迅雷不及的手段。来得这样迅速，想是狱中发现失了从犯，恐怕太湖有了预备，所以连夜发动。咱一看事已紧急，赶忙放下酒杯，匆匆付了酒钱，假装醉汉，踉跄趋出。先在湖面暗暗巡视一番，果然湖中隐隐有不少可疑船只游弋湖面，有一只最大的船，泊在远处苇港里面。

“俺从远远的岸上窥探船内，虽未能看得真切，似乎气派不小，也许柳摩霄和单天爵亲自到来，洞庭三十六寨各寨首领和喽卒头目也到了不少，俺无暇再探，慌忙进堡。初见范老先生在座，尚以为已得冯义报告呢，谁知诸位还毫不知情。现在时机紧迫，俺们须赶快想法，一面退敌，一面救人。料得柳摩霄现正派人四面探明路径，白天绝不会动手，趁此俺们可以暗暗布置起来。”

甘疯子说罢这番话，向黄九龙道：“三弟，事不宜迟，你先把全湖头目在一个时辰内秘密召集，听候指挥。快去，快去！”

黄九龙领命，立时从身边拿出几面尖角小龙旗，掀帘而出。

甘疯子又向双凤拱手道：“两位女英雄家学渊源，又得师母亲授绝艺，当然不同凡俗。今天凑巧不过，两位光降到此，未知能稍助一臂否？”

双凤赶忙敛衽答道：“愚姐妹同范老伯原属世交，同甘先生等又是异流同源，休戚相关，当然同舟共济，听甘先生指挥，不过愚姐妹功夫浅薄，不足当大任罢了。”

甘疯子呵呵大笑道：“两位何必这样谦抑？得蒙两位扶助，何愁强敌不克。”又回头向范老头儿、红娘子笑道：“老先生同令爱现在权且安心，俺们只要同心合力，定可报仇雪耻，救出令婿。”

这时范老头子已听明就里，知道事已到此，急死也是枉然，心神反而渐渐安定下来，只连连拈着长髯，盘算退敌救人的法子。唯独红娘子关心夫婿，听得甘疯子说明金昆秀刑伤病重，格外芳心粉碎，恨不得插翅飞向江宁，立刻手刃仇人，救出丈夫，正想开口，忽听得自己父亲银髯乱拂，摇头长叹道：“甘兄，此番小婿陷身牢狱，受尽惨毒，都是老朽疏忽所致。从前老朽在江南、江北盐枭堆里称雄尊霸，原想培植基业，待时而动。那时尊师陆地神仙和吕元先生那班老辈英雄，都与老朽暗地联络，互相策应。到后来，死的死，散的散，老朽也遭挫折，隐迹湖滨，满以为俺们一辈的抱负如电光泡影，不能振作有为的。

“不料现在俺看得尊师几位门下，都是英才出众，大可有为，千手观音几位弟子和海上几位劫后英雄，都可以联盟团结，发扬先辈未了的志愿，因此老朽也死灰复燃，想收集旧部，助诸君一臂之力。

“恰巧前几天，千手观音差两位吕侄女晋谒湖堡，顺道到舍下探望老朽，拿出千手观音的手书交与老朽一看，书内大意，说是清朝气数已衰，不久英雄辈出，天下大乱，劝俺收集旧部，待时而动。老朽一看这封信意见与俺相同，立时差小婿先到镇江一带，探看从前几个旧部情形，和近来官场有无变动。哪知忘恩负义的张海珊勾结了洞庭帮，不幸小婿竟坠入他们的圈套，幸蒙甘兄探得内情，先救冯义，连夜赶到，不然的话，老朽和小女都被蒙在鼓中，今天敌人到来，难免措手不及，性命难保，甘兄这番恩德实在报答不尽。

“现在敌人在前，全仗甘兄主持一切。横竖老朽和小女两条性命，无异死里逃生，还不同他们一拼，更待何时?”

第八回

看剑引杯长，借箸运筹，有奇有正
伏兵乘月黑，弯弓盘马，擒贼擒王

范老头子话刚说完，忽然走进一个湖勇报告道："堡外来了一个汉子，自称是范府仆人冯义，有急事求见。"

甘疯子喝道："快叫他进来！"

湖勇领命退出，片时奔进一个彪躯大汉，胁下夹着一支大银桨，一进门就向范老头子跪下，大哭道："姑爷陷身江宁狱内，熬刑受伤，眼看性命难保，快请主人搭救才是。"

范老头子一看到冯义，立时又心如刀割，一挥手道："俺已知道。"

红娘子在旁边哭道："冯义呀，你好好地到了镇江，怎样着了他们道儿，快快说与俺知道。"

冯义挺身站起，向甘疯子等一一致敬，然后答说："姑爷到了镇江，想起有个张海珊从前受过老主人恩，听说现在盐帮中混得场面不小，盐帮中情形非常熟悉。姑爷从前也同他有一番交情，就顺便先到他家中问问情形。哪知万恶的张海珊把从前的恩谊忘得干干净净，新近投入洞庭帮内，姑爷当然毫不知情，同俺到了那厮家内，那厮假装出殷勤接待的样子，留俺们住在他的家中，设了盛筵，邀了许多绅士模样的人，陪姑爷喝酒，还叫了几个娼妓侑酒。

"第二天，张海珊又照样请酒，张宅下人也拉俺到外面吃酒。姑爷看得张海珊这样殷勤，毫无疑惑，命俺出去自便。万不料，万恶的张海珊就在这天晚上，酒内暗下了蒙汗药，俺同姑爷都着了道儿，等到睁目醒转，已被他们捆进江宁。可怜姑爷一身本领，被柳道士乘昏迷时穿了琵琶骨，弄得没有法子脱身，现在只望主人和小姐快快搭救，迟一点恐怕性命难保。”

红娘子听得格外花容失色，琼牙咬碎，朝着范老头子哭道：“女儿此刻就同冯义到江宁救昆秀去，要死也情愿死在一块。”

范老头子急得拉住红娘子的手，顿足说道：“女儿啊，为父心里何尝不急？但事已至此，不能再冒失从事。好在甘兄在此，定有妙计，俺们想定主意以后，为父同你一块儿到江宁去也不迟。”

甘疯子也接口道：“倘然金先生受刑不重，俺早已把他救回来了。他人已奄奄一息，再冒冒失失把他折腾一下，反而害他了。何况，现在万不能一人再去冒险。老实说，俺当时救人心切，没有细想，把冯义救了出来，现在俺倒后悔了。”

众人听了这句话，一时愕然不解，唯独范老头子恍然有悟，连连跺脚道：“甘兄此话，果然不错。万一……这又如何是好……”

甘疯子急向范老头子以目示意，止住他的口风。范老头子会意，赶忙缩住话头，掉转口风道：“现在且不管他，甘兄对于退敌救人两桩事定已胸有成竹了？”

甘疯子正要答话，王元超看他二师兄同范老头子说话吞吐情形，已明白其中就里，接口道：“师兄，小弟已想了一个计策在此。俺想柳摩霄、单天爵今晚到此妄动干戈，棋胜不顾家，江宁提镇衙门定必警备薄弱，俺们何妨将计就计，乘隙而进，来个双管齐下。一面在此同他们对敌，见个高下；一面派出几个人来，率领几个善于驾舟的湖勇，今夜赶到江宁，把金先生劫出来，连夜赶回太湖，使敌人两面得不到好处。单天爵、柳摩霄无论如何厉害，也料不到俺们有这一招的。”

众人连连点头，齐赞妙计。

甘疯子浓眉一皱道：“江宁虽空虚容易下手，但也有可虑的地方呢。”

王元超又抢着说道：“师兄说的可虑地方大约以为……”说到此处，向红娘子看了一眼，忽然掉文道：“大约师兄虑的是对方来个‘釜底抽薪'，但小弟细想不至于如此，敌人也知道冯义易救，金先生刑重难救，因此反而不虑劫狱了。"

甘疯子颔首道："所见亦是，现在俺们就按双管齐下的计策布置起来，不过敌人究竟来了几个主要首领，还未探听明白。俺们要照顾柳庄、湖堡两处，又要分出几个人上江宁去，恐怕人数不易分配，回头且同三弟细商。"

正这样说着，黄九龙大踏步进来，向甘疯子道："全堡头目已召集齐全，听得有敌人侵犯，个个摩掌擦拳，准备厮杀，请师兄发令就是。"

甘疯子问明了头目人数，又把所定计划告诉了黄九龙。

黄九龙道："这样对待最妥当。至于俺们几位也足够分配。照小弟愚见，只要不使敌人近堡，也不用正式同他们开战。俺们处处用奇兵暗袭，他们孤师深入，俺们以逸待劳，地理上又没有俺们熟悉，自然分出主客之势，可操胜利之券了。不过到江宁去劫狱的几位，必定要随机应变，谨慎从事。万一他们也料到这招，预设埋伏，俺们也是孤军深入，接应不易，实在有点危险。"

甘疯子、王元超都暗暗点头。

范老头子朗声道："救小婿这一节，老朽同小女带着冯义也有三人。另外请黄堡主拨几个驾舟的湖勇，似乎足够应用。"

甘疯子沉思了一回，慢慢说道："老先生威名犹在，智勇兼资，江宁又是旧游之地，道路自然熟悉，不过情切救婿，难免不顾一切，勇往直前，易蹈危机。俺想再请滕老先生同往，作为接应，较为稳当。"

滕巩立时应道："江宁地面俺也来往过好几次，在下自然要陪范兄走一遭。"

痴虎儿听得自己父亲要上江宁，也嚷着要同去。

滕巩道："你武艺造诣未精，反添累赘，好好在此听黄堡主训诲才是，不要任意妄为，为父连夜就会赶回来的。"

痴虎儿听得父亲不允同去，只好唯唯答应，不敢开口。

当下众人计议略定，甘疯子向大家说道："俺们此刻应该到前厅和众头目一见，宣布攻守的计划，免得晚上对敌的时候，自己人不认识自己人。”说罢，首先立起身来，由黄九龙引导，一齐向前厅走去。

甘疯子说道：“三弟，你是堡主，你把俺们这班人的来历和今天发生的事，对众头目说明以后，就照俺们所定的计划安排就是。”

黄九龙道：“师兄在此，小弟怎敢专擅？”

甘疯子道：“俺是浪游无定的人，其余几位也不能反客为主，大敌在前，毋庸多让。”

黄九龙只可领命而行。

众人到了敞厅，雄赳赳的头目已黑压压地坐满了，一见堡主领着老少英雄出来，立时肃然起敬。黄九龙先请众人在上面一排交椅上依次入座，自己立在中间，先将甘疯子、范老头子、滕巩几位向下面头目们一一介绍见面，然后高声说道：“单天爵联合洞庭帮想夺俺们基业，已非一日，今天假扮进香船只暗暗到来，晚上必有举动，不过凭单天爵这点能耐，想夺俺们太湖的基业，可谓太不自量。现在俺二师兄和几位威名赫赫的老少英雄，都来帮扶俺们打退敌人，俺们格外可以安心，同心协力地杀得他们片甲不留，使他们知道俺们湖堡的厉害，免得再来窥觑。”

黄九龙说到此处，下面各头目已攘臂大呼：“愿同堡主齐心杀敌！”

黄九龙举臂一挥，又大声说道：“现在，俺们退敌计划早已议定，诸位静听俺的号令行事好了。”

当时一路路分派众头目防守、埋伏的地点，挑了几个能为出众的，分守三道碉垒，又分配了许多弓箭手、火枪手，把灰瓶、滚木等类一一布置妥当，回转身向甘疯子道：“师兄，俺们对于柳庄和湖堡两处，在俺们几个人中，也应该指定各人的责任才是。”

甘疯子笑道：“这事俺已算定了，现在你只要把湖堡严密守住，使敌人无懈可击，再派个得力的头目、几名火枪手，埋伏在柳庄左右，就可无误。至于俺们这班人，无非互相策应，倒不必指定地点，因为俺们非但讲守，还要主攻。讲守是头目和湖勇的事，主攻全在俺们几个人身上，此时毋庸明言，回头俺自有妙计。现在时已不早，请范老先生预备赴江宁要紧，倘然江宁得手，赶快回堡，再定行止。”

范老头子、红娘子、滕巩、冯义立时应声告别。黄九龙又挑选四个武艺了得的头目，拨了两只快艇，跟着范老头子到江宁去。甘疯子又在滕巩身边，低低说了几句话，众人也不知何意，只见滕巩连连点头。于是范老头子一行人别了众人，先回柳庄各人拿了自己的兵刃，又预备了随身应用物件，恰巧黄九龙分派保护柳庄的几十名火枪手，已由头目率领着，暗暗绕道到来，由范老头子指点在两旁柳林内埋伏，然后在自己庄内，大家饱餐一顿，餐后一看，日已西斜，即率领着滕巩、红娘子、冯义和四个头目分坐两只快艇。

将要开船，滕巩忽然想起一事，把自己身上背着的两柄剑中，解下一柄太甲剑来，交与柳林内埋伏的头目，吩咐他差一个精细的湖勇，立时送到湖堡，交与堡主，不得有误。嘱咐完毕，跳上快艇，一同向江宁飞驶而去，这且不提。

再说湖堡内，自范老头子一行人分别以后，厅上众头目立时遵命，调齐各人部下，分头密密布置起来。黄九龙指挥众头目已讫，一想晚上厮杀，总要夜静时分，时间绰绰有余，二师兄难得降临，吕氏姐妹又系娇客，尚未正式设筵敬客，不如趁此畅叙一场。想妥主意，立时传令厨役，赶速预备盛筵，款待宾客。一声令下，湖勇们七手八脚，早已在内厅布置好筵席。黄九龙又知道这位二师兄一生最喜美酒，特地从湖镇上收罗了几坛陈酿，摆在席前。片时日影西沉，内外掌灯，筵前又设了几支巨烛，照耀如同白昼。

甘疯子看见几坛美酒，早已呵呵大笑，兴高采烈，等到佳果纷呈，时馐初荐，黄九龙躬身肃客，双凤微一敛衽，甘疯子已等得不耐烦起来，大笑道："两位女英雄宾至如归，理应上座，俺老饕成性，不惯揖让，快请就座，回头俺们还要同仇敌忾，一显身手哩。"

双凤知道他们是师兄弟，今天这首座难以却让，只好道声有僭，盈盈就座。

食上数道，酒过三巡，甘疯子举杯向众人说道："敌人此时必鬼鬼祟祟在湖岸商量进攻之策，满以为俺们毫不觉察，手到擒来，哪知道俺们瞭如观火，遐逸自如。但是话虽如此，俺们也须步步谨慎。第一，先要保护镇上商民，不使惊扰；第二，俺们抱定擒贼擒王的宗旨，须等他们上陆以后，俺同三弟在第一道碉垒外面，先同他们几个主要人物，见个高下。两位女英雄同五弟游巡水陆各处，随时接应，尤其在柳庄方面，多多注意。等到敌人退去时，再在堡中放起信炮，各人指挥埋伏军队，袭击敌人归路，务必使敌人全军覆没，受个重创，知道湖堡非易与之处。”

双凤听甘疯子说得井井有条，想不到这个醉汉居然经纬在胸，一丝不乱，着实暗暗钦佩。又想到甘疯子偏教俺们姊妹俩同王元超在一起，好像在有意无意之间，未免略现忸怩之态，可是两颗芳心内，又像非常痛快一般。

这时走进一名湖勇，向黄九龙献上那太甲剑，略述滕巩临走吩咐的一番话。黄九龙抽剑细看，只觉莹如秋水，冷气袭人，端的是口好剑，众人也交口赞美。黄九龙便将滕巩得剑原委，和今天父子奇逢的经过，向甘疯子略述所以。

甘疯子听得眉飞色舞，连酌巨觥，呵呵大笑道：“芝草无根，醴泉无源，痴虎儿可算得一块无瑕之璞，将来一经雕琢，必非凡品。就是滕老先生劫后得逢高人，意外又遇亲子，从此蔗境弥甘，也未始不是老天爷报施善人。可惜那位老和尚不留法号，大约也是百拙上人之流。至于百拙上人的八口剑，将来定要应劫而出，在尘世中跟着英豪侠士磨炼一番，但是俺从前听到，洞庭柳摩霄手中有两口宝剑，一名倚天，一名贯日，也是百拙上人八剑中的佼佼者，不知怎么会落在这魔头手中？未免明珠暗投了。”

这时舜华坐在首席上，一眼瞥见甘疯子腰间挂着破剑，笑向甘疯子道：“甘先生剑术绝伦，尊剑当非寻常之品。”

甘疯子听她问到自己剑上，不禁哈哈大笑，连王元超、黄九龙也掩口胡卢。

甘疯子边笑边解下那柄破剑，递与舜华，笑道：“两位女英雄定是此中知音，且请品鉴俺这柄破剑，以博一笑。也许一经品题，身价十倍哩。”

原来舜华、瑶华最爱的是宝剑，精于鉴赏，起初舜华听得甘疯子大谈百拙上人遗剑，已经有点技痒，此刻甘疯子解下破剑请她赏鉴，恰恰投其所好，慌忙喜滋滋双手接过。坐在次位的瑶华，也自秋波直注，总以为乃姊手上这柄破剑，外表虽欠雅整，推人及物，其中定是化龙之选。

哪知舜华接到手中，心中已是突突暗跳，心想今天要糟！以前赏鉴过宝剑不知多少，哪有像此剑，轻如无物，宛如拿着空剑鞘一般，也许其中是古代奇珍，非同小可。万一说不出此剑来历，岂不当场贻笑大方？但是人家已送到手中，只好郑重其事地左手执鞘，右手拿剑，原想慢慢抽看，不料仔细一看，几乎笑出声来，而且舜华、瑶华四只妙眼，直勾勾盯在那柄剑上，半晌作声不得。你道为何？原来甘疯子这把剑，谁也想不到竟是一根毛竹片，无非削成剑形而已，还比不上小孩玩的竹枪木刀来得精致。倘然不明白甘疯子师兄们的来历，还以为银样镴枪头，故意装着唬人呢。怪不得吕氏姊妹目瞪口呆，作声不得，连痴虎儿也睁着一双大环眼，连呼奇怪，唯独黄九龙、王元超和甘疯子，一齐笑得打跌。

到底舜华机警，略一思索，如有所悟，笑向甘疯子道："甘先生这把竹剑，大约游戏三昧，并无用意的。本来像甘先生这样武功绝世，原不在于利器的。"说罢，仍把剑插入剑鞘，双手送还。

甘疯子含笑接过，向腰间系好，然后面色一整，侃侃言道："两位女英雄渊源家学，会心不远。要知宝剑虽利，究是身外之物，俺们内家一派，讲究练神养气为主，到了炉火纯青、金刚不坏时候，无论一丝一缕、竹头木屑，都可凭着自己内功，运用如意，同宝刀利剑一般，就是赤手空拳，也可避实蹈虚，因敌为用。所以战国时代越女之术，能用一根小小竹枝，与三千铁甲军周旋进退，如入无人之境，这就是剑术至妙之境。

"这越女剑术久已失传，只有敝老师得到薪传，自己又用了一番参证苦功，已到神化不测的功候。可惜俺们一辈资质愚鲁，难得薪传，尚难神化。可是身上有无利器，倒也不足重轻，所以凡在敝老师门下的，很少带有宝剑和暗器的。

“至于三师弟这柄白虹剑，敝老师赐的时候，别有用意，原来异数。可是这柄白虹剑，名虽为剑，其实可算得各种军器中最奇特、最难使的一种兵器，非懂得越女剑术，绝难运用此剑。说到俺这柄竹剑，无非随身摆个样子，可是真要用它起来，倒也不亚于他的白虹剑。俺这番话未免过于夸大，好在两位女英雄不是外人，当可恕俺狂谬。再说不知进退的话，回头咱就凭这柄竹剑，同柳摩霄的倚天、贯日两口利剑周旋一番，试一试俺这柄假剑敌得住他两柄真而且宝的利剑否！”说罢，仰天大笑，狂态可掬。

双凤听了他这番狂语，倒也知并非大言，确有道理，着实恭维一番。

这时，黄九龙按着那口太甲剑，忽然想起一事，向痴虎儿道：“你现在未懂剑术，暂时不能携带此剑，今夜权借别人一使。回头你只守咱们房后的山冈，那冈俺已派了几个头目率领百余名湖勇驻在那儿，帮你守卫堡后。你可仍用那支纯钢禅杖，立在紧要处所，不要擅自走动，待俺们退敌以后，自会通知你的。”

痴虎儿唯唯领命。

黄九龙又向双凤道：“两位女英雄如未带兵刃，这口太甲剑可以权充一使，敝堡还有几柄倭刀，倒也犀利，两位也可委屈敷用。”

舜华笑道：“愚姐妹已带着随身兵刃，倒是王居士秉承师教，想必尚无利器。虽说王居士绝艺惊人，可是与贼交手，何必多费精神，何妨权借这柄利剑一用呢？”

黄九龙原想让自己师弟应用，不过双凤是客，不能不虚让几句，既然她们自己说出带有兵刃，趁势把太甲剑交与王元超带在身边。王元超接剑在手，掂了一掂，尚可应用，就掖在腰间，依旧同众人且议且饮。

这时，外边探报络绎而来，有的报称敌人有几只巨船扬帆而进，有的报说敌人船上已在造饭，快要发动。甘疯子听得满不理会，依然大杯的酒灌向喉内，众人只好耐着性陪他。等他吃尽兴，差不多已交二鼓，甘疯子才摩腹而起，呵呵大笑道：“是时候了。”说了这句，脚下一溜歪斜，画着之字步，冲到黄九龙身边，附耳说了几句。黄九龙频频颔首，立起身来匆匆出厅而去。

甘疯子又回头指着王元超道："老五，俺料定贼人先扰柳庄去捉范老先生，你先陪同两位女英雄到柳庄去。你们三位在柳庄退敌以后，但听堡中信炮放起，赶快回堡，掩袭敌人后面，不必在柳庄留恋，只要范老先生的府中不损一草一木就得。"

王元超领命，先自回到自己卧室略事结束，又把袖中那册秘籍收藏谨密，反身提了太甲剑，赶回客厅，一看甘疯子、痴虎儿已不知去向，只剩双凤姊妹俩正在并坐细语，身上风氅已经脱下，挂向厅壁，露出前天交手时一套紧身利落的小打扮，不过各人腰间多了一个剑匣和一个镖囊。一见王元超进来，赶忙立起，含笑相迎，两双妙目向他身上直注。原来王元超此时换了一套青绸夜行衣，越显得猿臂蜂腰，丰神玉照。王元超被她们看得不好意思，笑问道："他们先走了？"

舜华道："甘先生将才又得到紧要探报，已同黄堡主到外面指挥一切，痴虎儿也跟着几个头目到后山去了，俺们就此走吧。"

王元超道："好。"

于是三人转身出厅，一路行来，已到堡门，立在广场上回头一看，两扇黑漆大门已在三人出来时闭得严丝密缝，而且堡中灯火全无，声息顿寂，只剩一轮皓月，当头高悬。月光罩在广场上，好像铺了一层银沙，四周静荡荡的，除掉三人的身影子平铺场上，其余一个人影都没有。

三人正悚然诧异，忽见照壁旁龙爪槐底下，鬼影似的走过一人，悄悄说道："奉堡主命，请五爷同两位女英雄快赴柳庄，快艇已在渡口伺候了。"说罢，倏地向后一跃，立即隐入树影之内。

三人听得耸然四顾，偶然云破月出，隐隐见门楼上和四面林内干戈森森，约略可辨，月光隐去，又复黑沉沉不见一点迹象了。三人不敢停留，一路钻程飞行，霎时越过三座碉垒，果然停着一只八桨快艇，四个劲装湖勇分坐首尾，都一声不响地扶桨而待。三人一跃下艇，立时八桨齐举，向东飞驰。此时王元超同吕氏姊妹在这小小艇内，也顾不得许多嫌疑，只有促膝相对。

舜华悄悄道："甘先生和黄堡主真是非常人可及，你看俺们一路行来，表面上好像刁斗无声，一点没有戒备，其实处处埋伏周密，正合战略上以静制动、以逸待劳的妙诀。"

王元超微微笑道："二位熟谙韬略，也从这句谈吐内流露无遗了。"

舜华情不自禁地哧的一声笑了出来，脱口道："想不到元超兄还善于辞令呢。"

那个兄字舜华脱口而出，似乎有点难为情，要想收回，已是不及，可是王元超受宠若惊，恨不得立时还称一句舜妹，无奈万难说出口来，反而连回答的话都没有了。

正在大僵特僵之际，那位瑶华忽然指着湖心，悄悄道："莫出声，那远远几点桅灯下面，似乎人影幢幢，杂乱得很，定是敌船无疑。有几只似乎已经启碇，渐渐移动呢。"

王元超道："果然是敌船，看情形，那移动的船也是向东的。"急回头向湖勇道："俺们快赶一程，早到一步才好。"

湖勇应了一声，立时觉得船首浪花哧哧乱响，船身箭也似的飞驶而进，片时已到范宅门口，泊在那茅亭下面。

三人先后跃上，刚立定身，只见两旁竹篱上嗖嗖几声，跃过几个人来，王元超急抽剑迎上一步，喝问道："来人通名!"

那几个人急开口道："五爷，俺们奉命在此埋伏多时，顷得弟兄飞传堡主命令。"

王元超这才明白是火枪手几个头目，那几个头目走近身向三人行礼，站在一旁。

王元超道："咱们乘快艇到此，途中已见敌船发动，有几只向这面驶来，不久就到。诸位快去埋伏妥当，只看敌人退出范宅时候，诸位端正火枪，向敌人施放，可是事先千万不要打草惊蛇。"

那几个头目领命，依然跃出篱外，自去埋伏。

这里王元超又对快艇上的湖勇吩咐，要他们在近处隐藏，但听口哨为号，再摇出来，接应咱们回堡。吩咐已毕，同双凤跳进范宅内，看了一遍，只见范宅三个老女仆，瑟瑟地躲在炉灶下，一见双凤，齐喊吕小姐救命。舜华急忙向她们摇手，不要作声，把几个老女仆掖在一间僻静小屋内，反锁起来，嘱咐她们无论听见外面有何声响，千万不要出声，否则会没命活。

三人一齐回到前庭两株丹桂下面，王元超笑道："昨夕俺同敝师兄到此同两位同席，不料此刻景象如昨，人事全非，真所谓不测风云，难以逆料的了。"

不料舜华听他说了这句话，怔怔地痴想了片时，似乎朱唇微动，欲语又止，半晌，突然悄悄问道："那册秘籍，王兄想已收藏隐秘了？"

王元超以为她关心秘籍，慌忙答道："已藏在俺寝室内，想不致再失的。"

瑶华口快，抢着道："将来王居士启看时，千万不要有第二个人在旁才好，因为……"

舜华不等她说下去，急向王元超道："敌人快到，且莫闲谈。咱们三人就在屋上寻个僻隐处埋伏起来，凭高看守，也可瞭望门外情形，且看敌人追来做何举动，那时咱们再见机行事。"

王元超连声说好，于是三人联翩跃上屋顶，恰好屋外两旁都紧贴着高的树木和几竿长竹，双凤姊妹俩首先挑了左面贴墙的两竿长竹，各自飞身而上，分据竿巅。王元超看她们上竹竿时，连叶影子都没有动一动，知道轻身功夫已臻上乘，不禁暗暗点头。自己略向双凤举手示意，先不飞向树林，双足一点，竟向外飞过一重厅屋，立在门墙，举目远望。

果然月光映处，湖面远远两艘巨艇逐浪而来，慌忙伏身细看，来船渐驶渐近，距岸里许光景，忽转舵向右，隐入芦苇深处。王元超起初不解敌人用意，继而恍然大悟，明白敌人尚以为范老头子安处家中，想来迅雷不及掩耳，故而远远停泊，又一想，前晚自己同三师兄来探柳庄，也是从右面柳林探道而入，那样敌人舍舟上陆，没有第二条道路。不过这样一来，右面埋伏的火枪手，难免不被敌人先行窥破，倒有点不大合适。

略一思索，倏地跳落门外，悄悄撮口作声，霎时几个头目闻声跃出。王元超一述所以，叫他们把右边埋伏的人，统统调到左边篱内，再调几拨人庄后埋伏，防敌人在屋后纵火。吩咐妥帖，又回身跃上门墙，接连几跃，回到原处。先向左面竹竿上的双凤悄悄说明备细，然后趋向右面，拣了一株大槐树，双足一垫，一个黄莺织柳式，跃上树巅，隐身丛叶之中，恰与双凤成了个遥遥对峙之势。喜得树身高出屋面，门外情形依然望见，又喜此时天上云浮，月华格外明朗，月光照处，真同白昼一般。

在树上待了片时，倏见门外右边篱上，一阵风似的跃过好几条黑影，看身手颇为矫捷。又隔了许久，中厅屋脊上探出几个头来，渐渐露出全身。借着月光看出，厅屋上共有五人，其中一个身材瘦削、手提长剑的贼人，衣服非常特别，映着月色，似乎全身灼灼放光，异常灿烂。正觉得诧异，屋脊上鬼头鬼脑、忽聚忽散地捣了半天鬼，才见那身材瘦削的贼人，左手一扬，就听得庭心嘀嗒一声，料是问路石子，这声响过，三贼立时飘身而下，两个身躯高大的一伏身，蹲在瓦上并不下来。

王元超无暇顾及瓦上，急看庭心三贼时，倏已一个不见，料已蹑足进屋。半晌，忽听屋内一片喧哗，三贼大骂而出，一个青帕包头、手持双刀的大汉暴跳如雷，毫无顾忌地大喊道："老鬼也只有这点胆量，大约闻得风声，吓得弃家跑掉，连一个鬼影都没有了。"

瓦上两条大汉听得屋中无人，立时挺身而起，破竹般喉咙向下面哈哈狂笑道："喂，小凤，你爱的小寡妇呢，难道也溜了不成？这不是丧气么？"

即见那身发异光的瘦削贼人，用剑向上一指，冷笑道："今天老子们瓮中捉鳖，不怕他们逃上天去。依俺看，老鬼同小寡妇逃走不久，无非躲入湖堡，这倒好，免得老子们多费手脚。俺们快去报知柳道爷，早早动手，稍迟恐要漏网。"

那屋上两个大汉又开口道："且慢，老子们难道真白来一趟么？让老子下来，赏他一把野火，烧他个精光，你看怎样？"

王元超暗地里听得真切，心想这班亡命之徒说得出，做得出，不如就此下手吧，正想停当，已听得左面树上一声娇喝道："贼人休得逞强，云中双凤在此！”

喝声未绝，屋上两贼汉同时一声狂叫，骨碌碌连人带瓦滚下庭心，响成一片。庭中三贼齐吃一惊，顾不得滚下的两贼，嗖嗖嗖几声接连跳上厅屋，横刀遮面，厉声大喝道：“原来老鬼不知死活，还敢施用埋伏计，好，好，藏头缩尾、暗箭伤人算不得好汉，有胆量快出来受死。”

这时三个贼人听得是左面有人说话，全神贯注左面，却看不清敌人藏在何处，只得用话相激。不料话刚说完，又听得右侧屋角有人哈哈大笑道：“鼠辈也敢口出狂言，俺来也！”话到人到，已见一片剑光，如银蛇乱窜，从瓦面平铺过来。

原来王元超一见两贼已被双凤暗器所伤，趁众贼人全神贯注左面之际，自己悄悄从树上溜下，再就地一个旱地拔葱，从墙外直飞上前厅屋角，冷不防一声大笑，就向敌人右侧舞剑而上。这一手迅速无比，差一点的，人未认清，早已饮剑了账。可是这三个强徒也是久经大敌，颇也了得，一见右面也有埋伏，来势迅猛，无暇细看来人面目，齐喊一声“风紧！”各自舞起兵刃护住全身，几个溜步，各自散开迎敌。

王元超一看敌人身手颇为老练，知是惯家，立时按剑卓立，厉声喝道：“范老先生父女早已远游他乡，现由俺寄寓在此，你们黄夜到来，意欲何为？”

那三个贼人听得这句话，半信半疑，也不搭腔，即由一个手持九节鞭的猛汉，一声怪吼，蹿上前来。一对面，立时抡起钢鞭，拦腰便打，王元超喊声：“来得好！”微一退步，用太甲剑虚作勾拦，滴溜溜一转身形，敌人兵器顿时落空，却趁势身子一矮，一翻健腕，立时剑花错落，洒向敌身。那猛汉怪吼连连，也舞得满身鞭影，呼呼山响，霎时两人斗得难解难分。

王元超一面从容应付，一面留神余贼，却已不见，只听得下面庭心刀风乱响，娇叱连连。

原来，双凤姊妹俩高据竹巅，听得厅上两个高大强徒出口不逊，芳心大怒，姊妹俩不约而同，各自拿出一件暗器，舜华用的三棱金镖，瑶华用的莲子弹，随着两声娇叱，就向屋上强徒发去。那两贼正在得意忘形，胡嚷一气，哪里来得及躲闪，一中左目，一中额角，顿时痛极而号，滚向屋下。

双凤一见两贼受伤，三贼惊跳上屋，恰好王元超也在此际现身，趁势双双拔出身后利剑，一个飞燕辞巢，直下庭心，本想先除掉受伤两贼再议。不料屋上三贼只让一人同王元超决战，尚有两贼知道埋伏不止一人，也许范高头、红娘子并未逃走，埋伏左近，四面狼顾，刻刻留神，不敢上前助战，果然看见斜刺里飞下两个绰约女子，两贼一声狂吼，也自跳下。

双凤一看两贼下来，也来不及手刃伤寇，姊妹俩倏地向左右一分，微退几步，借着月光，先向两贼略略一打量。见那使剑贼人长眉星眼，粉面朱唇，宛如女子，却一脸凶淫猝悍之色，便知不是正经路道，最奇怪通体红如赤火。原来这人穿着一身猩红软缎衣裤，遍身织金镂彩，绣出百鸟朝凤，连腰巾快靴都是一色红缎金绣，所以远看去，遍身光辉夺目。那使双刀的贼人，猬髯鹰鼻，蜂目豺声，却又丑恶异常。

舜华首先按剑娇叱道："强徒通名，姑娘剑下不斩无名之头。"

那诡装异服的贼人一跳下来，看见双凤姊妹俩丰姿绝世，已是色胆泼天，暗打主意，两只闪烁不定的贼眼只在双凤身上来回看个不住，一听她娇艳艳的几声娇叱，格外百骨酥融，先不答言，向执刀的贼人一竖拇指，扮个鬼脸，然后回头用剑一指，大笑道："老子行不改姓，坐不改名，长江盖赤凤便是。"又向执双刀的一指道："这位非别，就是从前鼎鼎大名的飞天夜叉，现任江宁提镇衙门守备，更名沈奎标，奉命到此捉拿范高头、红娘子两个要犯归案。俺看你们金莲窄窄，弱不禁风，懂得什么利害？大约被范老鬼花言巧语，骗下浑水，来做他的替死鬼。俺替你们想，实在死得不值，及早悔悟，俺们尚可另眼相待，否则……"

双凤姊妹俩听他一派胡言，早已柳眉倒竖，杏眼圆睁，不待他说下去，立刻喝道："闭口，且识得云中双凤的宝剑！"

一声喝罢，姊妹俩利剑一挥，霎时舞成一团白絮，满院寒光，只觉剑光如山，招招都刺向两贼要害，哪里还分得清姊妹俩身影。你想这姊妹俩剑术何等精妙，哪知盖赤凤一声狂笑，竟能从容应付，进退自如。那沈奎标也把双刀舞得风雨不透，同瑶华打得八两半斤。这时庭中翻翻滚滚，战得桂叶乱飞，月华惨淡，一时难分胜负。

屋上面王元超却是眼分两地，眼观八方，既要应付眼前猛汉，又要关心下面双凤，你道他为何如此关切？因为盖赤凤这套奇诡衣服，王元超早已看得诧异，等到盖赤凤同双凤觌面自报名姓，王元超在上面听得真切，不觉吃了一惊，知道这盖赤凤不是常人，恐怕双凤有个闪失，所以时时分神照顾。哪知道这样一分神，同他打在一起的猛汉，倒得了许多便宜，否则早已敌不住了。

说了半天，这盖赤凤究系何如人呢？在下趁他们屋上屋下打得热闹，暂时不见胜负之际，百忙中抽出笔来，补叙几笔也好。

原来，那时江南出了三个魔头，不要说平时百姓听到这三个魔头的名字，害怕得心惊肉跳，就是江湖上各水陆好汉，以及上三门、下三门、黑白两道的角色，碰到这三位魔头，也像耗子见了猫一般地害怕，下属见了上司一般地孝敬。这三位魔头本书已经出现了两位，只有最厉害的第一个魔头还没有出现，第二个魔头就是柳摩霄，第三个魔头就是盖赤凤。

这盖赤凤年纪最轻，只二十余岁，在江湖上出名也没有几年，他的师父是谁、怎样出身，谁也摸不清他。出世以来，独来独往，从来没有一个党羽，也没有一定的巢穴，完全仗着本领惊人，做他独一无二的独脚强盗，而且穿着特别，满身红绫，遍体锦绣，衬着一张俊俏面庞，真有几个不知死活的女子爱他像活宝一般。他所做的案子，都是长江一带富商巨官之家，盗的不是奇珍异宝，就是巨万金银，而且性喜采花，只有采了花不劫财，没有劫了财不采花的。

他虽然最爱采花，却与别个采花大盗不同，他有三不采：非处女不采，非富商巨室的处女不采，富商巨室的处女而非美貌者也不采。他因为抱定这三不主义，在采花当口，最注意那一点处女之红。往往有不少假处女，被他试验并非原璧，立时死在他剑下的不知有多少。最可笑这班假处女死得还不敢伸冤，因为人人知道，盖赤凤采花杀死的处女都是假处女，真处女从来没有被他杀死过一个，被采的处女自己含羞自尽的倒是有的。有这一层原因，假处女的父母反而弄得不敢张扬，一张扬无异宣传自己闺女不贞，只有借着盗伤事主为名，请求官厅缉凶惩办。

但是盖赤凤依仗武艺，胆大包天，每做一案，必定留下一张梅红大名帖，像穷翰林打秋风用的大名帖一样尺寸，中间印着盖赤凤三个正楷，这样才知道采花大盗的名字。可是捉拿采花大盗的风声热闹了许久许久，结果还只是知道盖赤凤三个字，其余什么线索都得不到。倒是有一班聪明的读书朋友，从盖赤凤三个字上，推测这位采花独脚大盗命名的意义，和将来的志愿，人家问这班读书朋友，怎样推测出来的呢？

据说，从前汉朝有个最大的剧盗，叫作燕赤凤，非但在官宦人家采花劫财，甚至飞入汉宫，三宫六院的婕妤、贵人以及宫女们都被燕赤凤任意地奸污，后来索性被赵家姊妹飞燕、昭仪两位有名人物当作面首，出入禁宫，享尽人间艳福。这一段有趣的故事，凡熟悉汉史的无不知道。不料这位长江独脚大盗盖赤凤居然也知道这桩故事，心想自己年轻貌美，本领无敌，恐怕汉朝的燕赤凤还比不上自己呢，所以他也取了赤凤两字做名字，恰巧自己本姓盖，盖赤凤三字连在一起，又像盖过汉朝燕赤凤的意思。

这样一推测，从此他这盖赤凤三字，一传十，十传百，名气格外大起来。长江一带的官府听得非常担心，万一他真个仿照汉朝燕赤凤的老法子，到北京紫禁城内去胡闹起来，如何得了？可是想尽了计策，兀自捉他不住。后来，两江总督想到芜湖单军门单天爵，知道他十分了得，手下奇才异能的也不少，就下了一道密札，命他相机剿抚。

单天爵早已闻得长江出现了这位魔头，正想设法联络，助长自己的势力，恰巧接到这道密扎，暗暗一盘算，知道自己手下没有敌得过盖赤凤的，想到洞庭湖柳摩霄与自己素有来往，感情不恶，不如请柳摩霄出马，再用计，以甘言厚币打动盖赤凤的心，应许他将来种种利益，不怕不收为己用。果然单天爵这条计策一拍即合，盖赤凤天不怕地不怕，只对于柳摩霄，知道本领胜过自己，手下党羽又多，却有几分畏服，又想利用单天爵官势，益发可以逍遥法外。古人说物以类聚，用在他们几个魔头身上，一点不错。这几个凶徒互相利用，结合起来，倒也不能轻视，所以这一次暗袭太湖，盖赤凤也是个主要人物，到柳庄这一路的强徒，盖赤凤还算是首领呢。话休絮烦，盖赤凤的历史补叙既明，再回转笔头，接写柳庄交战的情形。

且说王元超一面同那猛汉交手，一面关心屋下，因为上面说过盖赤凤的历史，王元超略有所闻，知道这个魔头天生铜筋铁骨，功夫出众，恐怕双凤姊妹本领虽高，究系女流，万一被这个凶淫贼魔占点便宜，那还了得！但是他这样一分神，猛汉那条九节鞭格外得理不让人，以为王元超只有招架，不能还手。王元超一看猛汉情形，又好气，又好笑，一想何必同他歪缠，不如早早打发他回去，可以脱身帮助下面。主意打定，立时神志一凝，罡气内运，一声断喝，身法立变，使出几手内家奇门剑术。只见剑光如雪，虚实难分，霎时把那猛汉裹入一片剑影中，弄得猛汉狂喘如牛，手足无措。

王元超更不待慢，倏地全身一矮，用剑虚格来鞭，来了一手乌龙摆尾，横剑向下平扫。猛汉喊声“不好!”忙不迭提气上纵，哪知王元超这手也是虚招，等他提身跳起，躲过这招，降身未定之际，不等他透过气来，立时侧身进步，左手掐着剑决，右腕一沉，太甲剑变成举火烧天势，剑锋直指敌喉，一上一下迎个正着。猛汉一声“不好”还未喊出，剑锋业已直透脑后。王元超未待尸身倒下，趁势回肘一抽宝剑，同时飞起左腿，着力扫去，只听得扑的一声，扫得尸身腾空而起，直落墙外去了。王元超除了猛汉，慌忙回头向屋下一瞧，这一瞧，几乎把王元超吓得魂飞魄散。后事如何，在第三集继续发表。

注：本集1940年10月天津大昌书局初版。上海励力出版社1948年9月再版。

第三集

第一回

如火如荼，甘疯子乘醉却敌
十荡十决，黄九龙先声夺人

上集说到柳摩霄、盖赤凤等奉江宁单天爵之命，乔装香客，夜袭太湖，而且盖赤凤先同飞天夜叉等一班巨盗先到柳庄，想一鼓而擒范高头父女二人。万不料湖堡早已得到密报，窥破阴谋，暗暗严密布置，早已派王元超和云中双凤埋伏多时。盖赤凤一到，立时应战，而且一交手，房上同王元超交手的猛汉很快丧命。

王元超除掉了猛汉，空出身手，低头向庭心一看，却吓了一跳。

你道为何？原来双凤姊妹在庭心同两寇交手，瑶华战的是飞天夜叉沈奎标，飞天夜叉虽然双刀不弱，却敌不过身轻如燕的瑶华。瑶华正想乘隙蹈虚，使出绝招，手刃夜叉，不料庭畔桂花树影底下，突然一声狂吼，跳出一个满面血污、形如活鬼的怪汉，抡着两柄板斧，发疯般向瑶华砍来。飞天夜叉得着这个帮手，立时鼓起勇气，拼命夹攻，这一来，瑶华倒也吃惊不小，禁不住那怪汉凭着一股戾气，拼命地一路狂喊狂砍，一时倒有点不易对付，只能闪展腾挪，把一口剑舞得光华遍体，泼水不入，抱定暂时不求有功的主意，但是这个流血满面的怪汉怎样钻出来的呢？

原来这怪汉就是先时被双凤暗器所伤的两强徒之一。那一个镖中脑门，原已致命，滚下庭中，登时死掉。这一个左目吃了一颗小小莲子弹，当时虽痛得滚下屋面，因为尚非致命重伤，心头还有点清楚，一看身已滚下，赶紧两腿一拳，安然及地，趁势向树底下一滚，忍着痛，略定心神，幸而那颗莲子弹并未陷入眶内，可是左眼已瞎，血流满面，咬着牙蹲了片时，仗着独目，一看庭心四人战了两对，自己相近飞天夜叉，眼看他手忙脚乱要败下来，急向身上一摸，幸喜两柄板斧尚在，咬牙忍痛一声狂喊，加入战圈，想报一弹之仇。两人双战瑶华，工夫一久，瑶华虽然不致落败，却也香汗沾鬓。不料，这时舜华同盖赤凤一场大战，也正在万分吃紧的时候。

看不出盖赤凤这个淫魔，手上一口长剑施展开来，不亚于孽龙搅海，恶虎吼山，竟也有许多奇妙招数，而且羼着不少内家要诀。这一来，舜华暗暗称奇，步步当心。盖赤凤也觉得这女子不是常人，一把短剑使得宛如狂风骤雨一般，只得暂收淫念，使出全身本领抵敌。可是舜华究系女子，一双窄窄金莲，未免相形见绌，手上一柄剑已比盖赤凤的长剑要短尺许光景，虽名曰剑，其实就是古时的匕首。两人功力悉敌，禁不住兵器彼长俺短，互相刺击之际，又未免显着吃力。

这样战了许久，舜华一看难以取胜，立时芳心一转，罡气潜运，索性短剑交与左手，右手骈指如戟，使出运气点穴功夫，一声娇叱，身法顿变，超距如风，进退莫测。倏而运剑隼击，倏而挥拳猱进，贴地流走，宛如珠滚玉盘，蹑足凌虚，几疑蝶舞花影，这一番大显身手，真有点触目惊心。

哪知偏碰上这位淫魔竟能识货，一跺脚，把长剑霍霍一挥，先来个撒花盖顶，护住全身，然后微一退步，双臂一振，霎时全身骨节咯咯山响，也自运起铁布衫功夫，同舜华一起拳剑并用，抵隙蹈暇，嘴内哈哈大笑："嘿，好俊的一套擒拿法，想不到美人儿真有几手，好，好，老子就陪你玩玩。"

舜华听他口上还找便宜，气得面如冷霜，格外施展出厉害招数，恨不得立时把淫魔一挥两段。

盖赤凤看出舜华拼命相搏，故意略露破绽，身法稍缓，果然舜华中计，用了一手仙人指路，左剑一挥，右手戟指向盖赤凤肩穴点去，满以为这一手敌人吃亏不小。哪知道点到敌人身上，坚逾铁石，毫不理会，正在吃惊后退之际，盖赤凤何等狡猾，未等舜华抽身，早已一声大喝，枯树盘根，横腿平扫。好在舜华毕竟不弱，一声娇叱，凤翘微点，腾空而起，未待落地，凭空两臂一分，一个大鹏展翅，又斜飞到丈许远才落下地来。还未立定，盖赤凤已恶狠狠地挥剑过来，舜华正想往后微退，再摇招迎敌，不防匆遽之间，未留神桂树老根微透土面，冷不防玉莲一绊，一个踏足不稳，嘤的一声，娇伶伶的芳躯直向后跌去。盖赤凤哈哈大笑之间，长剑一摆，趁势扑上前去。

说时迟，那时快，在这千钧一发之际，恰值王元超除掉猛汉，回身下窥，一看舜华危急万分，急得连人带剑，直向盖赤凤身后飞刺而下。这一手势如建瓴，疾如激箭，盖赤凤饶是厉害，万不料来人并未落地，凭空飞刺而下，等到骤觉脑后剑风飒飒然，喊声“不好!”顾不得前面跌翻的美人儿，慌忙就地一滚，向旁滚开丈许，就是这样，剑锋已略略及身，不过他仗着铁布衫功夫，未中要害，这剑锋所及，就他一滚之势，哧哧几声，把淫魔身上一件大红织金短衣，割下一片来，背上皮肤也裂了一条口子。

盖赤凤生平未曾逢过敌手，这一点小亏已引为大辱，而且自己一身铁布衫功夫，居然被人划破骨肉，料得敌人手上定是非同寻常的宝剑，幸而自己一滚避开，剑锋已偏，否则不堪设想，不禁又惊又恐，一声狂吼，一跃而起，挺着长剑，恶狠狠直向王元超刺去。王元超知道他不比常寇，早已蓄势而待。这两人交上手，一个是内家巨子，一个是混世魔头，旗鼓相当，各争先招。

这时舜华惊魂已定，知道今天没有王元超飞身相救，定要吃亏不小，脸面无光，这一份感激真是难以形容，看得王元超使出全身本领同那恶魔力战，便想跃上助阵，又一看那边自己妹子，同两个凶徒也是苦苦恶战，很是吃力，眉头一皱，立生巧计，暗地拿出了一支金镖，觑准一个贼人后背，用力打去，轻轻喊声：“着!”

那边偏是瞎了一只眼的贼人倒霉，好像命里注定要死在暗器之下似的，那支金镖从他背心射准，直贯前胸，立时一声狂叫，双斧一扬，倒在地上。

瑶华大喜，精神陡长，运剑如风，向飞天夜叉猛袭。飞天夜叉一看同伴又中暗器，只吓得心胆俱裂，哪里还敢恋战，觑个破绽，拼命向前一刀砍去，趁瑶华闪身之际，赶忙奋身一跃，跳上屋面，一矮身，揭起一叠屋瓦，向下一撒，哗啦啦一阵乱响，把那边盖赤凤吓了一跳，一纵身跳出圈子，看清自己带来的人死的死，逃的逃，只剩自己一人，局面已是一败涂地，再拼命战下去，绝无好处，正想乘机脱身，哪知瑶华、舜华一见使双刀的贼人已逃得不知去向，这个恶魔也有逃走的意思，立时姊妹两人短剑一横，左右进攻，王元超也加入夹攻，这样把盖赤凤三面围住，饶他本领了得，也弄得只有招架，不能还手。

偏偏这时门外噼噼啪啪火枪声大起，一阵紧一阵，盖赤凤明白门外尚有火枪手埋伏，自己带来几十个喽啰，在门外被火枪手挡住，恐已死得一个不剩，此时再不逃走，自己也要性命难保！但是一看身前身后三柄利剑，像雨点般刺来，一时要想脱身也是不易，心里这样一盘算，手上招架未免较慢，哧哧几声，上下衣裤又被敌人剑锋划破几处，心里一急，顾不得身上有无受伤，钢牙一咬，一声大喝："不是你，便是俺！"把满身绝艺一齐施展出来，只见他前架后挡，横剁竖劈，像疯狮一般，倒也不可轻视。

这一场血战真也非同小可，但见满院匹练般剑光，风驰电掣，铮铮鏦鏦之声不绝于耳。王元超等三人见这个恶魔不顾死活，拼命地狂斗，三人各自看定自己的门户，车轮般同他接战，想等他力尽气绝，再下杀手。哪知盖赤凤既毒且狡，故意做出不肯逃走、拼命凶斗的神气。这样战了片时，盖赤凤蓦地一声怪吼，全身一矮，把长剑骤地一掠，使出一套八卦游身剑，忽东忽西，忽高忽矮，一个身影像游鱼一般。

王元超等一看他另变招数，格外用出以静制动的法子，只三人守定自己方向，从容接招，并不跟踪追击。这一来，完全中他的诡计，只见他向王元超面前剑锋一晃，倏地一个箭步退到中央，哈哈一声大笑，一跺脚，一个一鹤冲天，飞身上房，回身一抖手，便见三点寒星分向庭心三人射来。三人只好先顾眼前暗器，或用剑拨，或用手接，一阵叮当，三支毒药钢镖，半支也没有打着人，可是盖赤凤就趁敌人接镖的一刹那，潜地飞逃了。

等得王元超等飞身上房，哪还有盖赤凤影子，只听得前面火枪声还断断续续响个不住。三人一连几跃，立在门墙上一看，门外广场上横七竖八躺着几个尸首，埋伏的火枪手一个不见。王元超、舜华、瑶华一齐跳落广场，仔细一看地上尸首，一律头缠红帕，知道是凶徒带来的喽啰。王元超嘬唇作声，就听得右面柳林中也有人吹着口哨遥应。

一忽儿足声杂响，从篱门内拥出许多火枪手，为首几个头目首先奔近王元超面前，报告道："自从奉命埋伏左面及屋后两处，静待了片时，就见右面篱上跳进几条黑影，一霎时都上房进内。半晌，微听宅内厅屋上几声叱叱，就起了兵刃接触之声。片时，俺们埋伏之处，从半空中跌下一具贼尸，知道王爷几位业已得手。那时就见右面篱上又跳进许多人来，俺们就觑准了那班贼徒，一阵火枪，立时倒了一地，只听得右边篱外还有许多贼人，不敢再跳进篱内，只乱喊绕向屋后，向后门攻过去。

"不料俺们在屋后也有火枪手埋伏，又是噼噼啪啪一阵痛击，那班逃得命的一班贼人就拔脚回身飞逃，宅内也逃出一个持双刀的凶徒，率领着那班逃卒，亡命逃去。俺们以为王爷已把余贼扫得一个不剩，定也赶出屋来，所以俺们大胆率领弟兄们，越过左篱，追向前去。不料俺们后面又追来一个持长剑的凶徒，宛如飞鸟一般，蹿入俺们队内，长剑一挥，俺们弟兄就伤了几个。幸而柳林广阔，散开得快，躲在树后向他攒击。那个贼人真也了得，一纵身就是好几丈，眨眨眼就不见他的影子。等得俺们再奋勇追去，那两只贼船已离岸老远，飞也似的向湖心逃去。俺们在岸上遥击一阵，因为太远，铅子不及，贼船没有多大损伤，已逃得看不见了。"

王元超也把宅内交手情形略述所以，吩咐他们把屋内外贼人尸首归在一起，自己方面的弟兄，或死或伤，点清人数，赶快运回堡内，又吩咐他们暂且看守宅外，恐防余贼再来搅扰，自己三人赶快到堡外接应。吩咐已毕，恰好快艇上的湖勇已听得口哨，从僻处驶出，仍旧泊在门前。舜华又跳入宅内，把关在小屋的几个老女仆放出来，交与门外几个头目好好保护，又嘱时时在范宅前后梭巡，一一嘱咐完毕，三人跳下快艇，又如飞地驶回堡去。

途中舜华悄悄说道：“盖赤凤这个凶徒本领真可以，你看他临逃走的时候，发出只手连环分路毒药镖，没有内功，万难学习。今天幸而王兄飞身相救，否则……”

王元超忙截住话头道：“胜败乃常事，何况舜姊本领并不在盖赤凤之下，大约足下稍形不便罢了。”

瑶华接口道：“想起来真可怕。俺那时看得分明，无奈被两个恶徒绊住，分身不得，看到王兄飞身而下，才把这颗心从腔子里收转。没想到几个恶徒都有几手，回头尚有一番大战，除柳摩霄、盖赤凤，未知尚有几个能为出众的恶徒，俺们倒也不能轻敌呢。”

刚说完这句话，忽听船舷外哗哗一阵水响，簇起几尺高的浪花，从浪花中涌出一个浑身水滴的人来。

王元超等人大惊，以为敌人半途拦截，急急一齐拔剑在手，准备迎敌。

船上驾船的湖勇看得真切，慌忙喊道：“五爷且慢！是自己人。”那水波上的人身子一扭，像鱼一般游近船来，悄悄道：“奉堡主命，请王爷同两位女英雄速去策应，因为洞庭帮的贼人已变计了。”说了几句，不待王元超答话，倏地身子向下一沉，踪迹全无。

王元超等全不知敌人如何变计，只好催舟飞回。片时，已近堡外渡口，只见堡楼上火烛燎天，刀光如雪，却又声息俱无，不像交战光景。再回头一看，距岸里许，敌舟如麻，一字并列，也是灯火通明，盛张兵备，好像预备交锋一般。王元超等摸不着头脑，等得快艇靠岸，三人急急向碉垒走去，四面一留神，一路都有湖勇哨巡，碉垒栅门大开，无数湖勇执着巨燎，两旁壁立，直达第二道碉垒。

一见王元超等三人回来，即有几个头目躬身肃禀道：“堡主在碉楼恭候已久，请五爷同两位女英雄上楼会面吧。”

王元超略一颔首，即引双凤姊妹从侧面登道走上碉楼，一跨进门，只见楼窗口甘疯子箕踞面坐，一手执壶，一手执杯，兀自流水般大喝其酒，好不从容暇逸。

一见王元超等进去，立时把壶、杯一放，脖子一挺，呵呵大笑道：“诸位杀贼而回，愚兄杯酒劳军，也算古人饮至策勋的盛典吧。”

这时黄九龙也匆匆掉臂而入，一见三人在室，大喜道：“俺已得弟兄报告，知道两位女英雄手刃巨寇，端得了得，不过今天无端要两位女英雄受累，心中实在不安。”

舜华、瑶华慌忙谦逊不迭。王元超把交战情形细说一番，只把舜华受险一节隐去，多添几句双凤姊妹功夫如何了得的话，舜华、瑶华在旁边听得肚内明白，知道他体贴入微，故意极力推崇。王元超说完柳庄交战情形，急问敌人如何变计，怎么此刻还未到来，黄九龙也把其中原因匆匆一述。

你道为何？原来洞庭君柳摩霄和盖赤凤被江宁新任提镇单天爵奉为上宾，每天在密室中暗暗筹划一切非法的阴谋。柳摩霄又把湖南几个重要羽翼也召集到江宁来，以便差遣。恰好不久就发生金昆秀的事，从金昆秀想到范高头，又垂涎到太湖。那天甘疯子窃听的晚上，甘疯子救了冯义没有多少时候，单天爵已得狱官报告，料得太湖定有能人暗探，顺手牵羊把冯义救去。立时闭城大搜，定了一个暗袭湖堡同时擒捉范高头的计划，星夜暗暗出发。单天爵这厮却遵从柳摩霄的话，恐怕狱中金昆秀再生别样事故，率领着几个凶徒私党，坐镇提衙，并未同去，只拔出支令箭，当夜飞调几营水师，掩护柳摩霄一队凶徒，在太湖要口遥遥接应。

那柳摩霄本来打算暗袭湖堡，所以进湖船只乔装进香的行径。等到驶进太湖，泊住苇港，先打发几批手下，分头细探，未得要领，而且各人探报大都不相符合，略一思索，知道自己的人已露马脚，看来太湖黄九龙虽然到湖未久，已经很得人心，所以探不出实在消息。等到夕阳西下，时交二鼓，先派了一拨人去擒范高头、红娘子，又亲自出马，到几道堡垒外面勘察了许久，不觉暗暗吃惊，心想黄九龙恁地了得，非但形势险要扼守得法，而且内外黑沉沉绝无声息，一看树林深处、堡垒垛口，却隐隐炮铳密布，戈头森森，知道已有准备。这一来，把个眼高于天的柳摩霄凉了半截，赶忙折回自己座船，同几个心腹健将仔细地商量。这班风高放火、月黑杀人的凶徒哪有主见，逞着一股戾气，看得太湖肥美，仗着洞庭帮势力，只一味怂恿强夺堡硐，有进无退。

柳摩霄自己细细一琢磨，觉得既到此地，平白地空手回去，非但吃人笑话，于自己威名也大大有损，而且眼看太湖出产如此丰富，形势如此雄壮，比洞庭湖过无不及，实在舍不得让人占住。又想黄九龙虽是了得，未必是自己对手，而且早听得硐堡中只他一人主持，其余几个头目都是无名小卒，何足挂虑？自己带了这许多健将，后边还有水师接应，就算黄九龙有了准备，也是一人难敌四手，这样一盘算，似乎自己稳稳操着胜券。

不料正在踌躇满志之际，船头一阵喧哗，传来盖赤凤、沈奎标大呼跳骂声。柳摩霄急举目一看，登时目瞪口呆，说不出话。只见盖赤凤一张俊俏面孔已是满头油汗，竖眉瞪目，形象恶煞，身上一套锦绣花衫，已撕得一片上、一片下，随风飞舞，露出一身细皮白肉，带着几道鲜红可爱的血口子。那沈奎标更有意思，包头黑帕已堆在脑后，只满头大汗，胁下夹着双刃，宛如一只斗败公鸡。这两人一进来，沈奎标是垂头丧气，默默无言，盖赤凤是一味言语无次地跳脚大骂，弄得柳摩霄插不上嘴，好容易把盖赤凤纳在一边，再细问沈奎标交战情形，沈奎标老实把丧兵折将情形一一报告。这一来，把柳摩霄一番打算化为云烟，又弄得进退维谷。

这时盖赤凤又从座上一跃而起，大喊道："这一次丧兵折将，只怪探报不实，但是老子虽败犹荣。倘然俺们带去几十个弟兄们手上都有火铳，也可同他们埋伏的火枪手对敌一下，倘然有几个后路接应，也不会吃这大亏。偏偏你们托大，咬定柳庄只范高头、红娘子，一无防备，手到擒来。现在事已如此，索性一不做，二不休，同黄九龙见个高下，老子不信俺们这许多人敌不过他！否则如何对得起死去的几位好汉和几十个弟兄们？就是这样回去，从此江湖上也不用立足了！"

这样被盖赤凤一激，柳摩霄还是昂头思索，禁不住左右一班恶徒个个怒发冲冠，大呼大嚷，非报仇雪耻不可。柳摩霄究是厉害角色，等这班草包斗过一阵，然后挺身而起，徐徐开言道："想不到俺们误中奸计，害了许多好汉，胜败虽系兵家常事，此仇岂容不报？据你们所说，柳庄未见范高头、红娘子，只埋伏自称云中双凤的三个贼男女同门外的火枪手，大概金昆秀被单大人捉住的消息已被他们探悉，说不定就是劫狱的人赶在俺们前头，到此报告，所以吃范高头那厮做了手脚。那厮定是狗急跳墙，向就近黄九龙求救，这班埋伏的狗男女和火枪手定是黄九龙暗暗预先布置的，范高头和红娘子此刻也许没有躲入湖堡，据俺猜想，定是看得俺们多人到此，以为江宁全虚，可以乘机劫狱，救出爱婿，哼哼！哪有这样便宜的事？岂知俺早已防到此招，管教他到了江宁城边就吓得半死，说不定单提镇就能不劳而获，捉住范高头和红娘子两人哩。

"现在咱们把范高头的事且放在一边，黄九龙既然不知轻重，来管闲事，真所谓初生之犊不畏虎了，不同他见个高下，也不知道俺们洞庭帮的厉害咧！现既然露出俺们的行藏，毋庸照暗袭的原计划行事，堂堂皇皇、名正言顺地责问他：彼此河水不犯井水，为什么帮助范高头父女，用暗器杀害洞庭湖的好汉，破坏江湖上的义气？如果自知过错，绑出范高头父女和放暗器的凶手，偿抵俺们几个好汉的性命便罢，如果牙缝里迸出半个不字，立时同他拼个你死俺活！谅他羽毛未丰，真个要同俺们正式交手，那何异以卵敌石，盖贤弟你看俺这主见如何？"

盖赤凤眉毛一扬，哈哈大笑道："这才是正主意，不要说大哥这样本领，手下各寨主个个英雄了得，何惧一班初出茅庐的后辈，就是俺区区何尝把他们放在眼内！"说到此处，不由得低头一看自己身上狼狈的模样，格外怒火万丈，一跺脚，连连大喊晦气道："想不到俺盖赤凤单枪匹马横行长江，今天误中奸计，会跌翻在阴沟里。如果不显一点威风，不杀他几个狂徒，真要把老子肚皮气破了。话又说回来，不要看俺身上挂着幌子，论技艺，以一敌三，何曾输他们半招来？喂，沈大哥，你是亲眼目睹的，这不是俺自敲自吹吧？"

柳摩霄不待沈奎标接话，慌忙笑道："贤弟英雄无敌，何待说得？回头咱们同黄九龙正式交手，有的是报仇出气的机会，此时正可养精蓄锐。待俺先礼后兵，修书一封，投到湖堡，约期交手，显得俺们光明磊落。贤弟且暂一旁安坐，回头愚兄还要和贤弟及众位好汉畅饮一番，再去杀敌哩。”说罢，剪灯抽毫，挥了一张八行信笺，装入封套，昂头四顾道：“谁愿到湖堡下书？”

即听得身后焦雷般喊一声：“俺可去得！”喊声未绝，从座后转出一个彪躯虎貌的大汉，向柳摩霄躬身道：“罗奇愿走一遭，顺便看看堡中有何许人物。”

柳摩霄抬头一看，是自己近身得力勇将，四大金刚之一，绰号大刀金刚，姓罗名奇。生得力大无穷，两臂足有千余斤力量，善使两柄二百余斤熟铜锤。柳摩霄看他愿去，大喜，即将书信交他收好，嘱咐他不要鲁莽，得了回书就回来，不得挫折俺们洞庭湖威风，也不要任意使气。罗奇应声遵命，带好书信，提起两柄大西瓜般铜锤，大踏步走到船头，点手叫过一只江宁带来的飞划船，纵身跳下，直向湖心驶去，片时靠岸，一跃而上，直向堡垒走去。

罗奇边走边自留神，却四周见不到一点灯火和半个人影，幸而明月当空，路径可辨，那座雄壮的堡楼，黑巍巍地矗立在山脚要口。罗奇直趋堡下，只见堡垒下面有如城洞一般，既宽且深，却放着千斤闸，关得严丝密缝，罗奇无门可入。原来罗奇力气虽大，却不懂轻身纵跳之技，恨不得一铜锤把千斤闸打他一个大窟窿，但是记着柳摩霄的吩咐，不敢鲁莽，只得仰头，丹田提气，霹雳价一声大喝道：“洞庭湖下书人在此，快快开门，让俺进去。”

第一声喊毕，许久未见有人答话，弄得他暴跳如雷，接连一阵大喊，才听得堡楼上垛口有人有声无气地说了一句：“下书人少待，让俺们通禀。”

半晌，堡楼垛口处垂下一条长绠来，绠头系着一个小筐，只听上面细声说道：“下书人毋庸进见，既有书信带来，投进筐内，俺们吊上堡楼，代你送上去。倘有回信，自会吊下来叫你捎去，请你候一候好了。”

罗奇憋了一肚子气，摸出了那封信向筐内一掷，仰起头大喝道：“快回信，咱候着就是。”上面也不答话，只把那个小筐如飞地吊了上去。隔了顿饭时候，罗奇正望得脖子发酸，却见那个小筐又从空而下，奔过去伸手向筐内一摸，端端正正摸着一封信，大喜，慌揣向怀内，回身拔步就走，边走边连连大唾，恨恨道：“关着死牢门难道真个能挡住俺吗？回头叫你们认得俺大力金刚铜锤的厉害。”

不料他自言自语才说完这句话，忽地山脚一阵微风，眼前一黑，仿佛自己身子被什么东西一碰，脚底下不由得向前冲了几步，慌忙站稳身躯，定神四面一瞧，一点没有形迹，可是经这一碰，身上似乎轻了许多，急向腰上一摸，不好了，插在右边一柄铜锤竟好好的不知去向，这一来惊得他冷汗直流，疑神疑鬼仔细一想，定是眼前一黑、身上一碰的时候，着了人家道儿，吓得他连铜锤也顾不得找寻，飞也似的奔回湖岸，一见自己来的那只飞划船泊在原处，急急一跃而下。哪知他一跳下船，又惊得双目发直，作声不得，原来他失掉的一柄熟铜锤，端端正正地搁在船中。

那两个撑划船的喽啰看得这位大力金刚下得船来，真像泥塑木雕一般，知道他为了这柄铜锤所以如此，不等他开口，争先告诉他：“俺们俩正在此诧异呢，寨主刚下船以后没有多久，俺们俩也没有离船一步，只觉无端一阵微风掠舟而过，风过去就见这柄铜锤在面前发现了。俺们俩明知这铜锤是寨主带着上岸的，怎么一个人影都没有，自己会飞回来的呢，这不是透着新鲜么？”

罗奇被两个喽啰一提，肚内已是明白，赶紧一声：“休得多言，快回去就是。”

其实他此时已知堡中大有能人，怪不得盖赤凤这样能耐，也在柳庄失脚，看起来俺们大寨主虽然了得，恐怕也不易占得便宜。可是自己没有碰见敌人，就容容易易地把兵器失去，实在有点说不出口，只好藏在肚内，回去不提为是，边想边在怀内一摸，幸喜一封信并未失去，总算没有白跑一趟，想大寨主面前可以交代得过去，思想了一阵，船已靠住大船，硬着头皮跳上大船，摸出回信，依然雄赳赳送到柳摩霄面前。

这时柳摩霄同盖赤凤等几个主要健将已在围坐大饮，一见大力金刚不负使命，持着复信回来，着实夸奖一阵，也叫他一同入席，以示优异。柳摩霄先不拆看回信，急急问他进堡情形，黄九龙有何话说。罗奇性虽憨直，自己失锤一事，当着许多人面前实在说不出口，可是自己并未进堡，在堡外得着回信的情形，却老老实实说了出来。

柳摩霄和众人听他说完以后，面上都现出迟疑之色，猜不透敌人是何用意，独有盖赤凤卖弄聪明，大言不惭地说道："何消忖度？定是黄九龙外强中干，恐被来人看破堡中空虚实情，故而不敢叫罗奇进去罢了。"

柳摩霄也不置可否，略一点头，急把手上回信一看，只见信皮上写着"回呈柳道长亲启"字样，又抽出一张信笺来，摊在桌上大家同看，信笺上却只寥寥十六个字："劳师袭远，祸福莫测。玉帛干戈，唯君所择。"下面也没有署名。

柳摩霄勃然大怒道："黄九龙以为负隅自固，俺们不能奈何他，反而讥笑俺们，说这些摇撼人心的话。前事一字不提，显见同范高头结成死党，现在不除掉他，将来羽翼众多，大是可虑，而且这信上几句屁话，大有讥笑俺们进退维谷的意思，更是可恨！俺们就此直逼堡前，同他一决雌雄。另外打发一人，坐着快艇，飞报外面驻泊的水师，叫他们摇旗呐喊，驶进湖内，作为后应，免得黄九龙那厮在俺们后路别生诡计。"

盖赤凤同洞庭湖一班凶徒听得大喜，个个擦掌摩拳，大呼杀敌，倒也声势汹汹。独有大力金刚尝过滋味，暗暗担心，默不发言。柳摩霄也没有理会他，自顾调兵遣将，吩咐一齐驶向堡垒，又打发快艇，飞报后面水师接应。

这时，楼堡上甘疯子、黄九龙已得到埋伏湖底水巡队报告，知道柳摩霄得到回信恼羞成怒，要来决雌雄，当时发布命令，内堡、外堡一齐点起灯笼火燎，耀同白昼，彻里彻外布置得铜墙铁壁一般，又通知各处埋伏人马但听信炮放起，一齐出动，袭击敌人归路。布置妥帖，恰巧王元超、舜华、瑶华三人到来，黄九龙就把上面情形匆匆一述。

王元超道："回头两阵对垒，讲起两面人数，自然俺众彼寡，劳逸主客之势俺已占了胜着，不过柳摩霄带来洞庭湖一班凶徒却也不少，又加以盖赤凤和单天爵部下的几个强人，虽然已除掉三人，尚有不少亡命之徒，俺们只有五人似嫌不足。”

黄九龙大笑道：“这班无知狂寇，就是洞庭湖倾巢而来，何足惧哉?”

甘疯子离座而起，伸出蒲扇般大手，向王元超肩上一拍，笑道：“五弟所虑亦是，恐怕混战起来，彼此不易照应，但是俺早已防到此招。回头三弟对付盖赤凤，愚兄对付柳摩霄，擒贼擒王，余不足道。五弟同两位女英雄压住阵脚，对付那班亡命之徒，待愚兄先在阵前用言语相激，使他坠俺计中，待他们锐气一挫，自然满盘皆输了。”

王元超同双凤都点头称是。

舜华笑道：“下书人受惊而回，已是先声夺人，挫折敌人锐气不少，这样鬼神莫测的功夫，非甘老先生不能。”

甘疯子大笑道：“此道却非所长，这是俺们三弟同他开个小玩笑罢了。”

黄九龙笑道：“下书人笨拙如牛，蛮力却也不小，两柄瓜锤足有数百斤重，倒也不能小觑他呢。”正这样说着，探报络绎而来，报称敌人已将近岸。

甘疯子脖子一挺，破袖一甩，对黄九龙道：“照理俺们应到镇外迎敌，但是，地形却是堡前两座山脚环抱，中间一片广场，宛如玉蟹舒钳，从碉楼上俯看敌人举动，可以一览无遗。两旁山脚又可埋伏许多铙钩弓箭，正可以逸待劳，又显得俺们毫不为意，让他们直叩碉垒。”

黄九龙、王元超齐声道：“这样最好，在市镇口交战，难免震惊市民，索性把市镇和田塍左右一带埋伏弟兄悉数调回，听凭敌人深入便了。”

甘疯子摇首道：“这可不必，此处人手足够应用，毋庸再费周折，待敌人败退时，尚有用处。此刻再打发几个人快去通知，叫他们潜伏深林，让敌进来，不必迎击，只听号炮行事好了。”

黄九龙立时差人，持着令旗沿路飞报而去。

甘疯子又笑道：“俺们索性同柳牛鼻子开个玩笑。五弟同两位女英雄在碉楼上等候，待相当时候再飞身下来。此时俺同三弟在碉垒前面百步开外，设一矮几，摆两个凳子，上置杯箸酒肴，自顾饮酒赏月，越发表示从容暇逸之致，使得这班亡命之徒疑惑不定。”

黄九龙拍手大笑道：“妙，妙，这就是诸葛亮空城计的反面，深合兵家虚虚实实之理，待俺立时吩咐几个头目，照样安排起来。”

片时，甘疯子同黄九龙真个在碉前广场中，从容不迫地对酌起来。碉门仍旧紧闭，两旁山脚及碉上湖勇又把火燎藏起，隐身暗处，约定掷杯为号，再一齐显露军容。这样一来，碉垒前又静荡荡的一片月色，只听得两旁涛涛松声。王元超从碉楼上俯瞰广场，两位师兄举杯传盏这番闲情逸致，真有飘飘欲仙之概。

隔了片刻，啁啁唧唧飞过一群山鸟，王元超向舜华、瑶华道：“敌人转瞬就到，这阵飞鸟定是被那班亡命之徒经过树林，惊得高飞远走了。”

瑶华遥指道：“王兄的话一点不错，你们看山脚那面，火光闪烁，倏隐倏现，正是敌人来路，不是敌人还有哪个？”

三人仔细探望，忽见火光闪出市镇、田塍一带，火光宛如长蛇一般，疾驰而来，看去敌人倒也不少。一会儿火光没入丛林之间，被树梢山脚遮隔，看不见了，又隔了时许，山脚下足声奔腾，火烛上燎，转出敌人来，看过去大约也有二三百人，只听一声吆喝，这班人在对面广场尽处一字排开。

原来柳摩霄分派了几个健将，率领着百余个喽卒看守船只，其余都由柳摩霄、盖赤凤率领上岸，长驱而进。一路行来并无阻挡，此刻转过山脚，碉堡在望，抬头一看碉上灯火无光，不见一个人影。不料低头一看，距自己人马一箭之遥，广场中有两个人一声不响对坐饮酒，好像不知道有许多人到来一样，连正眼都没有看他们一看。柳摩霄看得满腹狐疑，猜不透葫芦里卖些什么药，也看不出这两个是什么人，姑先发个号令，把自己人马一字排开，占住路口，正要派人到两人跟前探问，忽见对酌的两人哈哈大笑而起，那一个黑面虬髯的怪汉，似乎酒已喝醉，立起来，脚底歪斜，身不由主，手上兀自颤抖抖地执着一个酒杯，笑声未绝，手上那只酒杯直掼下来，乒乓一声，在几面上砸得粉碎。

不料杯声一响，接着震天动地一声大喊，霎时碉楼上同左右山冈上面，举起无数火把灯笼，而且旗帜纷飞，刀光如雪，看过去好像有几万人马一般。此时把一片广场照耀得须眉毕现，显出一个须眉如戟的甘疯子，一个短小精悍的黄九龙。只见甘疯子当先呵呵大笑，一路跌跌冲冲向柳摩霄那边趋近几步，用手一指，大声道："哪一位是柳道长，请来叙话。"

柳摩霄同甘疯子、黄九龙都未见过面，盖赤凤等也只闻名，所以觌面都不认识。可是柳摩霄此时看得湖堡声势不小，已有点气馁，肚里已暗暗拿定主意，一听对面醉汉指名答话，也就高视阔步，越队而出，向甘疯子拱手道："在下就是洞庭柳摩霄，未识足下何人？"

甘疯子兀自醉态可掬，全身摇摇摆摆，好像迎风欲倒一般，用手一指自己鼻梁，呵呵大笑道："在下甘疯子。"又用手一指黄九龙道："这就是太湖堡主敝师弟黄九龙。俺们久仰洞庭君威名，常恨无缘谋面，不料今天蒙纡尊远降，又蒙许多英豪一同前来，真真欣幸非常。所以俺们在此恭候，未知道长有何清诲？"

柳摩霄目光灼灼，先向黄九龙、甘疯子打量一番，然后开言道："在下也久仰两位大名，彼此云树遥阻，觌面无由，今天专诚拜谒的原因，业已先函达览，并蒙赐复。说起来，俺们洞庭湖与贵堡本是千里远隔，如风马牛不相及，就是今天来到贵地，也是因为探得范高头潜踪在此，特地寻他报当年杀徒之仇，与贵堡本无干涉。不意范高头躲入贵堡，黄堡主不念江湖义气，居然派人埋伏柳庄，杀死敝湖三位寨主和许多弟兄，这一来真出在下意料之外。

"敝湖从来没有开罪贵堡之处，竟忍心下此辣手，而且并非正式交战，只凭诡计袭杀，非但举动大欠光明，事实上亦属大大错误！现在敝湖三十六寨寨主个个义愤填胸，誓报此仇，但是在下念在彼此素无仇隙，又想到贵堡创业未久，人才缺乏，或系所任非人，铸此大错，所以在下仅带几位朋友和众弟兄亲自前来，当面谈判。倘然贵堡幡然觉悟，立时把范高头父女同擅杀敝湖三位寨主的凶手捆绑出来，听凭在下带回，当众处治，聊解公愤，这样处理才算得最最公平，以后彼此仍旧不伤和气，贵堡名誉也不致丧失。自问这样苦心孤诣，全为贵堡前途着想，请贵堡主三思而行才好。”

柳摩霄这一番舌翻莲花，自以为妙不可言，可是黄九龙听在耳内，几乎把肚皮气破，立时双眉直竖，就要发作。偏甘疯子涵养到家，依然嘻嘻哈哈，满不在乎，等柳摩霄把话说尽，向黄九龙以目示意，自己脖子一挺，呵呵大笑道：“柳道长这番清诲妙不可言，佩服，佩服！但是敝堡今天的举动，可算得出于万不得已。不瞒柳道长说，在柳道长没有赐书之前，竟不知是道长率领各位英雄到此，以为无知狂寇妄想暗袭敝堡哩。柳道长，不是在下放肆，今天不幸的事情，完全道长一人之错。”

柳摩霄骤听得这句话，双目一瞪，大声道：“此话怎讲？”

甘疯子一声冷笑道：“据道长所说，这样大动干戈，乔装进湖，无非为范高头父女二人，可是道长明知敝堡统辖太湖，按照江湖规例，总须先行拜山，再办别事。倘然道长进湖时节，派众小卒到敝堡关照一声，那时候敝堡就算与范某有生死交情，也碍着道长面子，未便十分袒护。不料道长目中无人，率先下手，倘然下手时节，直言道长所派也就罢了，偏又报称江宁单天爵的部下，有一个又自称长江盖赤凤，绝不提洞庭湖只字。不但如此，那时柳庄范高头父女确已他去，早由敝堡几个朋友寄寓在那处多日，几个火枪手也非专为贵湖埋伏，原是先几日敝堡派去伺应寄寓的朋友的。等到敝堡几个朋友对跳进范宅去的人说明范某远去，偏又不信，大嚷放火烧屋。敝友看得无理可喻，绝不像光明磊落的汉子，才无法而诉诸兵刃。偏又本事不济，落得死的死，逃的逃，实在可说咎由自取！俺所说没有一句虚言巧语，道长自己肚里原也明白，假使道长处在俺们地位，恐怕早已大动干戈，把侵犯境界的船只驱逐出境了。所以俺说千错万错，全错在道长一人身上。

“至于道长责成敝堡把范高头父女和几个敝友捆绑出来，尤其笑话！不是早已说过，范高头父女不在太湖。就算在太湖，范高头父女同敝友无非朋友关系，怎么可以任意捆绑？讲到几个敝友，却在堡内，回头道长要处治的话，倒可以请他们出来的。不过俺代道长着想，贵湖这几年规模粗具，经营也颇不容易，遇事总要稳全一点才好，万一略有挫折，前途就不堪设想了。道长高明，当不以憨直之言见怪。”说罢，又呵呵大笑不止。

甘疯子这一番八面锋芒，连骂带损，却又词严义正，句句像箭也似的射进柳摩霄心内，只弄得柳摩霄目瞪口呆，无言可答。不料，这时急于报仇的盖赤凤早已听得不耐，未待柳摩霄再开口，一声大喝，一个箭步蹿到柳摩霄身边，大喝道：“大哥何必多费口舌，也毋庸大哥亲自出马，凭俺这柄利剑，就解决了！”

盖赤凤这样一闯前阵，对面柳摩霄带来的一班凶徒也随声附和，你一言，俺一语，叫起阵来。

甘疯子益发狂笑不止，向柳摩霄一声猛喝道：“既然如此，毋庸多费唇舌，倒也爽利。但是贵湖威名素著，不比毫无纪律的乌合之众。如果彼此混战，老实说贵湖人数太少，显见敝堡以众欺寡。如果道长愿意，双方各凭武艺，一个对一个较量，敝堡亦无不可，听凭道长选择就是。”

柳摩霄此时已成骑虎难下，略一盘算，就朗声道：“敝湖久仰陆地神仙门徒个个武艺出众，乘此见识一番，也可叨教几手内家绝艺，但是有话在先，倘然贵堡不是俺们弟兄对手，当场认输，那时俺所说几桩事要件件照办，不得支吾。”

甘疯子不待他说下去，鼻子冷笑一声，连连挥手道：“废话少说，倘若敝堡落败，不要说道长所说几桩事不成问题，就是道长暗袭敝堡的大计划，也可如愿以偿了。可是空言无益，就请道长回阵，指派贵湖好汉比较武艺就是。”

柳摩霄不再发言，一拉盖赤凤臂膊道：“贤弟，割鸡焉用牛刀，俺们姑先回阵，派几个寨主来同他们周旋一下，就可分出高下了。”说罢，两人大摇大摆走回自己队内。

柳摩霄回到队内，立定身先一看对面场上，依然静荡荡的只有甘疯子、黄九龙两人，心内大喜，虽料得这两人不是好惹的人物，可是自己带来的四大金刚和几位寨主都是出类拔萃的人物，何况有盖赤凤一条好臂膀，即使这两人三头六臂，也不足惧，立时趾高气扬起来。正想指派一阵，还未出口，已有一个深目拗鼻、蓬头尖嘴的大汉越众而出，大喊道："待俺先去，杀掉那边的醉鬼再说。"

柳摩霄一看，原来是鬼面金刚雷洪，便低声吩咐道："那醉鬼在江湖上很有名气，须小心注意，如果不敌，快快退回，免得挫折锐气。"

雷洪领命，一扬鬼头刀，正要趋向垓心，忽听后面巨雷似的一声大喝："雷兄慢行，咱也去发一回利市，把那瘦鬼交给俺，一块儿都打发他们回老家去便了，免得别人再费手脚。"

雷洪停步回头一瞧，却是洞庭湖第八位寨主铁罗汉了尘，手中提着一根丈许镀金方便铲，雄赳赳大踏步奔向前来。

雷洪笑道："八寨主来得正好，你看那瘦鬼身上只有四两肉，醉得脚底虚飘飘，路也走不稳，何必多费手脚？咱们总寨主偏有这许多小心，岂不长他人志气，灭自己威风？"

两人边说边走，已到场中，一看那醉鬼、瘦鬼笑嘻嘻并肩而立，中间吃酒的短儿凳子已搬过一边。一见他们气势虎虎地奔来，仍旧赤手空拳，一动不动地立着，那醉鬼撕着嘴，用手一指两人道："来人姑先通名。"

铁罗汉、鬼面金刚两人一报名姓，立时眼珠发直，舞动兵器就想放倒对方，甘疯子两手一摇道："且慢，看你们神气，大约打算同俺们两人分头比试，但是你们全身能耐，一望而知，绝非俺们敌手。现在这样办，你们两人一齐上来，先同俺一人较量较量，俺也不用兵刃，就凭一只破袖同你们玩一阵，这样便宜的事，怕不容易找吧？"

黄九龙听得哧地一笑，双足微点，倒退了好几丈，静观他师兄怎样捉弄金刚同罗汉。

最可笑鬼面金刚同铁罗汉听得甘疯子这样一说，还以为醉汉醉话，自己讨死，又冷眼看到黄九龙身子略动，就退了好几丈，这样矫捷，本领定不含糊，乐得舍难就易。铁罗汉更是急于邀功，先自一声不响，一个箭步，抡起方便铲向甘疯子当头砸下。

甘疯子看他抡起铲来呼呼有声，知他力量不弱，等待铲临头顶不远，并不向后闪退，只侧身踏进一步，让过铲锋，举起右手破袖，向铁罗汉面上一拂，身已闪到敌人背后。铁罗汉以为，这一方便铲准把那醉鬼砸得稀烂，哪知醉鬼向前一冲，铲却落空，可是这一铲势沉力猛，落到地上，把沙土震得满目飞扬，急切间铲未收回，陡然面前黑影一晃，同时啪的一声，背上着了一掌，立时眼前金星乱迸，向前直冲过去。幸而方便铲尚未脱手，慌忙就势一拄，支住身体，一声怪吼，提铲回身，又赶上前来，一看鬼面金刚，一把鬼头刀刀光霍霍，已向醉汉劈头劈脸砍去。那醉汉一味嘻嘻哈哈，舞动破袖，在刀光影中闪来闪去，却伤不着他半根毫毛。

铁罗汉觑个便宜，两手拦劲，平举方便铲，一阵风似的向醉汉背后捆将进去。醉汉又只身影一晃，便听咔嚓一声，恰巧鬼头刀砍在铲杆上。两人都用全力，只震得两人臂上酥麻，铁罗汉的方便铲差一点把鬼面金刚捆个透明窟窿。只恨得两人牙痒痒的，一声怪吼，霍地跳开，寻那醉汉时，却见他纹风不动地立在一边，静看他们两人的把戏。照说铁罗汉同鬼面金刚武艺在洞庭湖也是响当当的角色，不过到了甘疯子手内，自然差得太远，未免显得太难堪了。

当时两人在众目之下，羞愧难当，恼羞成怒，一个举起鬼头刀，一个抡着方便铲，恶狠狠地并力杀向前去。

甘疯子大笑道："你们两个人自己对自己，耍狗熊似的耍了一阵还不知进退，真要讨死么？"语音未绝，刀光铲影已到面前。

这一次，鬼面金刚同铁罗汉不敢大意，左右夹攻，刀铲并举，哪知主意虽好，只恨本领相差太远，等到刀铲逼近醉鬼身子，也看不出对方用何种身法，只一晃两晃，就把两人弄得昏头奋脑，自己对自己纠结在一起。这样折腾了几次，连甘疯子的衣角都没有摸着一下，反而两人喘息如牛，臭汗遍体。如果甘疯子想下毒手的话，早已没有命了。

可是，当时两人这副丑态，对面柳摩霄、盖赤凤等一班人看得清清楚楚，个个羞怨难当，尤其柳摩霄面上实在有点挂不住了。知道铁罗汉、鬼面金刚在洞庭湖虽非上等角儿，也非弱者，不料到了醉鬼手上这样不济，但差别人出去，恐怕也是白搭，只有自己出马或者可以挣回面子过来。主意打定，也不知会别人，一反手，从背上双剑当中拔出一柄倚天剑，正想移步趋向垓心，忽觉有人牵掣后肘，附身道："大哥且慢，小弟留神对方，本领虽高，仅只两人，看那情形，醉鬼似乎不敢遽下毒手，无非想卖弄本领，震慑俺们。俺们带来各位好汉，尽可用车轮战出去交手，不管胜败，把那醉鬼、瘦鬼累乏了，然后俺同大哥出马，岂不事半功倍么?"

柳摩霄回头一看是盖赤凤，又一想所说计划倒也稳妥，不觉点头止步。恰巧这时人丛中有两位寨主一见柳摩霄要亲自动手，一齐大呼道："何劳总寨主出马，像那醉鬼无非一点小巧之技，何足为奇？待俺们出去，取那醉鬼、瘦鬼的首级来便了。"说毕，双双一跃而出，直向场心奔来，边走边大呼道："八寨主、雷大哥权且回阵，让俺们来结果这厮。"

铁罗汉、鬼面金刚此时已是昏天黑地只有喘气的份儿，听得有人叫他回阵，真不亚天上降下两位救命天尊，慌忙趁波收帆，红着脸，倒拽着兵刃，一言不发跑回本阵去了。

第二回

弃甲曳兵，柳摩霄丧师忍辱
卧薪尝胆，东方杰切齿复仇

甘疯子看得呵呵大笑，再看对阵跑过来一高一矮两汉子，步趋如风，疾如奔马，一忽儿已到面前。那高的面如锅底，头裹蓝巾，倒也威武异常，手上挺着一支长家伙，形如蛇矛，锋芒雪亮。那矮的露着亮晶晶的秃顶，一身瘦骨，满面邪容，手上横着一柄长剑，身上斜系着豹皮镖囊，举动之间颇为矫捷。

甘疯子一看就知道这两人比铁罗汉、鬼面金刚高明得多，依然笑嘻嘻的，一指两人道："你们两位大概看得先头两位太不露脸，所以出来想在众人面前露一露平生所学。也罢，现在俺依然让你们占点便宜，你们两人依然一齐上来，俺依然赤手对敌，这样你们定是乐意的了。"

那使长矛的高个子一声大喝道："醉鬼也敢狂言，有本事尽量施展好了，凭俺六寨主的蛇矛，就足以结果你的老命。"

那矮秃子却抱定先下手为强的主意，蓦地一声大喊："且叫你识得俺常山蛇宝剑的厉害！"喊声未绝，连人带剑，已着地卷来。

甘疯子看他来得凶猛，正要预备施为，忽见黄九龙一跃而前，口内喊一声："这两人交与小弟吧！"人已迎上前去。

常山蛇一看黄九龙是赤手空拳，格外卖弄精神，一声大喝，凭空跃起丈许，恶狠狠挺剑向黄九龙当头刺下。黄九龙哈哈一笑，略一闪身，剑即落空。高个子看得常山蛇一击不中，赶忙把矛一挥，腾跃而上，双臂一振，舞起簸箩大的一圈矛花，向黄九龙分心刺去。常山蛇也在这时霍地反身，合力夹攻，看他两臂一伸一缩，那柄剑就像蛇芯一般，只在黄九龙身上来回乱晃。

好个黄九龙，真是会家不忙！你看他施展开赤手入白刃的功夫，两条铁臂上下翻飞，贴地流走，如珠走盘，只在剑光矛影之中倏进倏退，宛如蛟龙戏水，蝴蝶穿花。两面观战的人，起初看得矛光耀月，剑尖如山，只在黄九龙的身前后电也似的旋绕，个个瞪目吐舌，代黄九龙捏把汗，又时时看得矛剑交攻，相差只在毫发之间，似乎万难闪避，哪知一眨眼，黄九龙就在这毫发之间，滴溜溜身形一转，轻轻把矛剑一齐封闭出去。两人枉自使出许多巧妙招数，兀自奈何他不得。这一番交手真是触目惊心，惹得两面观战的人忘其所以，高声喝起连环大彩来。

在这喝彩如雷的当口，三人品字式龙争虎斗又战了几十回合，黄九龙忽地一声猛喝，跳出圈子，只身形一转，从腰间拿出紫鳞蟒皮软剑鞘来，却不退鞘露剑，啪的一声，像懒蛇般委在地上。常山蛇同那高个子还以为黄九龙怯战情急，掣出军器，看那军器却是软郎当的皮鞭，何足挂虑，两人一声怪吼，又复火杂杂赶上前来。

这一次，黄九龙不耐烦伺他们久作厮缠，见那长矛先到，故意直立不动，等得矛锋切近，喝一声“来得好”，微一侧身，只把右臂一振，那条七尺长的蟒鞭，直像活蟒一般，从地上夭矫而起，再一抖弄，恰正缠住近身矛杆，喝一声“还不撒手”，说也奇怪，那高个子两手攒住的丈许长矛，立自凭空脱手飞去，直飞落好几丈开外，颤伶伶地斜插于地。那高个儿万不料这样软郎当的皮鞭搭在矛上，竟有千钧之力，非但两臂酥麻，也吓得心胆俱裂，顾不得自己兵刃，便想拔脚飞逃。哪知黄九龙何等厉害，岂容他轻易跑掉，在他惊吓疏神之际，趁势一个怪蟒翻身，那条软鞭又像乌龙般向他下盘扫去，未待高个儿反身，早已扫个正着，啊呀一声，凭空把高个儿翻了一个风车筋斗。这时兔起鹘落，原是迅捷无比，等到常山蛇接纵赶到，高个儿已吃了大苦。

常山蛇看得黄九龙手上软鞭如此歹毒，顿时恶计横生，两足一点，倒退丈许，趁黄九龙舞鞭神注之际，将剑向地一插，从豹皮囊拿出暗器，一声不响，两手齐发，直向黄九龙两眼打去。谁知黄九龙是内家高徒，耳音眼神处处到家，一面打倒高个儿，一面早已留神常山蛇举动，看他既前又却，知道他别有歹意，看他两手一扬，故作不经意的样子，等到镖风飒然，暗器切近，只眼神略聚，把左手向空一掳，就把两支竹叶钢镖掳在手内，不料眼前两支竹叶镖将将接住，常山蛇的钢镖连珠齐发，支支向上下要害飞射过来。

黄九龙勃然大怒，且不管地上跌翻的高个儿，右臂一挥，把蟒鞭舞成一团白气，索性连人带鞭，且舞且前，像一个大白球，随风滚舞，十几支竹叶镖都向四周激落。黄九龙更是歹毒，把左手接住的两镖，看准常山蛇，从一片鞭影内用力发出，这一来常山蛇万难防及，也因黄九龙把长鞭舞成一团白气，看不清举手发镖的动作，等他觉着暗器临门，已是躲不及，两支竹叶镖一支都没落空，一中面颊，一中大腿。

常山蛇明白，人家用自己的镖还敬自己，还敬犹可，但是自己的竹叶镖原是最厉害不过的毒药镖。南方有一种竹叶颜色的小蛇，形如壁虎，俗名叫作竹叶，其毒无比。湖南种竹地方最多，万一被这种毒蛇咬一口，七步就死。常山蛇专用这种毒蛇的毒汁制炼成这种毒药镖，形式也像竹叶一般，所以镖名也取竹叶，他常山蛇的绰号也从这镖上得来。万一中着竹叶镖，也像被毒蛇咬一口样子，七步就死，被他害死的人也不可数计。不料天网恢恢，因果不爽，常山蛇今天也死在自己的镖上。当时常山蛇腿、颊中镖，立时觉着遍体麻木，一声惨叫“吾命休矣!”登时倒在地上，七孔流血而死。

黄九龙也自瞧得惊心，暗想：“好厉害的毒药镖！今天幸而遇着俺，倘然稍一疏神，被他碰着，那还了得。”回头再看那自称六寨主的高个儿，却已踪迹不见，只他师兄甘疯子卓然鹤立，目光直注对阵。

原来，高个儿被黄九龙扫了一鞭，非但跌得昏头耷脑，而且两腿疼痛如折，倒在地上一时竟爬不起来。甘疯子在旁嘬口作声，向冈上湖勇打个暗号，立时两边山脚上一阵风似的卷上几十把铙钩，把地上高个儿像飞鹰攫雀似的搭向碉下，也不启闸，即由碉楼上飞下绳索，把高个儿像馄饨似的捆吊而上。

这番情形，正当黄九龙对付常山蛇的时候，黄九龙自然没有见到，等他回身，那铙钩手早已迅速地退回冈上，一经甘疯子略略示意，也就明白了，正待反身看那对阵有何举动，陡觉脑后金刃劈风，有人暗算，一声大喝，连人带鞭，旋风般扫了过去。那人总算矫捷，一击不中，已霍地跳开。黄九龙一看来人咧嘴咬牙，满脸怒容，手上舞着一口长剑，一言不发，像饿虎般又扑上前来。

究竟此人是谁，胜负如何？书中暗表，原来六寨主被擒、常山蛇伤命的一刹那，碉楼和山冈上的湖勇果然眉飞色舞，勇气百倍，可是对阵的情形恰恰相反，个个怒火中烧，惊惧交并，却还有不少倚恃匹夫之勇，大呼杀敌的人。头一个盖赤凤自视不凡，一声怪吼，跃出阵前，接连几跃，已到垓心，乘黄九龙背身之际，一个箭步，逼近身后，举剑直刺。不料黄九龙真个厉害，挥鞭回扫，迅逾风雷，盖赤凤赶忙撤身后退，躲过蟒鞭，再移步换招，挥剑扑上。这两人一交手，顿异从前，霎时翻翻滚滚，斗得难解难分。

这当口，对阵又跳出几个人来。头一个长发披肩，形如恶煞，手使一支烂铜行者棍，此人原是江湖游脚僧，投入洞庭，列入十二寨寨主，绰号伽蓝神，法名空空。又一个黑面黄髯，身如铁塔，怀抱着一柄金背大砍刀，颇有点威严气象，此人复姓东方，单名杰，系初入洞庭，只跟着柳摩霄后面吃碗闲饭，尚挨不到寨主身份。后面还有一个彪躯虎面的凶汉，绰号伏虎金刚，姓彭名寿，腕上悬着链子锤，那锤头约有碗面大小。

这三人刚一出阵，这边碉楼上一声娇叱，就像飞鸟一般，联翩飞下三个人来。头一个落地现身的是吕舜华，后面两位当然是瑶华和王元超了。原来三人在碉楼上隐身观战，本已技痒难熬，等到盖赤凤跃阵挑战，舜华想起柳庄一蹶之耻，就想飞下，重决雌雄，恰好眨眼间对阵又跃出三个雄壮凶汉，急向王元超等说：“俺们三人一同飞下助战！”

当时舜华短剑一挥，先已跃入垓心，娇呼道：“堡主少憩，让俺斩此贼魔。”

盖赤凤认得柳庄交手的女子，仇人相对，分外眼红，大叫一声，撇下黄九龙，来战舜华。

黄九龙恐怕舜华有失，仍想助她一臂，一看王元超、瑶华按剑而来，也就放心。恰值对阵伽蓝神、伏虎金刚、东方杰三人一拥而来，慌忙奋起神威，嗖嗖嗖把蟒鞭舞成一团白光，迎面拦住。那三人也把各人兵器挡前遮后，围住那团白光厮杀起来，但是三人无论如何奋勇进攻，兀自敌不住黄九龙，白光所到，便像波分浪裂一般，谁也难以招架。

这时对阵上主脑柳摩霄看得自己方面招招失败，堡中个个英雄，只一男一女就敌住四件兵器，眼看得伽蓝神等步步退后，只盖赤凤尚是生龙活虎般同那女子杀得难解难分，看起来今天凶多吉少！事已如此，索性一不做，二不休，自己再率领着几个得力寨主，同那醉鬼决一雌雄，倘然能够杀败醉鬼，或者那旁观的一男一女结果一个，也可稍争洞庭湖的面子。当时派定大力金刚罗奇、鬼面金刚雷宏、铁罗汉了尘三人，率领二百多名喽卒，压住阵脚，扼定路口，预防两山冈上湖卒抄下来，截断归路。再一看还剩四位寨主是显道神莫峥、百脚蜈蚣刁二楞、钻云鹞子濮云鹏、活无常施圭等四人，当下柳摩霄安排停当，略自扎掖，当先仗着倚天剑，率领四寨主趋向战场。

这方甘疯子早已看清他自己出马，后面还跟着好几个凶徒，知道他这是最后孤注一掷，便向王元超、瑶华一招手，先自大踏步迎上前去。王元超知道他师兄招手用意，叫他们对付柳摩霄身后几个凶徒。按王元超本意，恐怕舜华同盖赤凤拼命相争，难免有疏忽失着之处，所以在旁监视，想乘机助她一臂，这样一来，只好先顾自己师兄这边，于是回头向瑶华道："令姊同盖赤凤久久相持，难免身乏，瑶妹依然在此，可以帮助令姊，由弟一人迎柳道长身边的人好了。"

瑶华柳眉微蹙，悄悄说道："你一人去敌四凶，未免众寡悬殊，盖赤凤虽是了得，家姊敌他一人，总可应付。待俺们二人并力杀退来人以后，再去接应家姊亦不算迟。"

王元超还要分说，敌人业已逼近，只得由瑶华帮助自己。

这时甘疯子已同柳摩霄觌面，笑嘻嘻用手一指道："柳道长一身绝艺，非同小可，尤其听得道长有贯日、倚天两口宝剑，威震洞庭，今天倒要见识见识。"

此时柳摩霄一张长方面上，满布青霜，一脸煞气，用剑向甘疯子一指道："谁耐烦同你多讲，快亮剑，俺不杀空手之人。"

甘疯子越发嬉皮笑脸，慢腾腾把自己腰上的破竹剑掣了出来，大笑道："你是总寨主身份，当然非有斩金截铁的宝剑，不足显出你的威风。俺可拿不出那样的宝贝，只好用这竹片搪塞搪塞的了。"

柳摩霄定眼细看，果然是柄竹剑，心想，此人真有点疯疯癫癫，这样兵器经不得俺宝剑微微一碰，强敌在前，还敢装疯作傻，真不愧人称疯子了，当时浓眉一扬，厉声大喝道："管你什么兵器，今天定叫你难逃公道，不要走，看剑!"话到剑到，那柄倚天剑就像金蛇乱掣，紫电交驰，果然与众不同。

甘疯子微一退步，只破袖一扬之间，一声长啸，声如龙吟，便使出浑身解数。最妙不过两人颉颃之间，甘疯子全身若迎若却，宛如一团棉絮，倏而折腰贴地，摇摇如迎风之柳，倏而飞足蹈虚，飘飘如断线之筝，远看去，哪像性命相搏，竟似一街头醉汉，东摇西摆、迎风乱晃的样子。但是柳摩霄却能识货，知道甘疯子这一套功夫叫作醉八仙，非有内家的绝顶功夫不能施展，心里着实吃惊，而且原想一交手先把他手上的竹剑削掉，哪知道那柄轻飘飘的竹剑宛若游龙，翩如惊凤，竟难捉摸。

几十个回合以后，柳摩霄忽觉甘疯子剑法顿变，竹剑上好像有鳔胶一般，偶然两剑碰上，非但削不掉它，反而把倚天剑吸住，急切间竟难摆脱。幸而柳摩霄也是数一数二人物，换一个早已败落了。这一来，柳摩霄明白甘疯子功夫大得骇人，立时变更招式，不敢鲁莽进攻，只兢兢看关定势，守住门户。甘疯子看他小心翼翼，一时倒也不易战胜他，两人这样一交手，时候未免略久。

这时，柳摩霄身后四位寨主早已各挺兵刃，杀向垓心。王元超接住显道神莫峥、活无常施圭，瑶华接住百脚蜈蚣刁二楞、钻云鹞子濮云鹏大战起来。霎时广场上分作五处厮杀，满场杀气重重，月华惨淡。

黄九龙力敌三人，杀得性起，一声大喝，把蟒鞭呼呼一抡，登时枪杆似的笔直，蛇也似一条长剑施展开来，满耳风声，泼水难入。可是围住黄九龙厮杀的三人也颇了得，三人中尤其是伏虎金刚的链子锤、东方杰的金背大砍刀最为出色，锤如流星，刀似雪片，兀自死战不退。忽然伏虎金刚使了一个流星赶月的招数，把长链一抛，那颗碗口粗的锤头，飞炮似的向黄九龙胸前打去。黄九龙一看锤势凶猛，登时计上心来，趁势假作惊惶样子，倒拽长鞭，跳出圈子。伏虎金刚认假作真，以为黄九龙逃走，先自一声怪叫，把健腕一翻，收回飞锤，一个箭步，追向前来。黄九龙回头一看，伏虎金刚果然中计，依然拖着长鞭落荒而走，这时伏虎金刚贪功心急，愈追愈近，却把伽蓝神、东方杰二人落在身后，看看追得不到一丈路，举手一扬，链子锤疾如激箭，向黄九龙腿上绕去。黄九龙早已防到此招，等锤飞到身后，猛一反身，只把蟒鞭一抖，那链子锤正把蟒鞭紧紧绕住。黄九龙大喜，暗把鞘口弹簧一按，脱去暗钩。恰巧伏虎金刚以为绕住软鞭，不难叫他撒手，他也不打听打听，黄九龙平日用的什么兵器，只一味认作软鞭。

说时迟，那时快，他两臂一用劲，猛地往回一掣，只听砉然一响，果真连鞭带锤飞掣而回，可是用力过猛，万不料对方撒手这样容易，一个收不住脚，一个后坐，像倒了一堵墙似的蹾在地上，而且鞭锤一齐反击回来，几乎把自己的脑袋砸破。尚算他功夫纯熟，慌忙就地一滚，避开锤头，一个鲤鱼打挺，托地跳起身来。一看黄九龙，像无事人似的屹然遥立，并不乘他跌翻时候赶来取巧，可是再一看黄九龙手上，顿时惊得心头突突乱跳，满以为敌人兵器既然被自己夺来，必定赤手空拳，哪知黄九龙手上依然拿着很长的一条软鞭，不过这条软鞭与前不同，像烂银似的闪闪放光，看不透是铜是铁，低头一看自己足下夺过来的软鞭，却如蛇蜕般横在地上。

这时，伽蓝神同东方杰也赶到身边，伏虎金刚胆气陡壮，一声大喝，三人又舞动兵器，恶狠狠围上前来。黄九龙白虹剑在手，越发不把这班人放在眼里，只身形一挫，丹田一运气，那柄软郎当的长剑顿时发出铮钬之声，像象鼻般伸得笔直，略一施展，使个旗鼓，就像几道白虹随身飞绕。

东方杰知道这兵器厉害，绝难讨好，只远远把自己一柄金背大砍刀舞得风雨不透，却未敢逼近前来。伏虎金刚和伽蓝神兀自不识风头，一个使出少林行者棍，一个仗着软硬兼全的链子锤，兀自山嚷怪叫，冒冒失失地奋勇夹攻。哪知一碰上白虹剑，只听一阵叮当咔嚓之声，伏虎金刚手上只剩半截断链，伽蓝神六尺长一条行者棍剩了三尺。两人这一惊非同小可，几乎魂都飞掉，便想拔腿飞逃。

哪知白虹剑何等厉害，剑光散开来便有丈许开阔的大光圈，只在两人身前身后来回乱掣，却暂不伤他性命，只一声口哨，立时两面冈上飞下许多铙钩，围住两人。伏虎金刚同伽蓝神被剑光耀得眼都睁不开来，只好闭目等死，等到铙钩一围，黄九龙一收剑，又像先头擒住六寨主高个儿的样子，横拖倒拽地把两人捆上碉楼去了。

最好笑那东方杰也不逃，也不战，眼睁睁看那两人束手就擒，也不害怕，依然远远地把一柄金背大砍刀舞得有声有色，好像自己在场中练功夫一般。

黄九龙看得好笑，趋近几步，一声大喝道："你这厮眼看同伴受缚，也不上前相救，兀自一个人在这儿卖弄几手刀法，难道吓疯了不成？"

东方杰一听黄九龙发话，蓦然立定身，把一柄砍刀远远一抛，双手一背，哈哈大笑道："今天才是俺东方杰拨云见日之时，请黄堡主把俺捆进去就是。"

这一来，倒把黄九龙弄得莫名其妙，细看他虎头燕颔，昂昂七尺，也是一表人才，脸上也无邪僻之气，许倒有意投降，但也人心难测，故意厉声喝道："临危变节，见风使舵，非大丈夫所为。倘然你真心想弃暗投明，须当表示你的血诚出来，你懂得么？"

东方杰听得暗自哆嗦，略一犹疑，突然面色一整，毅然答道："俺这样临阵投奔，难怪堡主疑惑，俺心中委屈，也非此时所能表白。既然堡主要俺当场表示心迹，也罢，俺此刻就仗堡主余威，同俺仇人一拼。倘然斩得仇人头来，就为进见之礼，如果被仇人所斩，务请堡主念俺一片赤心，代俺杀死仇人，俺死也瞑目了。"说罢一跺脚，纵过去拾起那柄金背大砍刀，头也不回，直向舜华、盖赤风两人交战所在，飞也似的抢了过去。黄九龙大愕，不知他仇人是谁，赶紧捡起蟒皮剑鞘围在腰上，也提剑追纵前去。

再说这当口瑶华、王元超同显道神、活无常、百脚蜈蚣、钻云鹞子的交战情形，恰应了无巧不成书的一句俗语，你道如何？原来瑶华战的百脚蜈蚣刁二楞、钻云鹞子濮云鹏，刁二楞手上一柄单刀，倒也平平，独有钻云鹞子的三节连环棍，招数精奇，猛厉无匹，非常霸道，偏偏瑶华又因为宝剑太短，招架颇为吃力，那三节棍盖天盘地，骤如风雨，只可腾挪闪展，纵跃如飞，虽然不致落败，还手总算吃力。

那王元超方面，显道神莫峥使着一柄长柄开山斧，倚恃一力降十会，一味横七竖八，蛮战狠砍。活无常施圭竖着两道黄眉，圆睁了三角怪眼，貌虽奇丑，本领却强，手上一口丧门剑，舞得人与剑合，剑与神凝，倒也有几分内家宗派，而且超距如风，进退莫测，平心而论，也不在盖赤凤之下。王元超同这两人也只战得平手，一时倒也难以取胜，而且时时留神瑶华方面，见她显着吃力的样子，又未免略形焦急。哪知道这当口，凭空飞下一个意外帮手来，立时局面大变。

这当口正是黄九龙剑削链子锤、行者棍的时候。本来黄九龙交战地方同王元超、瑶华处甚远，经黄九龙落荒诱敌，略一追逐，不觉得相距近些，但也有好几丈远。到伏虎金刚链子锤被白虹剑猛力一削，那个碗口粗的锤头，余势犹劲，带着几尺断链，像陨星移宿般凭空飞去，恰巧瑶华这边濮云鹏晦气星照命，正赶上他倚恃着三节棍霸道，步步向瑶华进逼，在那棍上铁环哗啦啦山响当口，万不料半天里飞下一个黑魆魆的东西来，壳托一声，正砸在濮云鹏天灵盖上，一声大叫，登时脑浆四射，扔棍倒地。最可笑那濮云鹏大约死得不甘心，把一支三节连环棍扔出手去，哗啦啦一声怪响，恰正扫在刁二楞脚背上，只打得刁二楞山鸡似的直跳，又眼看同伴死得凄惨，心胆俱落，恨不得背生双翅，冲天飞去。偏吃瑶华乘机逼近，剑光如雪，招招刺向要害，弄得他手忙脚乱，臭汗直淋。瑶华乘势莲足一起，正点在他小腹上，哎哟一声，直蹲下去，再加一剑，登时了账！

瑶华一转身，便向王元超这边奔来，边走边从镖囊内拿出几颗莲子弹来，觑准显道神莫峥、活无常施圭两人撒来。活无常却也了得，一面同王元超死命鏖战，一面兀自留神各方的战局，看得濮云鹏、刁二楞死于非命，暗自惊心，瞥见那女子仗剑过来，早已刻刻留神，又明知再战下去，自己也要难逃公道，不等暗器近身，先自跳出圈子，一溜烟逃回本阵去了。那显道神却没有他机灵，兀自舞着开山斧，呼呼山响，不料远远飞到几颗弹子，正打在他腿肚上，一个疏神，太甲剑贯胸而入，一声惨叫，仰天倒下。

王元超抽剑向后一纵，正与瑶华会面，两人按剑四面一看战场敌人，擒的擒，死的死，逃的逃，只剩柳摩霄同盖赤凤兀自死战不退。再一看同盖赤凤交手的人却不认识，舜华、黄九龙都凝神注意地在旁作壁上观，两人猜不出是怎么一回事，一齐向那边走去，想看个究竟。

原来，立志投降的东方杰被黄九龙几句话一激，又想起自己血海深仇，顿时牙关一咬，拾起金背大砍刀，一路奔到舜华、盖赤凤交手所在，大呼道："这位女英雄暂停贵手，让俺来斩这万恶淫贼。"

舜华正战得吃紧当口，骤听有人大喊，还以为堡中帮手，赶紧虚晃一剑，托地跳出圈子，回头一看，来人却不认识。

忽听盖赤凤喝道："你这厮莫非发疯不成，怎么自己人也捣蛋起来？"

来人把手上大砍刀一横，喝一声："哇！淫贼住口，谁是你自己人！万恶淫贼，你还记得两年前丹徒玄妙观进香的女子否？俺东方杰就是她的长兄。老实对你说，你还以为俺洞庭湖手下无名小卒，俺东方杰堂堂丈夫，岂肯与强徒为伍？都因为俺誓报杀妹之仇，不惜屈身降志，得着机会，与你这万恶淫贼算账！今天就是你恶贯满盈之日，还不伸颈纳命，等待何时？"

盖赤凤被东方杰这样一骂，陡然记起前情，不禁大惊失色，又被他左一个淫贼、右一个淫贼骂得心头怒火万丈，也不细看四面情形，依然仗着自己本领，毫无惧色，把手上长剑向东方杰一指，喝一声："叛贼休得狂言，老子一生杀死女子不计其数，你这厮居然吃了豹子胆，敢替你妹子报仇！老子倒要看看你怎样报法？大约你这厮活得不耐烦了！"

话还未完，东方杰大砍刀一挥，喝一声："不是你亡，便是俺死！"

已火杂杂赶上前去。

这两人一交手，真称得起性命相搏。东方杰本领虽较盖赤凤远逊，禁不得一夫拼命，万夫莫当，一把大砍刀勇往直前，猛厉无匹，使得如狂风骤雨一般，又加盖赤凤已经同舜华剧战许久，力气未免稍乏，一时半时尚占不到便宜。

这时黄九龙也提剑赶到，同舜华立在一起，听东方杰一番大骂，便也推测到东方杰报仇的原因，尤其舜华身为女子，自然格外同情，便向黄九龙道："看情形，那人恐非淫贼对手，俺们乘便助他一臂，了他报仇的夙愿。"

黄九龙道："这种凶徒不知害过多少好人家的女子，理应趁此除掉，免得再去为害民间。何况东方杰确是一条好汉，现已投降俺们，理应助他成功。不过，俺看东方杰这人志高心傲，自然以手刃仇人为快，不如待他不济时，再去助他成功。"刚说到此处，王元超、瑶华也飞步而至，一问所以，也就明白。

舜华忽遥指笑道："你们看，今天柳摩霄可算得遇上克星了。"

众人随她所指一看，只见甘疯子一柄竹剑，不疾不徐，像开玩笑似的，一味死缠活绕，像鳔胶似的粘住柳摩霄那口倚天剑，使他脱不了身。柳摩霄使尽绝艺，也占不到半点便宜。

黄九龙道："俺们师兄这套太极玄门剑，真难窥测奥妙，远看去好像轻描淡写，若不经意，一交上手，就觉出轻如无物，重似泰山，而且随敌人进退，如珀吸芥，想逃跑都不能够的，柳摩霄居然还能勉强对付，尚算不愧洞庭之首哩。"

黄九龙正说到此处，忽然喊声"不好!"两足一点，人已到了盖赤凤面前，举剑一挥，就见匹练似的一道白光，向盖赤凤头上绕去，饶他缩颈低头，躲闪很快，也把头上包巾削去，余锋所及，顶上油皮也揭了一层，差一点没把他天灵盖齐根揭掉。原来东方杰志切报仇，初交上手，一路大杀大砍，盖赤凤倒也无所使技。到了十几个回合以后，东方杰是一时勇气，锐气略退，盖赤凤便步步进逼，一口长剑指东击西，声势十倍。东方杰虽拼死奋斗，终因艺不如人，只办得招架之力。盖赤凤得理不让人，越战越勇，逼得东方杰步步后退，到后来连招架的力量都没有了。

盖赤凤凶睛一瞪，哈哈一笑之间，东方杰一个失招，便被他一腿踢倒，只有闭目待死。盖赤凤恶狠狠进一步，正想举剑刺下，说时迟，那时快，黄九龙已从十几丈外一纵而至，非但救了东方杰的命，而且一举手就伤了盖赤凤的头。盖赤凤这一吓，正非同小可，想不到来人比飞鸟还快，吓得他连连后退。

黄九龙一声冷笑，喝道："淫贼到此地步，还敢猖狂！趁早束手就擒，免俺多费手脚！"

盖赤凤略定心神，向左右一留神，不好了！只见战场上人虽不多，却都是敌人，那一面柳摩霄同那醉汉兀自战个不休，看情形也讨不了好处，最惊心的，地上东一具、西一具的尸首全是洞庭寨主，王元超同那两个女子此时已在他身前身后，远远按剑卓立，意思是包围自己，不让逃走的样子，再看广场尽处，自己方面压阵几个寨主只有两三个人，都像斗败公鸡似的隐在阵后，不敢露面。这样四面一打量，知道今天凶多吉少，没奈何强自镇定，向黄九龙一指道："那厮口口声声说报仇，你暗地飞剑袭人，算什么英雄？有胆量一个对一个交战，俺誓不皱眉。"

黄九龙哈哈大笑道："此是何地，你是何人！像你这种采花淫贼，人人得而诛之，还讲什么报仇？也罢，你既然说出一个对一个交手的话，俺愿再同你较量一下，好让你死而无怨。"

盖赤凤到此地步，也只有以死相拼，一声大吼，便提剑赶来。黄九龙举剑相迎，立时两下里战得龙争虎斗，有声有色。这次盖赤凤自知身入危境，性命相关，提起全副精神，拼命相搏。焉知第一次同黄九龙交手，黄九龙并不拔剑，只用蟒皮剑鞘应付，已够他极力支持，此次黄九龙用的鬼神不测的白虹剑，何等厉害！何况盖赤凤同多人交手了好几次，人非铁铸，岂能持久？所以这次交手还不到四五十回合，已是汗透重襟，破绽迭出。

黄九龙看他不支，一紧手上白虹剑，使了一招拨草寻蛇的招式，向他下盘撩去。盖赤凤慌忙吸胸后退，使了一招霸王卸甲，避过剑锋。哪知白虹剑不比寻常，剑身既长，刚柔随意，他正想举剑相还，黄九龙进前一步，身形一矮，倏地变成仙猿献果，剑锋上指，疾如飙风。盖赤凤退身已是不及，慌忙单臂攒劲，横剑力格。哪知黄九龙并不抽剑换招，趁势微一侧身，把白虹剑向上一抬，只听得唧呛呛一声脆响，盖赤凤视同性命的一口长剑断为两截，黄九龙更不怠慢，乘他吃惊一愣当口，再把白虹剑猛一抖弄，向他执断剑的右腕斜切过去，喝一声"着!"

盖赤凤一声"不好"还未喊出，右手已齐腕截去，连那柄半截断剑，也掉落地上。盖赤凤一声大喊，登时全身跌倒，举着那只鲜血淋漓的断臂，痛得满地乱滚，一忽儿痛得晕了过去。这样痛彻心肠，倒不如一剑贯心来得痛快，大抵也是他采花的报应。当下黄九龙看他人已如此，倒不禁点头叹息。

忽见东方杰举着大砍刀奔过来，指着地上的盖赤凤道："万恶淫贼，你也有今日!"说毕，就要举刀砍下。

黄九龙慌忙喝一声："且慢，这厮到此地步，还怕他逃上天去不成？回头须待俺师兄一起发落，那时你把报仇情节对众讲明，再让你手刃他就是。"

东方杰此时看得黄九龙武艺出众，举动光明，佩服得五体投地，赶紧缩手敛刀，诺诺连声。两边冈上铙钩手，早已看得下面交战情形，不待吩咐，已奔下一拨人来，把地上盖赤凤捆进碉垒中去了。黄九龙看得别无出战凶徒，率着王元超、舜华、瑶华、东方杰都向柳摩霄这边过来，又向碉垒上举手连挥，发了一个暗号，然后指挥王元超等分在柳摩霄四面站定，静待战局结果。

这时，柳摩霄这份难受真也难以形容。一面被甘疯子苦苦缠住，脱不了身，一面眼看得连盖赤凤都被他们擒住，偌大广场只剩他一人与敌支持，后面自己阵内几个寨主同二百多喽卒，又像塑定了似的，个个干瞪着眼，动弹不得，爱莫能助。照理说，洞庭湖阵内还有大力金刚罗奇、鬼面金刚雷洪、八寨主铁罗汉了尘和战败逃回的活无常施圭，一共尚有四人，难道到此地步，还眼看自己总寨主独力支持，不出来混战一场，死里求生么？

原来他们不敢出来，也有他们不得已的缘故，倒并非一味贪生怕死。因为湖堡布置非常严密，恰巧地形又非常得势，洞庭湖列阵地点正在两面山脚交叉之处，宛如一座虎口。两面山冈上埋伏的湖卒，遵照预定计划，等到广场中战到分际，弓箭手在前，火枪手在后，夹着不少铙钩缆索，二龙出水势，从两面山冈渐渐移动到山脚松林之内，个个张弓搭箭，抬枪举钩，凭高临下，朝着洞庭湖阵上眈眈监视。倘然洞庭湖二百多个喽卒和几个压阵寨主略一动弹，就把火枪弓箭施放。

洞庭阵内大力金刚等四人原是败阵而返，识得湖堡的厉害，又被两面山脚上麻林似的枪箭一震慑，吓得连大气都不敢喘一口。而且柳摩霄未出阵以前，原看得两面山冈上刀枪如林，万一自己人马向前一攻，定必一齐包抄下来，截断归路，一败以后要想逃回去都不容易，所以吩咐大力金刚等守住阵脚，无论如何不得妄自擅动，这样一吩咐，倒便宜大力金刚等躲在阵内，不致当场就擒，还能逃出几个性命，所以这时明知柳摩霄独力难支，也不敢上前帮助。

柳摩霄也知满盘皆输，不堪设想，只想逃出虎口，再作计较。无奈甘疯子这柄竹剑同他的倚天剑像吸定了似的，用尽功夫也脱不了身。忽然情急智生，一翻左臂，嗖的一声，把背上一口贯日剑也掣在手内，趁拔剑之势，向前劈去。在他以为，甘疯子运用暗劲，全神贯注在右手竹剑上面，定难顾及左侧。哪知甘疯子早已料到他会双剑齐施，等他左手剑劈下来，故作惊慌样子，喊声“了不得，今番休也!”边说边把脖子一挺，一颗乱草式的毛蓬头往上一迎，只听得壳扑一声，如中败木，连毛发都没有掉下一根，反而把那柄贯日剑震起尺许高，震得柳摩霄左臂酥麻，虎口生痛，吓得他一佛出世，二佛涅槃，想不到甘疯子的头有这样的结实，就让他生铁铸就的脑袋，被俺这柄削铁如泥的贯日剑一砍，也要劈为两半，难道他是鬼怪精灵不成?

就在他吓得心魂不定、神慌疏懈当口，甘疯子趁势乘虚而进，右臂一伸，骈起两指，向他左肩穴点去。柳摩霄大惊，知道一经点上，定然致命，赶忙双肩一斜，回剑反截。哪知人家业已乘虚近逼，势难封闭，左右穴虽然未点上，却趁他闪避之势，健腕一转，顺臂而下，正点在他右腕关尺上面，陡觉右臂一阵酸麻，那柄倚天剑被竹剑一顿，不由得脱手飞去。甘疯子同时左腿一起，又向他左腕飞来。总算柳摩霄功夫老练，双足一点，一个旱地拔葱，纵起丈许，吓得不敢着地，就势在半空里使了一招飞翮摩云，翻落在圈子外面，才敢脚踏实地，也是吓得面无人色，气如喘牛，不敢舒声。

柳摩霄惊魂未定，猛听得堡后山上似霹雷轰降一声炮响，接着又是咚咚两声，山谷回音，声震数里，连柳摩霄立着的地皮下面，也似乎岌岌欲动。炮声未绝，两面山冈和碉楼上面，又是天摇地动的一阵大喊，万口同声，只喊“不要放走了柳摩霄”。这一番声势真也惊心动魄，饶他老奸巨猾，禁不住连连惊吓，只骇得魂不守舍，呆若木鸡。如果甘疯子此时要把他生擒活捉，易如反掌。

但是甘疯子老谋深算，成竹在胸，只一声呵呵大笑，用竹剑向他一指道：“柳道长不必惊慌，也怨不得湖堡心狠手辣，千错万错，只错在柳道长野心过大，有了洞庭，还想袭取太湖。照说此刻足下和那边几个部下可算得网中之鱼，但是敝堡今天实迫处此，原系不得已而为之，绝不愿同处江湖，自相残杀。只要此后柳道长觉悟前非，彼此仍可携手，也可说不打不相识。大丈夫一言，就此为定，以后为凶为吉，全在足下了。时已不早，战了一夜，道长谅已疲乏，且请回步，如何善后，明日恭候好音便了。”

此时柳摩霄只要免落罗网，已算万幸，甘疯子一番谆谆忠告，何尝听入耳去？只有放他回去的意思，倒听得如奉纶音一般，也亏他机变过人，能够咬牙忍辱，当下满面生痛地朝甘疯子一拱手，说了一句“俺们青山不改，绿水长流”，就急忙忙回到自己阵内，率领着几位寨主、二百多喽卒，一阵风似的卷出山口去了。两面山脚上的火枪手、弓箭手，早经甘疯子、黄九龙吩咐过，在他们败退时放他们出去，不必动手，让他们到了湖岸，再吃苦头，所以柳摩霄得以平安走出虎口，不意走到近市镇田埂中间，两旁林内蓦地一阵锣响，左右箭如飞蝗，弹似雹雨，向他们一队人马攒射过来，前后都是山田，一无躲避之处，早有不少喽卒纷纷中箭、中弹，倒在地上。

正危急之际，忽听背后銮铃响处，一马飞到。马上一个劲装大汉高举一盏红灯，灯杆上缚着一面尖角小龙旗，立马在一座小土山上面，大声喊道："堡主有令，快快停止射击，放洞庭君过去。"一声喊毕，勒马便回。两面林内霎时弹止箭停，隐隐见旗帜飞扬，矛光如雪，绕出林外去了。

柳摩霄暗暗喊声惭愧，检点人马，已有几十个喽卒或伤或死，倒在两边田内，幸而几个寨主尚未受伤，没法，只好把死掉的喽卒弃在田内，拣得伤轻的扶掖同行。一路狼狈逃来，逃到湖边恰正水天遥接之处已现鱼肚白的颜色，晓风习习，湖水滔滔，却把柳摩霄这班人吹得神志一清。谁知道福无双至，祸不单行，满以为到了湖边，有自己派定驻守船只的百余个喽卒和飞天夜叉沈奎标、铁铸金刚唐凯两员健将，后面还有接应的水师，总算逃出天罗地网，可以喘口气了，不料柳摩霄首先飞跑到湖边四面一探，叫声苦不知高低。

只见一片白茫茫的湖光，水天一色，空阔无垠，湖面上静荡荡的，连一叶扁舟都找不出来，哪有自己江宁带来的半只船影？两个健将、百余个喽卒也一样踪迹全无，再遥望接应的水师，望穷目力，也一点没有影子。这一急真把柳摩霄急得轰的一声，魂魄出窍，大力金刚铁罗汉等一班人像热锅上蚂蚁，急得只在湖边团团乱转，面面厮看。

柳摩霄两眼望着湖心，禁不住一声长叹，愁眉苦脸地向大力金刚等言道："看起来，沈奎标也遭毒手，想不到黄九龙这样歹毒，用出这样绝户计来。只恨俺一时大意，把多年英名丧于竖子之手，此恨此仇，没齿不忘。又可惜许多同心合意的好汉，因俺一招走差，死的死，擒的擒，教俺有何面目再回洞庭？当年楚霸王无颜再见江东父老，自刎乌江，今天俺柳摩霄山穷水尽，也和当年楚霸王差不多。唉，俺柳摩霄只可步此公的后尘了。"说了这句，又自连连长叹了几声。

这时左右一班人内要算活无常最机灵，一看总寨主颜色凄惨，路道不对，似乎想行拙志，正想走近一步，用言相劝，猛见柳摩霄一跺脚，把手上贯日剑一横，望自己头上便要勒去。活无常大惊，急忙一个箭步，用尽平生之力，双手齐施，拼命攀住柳摩霄右臂，大喊道："总寨主怎么也会行此短见？这样一来，非但被擒弟兄们个个都是死数，连俺等也只好束手回去送死的了。”

众人也把柳摩霄团团围住，夺剑的夺剑，劝慰的劝慰，你一言，俺一语，弄得一团糟。

柳摩霄看得众人如此，眼泪夺眶而出，向活无常哭道：“你说俺一死，被擒弟兄个个死数，难道俺不死，被擒的还能回来吗？”

活无常道：“胜败本是常事，总寨主平日英明勇敢，何至急得如此？你想黄九龙等今天得胜，也是一时侥幸。俺们虽然惨败，洞庭湖基业仍然铜铸铁打一般，合洞庭之众，比此地草创基业要雄厚得多，黄九龙等岂无顾忌，何至赶尽杀绝，自惹巨祸？俺们只要设法回去，暂时含耻忍辱，假意与他们修好，要求释回被擒的弟兄，谅他们不敢不答应。那时俺们养精蓄锐，多约能人，再来扫平湖堡，雪此大辱，也未算晚，总寨主你这样沉住气一想，何至自走绝路呢？”

第三回

忍耻渡江，洞庭君羞见父老
悬头做饵，红娘子血战金陵

柳摩霄低头沉思了半天，果然有理，又想到甘疯子交手以后一番言语，已有点含着惧怕洞庭湖的实力，不敢十分为难的意思，越想越对，立时向活无常兜头一揖，大声道：“一向只知道施寨主武艺高强，今天才知道施寨主武艺既高，见识也胜俺一倍，俺有施寨主计划一切，就不难报此大仇了。”

这一顶高帽子戴在活无常头上，恰是名副其实，只把活无常恭维得黄眉一竖，双肩高耸，连自己的时辰八字几乎忘记了。

其实柳摩霄比他的鬼机灵要高得多，何尝真心自刎，无非山穷水尽，一时下不了台，借此做作一番，可以笼络人心，徐图后举，但是他这一番做作，于目前事实上毫无益处，湖面依然半只船影都没有，活无常也想不出鬼主意来。明知只有湖堡后山可以通陆，其余三面都是湖面，最狭之处也有好几十丈开阔，没有船只休想渡过。

说到柳摩霄带来的船只，大小也有二十几只，船上也有百多个人，究竟为什么一只不见呢？原来又是湖堡的埋伏计划。

堡中三声炮响就是信炮，湖底原埋伏几百个水巡队，一闻号炮放起，一齐从洞庭船只底下冒起，十几个人伏在一船，个个掏出斧凿钻锤，神不知鬼不觉地一阵钻凿，顿时只只船上都冒出水来。等得船上惊觉，一时哪里去找这许多塞漏补洞的东西，而且七穿八洞，顾了这边，顾不了那边，霎时满船都是水，渐向下沉。所有大小船只又因慎重起见，并非紧靠湖岸，离岸还有一箭之遥，一时没有法想，船上喽卒虽也识得水性，知道中了人家的道儿，一齐拔出军器，跳下水去同人家厮拼，但是地理生疏，众寡不敌，百把个喽卒济得甚事？湖底埋伏的湖勇早有预备，凿船的凿船，擒人的擒人，两人伏一个，把所有的喽卒用油浸麻绳捆得一个不剩。

那沈奎标雅号飞天夜叉，却只能飞天，不能入水，还有那位铁铸金刚唐凯，金刚虽是铁铸，可惜入水便沉。两人枉有一身本领，在水里却施展不得，只吃了两口水，便两眼泛白，束手就擒。这班湖勇大功告成，把沈奎标、唐凯和百余个喽卒捆得像端午粽子一样，一个个抛上湖岸，洞庭大小船只一齐沉入湖底，只把擒住的人从便道悄悄解送堡中去了。

最可笑用单天爵令箭调来的一营水师，当时开到太湖口外，接得柳摩霄通知，勉强奓着胆，一步三摇地驶进湖来。离岸还有里把路，远远看见洞庭帮大小船只一只只向下沉没，船上喽卒像放汤圆似的，一个个跳下湖去，却如泥牛入海，只有跳下去，没有跳上来的人。水师船上远远看得苗头不对，早已吓得屁滚尿流，偃旗息鼓，逃得不知去向了。所以柳摩霄等一班人逃到湖岸，只看到白茫茫一片湖水，弄得望洋兴叹，一筹莫展。

还是活无常施主挤出一个没奈何的法子来，向柳摩霄道："看情形，想要只船渡过彼岸恐怕不易。黄九龙等心狠手辣，必定命令湖中大小船只一齐藏向别处，想活活逼死俺们。但是俺们在洞庭湖也有不少水兵，精通水性的也有不少，即使俺也能泅得里把路，何况总寨主轻身功夫高人一等。事到如此，俺们也不想安坐而渡，不如拣一湖面稍窄之处，泅了过去，到了那岸，就不怕没有法子了。"

柳摩霄顿足道："这法子俺何尝没想到，倘是只俺一人早已过去了，无奈这许多人相随，未必人人都识水性。何况湖内难保没有埋伏，跳在湖中，越发难以抵敌了。"

铁罗汉了尘往前一挺，两手一摇道："总寨主不必性急，俺颇通水性，在水底也能伏得几个时辰，水波上也能蹈水而行，不如由俺先蹈水过去，试一试湖底有埋伏没有。倘能达到彼岸，好歹搜着几只船来，再请总寨主同弟兄们安渡过去。”

柳摩霄心中大喜，面上却不显露，反而眉头一皱，道：“好虽好，俺总有点不大放心，事已如此，只好照你的办法，但是你须小心在意，这儿许多弟兄的性命全在你一人身上了。”

铁罗汉喜形于色，一口答应下来，立时把身上扎掖一下，一提方便铲，不觉眉头也自一皱，自语道：“这长家伙在水中却要不得。”

活无常忙把自己一柄丧门剑递了过去，说道：“俺们暂时把家伙对换一下，你就方便得多了。”

铁罗汉大喜，就把方便铲换了丧门剑，大踏步向湖岸行去。

忽听鬼面金刚雷洪带着二十几个喽卒在后面赶来，边赶边喊道：“八寨主慢行，俺们纠合得不少人，水内都可去得，也可助八寨主一臂之力。”

铁罗汉道：“这样好极了，这儿湖面稍窄，俺们就此下去吧。”一言方毕，猛听得岸上许多人一齐呼噪起来，个个向湖面伸臂乱指。

铁罗汉抬头向湖心一瞧，果见远远有两只无篷大船，一只船上两个人，摇着双橹，如飞向这边驶来。

鬼面金刚道：“来船也许来渡俺们的，俺们且不下水，看一看情形再说。”

恰好柳摩霄也遥遥举手示意，似乎叫他们暂且不要下水。片刻两只船渐渐驶近，看清摇橹四个人一色青布包头，腰插短刀，却是湖堡的湖勇。

铁罗汉怒道：“他们怎肯渡俺们过去？不知黄九龙又来捣什么鬼了。”

正这样说着，忽见两船离岸丈许就停橹不进，听得内中一个摇橹的湖勇向岸上一拱手，高声喊道：“敝堡主叫俺们接上贵湖寨主同各位好汉。敝堡主说，昨晚一场战争，原是出于无奈，倘蒙贵寨总寨主弃嫌修好，敝堡主极其欢迎，贵湖以后有事情商量，尽可派人到敝堡来，彼此从善商酌办理，敝堡绝不会亏待来人。现在敝堡主知道贵湖一时找不出渡船，特地差俺们送两只大船来应用，务请不必疑虑，可是俺弟兄们因另有差遣，恕不远送，好在船上橹篙俱全，贵湖弟兄们也能使用的。”说罢，一拱手，四个湖勇一齐向船外翻了个空心筋斗，扎入水内，不知去向。

柳摩霄这时也无可奈何，只好差几个识得水性的喽卒跳下去，把两只船拢近岸来，率领着百多个人，满满地装了两船，渡了过去。等到驶出太湖范围，弃船登岸踏进江苏境地，大家才把心上一块石头落地，先寻了一个僻静的寺院，暂行憩息片时，设法大家饱餐一顿。

柳摩霄这时先把部下检点一番，查明或死、或擒、或伤的共有多少，计柳庄方面战死的有双尾蝎董威、九头鸟程猛、金钱豹子张铁鞭三位寨主，湖堡方面战死的有常山蛇、钻云鹞子、百脚蜈蚣、显道神四位寨主，被擒生死不明的有盖赤凤、飞天夜叉沈奎标、铁铸金刚唐凯、伏虎金刚胡弼以及伽蓝神空空、赛林冲乌虬（即使长矛的高个儿）共六人，投降的有东方杰一人，其余喽卒等或擒或死，去掉十分之五。这一场大败，柳摩霄做梦也没有想到，外加自已失掉一柄倚天剑，怎不又恨又痛？此时痛定思痛，咬牙切齿，指着太湖方面，顿足大骂。

活无常施圭向他说道：“事已如此，总寨主且请宽怀，如今之计，最要紧的是俺们赶快回到单提镇处，商量搭救被擒各位寨主。依俺看来，黄九龙那厮着人送船来那一番话，大有用意，对于俺们洞庭湖似乎还有点顾忌。大概被擒几位好汉未必有性命之忧！俺们从此速回江宁，想万全办法便了。”

柳摩霄道：“照俺们现在情形，实在没有面目再回江宁，可是失陷好汉有单兄派来的沈奎标在内，再说单兄也是主持此事的重要主子，又不能不同他商量一个办法。事到如此地步，俺只可暂忍这口鸟气，小不忍则乱大谋，且顾全被擒几位弟兄的性命要紧，报仇的话只可等到俺们回洞庭湖再想法子了。”说毕，就在吴江雇了好几只快船，直向江宁飞进。好在吴江距江宁没有多远，当天可到，现在且把柳摩霄这班人按下一边。

再说湖堡甘疯子等自从柳摩霄率领着败残人马退去以后，看他那份狼狈情形，彼此相顾大笑。甘疯子笑道："今天这一战，湖堡的威名自然震动四方，但是柳摩霄定必恨如切骨，从此洞庭湖与太湖结下深仇，又加单天爵那厮官盗同流，诡计百出，将来定尚有几番恶战，还不知鹿死谁手呢。俺们此后也当步步当心，事事周密才好。照今天本堡大胜，全靠地利人和，再加预备得迅速周密，真个要同洞庭湖实力相较，尚无全胜把握。以后本堡须赶快求老师设法，培植雄厚实力，所以俺故意放走柳摩霄，缓和洞庭寻仇之举。还有一事，俺到此刻尚时时挂虑，不知范老先生等到了江宁，能否如愿而回，万一江宁有备，岂非自投罗网？现在天已发晓，如果至午不回，那就不堪设想了。"

黄九龙道："这层后果是可虑，不过有滕老先生一同前去，定能稳全持重，或者可以相机挽救。"

这时，王元超喜滋滋抱着两柄不同的宝剑趋近前来，甘疯子破袖一甩，指着他怀中宝剑笑道："万事都是一个缘法。柳摩霄一柄倚天剑，脱手飞去的时候，不偏不倚，恰恰落在老五面前，老五正没有趁手兵器，这一来仿佛鬼使神差送一柄无上宝剑与他。话虽如此，没有俺，你也得不到，老五你自己肚里明白，应该怎样谢俺，你且说与俺听听。"说毕，呵呵大笑，连双凤姐妹同东方杰都纵声大笑起来。

王元超一听师兄这样说，明明把倚天剑送与自己，高兴得嘴都合不拢来，笑说道："小弟就此谢谢师兄，回头再敬备美酒一坛，恭请师兄畅饮如何？"边说边抱剑深深一躬。

众人正在一片笑声之际，忽听远处一阵火枪声，黄九龙笑道："柳摩霄半途又吃苦头了。"

甘疯子道："适可而止，不如再送他一个人情，派一个得力头目，骑匹快马，传令停止攻击，放他过去，横竖到了湖岸，还有使他难受的在后头哩。"

黄九龙领命，立时飞步走向碉前，指挥头目照办去了。

这里甘疯子笑向双凤一拱手道："今天蒙两位女英雄极力臂助，实在感激之至，将来师母方面，也全仗两位从中调和，倘能使两位老人家和好如初，两方面门下合为一体，共图大业，继述先辈遗志，岂不是天大喜事？两位英名将来谁不钦敬，可是今天带累两位闹了一整夜，愚兄弟们实在抱歉得很。”

舜华忙打躬为礼道：“甘先生这样一说，愚姊妹格外惶恐无地。像愚姊妹这点微末之技，真可算得心有余而力不足了。至于双方联络的话，愚姊妹久有此心，倘有调和机缘，无不尽力而行。就是此番奉命而来，愚姊妹也抱定双方疏解的宗旨，幸而范老伯出头，同黄堡主一见如故，彼此消除隔阂，实在非常私幸。不料范老伯为俺们的事，一露面就发生今天不幸的事，万一此去江宁落入陷阱，如何是好？此刻愚姊妹已经商量一下，想在此刻赶到江宁去探消息，未知甘先生以为如何？”

王元超一听她们立刻要赴江宁，心里非常不安，却又说不出阻止的话，幸而甘疯子听她姊妹俩这样一说，把一双破袖乱摇，大声道：“两位此刻打算去接应已是迟了，何苦白跑一趟？不久定有消息来到，俺自有办法。两位一夜未得休息，且请到堡中憩息片时。”

刚说到此处，黄九龙已匆匆走到面前，道：“此刻小弟得到几批探报，柳摩霄在市口田埂之间被俺们埋伏夹击，等到传令停止，已死了不少喽卒，最后他们奔到湖岸，看得自己船只一只不剩，急得要拔剑自刎。现在俺仍照师兄主意做去，索性派了几个湖勇驾两只大船渡他们出湖，乘便又派不少精通水性的弟兄，一路暗地跟踪，探听柳摩霄的举动回报。”

甘疯子点头道：“甚好！现在俺们一齐回堡去，静待范老先生消息便了。此地几具尸首和柳庄、市口死的人，赶快多派湖勇收拾干净。如死的是洞庭寨主，好好装殓，放置妥当处所，显得俺湖堡处事宽大。至于被擒的一班强徒，现在暂时软禁一边，只要多选几个干练头目，问明各强徒姓名，开列清单，分别严加看管，好好看待。依俺想，柳摩霄不久定有说客到来，那时再看情形办事。”

黄九龙、王元超同双凤都以为然。大家正要一同回堡，忽见东方杰兀自到黄九龙面前悄悄说了几句，黄九龙微一颔首，就向甘疯子一指，对东方杰道：“这就是俺们甘师兄。”

东方杰立时紧趋几步到甘疯子面前，先自深深一躬，接着就要屈膝下去，甘疯子忙得一手扶住，连声道："足下苦衷俺从旁也看得一点大概，既然蒙足下看得起敝师弟，肯屈身敝堡，此后同舟共济，无异手足，千万不要多礼。"

东方杰被甘疯子一手扶住，整个身子提了起来，想跪下去已是做不到，只好连连打恭，又向王元超、双凤一一施礼见过，然后向甘疯子说道："在下江苏丹徒人氏，父亲原以保镖为业，膝下两男一女，在下居长，舍弟东方豪，自幼跟随先父好友河南少室山人练习武艺，终年跟着山人游历岭南云贵等处，到先父故去这一年才回家来，先父葬事告竣，又跟着山人跑得无影无踪了。"

甘疯子听到此处，忽然哈哈大笑道："这样说起来，老夫要托大了。你那位令尊想就是著名江北的老镖师神刀东方百朋了？"

东方杰愕然道："甘老英雄如何知道？"

甘疯子笑道："岂但知道，还是往年至交多年的好友呢！令尊故去那一年，你年纪当已不小，可记得有一天晚上，令尊灵帷面前忽然发现两只五十两重的银元宝，压着一封无名信，信内写明两只元宝作为丧葬之费，你可记得吗？"

东方杰一听此话，啊呀一声，立时跪倒在甘疯子面前，大哭道："原来你就是甘叔叔呀，不想今天会碰到叔父的面，想当年，先父临死那一天，嘱咐侄辈道：'俺一生所交朋友，没有一个道义之交，只有一个小友救过俺性命，武艺学问，俺自愧不及他千万分之一。可惜这位小友有着圣贤一般的胸襟，却有奇特古怪的脾气，只知道他姓甘，其余什么也不知道了。俺死过以后，因为生平不善积蓄，死后连丧葬之费都没有，丧葬费没有却不关紧，只你们都已长大，虽略懂得一点武艺，却与俺一般不懂世故，如何是好？倘然能够碰着俺那独一无二的小友，千万求他提拔一下，只说俺临终的最后一句话就是了。'

"先父至死把这句话颠来倒去说到断气为止。先父死后，生前朋友踪影全无，家中又是别无长物，正在不得了时候，忽然一天晚上发现老叔此刻说的奇事。那时侄辈看那信上所说，知道是先父好友，但是猜想起来，除非先父所说的小友，有这样深情厚谊，又有这样来去莫测的本领，其余哪有这样的好人呢？那时侄辈见不着叔父的面，无法叩谢，只有在先父灵前祷告一番，又望空拜谢叔父的大德，使侄辈得以安葬先人之骨，不料今天才见着叔父之面。啊呀甘叔呀，叫为侄的怎样报答你老的大恩呢？”

东方杰边说边自叩头不已，甘疯子这时倒并不阻止他叩头，居然半礼相还，让他叩了几个头，才用手扶起，呵呵大笑道：“论起年岁，俺比你痴长得没有几年，论俺与你令尊交谊，虽是忘年之交，却非泛泛。难得你志气刚毅，深明顺逆，从此你且安心同俺师弟在一起。至于令弟师父少室山人与俺也有一点交情，将来不难见面。现在你把令妹的事详细说来，这事俺也有不是，只恨俺浪游四方，致老友后人受人欺侮。总算老友有灵，今天俺们无意中会面，又把仇人擒住，令尊同令妹在九泉之下也可瞑目的了。”说罢，连连叹息。

黄九龙等听得这层渊源，从此对待东方杰自然格外亲热，当下东方杰就把自己妹子惨死的经过说了一遍。

原来，他的妹子名叫秋英，从小也跟父兄练成一点本领，虽不甚高，寻常练家子却不是她的对手。死的一年已经十七岁，长得苗条流丽，婀娜多姿。因为父亲死去，家中贫困，赖她做得一手鲜活花绣，换钱帮渡。

有一天，丹徒县城内玄妙观兴建罗天大醮，普度亡魂，轰动四乡善男信女，都向玄妙观礼拜仙佛，顺便花点香烛，托观中住持立个纸牌位超度先魂。这位秋英姑娘也被左邻右舍女伴们说活了心，也想为自己亡父超度一番，就禀明兄长，随着邻家几个女伴同赴城中玄妙观追荐礼醮去了。不料这一去，大祸惹身，在玄妙观中碰着淫魔盖赤凤，盯来盯去，只跟着秋英姑娘脚跟转。

秋英一看身后一个俊秀华丽的少年不怀好意，屡次想避了开去，却因观中任人游览，没法躲避，一想在这万目之下，自己又有护身本领，也不怕他无礼，索性大大方方，任他鬼鬼祟祟地跟着，等到打醮完毕，游人四散，那少年已无踪迹，便也放心同邻女们匆匆回来。不意出城不到二里路，经过一座山脚，山脚下有座破庙，颇为荒凉，那时日已落山，一条长长路上，只她们几个人，突由破庙中走出一个人来，一声不响跟在她们身后亦步亦趋起来，秋英一看，又是玄妙观中碰着的少年，心里顿犯怙惙。

那班邻女有老有少，格外心慌起来，秋英究与常人不同，便挺身向那少年责问几句，哪知少年满不理会，只仰头自语道："看不出这样村姑，居然看不起老子，要知老子这几天找不着可意人儿，无非饥不择食，聊以充数而已，不想这样不中抬举哩。"

当下秋英听他说出这一片轻薄话，登时柳眉倒竖，满面娇嗔，一声莺叱，就一个箭步，疾飞一掌打去。

盖赤凤万不料这样村姑身手这样矫捷，又是仰面看天，无意防备，只听得噼啪一声，正结结实实打在颊上，掌势不轻，竟打得他身子一晃，满面红光，颊上顿时现出五道纤纤指影。

这一下打得盖赤凤恼羞成怒，一声大喝道："不识抬举的东西，竟敢出手伤人，原来你倚恃有几手三脚猫，好，老子不给你一个教训，你也不识得老子是何人。"一言方毕，凶睛四射，拳头捏得咯咯山响。这班邻家妇女等闲哪见过这样阵仗，只吓得两条腿像弹棉花一般，连喊一声都不能了。

秋英虽看得这凶徒不易对付，但已经动手，势难逃跑，又难弃了同伴不顾，只有把心一横，存了先发制人的主意。一声娇叱，玉臂一分，一纵身就来了一手双凤贯耳。这一招如果打上，原也厉害，但是遇上这位凶魔，何能幸免？只听得盖赤凤哈哈狂笑道："这样本领也敢卖弄，既自讨死，也怨不得老子心狠手黑了。"边说边把两臂向上一串，霍地一侧身，趁势戟指，向秋英酥胸一点，喝声"回老家去吧!"

秋英经他一点，身子不由自主望后倒退了丈许，才立定娇躯，猛觉胸中一阵剧痛，嗓子立时发甜，喊声"不好!"极力咬牙忍住，一手握住心口，一手向盖赤凤一指，切齿喝道："凶徒有胆量的，通上名来!"

盖赤凤哈哈大笑道："老子行不改姓，坐不改名，长江盖赤凤便是。明年今日，吃你抓周的喜酒倒是正经，报仇今生休想!"说罢，一声狂笑，竟自扬长而去。

秋英自知内伤已重，已顾不得同伴，手握住心口，提起金莲，一路狂奔回家，奔进家门，就咯地一口狂血吐了出来，登时面色青白，摇摇欲倒。东方杰看得大惊，赶忙扶住他妹子走到床上，一倒下身，一口口的血接连不断地吐了出来。

东方杰急得手足无措，幸而秋英神志还清，勉强把路上遇到盖赤凤受伤的情形呜咽着断断续续地道："妹子已被长江盖赤凤打伤，绝难活命。看这凶徒的功夫非常厉害，兄长也不是他的对手，千万不要冒险代妹子报仇，将来二兄回来，或者可以替妹子雪此仇恨，也须请示少室山人才可动手，切记切记！可怜苦命的妹子，只有等两位兄长报仇以后再瞑目的了。"说完这番话，登时神色大变，一缕香魂，竟赴乌有之乡了。

东方杰新遭父丧，又逢惨变，弄得像疯狂一般，一个人进进出出，只把盖赤凤三字颠倒地念不住口。好容易把妹子殓葬完竣，立志弃家离乡，走遍天涯，寻弟访仇。果然有志竟成，弟虽未找到，盖赤凤这样凶徒竟被他千方百计在今日湖堡寻着报仇机会。

当下，东方杰把妹子惨死情形向甘疯子等报告完毕，甘疯子连连向自己头上凿了几下爆栗，说道："该死，该死，俺怎么在老友死后不去时时看望老友的后人，弄出这样不幸的事来。"

黄九龙道："过去的事且莫提，俺们就此回堡，把那凶魔提出来，让东方兄弟早雪杀妹之仇，也使令妹在地下早点瞑目便了。"

于是众人一回齐转堡中，碉楼前断棍折剑以及几具尸首，自有湖勇们收拾。

只说甘疯子等回堡以后，就在大厅上依次就座，传令把盖赤凤单独提出，一忽儿十几个健壮湖勇簇拥着五花大绑的盖赤凤到来。盖赤凤在截去右腕急痛晕倒的时候，自然人事不知，等到被湖勇抬进堡中，代他敷上金疮止痛药散，捆上坚实绳束，在地上捆了片时也自悠悠醒转，睁目四面一看，明白自己被擒入堡，再低头一看，全身捆绑，手脚一齐紧束，四肢麻木异常，到此地步，已是虎落平阳，无威可发。忍气一打听看守的湖勇，知道被擒的人不在少数，洞庭君也险被生擒，还是甘疯子手下留情，放他逃走的。盖赤凤打听得结果如此，只有一声长叹，闭目无言。

这样停了许久时光，忽然拥上许多湖勇，不由分说，将他从地上拉起，匆匆解去脚上一道绳束，便簇拥着向里面行来。将拥上大厅台阶，盖赤凤抬头望上一看，甘疯子等高高在座，最注目的，下首座上东方杰向自己怒目圆睁，按刀直注。盖赤凤猛然一惊，一想仇人在座，自己已成俎上之肉，转瞬就要被人剖心刮腹，趁此脚上绳束去掉，走了几步血脉也活动过来，还不乘此死中求活，等待何时？立时凝神聚气，潜运一股暗劲布满周身，未待湖勇们拥入厅内，双肩一摇，一声大吼，登时全身捆束寸寸纷断，落下地来。盖赤凤大喜，趁势左臂一指，推倒身旁几个湖勇，一转身，双足一点，跃到院心，喊一声“老子失陪了”，一跃纵上屋檐。

不料两腿在檐上还未立定，猛见屋上人影一闪，喝一声“下去!”顿觉自己腰上着了一腿，两脚一软，一个空心筋斗跌下庭来，还想挣扎跳起，哪知背上又被人家一足踏住，动弹不得，而且这样一番折腾，右腕赤疮迸裂，又复痛楚难当，越发无力反抗，钢牙一咬，大喊道：“老子今天脑袋结识你们便了，快与俺来个痛快，老子十八年后再与你们算账。”

盖赤凤这样急喊，背上踏住他的人满不理会，只向屋上拱手道：“滕老丈怎么从屋上回来，俺们正盼望着呢!”

屋上滕巩说了一句“有劳等候”，便自飘身而下。

这时厅内众人自从盖赤凤挣断绳束，飞身逃命的一刹那，头一个黄九龙飞身追出，其余东方杰、王元超、双凤姐妹都要追赶，被甘疯子两手一拦，笑道：“不必，不必，这厮狗急跳墙，到了此地还想逃走，可谓太不自量力。他不知自己手腕折断，筋骨俱伤，还想仗着练过几年铁布衫，逞着一时急劲，侥幸挣断绳束，可是这一来非但疮口迸裂，四肢筋络也要痉挛，逃不了多远，定必自己躺下，何必急急追他。”正这样说着，盖赤凤已从檐头跌下，被黄九龙赶上一脚踏住。

甘疯子等以为盖赤凤如所言，疮发跌下，忽听得黄九龙在庭心同屋上说话，似乎夹着滕巩口气，赶忙一起迎了出去，一见滕巩从檐上飘身下来，一身尘土，满脸大汗，双凤姐妹关心尤切，迎上一步，急急问道：“范老伯父女怎没有同来呢?”

滕巩面现苦笑，岔着嗓音答道：“一言难尽，果然不出甘老英雄所料。”

甘疯子听得从旁悚然一惊，知道他临走当口，自己曾暗暗嘱咐他，此去范氏父女方寸已乱，定然救婿情切，不顾一切，勇往前进，万一中了敌计，千万赶回飞报，不要一同投入罗网，越发难以搭救。现在滕巩这样口气，当然事情不妙，浓眉一皱，未待他再发言，忙向他一递眼色，又用手向盖赤凤一指道：“滕老丈长途跋涉，身体疲乏，此地非谈话之所，快进厅内坐谈。”

滕巩会意，缩住话头，回头向黄九龙问道：“这厮装束想必是洞庭贼徒，为何这样狼狈?”

黄九龙略述所以，便指挥湖勇，重新把盖赤凤捆在一边。其实此时盖赤凤真被甘疯子料着，疮裂筋断，委顿不堪，非但挣扎不得，连倔强充硬汉的话也说不出来了，于是黄九龙等邀着滕巩一齐走进厅内落座。

众人知道滕巩一夜奔波，劳苦非常，先让他盥洗一番，稍进茶点，然后由甘疯子把堡前交战情形，匆匆说了一遍，又给东方杰引见一番。滕巩听得大获全胜，不觉眉头略舒，举目四瞧，却不见他儿子踪影，只见王元超侧倚着两柄宝剑，一口正是临走时交给儿子的太甲剑，不禁脱口问道：“小儿何在?”

黄九龙笑道：“虎弟年轻，未便叫他出阵与人交手，只差他看守堡后，一夜未曾交睫，也多亏他的了。”说毕，回头嘱咐湖勇速请虎爷出来。

滕巩忙拱手道：“堡主垂爱痴儿无微不至，叫小老儿如何报答？此刻又听得本堡全胜，实在可喜可贺，但是范老先生父女性命危在旦夕，如何是好？就是老朽也是死里逃生，唯一希望，全仗甘英雄同堡主们挽救了。”说着老泪婆娑，一脸凄惶之态。

甘疯子等大惊，黄九龙也同声急问道：“究竟怎样情形？快请讲明，俺们好想法搭救!”

滕巩正想开口，忽听屏后脚步声响，痴虎儿提着禅杖，雄赳赳大踏步趋向前来，向众人唱个大喏，转身见父亲在座，喊道："爹，儿子在堡后枯守了一夜，兀自不见一个贼子到来，却听到湖勇飞报，堡前战得好不热闹。一忽儿报说杀得贼人一个不剩，弄得儿子心痒难熬，几次三番想赶到堡前，却顾着黄大哥将令，不敢轻动，这份难受也就不用提咧。"这番话倒惹得众人大笑。

滕巩一见儿子的面，也是暂收愁容，破涕为笑，笑喝道："休得胡说!"

黄九龙离座把痴虎儿拉在自己下首座上，笑道："俺们现在有要紧的事议论，你坐着不要打岔。"于是滕巩把范高头父女失陷情形一五一十说了出来。

原来滕巩同范高头、红娘子、冯义和湖堡拨来的四个健壮湖勇分坐两只快艇，由柳庄直向江宁进发。一路艇如激箭，疾比快马，到了江宁地界，正交半夜子丑时间。范高头原是旧游之地，路径非常溜熟，就择了江宁城外僻静之所，泊舟上岸，嘱咐四个湖勇好生看守船只，静候救人回来就开船。

嘱咐已毕，四人拣着僻静道路，飞步而去。片时走近江宁城门，抬头一看，城楼两旁旗杆上挂着两盏半明不灭的灯笼，左边灯笼底下挂着一个四方小木笼，随风微晃，却因城高灯暗，看不清小木笼内装着什么东西。四个人中阅历世故要算范高头最深，眼光要算红娘子最尖，两人一看到这件东西，同时啊呀一声，吓得步步倒退，一颗心顿时突突乱跳，滕巩、冯义忙问何事。

范高头颤着声音，向城上一指道："这……不是装脑袋的头笼吗?"一语未毕，身后有人一声惨叫，跌倒于地。众人急转身看时，却是红娘子晕倒于地，急得范高头连连跺脚。滕巩忙把两手乱摇，一俯身把红娘子上身扶起，两膝一盘，自己运用混元一炁功，舒开两掌，向红娘子背后督脉自下而上按摩了三次，即听得她肚内咕噜噜一阵奇响，接着喉中咯的一声，吐出一口痰，哇的一声哭了出来。

这一声哭出来，又把范高头急得无路可走，伸臂一夹，把红娘子夹在怀内，轻轻喊道："此是何地，快不要哭！"

这时红娘子已清醒过来，呜咽道："女儿明明看清头笼中有个人头装着，叫女儿如何不急？"

滕巩忙接口道："自从单天爵到此，时时杀人示众，原不足异，未必与俺们有关，姑奶奶且自宽怀，况且已到了龙潭虎口，万万鲁莽不得，俺们且想进城法子要紧。"

红娘子被滕巩一语提醒，微微点头，但夫婿关情，兀自怀疑，呆呆地向城头细望。

范高头道："事到如此，俺们只可一步步做去。俺们且翻上城，顺便把笼内人头看清后再说，但是江宁为古帝王建都之地，一定不比寻常。你看城墙如此高峻，老朽腰却不比往年，空手上去怕不容易，冯义益发不能了。"

冯义低声答道："小的来时已预备下了。"说着从腰中解下一条很长的软索来，堆在地上道："请小姐先带绳子上去，然后放下软索，俺们就可上去了。"

滕巩道："姑奶奶心神不宁，还是由俺先上去吧。幸而时已夜半，城外没有行人，由着俺们闹了一阵，居然没有打草惊蛇，想是城上没有看守的兵卒，也许夜深睡熟了，总算不幸之幸。事不宜迟，俺就此上去吧。"说罢，一俯身，把一堆绳束斜套在肩上，走近墙，一翻身，把背脊掌心一齐紧贴墙上，运用壁虎功，把整个身子渐渐向上升去，片时爬到墙顶，两臂向上一翻，攀住垛齿缺口，腰上微一使劲，双足一举，翻上城头。四面一看，却喜寂静无人，一探身立在垛齿缺口，把软索吊下城来。

头一个范高头在墙根，一手挽住索头，嗖嗖猱升而上。红娘子却急不待时，在范高头猱升时候，急退后几步，便使出燕子飞云纵功夫，玉臂一分，金莲一点，便纵起二丈多高，再用右足一蹈左足背，借劲使劲，又纵起丈许，再照样一纵，已飞上城头。待她立定，范高头已安立在垛口，接着冯义也夹着铁桨上来，四人一起走向旗杆所在。冯义把铁桨一放，抱住旗杆猱升上去，立时把头笼解下，提在手上，溜身下来。

四人一起围住头笼，借着星月之色仔细辨认，却看清笼内装着一个瘦小枯干、蓬头垢面的犯人头，绝不似金昆秀面目。红娘子、范高头同时长长地吁了一口气，略微放下一寸愁肠，滕巩也是喊声侥幸，独有冯义朝着人头连连大唾，嗖嗖嗖仍复系上旗杆。

系好下来，向着范高头等向城中遥指道：“那边一片黑压压的瓦当中，有一所气象威武的大厦，四角更楼、东西辕门点着天灯的所在，就是提镇衙门。小的认识路径，当先引导便了。”说罢，四人一起从马道走下城来，转弯抹角，穿街过市，没有多大工夫，就走到提镇衙，一看大门不闭，望进门内，一条长长甬道达到大堂台阶，甬道两旁营房，像蜂窝般列着，却寂无人声。

冯义道：“从大堂右侧通到花厅，厅前有座花园，监牢就在花园左近，俺们不如绕到衙后，越墙进去较为便捷。”

范高头正想依照冯义所说移到衙后，不料红娘子眼光尖锐，一眼看见大堂不远甬道旁，矗立着一人高竹竿，竿上又吊着一个四方木头笼。红娘子疑心陡起，也不知会众人，顺着甬道直向大堂奔去，范高头等恐怕有失，慌忙一起跟了进去。一进大门，已见红娘子双手捧着头笼，在大堂台阶下愣愣地立着一动不动，宛如木雕一般。范高头等看得诧异，一起飞步过去，一看红娘子面如死灰，两眼直勾勾注在笼上，两臂簌簌地颤抖不已，亮晶晶的眼泪像潮水般直挂下来，连三人奔近身边也似毫未觉得。范高头大惊，伸手夺过头笼，仔细一辨认，这番却是货真价实，的确是他的爱婿金昆秀的脑袋，而且龇牙咧嘴，目瞪发立，形象非常难看，好像最后一股悲愤怨戾之气兀自表现在砍下的脑袋上，又像知道岳丈、爱妻都要赶来，特地口眼不闭，表示此仇不报，难以瞑目。可是这一下，把他白发苍苍的泰山，不亚于万丈高楼失脚，只啊呀一声，登时整个身子也像红娘子般塑在那里，动弹不得。冯义也已看清，赶紧扶住范高头，自己却也急泪滂沱，目眦欲裂，却又不敢高声叫唤。

滕巩虽未见过金昆秀，看得这样情形，早已了然，救人一步计划完全失效，又见范高头急痛到此地步，万一惊动两旁营房内的标兵，益发难以收拾。情急智生，急向冯义耳边低低说了几句，想趁他们父女昏迷之际，暂且架扶出去，寻个僻静地方，大家定一定神，再作道理。两人商量停妥，冯义架着范高头，滕巩仗着上了岁数，到此也顾不得嫌疑，就去扶掖红娘子。

还未近身，忽见红娘子一动，也不哭叫，也不说话，一转身，突的向范高头跪下，斩钉截铁地说道："爸爸，女儿今天不杀仇人之头，誓不生回！情愿从金郎于地下，求爸爸恕女儿不能奉养之罪。"说罢，也不等范高头回答，倏地立起，金莲一迈，又向滕巩哀哀说道："侄女今天义孝不能两全，殉了丈夫，就不能再侍奉家父。侄女此刻无论报得了仇，报不了仇，拼命一杀，杀一个是一个，立志了此残生，从丈夫于黄泉的了。但是家父在江湖上洗手已久，风烛残年，犯不上为儿女再冒大险。侄女只有这桩事放不下心，所以拜求滕叔可怜侄女一片苦心，设法劝家父回去。回去以后，黄堡主义气深重，定有安置家父的办法。滕叔啊，你应许苦命的侄女吧。"说罢，跪在地上，仰着凄惨万状的泪脸，静等滕巩回话，不肯起来。

滕巩急得手足无措，又怕被人听见，不敢高声，只低低喊道："你且定一定神，千万不要胡来，大仇当然要报，绝不能像你这样办法，万一打草惊蛇，非但仇报不成，连你老父都要同归于尽了。快起来，听愚叔良言，你看你老父已急得这个模样，还能再出岔子么？"

正低声说着，猛见范高头一跺脚，两臂一振，冷不防把身旁冯义冲得一溜歪斜，几乎跌倒。范高头似乎毫未理会，一弯身，放下头笼，腰板一挺，一回身，呛啷啷一声怪响，从腰下拿出一柄多年不用、吹毛断发的红毛宝刀。

这一来真把滕巩急坏了，明知他们父女俩此时急痛攻心，神志昏迷，地上跪着一个还未开导明白，禁不住老的再来一手，如何得了！正想赶近身去，忽见范高头把宝刀向天一举，白发飘扬，仰面大喊道："苍天啊苍天，范某一生光明磊落，怎么年迈苍苍，还要受此惨报！也罢，生有处，死有地，这条老命就在此地拼了吧。"

这几声大喊，在这深夜人静之际，格外显得异常洪亮，可是这几声大喊不要紧，只把滕巩、冯义一齐急得魂飞魄散。

说时迟，那时快，在范高头一声大喊方毕，大家一愣之际，猛听得大堂屋上面像怪枭般一阵哈哈大笑，霎时大堂檐口现出几个手执兵器的人来。同时大堂后面当当一阵锣响，只听得四下里震天价齐声大喊：“不要放走了太湖强盗！”喊声四起。大堂的大门外以及两旁营房，像潮水般涌出无数头缠黑布、披红心号衣的标兵来，登时四下里一围，灯笼火球耀如白昼，长枪大戟密如麻林。

大堂檐口几个人，个个像飞鸟般纵下地来，一色缺襟战袍，薄底快靴。为首一个体伟貌凶，当胸盘着一条大辫，赤着右臂，横着一柄三指宽、三尺长双槽大马刀，大喝道：“你们这班杀不尽的狗强盗，也不打听打听俺们单大人厉害，竟敢太岁头上动土，深夜劫衙，自投罗网。哈哈，老实对你们说，俺们单大人早已料到你们这班狗强盗要来送死，早已布好了天罗地网，休想逃得一个出去，识趣的快快束手就缚，免得老爷们儿动手。”

这时红娘子早已从地上跳起，在背上拔出日月双刀，同她父亲都已视死如归，毫无惧色。冯义忠心耿耿，看得主人身临大难，义不独生，也预备拼却性命不要，打一个落花流水。

只有滕巩一面焦急，一面不断打算救他父女的法子，明知身入虎口，众寡悬殊，如果拼命力战，必定同归于尽。

虽然记得临别时甘疯子暗暗叮嘱的一番话，但是身处绝境，已无安全办法。范高头父女又都视死如归，劝他们逃去绝不肯听，何况此刻走也是不易，如果自己一人逃出重围，如何对得住老友？这喊声震天、祸迫眉睫的一刹那，滕巩这颗心几乎粉碎，论起来比范高头父女还要难受几分。

正在他一颗心七上八落的当口，对方千强盗、万强盗一阵骂完，范高头须发怒张，双眼如火，宝刀一指，呵呵大笑道：“老夫胆大包身，特来送死，但你们这班后辈小子非老夫敌手，快叫单天爵自己出来。”

话还未毕，红娘子双刀向胁下一夹，腾出右手，暗地摸出一把金钱镖来，铁青着脸，一声怒喝道：“你们这班无知东西，休得狗仗人势，恃多为胜，先叫你们识得姑奶奶的厉害！”喝声未绝，身子一矮，金莲一点，一个燕子钻云，纵起一丈多高，半空里身子像旋风般一转，那右手金钱镖，就趁着旋转之势，哗啦啦向四周撒将开去，等到身子落地，又迅速地从镖囊中拿出满把金钱，照样纵起半空，撒向四面。

这样三起三落，名为“刘海三撒”，原是红娘子独门功夫。撒出去的金钱虽非毒药制炼，却也锋利非凡，发无不中，一中在身，轻则受伤，重则致命。经她这样三撒以后，不亚如十几张连珠弩箭，一齐向四面分射，登时四周大乱，致命的倒地声，受伤的呼痛声，刀枪灯燎撒手磕碰声，叫嚣惊窜，章法大乱。那屋上跳下几个为首人物，也有三个中镖倒地。执马刀的距离较近，一枚金钱镖贯胸而入，早已仰面跌倒，呜呼哀哉！其余未经吃着金钱镖的，看得一个女娘们这样厉害，个个吓得望后倒退，倘然这时范高头等乘机逃去，也许幸免。

第四回

怪杰孪生，祝双哑武功绝世
驰驱千里，尤一鹗巧计惊人

当时滕巩也是这样的心理，看得红娘子连发金钱镖，打倒许多人，心中大喜，忙大呼道：“此时不走，等待何时？”

哪知范高头怒气勃勃，满不在意，高声喊道：“老弟不必多虑，这班饭桶多来几倍，也不在俺们心上，老夫今天不斩单天爵之头，难泄胸头之恨。”

一语未毕，大堂上嗖嗖嗖又纵出几个人来，为首一个浓眉蒜鼻，短髯如猬，穿着一身江湖夜行人装束，抱着一对虎头双钩，双足一点，纵下台阶，厉声大喝道：“狂寇休得逞能，插翅虎鲍刚在此！”

话到人到，双钩一晃，已向范高头分心扎去，范高头急忙以宝刀相迎。

红娘子看得大堂上尚有多人，双刀一抡，就想杀上前去。恰又从台阶上跳下两个短小精瘦汉子，一色纯青密扣贴身短衣裤，每人两手分持着两把锐利雪亮的短攮子，捏手处飘着一条尺许长的红绸。只见四条红绸一晃，两人霍地左右一分，啪地一跺脚，便见四道白光裹着两团黑影，着地滚来。

红娘子蓦地一惊，知道这两个家伙不好惹，尤其是这种小巧兵器，虽不登大雅之堂，却也不易施展，能用这样小的兵器同正式军器交手，其人必定别有所长。红娘子现在碰着这两个家伙，身形、衣服、兵器均一模一样，一见面又用的是地趟十八滚的功夫，把两柄短攮子施展得如闪电一般，就知道两人扎手。好个红娘子，艺高胆大，却也不惧，未待两人近身，先自芳躯微矮，只几声娇叱之间，便把日月双刀舞得漫天盖地，遍体梨花，四柄攮子只在四周乱转，却近不得身来。

这时又听得大堂内豁啷啷一声，腾地跳出一个雄伟僧人，舞着一支镔铁禅杖，杖上系着几个大铁环，一路呼呼声响，打下台阶，后面还跟着三个彪形怪汉，各仗长短兵器，喊杀下来。滕巩一看，事已如此，尚有何说？把心一横，嗖地拔出奔雷剑，一纵身就到了那僧人面前，宝剑一指，喝声："妖僧通名！"

那僧人不防几丈路开外一个矮老头儿一纵就到面前，吃了一惊，忙一退步，把铁杖一横，大声道："俺少林醉菩提便是，尔是何人？报上名来，俺杖下不死无名小辈。"

滕巩冷笑一声道："亏你不惶恐，出家人也在衙门鬼混，还敢大言不惭！俺也犯不着与你通名，送你到十八层地狱去就是了。"接着一声大喝，只右臂一振之间，那柄奔雷剑就向醉菩提胸间递进。

醉菩提忙把铁杖一抡，格开宝剑，哪知面前剑光一闪，敌人踪影全无。醉菩提大惊，喊声"不好！"忙向前一纵，霍地一转身，想趁势将铁杖横扫过去，不料滕巩如影随形，早已逼近身前，等他转身用杖横扫，只滴溜溜地身形一转，又到他身后。

这时，滕巩要取他性命易如反掌，却记着自己恩师也是出家人，念在佛门弟子面上，不忍遽下辣手，只左手一起，骈指向他胁下一点，正点在麻穴上。醉菩提这回乐儿可大了，腰儿哈着，眼儿瞪着，镔铁杖举着，端着一个纹风不动的架子，好不怪相，而且口角流涎，额汗如雨，外加气喘如牛，活像古寺中名手塑的酒醉菩提，倒也名副其实了。

说到醉菩提自从赤城山被王元超吓跑，久不提及，怎么又在此地出现呢？原来醉菩提自从在单天爵面前夸下海口，想偷铁佛寺内家秘籍，落得空自一场忙，反而带累爱徒金毛狲一命呜呼，自己也差一点性命不保，单身逃离赤城山，却一时没有脸面遽回单天爵那里去，弄得茫茫如丧家之犬，幸而仗着为人圆滑，平时绿林道中熟悉朋友不少，溜到浙东金、衢、严一带绿林道中鬼混了几天，却因此被他结识了几个厉害的角色。

一是东关双哑。这东关就是严州最著名的严东关，在之江上游七里泷严子陵钓台相近，虽是小小县份，却靠山面水，风景清幽。距严东关不远有座山坞，叫作斗牛坞，其实该地风俗喜斗牛，原名打牛坞，被该地读书人一绉文，变作斗牛坞，却好听得多了。坞内也有几百户人家，习俗尚武，不论老幼，都会几手拳棒，其中却有两个特殊人物，是一家姓祝的孪生兄弟，天生是一对哑巴，却又天生钢筋铁骨武术架子。

祝姓本是武术世家，世传有一百零八手地趟拳驰名遐迩。这两个哑巴弟兄到了二十几岁时候，长得一样短小精悍，武功独步。非但一百单八手祖传地趟拳练得胜祖跨父，而且从小出门寻师访友，又练成一身轻身功夫，十几丈高楼，踩踩脚就上去，眨眨眼就下来，真可算得轻逾飞燕，捷胜灵猴。弟兄俩在外回来，因为家道小康，就安居家园，逍遥度日，早晚依然练习功夫，寒暑不间。

兄弟二人真还非常友爱，互相切磋，其乐融融。又因打熬气力，都不肯娶妻生子，古人说得好：业精于勤，熟能生巧。挡不住兄弟俩孜孜此道，几年下来，居然从祖传地趟拳内，悟化出许多绝妙招数，特地采选精钢，每人打成两柄尺许长剸犀贯革、锋利无比的匕首，俗名攮子。兄弟俩把这两柄匕首视同性命，逢到同人交手，无论来人用如何长枪大戟、阔斧关刀，他兄弟二人只用这两柄小小匕首，就可稳占胜利。

有人见到他兄弟俩同人交手时候，只见两把匕首上下翻飞，宛如千百条银梭，闪电般来回飞织，到后来愈舞愈紧，但见两道白光，如水银泻地，无从捉摸，哪有一些人影！因此兄弟俩声名非但威震严东关，四方好汉也多慕名来访，所以因友及友，碰着这位善于交际的醉菩提，被他抬出单天爵的官衔势派，说出自己是单某师兄，平日言听计从，胜于手足，新近俺师弟单将军荣升江宁提镇，兵权在握，好不威风！俺们那位师弟单将军虽然到此地位，却喜交英雄，广罗豪杰，贮为国家干城之选。此番特地请俺各处物色异材绝艺，聘到江宁，定必虚怀延揽，量材为用。

这一番鬼话说得好不冠冕动听，却未料双哑兄弟俩虽然天生哑巴，也有一片雄心，正想把身上几年苦功到外面露几手，弄点事业做做，醉菩提一番鬼话正巧打动心肠，满腹奇痒，外带着弄个巧还有锦绣前程的希望，立时把醉菩提看得更像活宝一般。

你道醉菩提为何要说出这一大篇鬼话？原来他在金、衢、严一带混了几天，已被他打听得单天爵升任消息，心中一盘算，知道没有内家秘籍，空手怎能回见单天爵？即另编一套瞎话混蒙一时，单天爵也是个精明厉害角色，绝讨不了什么好处。好在单天爵一副野心，早已看透，不如投其所好，招几个能手同去投入他的部下，显得自己不辞劳瘁，到处体贴他的心意，代为物色爪牙。这一招拷门砖十拷九稳，非但从此在单天爵面前站得住脚步，就在江湖上也显得自己广通声气，够得上响当当的角色。至于秘籍那档事，不妨全推在太湖黄九龙身上，只说被他赶在自己前头，抢先得去，藏入太湖，将来想法除掉黄九龙，剿入太湖，那册秘籍仍可稳稳到手，这样一说，单天爵格外恨他切骨，太湖又离江宁不远，或者单天爵一怒之下，大举进剿，岂不借此可以雪自己失杖之耻，报爱徒丧命一仇，一举三得，何乐不为？

醉菩提诡计定当，恰巧碰着东关双哑，忙把这套大江东吹得当当声响，不消一二日工夫，东关双哑已被他说得死心塌地，求他携带，同到江宁。醉菩提却又装模作样，嘱咐双哑暂且在家静候，还有几路好汉也是求他携带，必须前去通知，然后方能一同前去，说罢，竟自扬长别去。

原来醉菩提还嫌双哑弟兄只有两人，似乎多携几个，格外好看。记起绿林道中朋友尚有金华三虎同衢州一鹗，本领非常了得，都是跺跺脚，四城颤动的角儿，何妨凭三寸不烂之舌，像双哑弟兄般一同引到江宁，岂不大妙？这样心头一转，急急别了双哑，寻找几个熟悉朋友，居中一介绍，又照样向三虎一鹗大吹大擂起来。

说到金华三虎是三个异姓结义弟兄，原来是浙闽洋面的海盗，新近因海上买卖不大顺手，在金华葵花峪火并了一处无名强寇，占据了作为陆上寨基。为首的叫作飞虎头陀，第二个叫作插翅虎鲍刚，第三个叫作笑面虎周昂。插翅虎膂力过人，善使一对虎头双钩，笑面虎机警过人，善使两柄雁翎刀，这两虎虽亦有点功夫，尚不足奇。独有为首的飞虎头陀，却是个扎手货，倒颇厉害。

这飞虎头陀原是台湾生番种族，从小混入海盗，却被他炼得全身本领，曾经一度被官军截获，居然被他越狱逃走，从此改装披发头陀，依旧纠合党徒，横行海面。生得一副怪面目，蟹脸鱼睛，卷须拗鼻，却又身躯奇伟，遍体虬筋，披着一头黄灰卷发，束一道如意金箍，远看去便像山精鬼怪一般。据说他水陆功夫都异样惊人，尤其腰上束着一支丈许蛟筋藤蛇棍，施展开来，软硬兼全，好不霸道。

至于衢州一鹗的出身，又与三虎不同。一鹗姓尤，原是衢州城内破落户的子弟，少时也念过书，进过学，本是文质彬彬的人物。但自进学以后，便文运不济，接连几场，都名落孙山，弄得他心灰意懒，无意功名，父母又在二十岁以前相继去世，益发弄得衣衫褴褛，落拓不羁。有一天闲游郊外，无意中碰见一位衣冠整齐、身表伟岸的老绅士，两眼如电，发声若雷，几句话说得尤一鹗五体投地，从那天起，衢州不见了尤一鹗。有人说那老绅士不是本地口音，尤一鹗是跟老绅士到外乡去了（老绅士的来历后文自有交代）。

过几年后，尤一鹗突然从外乡回来，可与从前寒酸的尤一鹗大不相同了，体貌丰腴，衣冠华丽，俨然绅士态度，顿时把旧日门庭焕然一新，婢仆之类就地招应，供他使唤。有人问他这几年何处发财回来，怎么不娶一房媳妇主持中馈呢？每逢有人这样问他，尤一鹗只微微一笑，谁也猜不透他发财的来历，也猜不透他不娶老婆，抱着什么主意。人家看他依然文质彬彬，也转不到别的念头上去，可是他回乡以后，一年之中总要独立出远门一趟。

有一年冬天，尤一鹗又出远门，隔了数个月快到除夕这天晚上，尤一鹗忽然骑着一匹高头大马从外乡回来。婢仆们一听主人回来过年了，个个精神抖擞，开门迎接。有几个男仆想格外讨好，一看主人别无行李，只一人一马，等主人跳下马来，忙拉住马缰，想牵马进门。哪知尤一鹗一挥手，不让仆人动手，自己挽住嚼环，轻轻牵进门来。

一进门，第一句嘱咐男女下人，快把前厅打扫干净，多点灯烛，吩咐厨下赶快预备一桌丰盛酒席，愈快愈好，不得违误。

尤一鹗一面吩咐，一面自己把马肚带一松，轻舒右臂，夹起全副马鞍，然后把马交与仆人牵往厩中，自己胁下夹着马鞍大踏步走向厅内，把马鞍放在大厅正中红木大桌上。马鞍放在桌上时，只听得一张雕刻精致的红木镜面桌，无端咯咯两声怪响，似乎禁不起这副马鞍的样子。尤一鹗把马鞍放好，也不进内，就在大厅上略自盥洗拂拭，便指挥仆人们调椅抹桌，布置酒席，好像立刻有贵友到来一般。这班仆人看得主人此番回来与往常不同，言语离奇，举动特别，个个猜不透主人是何意思，但也不敢动问，只有遵照主人吩咐，手忙脚乱地安排起来，一霎时安排定当。尤一鹗又指挥席上安设三副杯箸，自己居中一坐，提起酒壶，先自浅斟低酌起来。一面自斟自酌，一面时时回转头去，看看红木桌上的马鞍，微微发笑，弄得两旁立着的男女仆人，惊疑不止，几乎疑惑主人在路上得着疯病回来。

尤一鹗这样独饮了片时，已到鱼更三跃。这时正是严寒时节，虽然厅上炉火融融，兀自禁不住夜深风冷，两旁仆役只冻得拱肩缩颈，宛如两行鹭鸶。这当口，忽听得一阵飒飒风响，厅上檐沿和庭前树梢落叶，都一阵阵奏起交响乐来，厅内却岑寂得地上掉下一根针都听得出来。尤一鹗端杯侧耳，仰面微笑，猛然手执酒杯冲外一举，哈哈大笑道："在下早知道两位要光降敝厅，特地设席恭候。远道跋涉不易，快请进来，吃几杯薄酒，挡挡寒气。"

语音未绝，对面房上霹雳般几声狂笑，喝一声："尤先生真有你的，佩服，佩服！"

话到人到，厅上烛光一阵乱晃，就见席前立定两个劲装背剑、竖眉怒目的精壮汉子，一齐恭身卓立，抱拳当胸道："俺们有眼无珠，枉自在江湖上混了这些年，竟看不出尤先生是大行家，惭愧，惭愧。"

尤一鹗微微一笑，离座而起，也向两人拱手道："红花绿叶白莲藕，三教原来共一家。咱们不见不识，不叙不亲。两位远道到此，兄弟理应稍尽东道之谊，快请坐下吃杯水酒，彼此可以畅谈。"说罢，亲自执起酒壶，向两边客座上斟了两杯，又指挥仆役把自己椅子移到下首相陪。

两人一听尤一鹗说的江湖门槛话，明白是行中高手，也就心照不宣，毋庸客气，彼此拱手就座，畅饮起来。尤一鹗问起两人姓名，走的哪一条线，烧的哪几炷香，老大是谁？两人也就直言无隐，还把两人一路跟到此地的原因，也说得详详细细。

原来这两人是河南捻党首领张洛行的部下，一个叫作摘天星岳羽，一个叫作满天飞仇琳，专在河南一带旱道上劫掠过路富商巨宦，但非探得确确实实行囊有万金以上，不轻易出手。凡过路的商宦行囊中，金银珠宝除非没有遇上，一经他们两人过眼，不必细细打探，只要一看蹄痕车迹的深浅，就能知道行囊中是金是银，还是珠宝一类，连多少分量都能一望而知，百不爽一。

这一次，尤一鹗从北方满载而回，骑着千里良驹经过河南，被摘天星、满天飞遇见，一看尤一鹗人物轩昂，衣冠华丽，却是单人匹马，别无行囊，满以为没有多大油水，再一留意马后蹄痕，不觉吃了一惊。按照他们两人经验，这人身上所带黄金，足值数万两，单身匹马竟敢带这许多黄金，胆量真也不小，而且一无伴当，二无箱囊，只马后捎着一个薄薄的铺盖卷儿，轻飘飘地随着马屁股一颠一纵，看出也没有多大分量，那身上许多黄金藏在何处，竟看不出来，岂不奇怪？这人又一派斯文气象，外表竟似初出茅庐的雏儿，弄得两人越看越糊涂，一道暗号，直跟下来。

到了宿店，只见这人一下马，自己牵着缰溜了几转，把马鞍松下，将着那个轻飘飘的铺盖卷，漫不经意地向房内一丢，却非常爱惜那匹马，再三叮咛店东，好好喂料，当心看守，似乎一身以外，只有这匹马是宝贵的。两人一连跟了几天都是这样，总看不出如许黄金藏在何处，反而疑惑自己走眼，不敢冒昧下手，却也并不死心。因为这样白跟了几天，空手回去，岂不英名丧尽，还留个话柄与人。最奇怪两人锐利眼光，非但看不出黄金藏在何处，连这人是商是宦都有点看不透，越想越奇，一狠心索性跟他下去，非讨个水落石出，绝不甘心，故而一直跟到浙江衢州。

眼看尤一鹗进了自己大门，两人还是莫名其妙，这样赔钱费时，送了一个不相干的人直到千里以外，当然不肯罢休！

两人暗地一商量，决定当夜等到更深夜静，施展本领，进去探个实在。万不料尤一鹗一路回来，早已把两人举动看得雪亮，明知两人不甘心，非要进来不可，特地置酒相待。这时摘天星、满天飞已看出尤一鹗也是江湖上的高手，索性直言不讳，又请教他黄金究藏何处。

当下尤一鹗微微一笑，先执起酒壶，又替他们满满斟上两杯，然后徐徐开言道："两位眼光却也惊人，所估黄金价值倒也不差多少，可惜两位一路心里只管疑惑，并没有细细研究，白白跟了千把里路。要知道，两位既然看准兄弟带着许多黄金，总共一人一马，绝不会吃在肚里，藏在马腹的。"边说边自离座走向上首红木桌边，从马鞍上解下两个踏镫来，拿着回座，把踏镫放在席上，一翻衣襟，从腰上掣出一柄争光耀目的解腕尖刀来，随手拿起一个踏镫，一阵削刮，镫上漆片纷纷削落，霎时灿然放光，变成一个黄澄澄纯金打就的马踏镫。再把那个也照样削去外层髹漆，并置席上，看得两人倏地起立，拍手大呼道："噢，原来如此，这样说来，那马鞍同全套什件，当然都是金子的了，好计，好计！佩服，佩服！"

满天飞又道："马鞍藏金，果然妙绝！俺最佩服一路行来，每逢宿店当口，尤先生把马鞍随意轻轻一抛，却故意把那匹马看得宝贵得异常，使俺们万万注意不到这劳什子上去。"

摘天星也笑道："俺们当尤先生是斯文一流，倘然马鞍内藏着黄金，何等沉重，岂是手无缚鸡之力所能提来携去的，故而益发想不到这上头去了。"

尤一鹗大笑道："老实说，马上全副鞍件除嚼环外，纯用金子做底，内外敷上几道厚的油漆，重量真也不轻。两位说俺故意声东击西，注重那匹代步，这倒未必尽然。你想那种重量要跋涉千里长途，岂是常马所能胜任？兄弟这匹玉狮子，也可算是千里神驹呢。在兄弟方面，如果失去这匹神驹，比失掉万两黄金还要心痛万倍，焉得不宝贵呢？再说，半途真个要失掉这匹神驹，那许多黄金就要大费手脚了。"说毕，神采飞扬，呵呵大笑，把摘天星、满天飞弄得面面相看，作声不得。

尤一鹗一看两人神气，肚内暗笑，又徐徐笑道："兄弟虽然不常出门，说起来同两位很有渊源，并非外人。两位回到河南，拜上张洛行张老英雄，只说艾八太爷关门徒弟尤一鹗寄语请安，就可明白彼此不是外人。倘然半途中兄弟早知两位是张老英雄的门下，也绝不敢劳动两位跋涉长途了。现在既承两位光临，也是缘分，兄弟无物可表敬意，权将这一对马踏镫奉送两位，聊表薄忱，务请赏收。"

两人一看这对金镫分量非轻，何止千金，虽亦满心奇痒，垂涎三尺，但两人也是河南响当当的角色，江湖门槛烂熟胸中，听得尤一鹗说的一番话，表面异常动听，骨子里暗含着有点挖苦他们，而且尤一鹗抬出的艾八太爷，是江湖上最厉害的魔头，师徒一辙，尤一鹗的为人可想而知，绝不是容易招惹的。就是自己老大张洛行碰着他们，也要低头让步，何况自己？而且按江湖上规矩，行不吃行，自己跟了人家这许多路，明明显得道路不对，岂能轻收这份重礼？再说尤一鹗嘴上说得好听，未必真心慷慨，也许藏着毒门儿试试俺们的心，倘然真个受下，定必另出花样，弄得两人叫苦不迭为止。

当下两人以目示意，赶忙离席而起，连称万不敢当。满天飞嘴也来得，抢着说道："俺两人正自恨有眼不识泰山，非常抱歉，尤先生不责备俺们已经感德匪浅，怎敢无功受赏？俺两人就此告辞，改日再正式登府道歉。"

两人这样一说，还真不愧是老江湖。尤一鹗果然是个毒如蛇蝎的人物，何尝真心相赠？无非试试两人知罪不知罪罢了。万一两人见财眼开，直受不辞，尤一鹗必定另有毒计，非但金镫拿不回去，连性命也难保了。两人既然极力谦让，彼此总算心照，尤一鹗也不能再为难他们，看在张洛行面上，另外拿出几十两银子送与两人作为路费，两人推辞不得，就当夜别去不提。

尤一鹗经过这番举动，当时看到这事的仆人，难免不张扬开去，尤一鹗的为人，衢州人们也渐渐明白了。好在尤一鹗绝不在本地面作案，反而有尤一鹗在衢州，百里以内，盗贼踪影全无，大家受恩不浅。尤一鹗的名头也渐渐大起来，居然又被醉菩提挖空心思，结交得这个朋友。

醉菩提一番花言巧语，尤一鹗也居然一口允许，同到江宁，醉菩提乐得像得到活宝一般。

其实尤一鹗这样精灵人物岂会被醉菩提利用，无非将计就计，另有作用罢了。

这样，衢州一鹗、东关双哑、金华三虎都被醉菩提邀到江宁。自己又设法另打起一支九环纯钢禅杖，比失掉那支禅杖格外来得威武好看。果然单天爵正在收罗各处好汉，对于醉菩提引荐人物，非常优待，醉菩提面上顿时光彩异常，恰巧醉菩提等到江宁这一天，正值柳摩霄率领群雄袭击太湖那一天，单天爵就把计划、安排向醉菩提等一说，请新到几位人物保护衙门暗张罗网。金华三虎、东关双哑正想露几手给人瞧瞧，自然一口允诺，唯独尤一鹗文绉绉的不露声色。

等到晚上，果然听得大堂前面杀声震天，双哑、三虎跟着醉菩提挥动兵器杀将出去，单天爵自己也扎掖停当，率领手下也要出去督战，尤一鹗才始徐步而出。尤一鹗一出大堂向下一看，正看到醉菩提被一个矮老头儿点穴点得纹风不动。尤一鹗微微一笑，一跺脚就纵到醉菩提面前，一伸右掌，向醉菩提肩上一拍，醉菩提哇的一声，如梦方觉。

当时滕巩一看尤一鹗丰神倜傥，朱履长袍，宛然是个绅士，却也有这样能耐，见他把醉菩提拍转以后，即从袖内抽出一柄二尺长的折扇来，笑嘻嘻对着滕巩，向自己鼻梁一指道："在下衢州尤一鹗，初到江宁，偶尔同朋友寄寓在此，谈不到怨仇两字。看得足下点得一手好穴道，不觉技痒，代敝友解了围，未知足下高姓大名、何路英雄？乞道其详，在下也可见识见识。"

滕巩听他吐语不俗，知是个特殊人物，只看他手上那柄折扇，定是精钢为骨，凡用这种铁扇子的，定是点穴专家，此人是个劲敌，恐怕不易对付，凭自己本领倒也并不惧他，不过四面一看，堂上、堂下已密密层层布满了官军，大门外又人喊马嘶，人头簇簇，想已震动全城，各处兵马都已到来，而且这时范高头、红娘子、冯义对敌的都不止一人，只见一把红毛宝刀、两把日月双刀、一支铁桨在人丛中左冲右突，滚来滚去，已是互相混战，看不见他们整个身子。自己左右前后也有不少人包围上来，在这危机一发、五内如焚当口，哪有闲工夫同尤一鹗答话，心想先救出范高头再说，便不理会尤一鹗，只双足一跺，从几个人头上飞掠过去，一落地，还未看清范高头所在，猛觉脑后金刃劈风的声音，急从斜刺里一个箭步纵了开去。

回身一看，只见一个黑面大汉掖襟扎领，提着一柄双刀大步赶来。原来这人姓余，绰号余二麻子，勇力绝伦，是单天爵部下的一名守备，正在指挥兵士，忽见人上面飞过一个矮老头儿来，满想乘人立身未定，抽冷子从后面劈去，不料劈了个空，气得哇哇乱叫。重复抡刀赶上，滕巩看他来势甚猛，未容近身，先自健腕一翻，使个怪蟒吐芯，从侧面刺去。余二麻子仗着器长力猛，一味竖劈横扫，把双刀舞得呼呼山响。哪知刀剑才一接触，便听得呛啷啷一声怪响，余二麻子的双刀凭空削去了半截。余二麻子大惊，吓得拖刀而逃，滕巩并不追赶，一翻身向人丛中杀去，蓦见许多官军忽地分波裂浪般向两旁倒退，杀出一个满脸血污、衣襟破碎的人来，那人迎面碰着滕巩，大呼道："俺主人何在?"

滕巩看他手上铁桨才知是冯义，急答道："俺也正在找他们，几次被人绊住，此刻才得杀退。"

正说着，忽听大堂台阶相近喊声如潮，似乎夹着范高头大吼的声音。冯义一听声音，来不及说话，一声大吼，抡起铁桨，重又翻身杀向前去。滕巩正想跟踪杀入，不料有不少竖眉横目的标兵，挺着十几杆花枪，八下里向他攒刺过来。滕巩大怒，一伏身，使个撒花盖顶，剑随身转，四面一绞，只听得一阵咔啦之声，把近身十几支枪杆一齐削断，余锋所及，顿时断足折臂，倒下不少标兵。

滕巩正杀得兴起，猛听得人丛内喝声如雷，蹿出一个披发的头陀，倒拖着蛟筋藤蛇棍，迎面赶来，喝一声"飞虎头陀在此!"滕巩更不答话，奔雷剑一挥，两人就搭上手，大战起来。这一交手，滕巩才知道这莽头陀真有几手，尤其手上那条藤蛇棍软硬兼全，不怕宝剑，被他这样缠住，一时不易脱身，未免又耽搁不少工夫。哪知就在这当口，范高头、红娘子、冯义三人已成网中之鱼了。

原来范高头先同插翅虎鲍刚斗了几十回合，鲍刚渐渐不敌，却又添上飞虎头陀同玉面虎周昂，三人走马灯式把范高头围在核心。范高头一把红毛宝刀上下翻飞，兀自拼命力战，毫无惧色。那红娘子被东关双哑缠住，也只能看关定势，不能杀上前去，工夫一久，未免香汗沾鬓，却又望见老父被一僧两俗围住大战，格外担心。忽然情急智生，觑个破绽，奋力向圈外一纵，急把双刀一并，右手向镖囊一摸，不好！一囊金钱镖在施展刘海三撒时，全部施展，用得一枚不剩，一咬牙，只可双刀一挥，重又奋勇向老父所在杀上前去，近得一步是一步，要死也要同老父死在一处。

这当口，大堂内又拥出许多抱刀弁勇，簇拥着一个体貌雄伟，蓄着八字须，穿着一身官家便服，抱着一支九节钢鞭的人来，立在台阶上高声喝道："本提镇在此，贼徒还不就缚，等待何时？"

范高头离台阶甚近，一听这人语气势派，就知道是单天爵本人，立时双眼冒火，鼻窍生烟，大吼一声，用尽平生之力，把红毛宝刀一阵乱削，荡开近身兵刃，一纵身跳上台阶，连人连刀，向单天爵当头砍下。单天爵并不惊慌，喝一声"来得好！"抡起钢鞭相迎，几个照面，单天爵就虚掩一鞭，回身纵入大堂。范高头报仇心急，不辨虚实，急提刀追进堂内。

此时红娘子也看清单天爵本人出来，老父已奋勇杀上前去，心里一急，恨不得立时手刃仇人。无奈兵刃像雨点般裹上身来，一时怎能杀出重围？不料远远几声呼哨，顿时四周兵刃像潮水般望后倒退下去，红娘子心无二用，不分青红皂白，趁此杀出重围，纵上台阶，居然毫无阻挡，被她杀进大堂。瞥见自己老父正提刀赶进大堂右侧一重门内，忙一个箭步，向侧门纵去。一进门，父女相差不过丈许远近，正想开口叫唤，不好了！一阵锣响，遍地绊索齐起，索上还附着无数倒须钩。范高头、红娘子从外面灯笼火球之下赶到侧门内，却是一片墨黑，眼光还未聚拢，脚下已被绊索绞住，一个措手不及，同时兵刃出手，一齐绊倒，还想挣扎跳起，可恨衣襟均被倒须钩挂住，愈滚愈多，越绊越紧，竟成了网中之鱼。

霎时，假山背后跳出无数健勇，连人带索一齐按住，捆个结实。原来是单天爵预定计划，明知善者不来，来者不善，这几只大虫一时不易擒捉，等外面战到分际，特地在花厅相近布置好绊索，然后亲自出来诱敌。故使手下呼哨为号，叫迎敌的人们散开让路，好引范高头父女赶来自投罗网。

在范高头父女接踵杀进大堂时，正值铁桨冯义碰见滕巩以后，重又杀入重围，宛如疯虎一般，抡着一柄铁桨左冲右夺，到处寻找主人。挡不住一人拼命，万夫莫当，竟也有不少标兵死在铁桨之下，自己也受了几处枪伤，满身浴血，兀自大呼奋砍。正在舍死忘生当口，忽听得大堂有人大喊道："范高头、红娘子已被提镇大人擒住，大人有命，把这两个亡命囚徒，或擒或杀，快快了结!"

这人喊毕，堂上堂下个个奋勇大呼，密层层裹上前来。滕巩同冯义虽是两处死战，却都听得清楚，只吓得心惊胆战，尤其冯义听得肝胆欲裂，怒发冲天，一声大吼，奋起神威，举桨一阵乱击，怎奈久战力尽，遍体创痕，一霎时乱刃交下，死于非命。这边滕巩也是心慌意乱，禁不住飞虎头陀越战越勇，四下里又无数兵刃逼近前来，心想此番吾命休矣！正在危急一发当口，忽听大堂后锣声乱鸣，火光冲天，人声如潮，标兵大乱，大堂口有人大呼道："大人有命，快分兵保护内宅，搜捉奸细。"

这人一嚷，无数官兵向大堂乱拥，只剩飞虎头陀同插翅虎鲍刚，和另外几个千总守备之类，兀自困住滕巩，想活捉献功，因此滕巩尚能支持。那醉菩提一听内宅有警，慌不迭地邀齐尤一鹗、东关双哑和笑面虎周昂，也飞进内堂献殷勤去了。

这一献殷勤倒便宜滕巩不少，但力敌多人，究难持久，已是气促汗淋，眼看就要落败，忽听得半空里霹雳般一声大喝："老英雄休慌，俺们路见不平，助你一臂。"

喝声未绝，从大堂檐口飞下两人，却是一老一少。老的河目海口，白面黑髯，穿着一件宽博道袍，长袖飘扬，颇有潇洒之概，也未携带兵刃。少的面如重枣，目如朗星，一身劲装，两把长剑。两人一落地，老的长袖一展，就闯入围中，同飞虎头陀周旋起来。

说也奇怪，那老的虽是赤手空拳，一双长袖舞得猎猎有声，宛如摩空雕翮一般，那条蛟筋藤蛇棍略一沾粘，被反击过去，震得飞虎头陀几乎脱手。那使双剑的少年，也是一个箭步跟踪而入，脚方点地，即把双剑一分，使了一招孔雀展屏，便将滕巩面前许多兵器一齐挡住，紧接着又是一个怪蟒转身，把双剑向左右一撩一绞，只听得一阵叮当咔嚓之声，削掉许多长兵短器。插翅虎、飞虎头陀齐吃一惊，未免略望后退。

那老者趁此机会，回头向滕巩道："足下此时不走，等待何时?"

滕巩点头会意，忙托地跳出圈外，再两搏一振，一个旱地拔葱，纵上大堂房檐，低头一看，正看到台阶下面一具血肉模糊的尸首，身旁放着一支铁浆，面目虽看不清楚，看这身旁兵器，当然冯义无疑，怜他忠心耿耿，竟能身殉其主，实在难得，又想到范高头父女被擒，性命危在旦夕，孤掌难鸣，如何是好？就算老少两人仗义臂助，也是众寡悬殊，绝难胜利，心里一阵伤感，竟迷迷糊糊立在屋上，忘记逃走。猛觉左右有人架住自己两条臂膊，全身腾空，一霎时脚不点地，被两人蹿房越脊，架出提镇衙门。

滕巩忙定神一看，已立在一家缙绅人家的花园亭榭上面，身边立着两人非别，就是拔刀相助的一老一少。打量园中，花木扶疏，颇是僻静，忙向两人一恭到地，诚恳地谢道："承蒙两位相救，不啻死里逃生，此恩此德，没齿不忘，未知两位英雄贵姓大名，因何入衙救人?"

那老者摇手道："且莫闲谈，此地离衙甚近，难免有人追搜到此。俺们急速设法逃出城外，方算脱离虎口，事不宜迟，你们快随俺来。"说罢，只见他道袍一撩，喝声"走"，就纵出四五丈远，一眨眼已远远地只见他一点很小的影子。

滕巩知是高人，同那少年各自施展轻身夜行功夫，追踪前去。三人这样在屋脊上面一路疾行，真是飞行绝迹，一尘不惊，眨眼就到了城墙脚下。幸喜所立之处离谯楼尚远，并无兵士看守。那老者已立在城墙上面，向两人招手，身影一晃，先已飞出城外去了。两人接纵飞上，向城外一看，老者已立在护城河对岸，原来此处是水城门附近，所以格外僻静。

滕巩同那少年一跃而下，又一纵跳过护城河，三人一起又飞行出去好几里地，在一个路旁茅亭底下权且少憩。

那老者先开言道："在下别号少室山人，率领敝徒东方豪到此寻访一个人，无意中碰见足下同几位老少英雄身入虎口，危险万分。又看到足下使的招数是峨眉宗派，彼此都有渊源，故而使出调虎离山之计，在内衙放火，引诱他们分开兵力，得助足下脱险，可惜那几位贵友深入虎穴，已遭毒手，但未知足下贵姓大名？从何到此？与单提镇有何怨仇？统乞见告为幸。"

滕巩连连道谢，又把自己姓氏同范高头到江宁的大概情形匆匆一讲。

少室山人惊异道："哦，原来如此！太湖王、范老英雄等久已闻名，甘疯子还见过几面，是个江湖上不可多得的人物。这样说起来，太湖方面有他主持，柳摩霄等绝难占得便宜。倒是此地范老英雄父女性命危在旦夕，足下一人孤掌难鸣，须赶快回转太湖，与甘疯子等几位大英雄急速设法搭救才好。在下与敝徒因为访人未着，在此尚须逗留几天，倘能见机行事，暗中保护范氏父女，定必尽力而行，等足下请得救兵到来，也可从旁稍助一臂。时机危急，足下快去快回吧。"

滕巩听罢，连连向他二人作揖而别，务请暗中保护范高头父女。滕巩思前想后，顿然悟到单天爵早已埋伏周密，自己几个人泊舟时候有人尾探，早已泄风，所以城楼上也做出无戒备的气象，使俺们放心轻入，自投陷阱，连两个人头也是诱敌之计。这样一想，这两只快艇、四个湖勇定已同遭毒手无疑了。到此地步，只可振作精神，施展陆地飞行功夫赶回太湖。幸而从江宁到太湖这条路往常走过几次，不致迷路走错，而且一想到范氏父女两条性命就像悬在自己手上一般，恨不能背生双翅，足具四腿，只可尽平生之技，拼命地一路飞行。

真是心无别注，目无旁瞩，足不沾尘，身如急箭，好容易赶到太湖，日已东升，来不及找寻渡船，仗着混元一炁功，一口气半泅半蹈地飞渡而过，直叩碉前，一看碉栅严闭，纵身而上，便从碉侧土脊上越过土碉，再从堡外跳上墙头，越屋而进。他这一路不要命地奔驰，功夫虽高，究竟是上了岁数，难免就神敝气促。在途中救友心切，顿忘辛苦，等到目的已达，彼此见面，又把范高头父女被擒、冯义殉主、自己遇救情形滔滔不绝地讲完，坐在厅上就觉心神摇晃，头晕目眩起来。

第五回

虎穴龙潭，老英雄侥幸脱难
慧心瘦语，俏佳人永结同心

这时在座众人听他说毕，个个血脉贲张，同仇敌忾，都主张立时倾堡出发，与单天爵一决雌雄，救出范氏父女。尤其东方杰听得自己兄弟已到江宁，自告奋勇愿做向导，顺便可以会看同胞。

独有甘疯子早已看出滕巩形神憔悴，坐立不安，知道他辛苦已极，有友如此，真是令人佩服，先不理会众人，忙向滕巩说道："滕兄一夜奔波，气脱力竭，须安睡一回才好。俺现在已明白其中情形，一切自有俺们调度，尽俺们力量，誓必去救范老英雄出险，滕兄尽可放心，快到里边自管静心安睡去。要知俺们练内功的人，最忌用力过度，万一气分受伤，其害不小。"

黄九龙也说道："滕老英雄果然面色有异，虎弟快快陪你令尊到俺房内去，这里自有俺师兄同俺们商量搭救办法。"

痴虎儿闻言，忙走向父亲身旁，搀扶起来。

滕巩被众人一说，也觉得实在难以支持，不禁眼中垂泪道："俺年迈无用，有负老友，全仗甘老英雄、黄堡主同诸位搭救了。但是单天爵那贼心狠手辣，也许俺老友已……"说到此处，喉中呜咽着不忍再说下去。

黄九龙不等他再说下去，振臂大呼道："俺们在今天一日内，好歹要救出范老英雄，你且宽怀进内去吧。"

滕巩含泪点头，显着无可奈何的神气，被痴虎儿扶进去了。

滕巩一进去，甘疯子破袖一甩，拇指一竖，大声说道："患难中才见得到朋友的生死交情。从江宁到此，少说也有几百里路程，滕老丈血战以后，在几个时辰内一口气赶了这许多路，人非铁铸，无论内功如何高妙，身体也要大受损伤。滕老丈到此以后，还能滔滔不绝地讲得一字不遗，足见平日内功何等精湛。虽然如此，也得休养多日才能复原，在这几天内，万不能再叫他劳心了。"

瑶华闻言，心想救人如救火，如何禁得耽延时候，倏地盈盈而起，娇滴滴地说道："时将近午，范老伯父女已成俎上肉、盆中鱼，俺们万一搭救不及竟遭毒手，那时候把单天爵碎尸万段也难弥此缺恨。"

王元超、黄九龙也随声附和，请甘疯子立刻调度，齐赴江宁。哪知甘疯子巍然危座，一任众人焦急，只微微冷笑，态度好不从容。众人看得非常诧异，不知他葫芦里卖些什么药。

黄九龙忍不住走近一步，悄悄问道："事已紧急，师兄为何默不发言?"

一言未毕，甘疯子呵呵大笑道："范老英雄同俺们休戚相关，岂容坐视！两天以内，在俺身上，包管你们见到白发萧萧的范老丈、泪珠簌簌的红娘子就是了。不过其中还有一点转折，俺正在默默筹划，被你们一阵捣乱，扰得俺心神不安，这是何苦呢?"

黄九龙同众人听甘疯子说得离奇，越发丈二和尚摸不着头脑。只有王元超仔细一咀嚼，恍然大悟，不觉喜动于色，拍手欢呼道："师兄所说果有道理，诸位且宽怀，不久定有好音到来。"

他这样一说，舜华、瑶华秋波齐注，满脸疑惑之色。瑶华情不自禁地问道："元超兄既然领悟玄机，何妨直接痛快地宣布出来，这样闷葫芦一个个套上去可不得了，真要把人活活地憋死了。"众人听她说得又爽利，又俏皮，个个纵声大笑。瑶华被众人一笑，顿觉自己说得过于熟溜，未免娇靥微红，浅窝带晕，连王元超面上也讪讪的不自然了。

正在一片笑声中，忽见厅外台基上匆匆趋上四名湖勇，一进厅，垂手肃立，向上躬身施礼。黄九龙一看，认得这四人就是自己指派跟范高头等到江宁去的湖勇，忙大声问道："听说你们失事被擒，怎能脱身回来，而且回来得这样快呢?”

那四人听堡主问话，本来要报告许多话，就紧紧趋上几步，朗声报告道:“小勇们奉命跟范老英雄等从柳庄出发，到了江宁，遵照范老英雄吩咐泊在城外僻静处所，等候范老英雄回船。不料范老英雄离舟没有多久，突然岸上一声口哨，搭下许多铙钩，把两只快艇钩住。小勇们四人一看岸上人多不敌，想跳水扯滑。哪知水中也有伏兵，小勇们措手不及都被擒住，蒙住头脸绑进城内，关入一间黑屋，却隐隐听得远处有喊杀声音，不久又岑寂起来。

“关了许久，突又闯进无数号衣兵勇，执着火把军器，把小勇们一齐拥进一座衙门大堂底下，堂上灯火烛天，刀光耀目，公案上面坐着一个翎顶辉煌的官员，两旁雁翅般排列无数武装官弁，背后还立着不少服装奇诡人物，又一眼看到公案下面立着两个脚镣手铐的犯人，正是范老英雄父女两位。小勇们一看连范老英雄都被他们擒住，只吓得心惊胆战，定知凶多吉少，却又见范老英雄在堂内挺身不跪，高声大骂。猛听得惊堂木一拍，堂内众官弁震天价一声吆喝，登时足声杂沓。无数官弁拥出范老英雄父女两位在大堂台阶下面立定，背后都已插定两面斩标，每人身旁夹着两名手执鬼头斩刀的红差，甬道两面直到大门口无数号勇，密层层围住杀场，又把小勇们也拥入杀堂内，在范老英雄肩下一字排定。小勇们自分必死，倒也生死置诸度外，偷眼一看范老英雄父女两位，依然面不改色，屹立当场。

“范老英雄白须飘扬，哈哈大笑，回顾左右红差喝道:‘你们这种无用烂铁，要服侍俺这颗老头颅未必中用，快取俺那柄红毛宝刀来送老子归天。’

“可是范老英雄虽这样高声大喊，并没有人理会。猛见台阶上红旗一展，焦雷般大喝一声:‘开刀!’那湖勇一口气讲到此处，略一停顿，预备换口气再讲。

“哪知座上瑶华、舜华啊呀一声，惊得直立起来。连甘疯子也有点忍不住气，暗想这事要糟!自己一番妙算，也要跟范老英雄的头颅一刀两段，急得破袖乱挥，指着报告的湖勇喝道:‘以后怎样?快讲，

快讲!’

“那湖勇也看出众人着急的意思，急接着说道：‘那时，台阶上高喝一声开刀，几柄明晃晃的鬼头刀都已高举过顶，正待斩下。说时迟，那时快，猛听得大堂屋上有人高声大呼道：‘太湖全体英雄在此，单小子快来纳命。’喝声起处，哗啦啦砸下无数屋瓦，满天飞舞。这许多屋瓦竟像生眼睛似的，一大半都砸在高举鬼头刀的刽子手身上。只砸得几个刽子手头破血流，抱头乱窜，登时人声如沸，法场大乱。

“小勇们原已闭目等死，这样一惊，心里以为堡主真个到来，急睁眼，抬头一望四面屋上，何尝有半个人影？却见不少官弁同几个不僧不道的人飞身上屋四面搜寻，下面的法场依然围得铁桶相似。那时，范老英雄也像小勇们一样，总以为救兵到来，一声大吼，全身骨节咯咯山响，似乎想挣开镣铐的样子，后来飞了一阵瓦片毫无动静，只落得一声长叹。一忽儿见台阶上跑下几个怀抱长刀的凶汉，后面押着一个高举着令箭的武官，耀武扬威闯入法场，厉声喝道：‘大人有命，快快一齐开刀，不得违误。’

“一声喝毕，四面标兵又是震天价一声威喝。几个长刀手登时分开，代替受伤的红差，两人服侍一个，夹住小勇们，拉辫的拉辫，举刀的举刀，这时除出引颈挨刀还有何说？哪知生死有命，一毫勉强不得，刀还未下，耳边又听得远远有人连喊：‘刀下留人!’

“这一声大喊，居然几把雪亮的大刀停在半空，小勇们不由得又睁开眼来。只见大门口围住圈子的标兵纷纷向两旁让路，拥进黑压压的一堆人来。那时天光早已大亮，旭日高升，为首的一个长脸道装的人，背负着长剑，率领着许多高高矮矮、装束不一的凶汉，个个手持兵器，如飞地向大堂跑去，边跑边喊刀下留人，有几个喊着‘柳道爷回来了，待道爷见过大人再斩未迟’。那班官兵似乎对于那个长脸道士非常地敬畏，一路过去，个个向他躬身为礼，那时小勇们几条性命，活似又从鬼门关上叫回来，心里迷迷糊糊，也不知怎么一回事。

只见这班人进去以后，身边的长刀手把刀放下，同法场上的兵弁们交头接耳，不知议论些什么，又一个个伸着脑袋，望着大堂上观看动静。这时范老英雄却又大骂起来，小勇们不敢向他老人家多言多语，只有让他骂不绝口。约隔了顿饭时光，从大堂内跑来几个兵弁，指挥标兵又把范老英雄父女俩拥入大堂，另外一批标兵把小勇们拥进甬道旁一间小小的营房内，看守湖勇们几个标兵一齐退了出去，接着门外人影一闪，走进一个袍褂整齐的彪形汉子，倒提着一柄金背鬼头大砍刀，一进门把刀夹在肋下，代小勇们退去手脚上镣铐，很客气地对小勇们说道：‘俺是洞庭柳寨主部下，鬼面金刚雷洪便是。柳总寨主在太湖已与你们黄堡主讲和，所以连夜赶回，把你们从刀头上救下性命。此刻俺奉柳寨主同单大人的命令，当夜把你们四人先行放回，免伤和气，还叫俺同你们到太湖去拜见你家堡主，面呈要信，外面已预备好五匹快马，俺就此陪你们出去吧。’

“小勇们听得半信半疑，一想这几条命已是从鬼门关上追回，再世为人，怕他什么？立时同那鬼面金刚走出提镇衙门，攀鞍上马，一口气跑出城门。鬼面金刚在前引路，连连加鞭，拼命疾驰，似乎比小勇们还要心急，恨不得一鞭就到。幸而这几匹代步脚程真快，居然赶到堡前刚刚过午。现在鬼面金刚未敢擅入，在堡外候传，先叫小勇们进来报告一切，并请示堡主，要不要传他进来面递信件。”

湖勇讲毕，头一个甘疯子心上一块石头落地，先自长长地吁了一口气，突又呵呵大笑道：“如何，现在诸位可以明白了吧？”

黄九龙笑道：“师兄说的时候真不易领会，等到一见他们四人安然回来，就已瞧料几分，现在据他们报告的情形，定是柳老道想走马换将无疑了，但是其中也许别有狡计，倒也不得不防。现且见过这鬼面金刚，看他信内怎样说法，再定主意，师兄以为何如？”

甘疯子点头道：“好，叫他进来。”

四个湖勇领命转身出去，一忽儿领着鬼面金刚进来。黄九龙一看鬼面金刚居然也披着一身整齐袍褂，假充斯文，做出一步三摇的样子走来，神气非常可笑，同昨夜堡外交战时候截然的不同。

鬼面金刚一脚跨进厅门，一双圆圆怪眼先自骨碌碌四面一打量，然后向上作了一个连环大揖，走近几步，粗声粗气地说道：“在下鬼面金刚雷洪，奉洞庭柳总寨主的命，解上黄堡主暨各位英雄，面递要信，顺便护送贵湖四位好汉回堡。江宁情形四位好汉定已详细报告，敝总寨主一番苦心当也蒙堡主明鉴了，现在还有敝总寨主一封亲笔要信，命雷洪当面投递。”说罢，从怀内掏出一封信来，双手献上。

黄九龙一拱手接过信来，先不拆看，向雷洪笑道：“有劳雷寨主亲身到来，未曾远迎，望乞恕罪。想雷寨主鞍马劳顿，且请外面客厅宽坐，不嫌简慢，务请在敝堡用过午饭再回。让在下同敝师兄们看明来信，如要复信的话，就顺便托雷寨主费神带回。”

雷洪慌忙答道：“不敢叨扰，倒是回信务请见赏，以便回报。”

黄九龙一面答应，一面指挥得力头目陪雷洪到外厢款待。雷洪出去以后，黄九龙把手上一封信送到甘疯子手中，笑道：“师兄且看这牛鼻子有何话说。”

甘疯子一笑，把信拆开摊在桌上，同众人细看，只见上面写道：

“太湖堡主九龙阁下，化干戈为玉帛，泯嫌隙以召祥和，宏谋远略，钦佩至深。讵意整旅旋宁，正值范高头等辕门授首，摩霄爱屋及乌，不念旧恶，力为挽救，几至舌敝唇焦，始获单将军首肯，并先释贵湖四健儿回报，借释远怀。耿耿于心，当可洞察。阁下英武轶群，烛微知著，定能推己及人，当仁不让，以副区区之微忱焉。爰贡寸笺，敬俟后命。洞庭柳摩霄拜手。”

众人看罢，甘疯子先自呵呵大笑道：“取瑟而歌，音在弦外，果然不出俺所料。你们看他信内虽不明说走马换将，可是信内‘推己及人，当仁不让’两句话已包括无遗，看不出这牛鼻子也有如许心计。在他以为，有范老丈父女挟制俺们，不怕俺们不释放洞庭各寨主。哈哈，既然如此，俺倒偏要显个神通同他开个玩笑，非教他服输到底不可，才识得俺甘疯子的手段。”说罢退坐椅上脖子一仰，两眼望着屋梁只管出神。

众人不知他有何用意，唯黄九龙、王元超深知，这位师兄事事游戏，一味独断独行，虽料他此时暗筹奇计，想折服柳摩霄，又犯着他怪僻好奇的性子了，但是在黄九龙等一班人意思，只要顾全得范老头子父女两条命，也不顾再计较短长，当下向甘疯子笑道：“柳摩霄信内无非要求俺们释放他几个部下，其实俺们并不愿与他固结深仇，只要范老丈父女安全回来，走马换将也未始不可。不过其中盖赤凤是东方兄弟的仇人，万难释放。好在盖赤凤也非洞庭嫡系，人已残废，柳摩霄心狠手辣，未必再恋眷于他，只说当场格伤，早已亡命，就可搪塞过去了。”

甘疯子微微点头，忽然一跃而起，一迭声喊侍立湖勇取过笔砚，提起笔来，嗖嗖嗖就在来信后面空白上龙飞凤舞地批了几行字，然后掷笔大笑道：“这样就可回复他们了。”

众人看时，只见写着‘示悉。谨于明晚月上，陪同贵湖诸好汉候教柳庄。龙拜复’寥寥几个字。

王元超道：“这样最好。柳庄在俺范围，不怕他们另做手脚，又不怕他们不乖乖地送范氏父女来。”

甘疯子笑道：“天下事逃不出一个‘理’字，一个‘势’字。柳摩霄起初妄想暗袭湖堡，是亏于理，现在要救自己几个羽翼，没奈何忍气吞声，情愿救下仇人的命来调换被擒几个寨主，这是屈于势。所以凡做了理亏的事，到后来没有不屈于势的。话虽如是，俺听滕老丈所讲江宁情形，单天爵那边似乎添了几个能手，难保不另生诡计。俺决定在今晚独自一人到江宁去探看一番，顺便会会少室山人，免得他久盼滕老丈的回音。倘然机会凑巧，也许能够行俺密计。”

甘疯子语音未绝，东方杰挺身而出，向甘疯子道：“在下情愿跟甘老英雄走一趟，顺便叫俺舍弟一同来堡聚义，也可同斩仇人之头，稍泄心头之恨。”

黄九龙大喜道：“倘蒙令弟光降，本堡又添一个得力臂膀，真是万分欢迎。不过俺师兄同东方兄都熬了一夜，怎又要远远地再跑一趟，未免太累了。”

甘疯子微微一笑道：“你们恐不知道俺今夜前去的意思，为范老丈的事，说不得只好多受点累了。东方兄既然愿意同去，也好，但是二人已足，你们千万谨守湖堡，静候俺的消息。无论俺到江宁顺利与否，在明天午前必定赶回便了。”

黄九龙、王元超听他口气，已有点明白他师兄前去的用意，其余云中双凤、东方杰听得甘疯子说话若明若昧，还以为无非暗地侦探一番便了。午后黄九龙独自走出外厢，敷衍了鬼面金刚一阵，把批好原信交他带回，又叮嘱几句，然后叫几个头目直送雷洪到三座碉垒外，珍重而别。

雷洪走后，甘疯子、东方杰二人在堡中饱餐一顿，就别过众人，也向江宁进发去了。厅上就只有云中双凤同王元超、黄九龙随意谈谈说说。黄九龙忽然想起云中双凤也熬了一夜，应该让她们休息休息才好。可是女流之辈，堡中并无侍应女仆，怎好留宿？如果请她们仍回柳庄去，那边主人不在，供应难周，殊非待客之道，这一件小小琐事，倒有点为难起来。

哪知黄九龙这样为难，有一个体贴入微的王元超，早已代他师兄布置妥帖了。他们正在厅上谈话，忽见一个湖勇领着两个年老女人，另一个湖勇扛着两副卷盖儿一同进来。黄九龙愕然，莫名其妙，王元超忙笑道："这是小弟差人到柳庄叫来侍候两位女英雄的。"

黄九龙大喜，心中委决不下的事立时解决了。

吕氏姊妹原认识这两个女仆是范宅的人，而且两副铺盖也是范宅用过的，忙向黄九龙致谢道："堡主何必这样费心？愚姊妹仍到柳庄去寄宿也是一样的。"

王元超接口道："那边冷清清的，如何使得？愚兄弟有事请教也觉不便。"

黄九龙也笑道："此间专为接待宾客的屋宇很多，两位不嫌简慢就是。"说罢立时指挥湖勇打扫一间精致客舍，领两个女仆先去布置起来。一会儿布置妥帖，吕氏姊妹也就不客气，道声打扰，同黄九龙、王元超别过，走向客舍休息去了。黄九龙、王元超先到后面探看滕巩，一看滕巩鼻息沉沉，痴虎儿也守在床前枕臂而卧，不敢惊动他们，退出来回到监禁被擒各强徒处所查勘一遍，叮嘱各头目几句，也就各自回房，略事休息。

王元超一走进自己房内，猛想起那册秘籍同吕氏姊妹在柳庄闪烁的言语，急把藏好的秘籍拿出来，拆开外面密密的封裹，赫然露出两本古香古色的秘籍来。翻开书页，一行行的蝇头小楷还加上密层层朱批，中间又画着不少图式，但是这时王元超无暇细细研究，只惦记着舜华、瑶华的轻颦浅笑，思索着她们对自己若有情若无情的举动，又想起自己在家中对兄嫂斩钉截铁地说过誓不再娶，未免一颗心突突发跳，忐忑不宁起来。一个人坐在窗前，桌上摊着书，无意识地把两本秘籍一页页地翻过去，书上一行行蝇头小楷发誓也没有半个字看进眼里去。

翻来翻去，一本书将要翻完，蓦地眼前一亮，似乎书内夹着一张姣艳的信笺，同时一阵非兰非麝的幽香也从书缝内透泄出来，中人欲醉，忙把翻过去的几页又小心地翻过来，果然从书内抽出一张绯红的精致湘笺来。王元超见到这张湘笺，就想起在赤城山弥勒庵内那晚，一阵微风，膝上发现一张信笺，同这张湘笺颜色尺寸一模一样，这样就可明白这张湘笺是谁夹在书内的了。王元超这一喜非同小可，先不细看笺上有字无字，忙迅速地跳起身来，把房门砰的一声关好，再回到窗前坐下来，把那张湘笺仔细一看，只见上面写着几行簪花小字，题着一首小诗，低声吟哦道：

玉宇舞嫦娥，皇皇日月梭。
下有双侠女，英气渐消磨。

王元超把这首诗反复吟哦了十几遍，觉得诗中意思于自己没有多大关系，虽然认得字迹确是云中双凤的手笔，但是看出语气无非平常寄感的意思，把王元超一颗滚热的心，霎时像抛在冰桶里一般。正想撂在一边，猛然又记起昨晚同双凤在柳庄候敌时际，双凤曾经叮嘱过，如看秘籍时不要与人同看的一句话，又觉得事非偶然，这首诗定有深意，这样一想，把掉在冰桶里的一颗心，仍旧捞起来搁在火炉上去了。等他第二次把那首诗笺摊在桌上，聚精会神地把二十个字一个个推敲起来，总算亏他精诚所至，上可格天，居然被他参透玄机，豁然贯通，喜得他忘乎所以，拍案惊呼！幸而门外无人，春光并未泄漏。

你道他怎样参透诗中暗藏机关？原来这首诗总共只二十个字，十字一行，两行并写，不留意看去，无非随意做的一首绝句，仔细一看，中间却嵌着方方正正四个字最要紧，与王元超最有关系的字，这字非别，就是“娥皇女英”四个字。娥皇女英是两个女人的名字，也是虞舜的一后一妃，却又是同胞姊妹，云中双凤故意把四个字嵌在一首不相干的诗内，明明是说，俺们姊妹愿效古时娥皇女英，共事你一人，这样天外飞来的喜事，又是一箭双雕，怪不得王元超惊喜欲狂了。但是王元超在这当口，两眼直勾勾地注在诗笺上，仿佛在梦里一般，只管呆呆地出神，心里反弄得七上八落，不知如何是好。

正在这样出神的时候，忽被卜卜的敲门声一惊，忙把诗笺折叠起来贴胸藏好，再掩好秘籍，然后假装睡醒模样，把门一开，却见黄九龙笑嘻嘻跨进门来，手上举着一支女人头上的凤钗，笑道：“这就是吕舜华头上的东西，昨天交手时节拿了过来，现在倒后悔起来，一时又不便当面还她，现在已经转敌为友，益发不能现出一点轻视之态。这事只有请老弟费神，代愚兄想个婉转的法子，交还她们吧。”

哪知王元超见了这支凤钗，想到自己密藏着瑶华的鞋剑和诗上机关，三面一印证，好像是天赐良缘，这凤钗、鞋剑就是绝妙的文定之物，心里这样一琢磨，对黄九龙不免嗫嚅了半晌答不出话来。

黄九龙倒并不疑惑，以为他代人送还这样东西也有为难之处，不等他开口，又呵呵笑道：“你不必为难，你替俺代还，总比俺自己还她们容易些。老五，你多多费神吧。”刚说到此处，恰好跑进一个湖勇，说外边头目有要事面禀。黄九龙一听外面有事，就把凤钗向王元超手上一塞，口内又说了一句费神，就匆匆出门而去。

王元超看黄九龙去远，一转身又坐在窗前椅上，手拿着凤钗，默默地筹思了一回，暗自得了一个主意，把怀中藏着的鞋剑也拿出来，寻了一个精致的小盒，把凤钗、鞋剑一齐放了进去，那张诗笺折叠起来，却不放在盒内，另外密藏起来，然后提起笔，在盒上面端端正正写了几个恭楷，是“永夜灯花结，同胞惬素心”十个字，原来这十个字里面也暗藏着紧要机关，只要把两句首尾四个字联接起来，就发现“永结同心”四个字，这四个字正针对着云中双凤诗内嵌的“娥皇女英”四字，仿佛一问一答，一方问的是，俺们姊妹俩情愿嫁你一人，一面答的是，好，从此俺们永结同心，白头偕老。这样就是让别人看见，无非以为是几句歪诗，罚咒也看不出藏着如许奥妙，最妙不过一男两女的婚姻大事，就在这几个字上轻轻地解决了。

闲话休提。当下王元超办完这件机密大事，自己看了又看，眉飞色舞，得意非凡，又想怎样将这个盒子送去。暗自筹划停当，然后暂把盒子揣在怀内，顺手把桌上秘籍收起，也无心再看，一脸喜气，飘飘欲仙地走出房来，信步向痴虎儿屋内走去。刚走近房门，正想掀帘而入，忽听得里边莺声呖呖，娇语如簧，洽正是吕氏姊妹也在房内同滕巩谈笑，顿觉心头突突乱跳，面红耳热起来，忙连连倒退，强自按定心神。一想她们定已料到他回房见过诗句，看破机关，这样贸然进去，彼此见面何以为情？不如回去吧，但又舍不得离开。

正在这样心口相商，进退维谷当口，忽听得后面有人呼道："五弟为何欲前又却？听说滕老丈精神已恢复过来，此刻并未安睡，不妨进去略谈片刻，愚兄也是来看他的。"这样一来，王元超无法脱身，只得硬着头皮跟在黄九龙后面进去。

一进门，滕巩、痴虎儿同舜华、瑶华一齐抬身相迎，在大家一阵寒暄欢笑之中，有六道奇异的眼光碰在一处，发出不可思议的神秘，真非笔墨所能形容，只觉各人心头突地一动，急各把眼光移开，面上格外庄重矜持起来。如果旁边没有人留意三人举动，也容易瞧料，因为三人面上变化竟是一个模样。幸而在这一刹那间，滕老丈正向黄九龙殷勤致谢，无暇留神，痴虎儿烂漫天真，领会不到。等到寒暄告毕，王元超同双凤已强自镇定，不露痕迹了。

虽然不露痕迹，三人坐在一屋内，各都怀着鬼胎不敢开口交谈，瑶华、舜华只向滕巩、黄九龙两人问长问短。恰好为时不久，日落西山，灯烛交辉，黄九龙因吕氏姊妹是客，滕巩初到，复又盛张酒筵相待。这一席酒，王元超同云中双凤依然落落寡言，双凤也失掉从前活泼之态，黄九龙等以为正念范氏父女，也不在意。

等到酒阑人散，各归卧室，王元超回到自己房内，先自和衣假寝，片时听到鱼更三跃，蹶然跃起，把外衣脱掉，穿着一身夜行衣服，也不携带兵刃，只把那个盒子带在身边，从窗户一跃而出，一看无人，转身再跃上屋顶，向客舍跑去。一忽儿到了云中双凤寄顿所在，仔细一打量，原来是个小小院落，并排着三间楼房，院内两株参天古柏高与楼齐，乱枝四出，森森龙吟。王元超从墙头两脚一点，飞上左首柏树，立定身，向楼上一望，只右首一间灯光外射，窗户未闭。王元超料得云中双凤定宿这一间屋内，忙来了一个黄莺织柳，又飞到右首柏树上，再一腾身钻上树巅，隐身在翠叶中，向有灯光的楼内望去，却见房中罗帐高悬，锦被山叠，并无吕氏姊妹踪影，只两个老妪坐着打盹。心想怪呀，这时候两姊妹还上何处去？这倒好，趁她们不在，就把这件东西放入楼内便了。

恰好这株柏树距楼甚近，立身的枝干逼近窗口，一纵身便轻轻飞入窗内，一看靠桌打盹的两个老妪兀自呼呼打鼾，毫未觉得。立在楼板上四面一打量，楼内琴棋书画位置楚楚，衬着锦枕香衾，倒也精雅非凡，堡内许多屋子真还比不上这间屋子，也算没有亏待两位俏佳人的了。

王元超痴痴地鉴赏，竟也有室迩人遐之感，猛然想起万一此刻她们回来，倒显得老大没趣，急拿出盒子四面一看，想寻一安放之处，而且要容易注目的地方，灵机一动，蹑足近床，一俯身，把盒子端端正正摆在褥上，位置妥当，猛可转身过来，正预备向窗口飞出。

万不料一抬头，窗前正悄悄地立着两个俏佳人，两双妙目水汪汪的，注着他的身上，而且眉尖嘴角似喜似嗔。王元超这一惊非同小可，立时烘得彻耳通红，心里迷迷糊糊，四肢百骸如中了蒙汗药一般，两脚钉在楼板上，可怜竟一步动弹不得。可是立在窗前的舜华、瑶华，起初回到楼上碰着王元超，心里原已预备了一番话，不料被王元超这样一来，两姊妹也像触了电似的，喉咙内也像堵住了东西，羞得一句话都说不出了。

你道舜华、瑶华怎么回来得这样巧呢？原来，白天她们俩在滕巩房内碰见王元超，看他面上那种尴尬神气，就瞧料秘籍内的机关已被他看破，但不知道他肚内打什么主意，女孩儿家这种终身大事何等重大，何况姊妹同心，娥英一志，等到席散回房，姐妹俩暗一商量，越想越不安起来，结果想出一个侦探办法。等到夜阑人静，姊妹俩略一结束，向两个女仆推说游行堡外，赏觅月景，竟自双双飞出窗外，蹿房越脊向王元超卧室寻来，巧不过王元超不约而同，也在这时飞身上屋。不过舜华、瑶华初到，地面方向都不大清楚，堡中房屋又是依山为屋，高高低低与普通房屋不同，两方面一来一去，却非一条路线。可是舜华、瑶华因为路径不熟，盘来盘去，离自己住的所在还没有多远，忽见大厅屋脊上一条黑影，一溜烟似的向自己住的所在奔去。姊妹俩因为距离颇远，看不清那条黑影是谁，反疑惑是刺客一流。姊妹俩急回身追来，将近自己住的楼房，已见一条黑影从这边树上飞到那边树上去了。姊妹俩一矮身伏在墙头，看这人如何举动。

片时，只见这人双足一点飞入楼内，却因此窗内灯光一晃，照见这人身影，不觉又惊又喜，喜的是并非刺客原来是他，惊的是不知他来意如何。姐妹俩悄悄一打招呼，也照样飞上柏树，暗窥他做何举动，却见他背身立在床前，痴痴地出神。姊妹俩以为他特地乘夜静更深，找她们当面商量。两人一想，彼此都是侠义英雄，原不应效世俗儿女羞涩之态，趁此机会何妨挺身而出，见他一见。姊妹俩同心以后，又故意施展一手绝学，乘他背身之际，轻轻飞入窗内，真像两团棉花似的毫无声息。果然王元超神游角枕锦衾之间，丝毫未觉，等到转身觌面，大家愣愣地相对当口，舜华、瑶华身不动，眼光却已瞧到床上，看见了那个小盒子。姊妹俩都瞧料盒内藏着自己东西，却又错会了意，以为王元超送回东西来，似乎好事不谐，所以娇脸上带着几分薄嗔。偏碰着这位王元超，并非怜香惜玉的行家，蓦地相见，窘得说不出话来。

可是这样僵局，无非片刻之间，王元超绝不能无言而别，到底还是他按定心神，向她们一躬到地，满面惶恐地说道："深夜造访，冒昧万分，望乞恕罪。"

舜华、瑶华齐声答道："愚姊妹偶然外出，有失迎迓，亦是不安，但未知王兄驾临，有何见教？"

这一问已是单刀直入，王元超真有点不易回答。在他的本意，盒子暗地一送，让她们同自己一样，在暗地猜想哑谜，心照不宣，将来再请月老出头，成其好事罢了。不料现在锣对锣，鼓对鼓，虽然彼此都是侠义英雄，与平常世俗儿女偷偷摸摸不大相同，但是那时候礼教束缚何等谨严，越是响当当的好汉越不能胡来一起，因此王元超被她们一问，又大僵而特僵。在舜华、瑶华这方面，明知这一问人家不易回答，可是在这紧要关头，几句话就可定姊妹俩的终身幸福，有不能不问之势。

恰好在王元超嗫嚅难答之际，靠桌打盹的两个女仆闻声惊醒，眯着眼啊哟一声直立起来，口内叨念道："该死，该死！竟不知小姐们回来得这样快法。"

一眼看见王元超一身劲装，立在床前，悚然一惊，手足不知所措。王元超幸亏她们一阵打岔，肚里已打定了主意，只听得舜华向那女仆笑叱道："不要啰唆，快去沏点香茗来就是。"

两女仆连声答应，迈开鲨鱼大脚，蹒跚而去。这里姊妹俩重新施礼逊坐，彼此又一阵谦虚。王元超趁此一转身，拿起床上小盒，恭恭敬敬地摆在近身桌上，然后微笑道："小弟专为此盒而来，顺便向两位拜谢见赠秘籍的美意。"说了这句，顿了一顿，又轻轻地说道："小弟一片真诚尽在盒上，务请两位恕余唐突，现在时已不早，就此告辞。"

这几句词不达意的话，在王元超已是搜尽枯肠，自谓要言不烦的了，而且相对如坐针毡，说了这几句话就想脱身，不料那两个女仆在这当口手托香茗，分献主客，其势又不能不稍留，起初幸而女仆打岔，此刻又恨她们多事了。

这时舜华却比他老辣十倍，一面逊茶，一面眼波如流，已把桌中盒子上的字看得清清楚楚，那"永结同心"四个字的哑谜，也已深深嵌入芳心之中，登时娇靥含春，情苗怒茁，尤其是翦水双瞳脉脉深注，恨不能挥退女仆一罄衷曲。

王元超这时也窥破对方神情，知已哑谜揭晓，佳人心许，顿觉心神交泰，艳福无俦，却又恋恋不舍起来。正在彼此相喻无言，领略温馨的当口，猛听得堡内瞭台上警锣乱鸣，人声嘈杂，王元超同舜华、瑶华齐吃一惊，奔向窗口一望，只见厅前广坪上火烛冲天，声声大喊："捉奸细!”

三人一听，赶紧一齐跃出窗外，飞上屋顶四面一看，只见大厅屋脊上有几条黑影捉对儿混杀在一起。王元超来不及同双凤打招呼，双足一点飞出墙外，一落地直向前厅奔去，转过屏风，正与一人撞个满怀，把那人撞得突突倒退，几乎跌倒，定睛一看却是痴虎儿，赤着膊，一手抱着一支精铁禅杖，一手挟着两柄宝剑，一见王元超，大喊道：“俺的王老师，叫俺找得好苦！俺上不得屋，急得没有法想，老师快上屋捉奸细去呀!”

王元超无暇理会，一看他手上宝剑有一把正是自己新得的倚天剑，不由分说，夺过自己宝剑，一纵身飞出厅外，再转身，一个旱地拔葱直上厅屋。一看黄九龙白虹剑剑光滚滚，正与一个披发头陀大战，还有滕巩仗着奔雷剑敌住两个短小精瘦的汉子，都是一声不响，哑声儿拼杀，下面坪上却是火球如笼，无数湖勇个个张弓搭箭，大声嘶喊。王元超知道滕巩刚才休养片时，精神还未复原，急急一声猛喝，向两个矮汉杀去。

哪知他一上前，那个披发头陀一声口哨，同两个矮汉一齐拔腿飞逃。

滕巩大喊道：“这三个奸细是江宁的恶徒，不要放他们逃走!”

那三个奸细本领却也不小，在屋面飞跑，如履平地，后面黄九龙等也是一路飞追，首尾相接。那披发头陀看得难以脱身，倏地左手向后一扬，便见两点寒星迎面飞来。

黄九龙哈哈一声狂笑，喝道：“贼头陀伎俩不过尔尔。”只双肩微斜，一举左手，疾伸两指，把迎面一点寒星钳住，一看却是一支三棱毒药钢镖，还有一镖擦身飞向后面，正回头叫声“五弟仔细”，王元超已举剑一格，叮当一声，镖落瓦檐。这一来脚下未免少停，三个奸细已由厅屋跃过侧房。

黄九龙心里一急，就势把钳住钢镖向前一掷，镖去如风，眼看中在头陀背上，却又听得叮当一声响，钢镖滑落，那头陀没事人似的依旧没命飞逃。黄九龙倒也暗暗吃惊，知道他练就金钟罩一类功夫，故而皮坚逾铁，急忙脚步一紧，猎狗逐兔一般飞追过去。

图书在版编目(CIP)数据

虎啸龙吟. 第一部 / 朱贞木著. - - 北京 : 中国文史出版社, 2021.2

(民国武侠小说典藏文库. 朱贞木卷)

ISBN 978-7-5205-2143-7

Ⅰ. ①虎… Ⅱ. ①朱… Ⅲ. ①侠义小说-中国-现代 Ⅳ. ①I246.5

中国版本图书馆CIP数据核字(2020)第141600号

整　　理：顾　臻
责任编辑：薛媛媛

出版发行：**中国文史出版社**
社　　址：北京市海淀区西八里庄路69号院　邮编：100142
电　　话：010-81136606　81136602　81136603（发行部）
传　　真：010-81136655
印　　装：北京新华印刷有限公司
经　　销：全国新华书店
开　　本：720×1020　1/16
印　　张：22.75　　字数：320千字
版　　次：2021年2月第1版
印　　次：2021年2月第1次印刷
定　　价：69.80元